LA MENACE
BLACKSTONE

SYLVAIN PAVLOWSKI

LA MENACE BLACKSTONE

Roman

www.sylvainpavlowski.com

À mon épouse Isabelle pour sa patience infinie et à mes enfants : Alexandre, Valentin et Laura. À Laetitia et Stéphanie, grâce à qui deux petits rayons de soleil, Anastasia et Daphné, illuminent nos vies.

Première Partie

La Théorie du Chaos

1. NUIT BLANCHE

Palais de l'Elysée – Dimanche 24 Septembre, 23 h 15

Le Président de la république avait sa tête des mauvais jours. On l'aurait eue à moins, avec les soixante-douze dernières heures épouvantables qui venaient de s'écouler. Presque trois jours d'escalade de la violence avec comme résultat, des banlieues en feu et des centres-villes saccagés. Les forces de l'ordre étaient totalement dépassées. Pour protéger la population, il n'avait eu d'autre choix que d'imposer un couvre-feu et de mettre le pays en alerte maximale.

Ici, dans la salle de contrôle du Palais de l'Élysée, située au 1er sous-sol, le chef de l'état suivait en direct les opérations extérieures. Un décor high-tech de 80 m^2 sans fenêtre. Les murs alternaient bois plaqué et béton brut. Une table oblongue, piètements en acier et plateau en verre, trônait au centre de la pièce autour de laquelle, parfaitement alignés, des fauteuils de cuir noir attendaient les chefs du gouvernement.

Au fond, un gigantesque écran de contrôle accaparait l'attention, fenêtre ouverte sur un monde en proie au doute et la violence.

Dans la salle l'ambiance était tendue, les yeux rouges, et les corps fatigués. Le Président de la République, Paul Lavalette, et son 1er ministre Henri du Plessis, s'entretenaient à voix basse. Tous les membres du gouvernement présents affichaient des visages qui suaient l'inquiétude. Le général Lartigue, commandant en chef de l'opération, lisait des communiqués sporadiques, amenés au pas de course par des ordonnances. Attentif et concentré, il posait des questions et donnait ses ordres aux officiers de liaison.

Lorsque tout le monde eut trouvé une place autour de la table, le Président prit la parole. Sa voix normalement calme ne parvenait pas à cacher son état de tension :

— Messieurs les Ministres, Général, et Messieurs les conseillers, je vous remercie de votre présence. J'ai décrété plus tôt aujourd'hui l'état d'urgence, et demandé qu'un couvre-feu soit établi dès 18 h. Je me suis adressé au pays afin de rassurer la population. Il s'agit d'une situation exceptionnelle et j'ai décidé de déployer nos forces armées pour endiguer cette vague d'affrontement, qui va croissante depuis trois jours.

Le Président marqua une pause, observant les membres de la cellule de crise, avant de poursuivre :

— Les armes sont dans la rue ! Les banlieues pourraient s'en prendre à la population. Cette colère qu'ils ont gardée en eux trop longtemps est prête à se répandre.

Se tournant vers le militaire :

— Général Lartigue, pouvez-vous faire un point sur la situation ?

— Monsieur le Président, commença Lartigue en se levant. Mesdames et Messieurs, nos forces sont opérationnelles.

Il pressa un bouton sur le clavier de contrôle posé sur la table. Une carte de l'île de France apparut sur l'immense écran.

— L'armée a mis en place ses blindés sur les points sensibles de Nanterre, Asnières, Trappes, Les Mureaux, Mantes-La-Jolie, Gennevilliers, St-Denis, la Courneuve, Aulnay et Garges-Lès-Gonesse, continua le Général. Les périmètres autour des portes de Paris sont sécurisés. Notre inquiétude est surtout concentrée sur le quartier de la Défense.

— Comment cela se passe-t-il dans les autres villes ? s'enquit un des conseillers. Le dernier communiqué n'était pas très encourageant !

— Même chose à Lyon et à Lille. En PACA c'est très tendu, en particulier dans les quartiers nord de Marseille. Les Renseignements Généraux sont convaincus que des attaques imminentes vont avoir lieu. Messieurs la banlieue est sur le pied de guerre !

— Merci Général, reprit Lavalette, Messieurs...

Le Président fut interrompu.

Une image emplit l'écran. Une caméra enveloppait la Défense depuis le Pont de Neuilly. Vision de béton dans une nuit froide d'un automne en avance. On distinguait l'hôtel Novotel à l'architecture en lignes brisées qui dissimulait une partie de la tour *AXA* dont seuls quelques bureaux étaient allumés. Plus à gauche, la tour *RTE*, rectangle dépouillé, que recouvrait en un jeu d'ombre et de lumière une mosaïque noire et jaune. Au loin se dessinait toute une série de buildings pour la plupart éteints, qui donnaient à l'ensemble un caractère singulier. La Défense, qui brillait habituellement d'une clarté continue semblait vouloir se dissimuler. Dans l'enfilade, à peine visible, La Grande Arche.

Le quartier d'affaires aux portes de Paris, peuplé le jour de milliers d'employés qui surgissent chaque matin du RER comme autant de fourmis obéissantes, se transforme en un immense espace silencieux et sans vie à la fin de la journée. L'esplanade concentre à elle seule 40% du PIB de la France. Pas un grand nom industriel ou financier français ne manque à l'appel.

La Défense, symbole de l'expression capitaliste du pays, se devait d'être protégée.

C'était la mission de la 1ère Brigade légère blindée. Équipés des tout nouveaux Griffon, le commandant Blin et ses hommes étaient prêts. Sept mille soldats répartis sur une vingtaine de sites. Cinq cents combattants aguerris disséminés sur les différents points stratégiques autour du quartier d'affaires. Sa colonne d'une centaine d'hommes avait pris position sur le Pont de Neuilly. Il fallait surveiller et défendre le passage vers Paris et les Champs-Élysées. Les autres axes autoroutiers, l'A14 en provenance de l'ouest et l'A86 qui menait au nord vers St Denis puis l'aéroport Charles de Gaulle, étaient eux aussi sécurisés et fermés à la circulation.

La nuit était froide. Le silence oppressant. Avec le couvre-feu, le bruit de la ville, normalement sourd et continu, avait cessé. Le temps semblait arrêté, parenthèse ouverte vers un avenir incertain.

Une tête apparut au centre de l'image :

— Commandant Eric Blin, 1ère Brigade légère blindée mon Général !

— Vous pouvez parler Blin, répondit Lartigue les yeux rivés sur l'écran de contrôle.

— Ça bouge dans le quartier des 4 Temps !

Une violente explosion au loin, fit sursauter les membres de la cellule de crise. À l'image, des débris s'élevaient haut dans le ciel illuminé par des flammes puissantes. La nuit semblait disparaître, happée par les lumières qu'alimentait l'incendie géant. Deux très fortes déflagrations successives retentirent. L'écran continuait à afficher des langues de feu qui s'épaississaient, dégageant une fumée blanchâtre, et on devinait qu'un ou plusieurs autres bâtiments venaient d'être attaqués.

— C'est les 4 Temps ! Ils ont fait sauter les 4 Temps mon Général ! la voix du commandant Blin montait dans les aigus. On me communique à l'instant que des affrontements ont lieu en ce moment du côté de la Grande Arche – Ils arrivent par vagues de Puteaux, de Nanterre et de Courbevoie – Ça ressemble à une action coordonnée !

Le général se tourna vers le Président.

— Que faisons-nous, Monsieur ? À ce stade, il est probable que nous devions engager les combats !

Le militaire marqua un temps d'arrêt. La question qui lui brûlait les lèvres allait changer l'idée que se faisait le monde entier de la France, du pays des droits de l'homme et des lumières. Il prit une profonde inspiration.

— Je demande l'ordre d'engager, Monsieur le Président !

Le chef de l'État se tourna vers Henri du Plessis, son ami et Premier ministre depuis la récente élection de mai. Nous y voilà Henri ! Nous y voilà, semblait lui dire son regard anxieux. Il fixa le ministre de l'Intérieur, allié de longue date de l'ancien Président, et d'une voix remplie de sarcasme souffla :

— Monsieur le Ministre, je crains qu'il ne faille beaucoup plus que des Karchers pour nettoyer ce cirque !

— Général, nous voyons des ennemis se rapprocher, ils sont au niveau du quartier de l'Iris et ils continuent de progresser ! Blin retrouvait son calme en soldat expérimenté.

— Monsieur le Président ? demanda une nouvelle fois le général Lartigue.

Le Président Lavalette ferma les yeux et baissa la tête. Ses épaules se voûtèrent comme si quelqu'un venait d'y déposer un énorme fardeau. Sa jambe droite animée de mouvements saccadés montrait combien il était sous pression. On apprenait à être politicien. Avec un bon mentor, du courage et un sens aigu de la communication, on pouvait même arriver à faire carrière. Mais il s'était toujours demandé quelle différence il pourrait y avoir au-delà des mots et des postures, entre un politicien et un homme d'État – il allait en faire la découverte, là, maintenant.

Il ouvrit les yeux, se redressa, et fit oui de la tête en regardant le général Lartigue.

— Monsieur le Président, j'ai besoin d'un ordre verbal !

— Ordre d'engager général ! ordonna Lavalette. Défendez-moi le pays, nous en avons bien besoin.

— Ordre d'engager à toutes les unités sur le terrain ! cria un peu trop fort le général Lartigue. Je répète, ordre d'engager !

Perché sur son blindé, le commandant Blin s'imprégna de la scène qui se jouait devant lui. La lumière orangée provenant du quartier des 4 Temps gagnait en intensité et indiquait que l'incendie s'étendait. Des flammes vigoureuses perçaient un ciel assombri de nuages denses, avant de se dissiper sous la puissance du vent. Il distinguait à peine la Seine dont les eaux noires renvoyaient par intermittence les rayons argentés de la lune.

Il prit sa respiration et ordonna à sa troupe de se mettre en mouvement vers le boulevard circulaire. Cinq autres véhicules déployés resteraient sur le pont, afin d'empêcher toute tentative de traverser la Seine et d'entrer dans Neuilly, puis dans Paris.

La dernière image transmise dans la salle de contrôle de l'Élysée fut ce convoi de blindés qui démarrait, suivi par des hommes lourdement armés.

Au loin retentirent les premiers tirs d'armes automatiques.

La guerre civile était en marche.

2. ELECTION

Dimanche 7 Mai – Soirée D'Élection

Ça avait été une soirée folle, une de celles dont on consacre un chapitre entier dans ses mémoires. Les premiers résultats partiels étaient tombés à 20 h précises. Les QG des candidats recevaient généralement les informations des bureaux de vote en avance, au fur et à mesure des dépouillements, mais cette fois les chiffres étaient si contradictoires, que personne ne savait vraiment ce qui se passait.

20 h

Le présentateur du journal de France 2 apparut à l'écran. Brushing impeccable, vêtu d'une chemise blanche, d'un costume bleu pétrole et d'une cravate assortie, tout pouvait sembler très habituel, hors son sourire télévisuel mal assuré, face à des invités figés par la stupeur.

— Dans moins de dix secondes, nous allons dévoiler les premiers scores de ce second tour de l'élection présidentielle, réussit-il à articuler d'une voix nerveuse.

Il fixa l'écran de contrôle devant lui, alors que s'égrainaient les secondes. Le chronomètre s'arrêta sur zéro. L'homme prit sa respiration et se lança :

LA THEORIE DU CHAOS

— Mesdames et Messieurs, à ce stade, le dépouillement montre que le candidat du Front National posséderait une avance d'environ deux pour cent sur Paul Lavalette. Attention, c'est un conditionnel, car il s'agit de chiffres partiels à prendre avec beaucoup de précautions. Ces pourcentages nous parviennent du ministère de l'Intérieur qui précise que ce sont les résultats des bureaux de vote ruraux. À 20 h, Paul Lavalette serait crédité de 49,01%, alors que le leader nationaliste engrangerait 50,99% des voix. Si ces résultats devaient se confirmer, nous serions donc bien à l'aube d'un séisme politique dans notre pays !

Dans le QG de Paul Lavalette, l'annonce provoqua une onde de choc parmi les participants. Un silence pesant s'abattit dans la salle et les — Lavalette Président ! Lavalette Président ! — du rez-dechaussée, se figèrent en une plainte rauque, avant de se transformer en sifflets et slogans anti FN.

Dans le bureau de Lavalette se trouvaient : Henri du Plessis, son compagnon de route depuis toujours, et futur Premier Ministre, son épouse Michelle, ainsi que son directeur de campagne et quelques amis.

Le candidat décida de rassurer ses troupes :

— Il ne faut pas prendre ces résultats partiels à la lettre ! Nous savons que les zones rurales sont plutôt frontistes et anti-européennes. C'est leur cœur de cible. Les petits bureaux de vote ferment plus tôt. Les grandes métropoles et les centres urbains nous sont favorables. On ne panique pas, on ne communique pas, on sourit, je reste confiant !

— Descendons ! proposa Du Plessis. Joignons nos troupes en bas et montrons que ces résultats n'entament pas notre bonne humeur !

Paul Lavalette, 62 ans, avait fait toute sa carrière à droite. Homme de conviction, politicien sérieux et plusieurs fois ministre, il avait occupé de nombreuses fonctions au sein des assemblées parlementaires. Compétent, il connaissait bien le maniement de l'appareil de l'état et s'était positionné lors de cette campagne à la présidence comme l'homme du rassemblement. Libéral et conservateur, il avait martelé tout au long de cette longue course à la fonction suprême, combien il était indispensable de faire évoluer notre société, que des réformes souvent douloureuses seraient nécessaires, et que le chômage n'était pas une fatalité.

Il voulait mettre en place un gouvernement de ministres qui seraient des gens de confiance et des politiciens capables de dessiner les contours d'une nouvelle société. Il savait bien qu'il y aurait tout de même des concessions à faire, mais il gardait ses réflexions pour lui, pour le moment. À part Henri Du Plessis, son ami depuis toujours, à qui échouait le poste de Premier ministre, il n'avait encore rien dévoilé de ses intentions quant à la formation de son futur gouvernement.

De toute manière, il restait quand même à gagner cette élection, et il était loin d'en être aussi serein qu'il voulait bien le laisser paraître.

La campagne présidentielle avait été difficile, violente même, les coups bas monnaie courante. Même s'il n'avait jamais douté, le leader et les cadres du Front National avaient repassé en boucle leur petite musique anti système, anti-euro, anti-Europe, ouvrant un vide béant dans le débat politique. Pas de solutions. Être contre semblait un programme en soi.

Au soir du premier tour, le dimanche 30 avril, le Front Républicain se mit en place, tous les ténors de la politique appelèrent à grand renfort de trémolos, de promesses et d'effets de manche, à voter Paul Lavalette. Avec le cumul des voix et des reports probables, les intentions le créditaient de plus de 60% des votes. La victoire était au bout du chemin.

Plus qu'une semaine.

Lundi 1er Mai – Paris, 15h

Le lundi 1er mai, le défilé de la fête du Travail comme à son habitude partit à 15 h de Denfert-Rochereau pour rejoindre la place de la Bastille. En cette journée syndicale, à la tête de leurs cortèges, les leaders politiques se pressaient au premier rang afin d'être certains de passer au journal de 20 h. Les mêmes revendications, les mêmes slogans, année après année. La mode avait plus progressé en cinquante ans que les idées politiques. La contestation sociale en France faisait du sur place. Les défilés n'auraient pas dénoté dans les années 60.

L'intersyndicale commença à bouger à 15 h, largement encadrée par des policiers sur les dents. La sécurité était maximale. Le cortège, comme à son habitude, était emmené par son lot de personnalités politiques, dont le secrétaire général de la CGT. Des spectateurs dubitatifs regardaient passer des manifestants depuis les fenêtres de leurs douillets appartements haussmanniens.

Après avoir parcouru l'avenue Denfert-Rochereau et croisé le boulevard du Montparnasse, le cortège toujours dense, commença la remontée du Boulevard Saint-Michel. À gauche le Jardin du Luxembourg, puis à droite la rue Soufflot.

La journée était agréable. Dans une ambiance bon enfant, des participants équipés de mégaphones et de pancartes brayaient des slogans à l'emporte-pièce, accompagnés d'un service d'ordre anticasseurs aux aguets.

Les témoins indiqueront que l'individu était arrivé par la rue Soufflot, vêtu d'un large sweatshirt avec capuche, de baskets blanches et d'un jean. Les forces de l'ordre ne pourront pas expliquer comment il avait réussi à passer les contrôles successifs.

Dès qu'il fut en contact avec le cortège, il actionna sa ceinture d'explosifs. Le temps se figea. Le souffle enveloppa tout autour de lui, puis, vint le silence, enfin les cris qui emplirent l'espace et se propagèrent comme une onde de choc. La panique indescriptible qui s'ensuivit passa en boucle dans tous les journaux télévisés, relayés par de courtes vidéos amateurs, filmées à l'aide de téléphones portables. La prise sur le vif, mal cadrée, ajoutait encore au drame du spectacle immonde qui s'étalait sur toutes les chaînes.

On pouvait voir des gens courir dans toutes les directions, certains hagards semblaient paralysés. Sur la chaussée, au milieu du cortège maintenant disloqué, des corps mutilés et des blessés par dizaines geignaient en attendant les secours. Partout l'odeur du sang et de la mort.

L'attentat fit près de quarante morts et de nombreux blessés.

Dimanche 7 Mai, 20 h 45

QG de Paul Lavalette.

Les bandeaux défilaient en boucle sur les téléviseurs, affichant les résultats partiels du dépouillement en cours. En arrière-plan, les sympathisants du FN dansaient et chantaient. On y était presque. La victoire semblait à portée de main. Sur les plateaux, des experts autoproclamés expliquaient que ces résultats étaient en adéquation avec les modèles, qu'il ne s'agissait pas d'une surprise, et qu'après les erreurs du passé ils étaient convaincus de l'élection du candidat du Front National. Celle-ci était d'après eux sinon inéluctable, en tout cas très probable.

Les politiciens aguerris, venus commenter les résultats, restaient quant à eux sur la défensive. La prudence demeurait une de leur qualité essentielle.

Les amis de Paul, prêts pour fêter sa victoire, discutaient par petits groupes. Les petits fours et le champagne se dégustaient avec des sourires forcés ; il fallait faire illusion. La nuit promettait d'être difficile.

Manipulation ou incompétence se demanda Paul.

Toute cette campagne avait été éprouvante, mais cette dernière semaine d'entre deux tours l'avait été en particulier. Surfant sur l'attentat du 1er mai, le parti d'extrême droite avait redoublé d'activités. Perte d'autorité de l'État, manque de moyens, disparition des forces régaliennes dans le pays, incompétences des politiciens, ils avaient fait feu de tout bois. Tous les cadres du FN, son chef de guerre en tête, montèrent au créneau dès le lundi matin. Se posa ensuite la question de retarder le second tour de l'élection présidentielle. Un débat très animé eut lieu. La décision de ne pas céder au chantage terroriste l'emporta, même si de nombreuses voix s'élevèrent pour reporter le scrutin afin que ce drame ne vienne pas influencer les électeurs. Paul avait milité pour que le calendrier reste inchangé. Quelques semaines ne pourraient pas effacer le traumatisme. L'attentat allait peser sur le résultat. Il fallut donc encaisser le coup. Le Président en exercice, dans son costume de chef de guerre qui lui allait plutôt bien, était arrivé très rapidement sur le lieu de l'attentat, flanqué de son pâle ministre de l'intérieur. Les énièmes condamnations vaines des évènements par tous les partis avaient alimenté la perception déjà forte dans l'opinion que les politiciens n'y pouvaient maintenant plus rien. Que tout cela était hors de contrôle. La perte de confiance s'immisçait dans l'inconscient collectif et minait le statut de l'État protecteur. Le modèle, le repère disparaissant, il fallait bien se raccrocher à une vérité commune porteuse de cohésion sociale. Le FN proposait une mauvaise réponse à des aspirations légitimes.

En quelques jours, le Front National était donné gagnant à 55% par tous les instituts de sondage, et la dynamique positive propulsait ces chiffres tous les jours plus haut.

Le présentateur vedette de France 2 reprit la parole. On monta le son des télévisions dans le QG des Républicains et les voix s'estompèrent. Le temps se figea, la foule était suspendue aux lèvres du journaliste.

— À 20 h 45 nous avons de nouveaux résultats à vous communiquer ! Les deux candidats sont maintenant au coude à coude, avec chacun 50% des voix. Le leader du Front National reste devant Paul Lavalette des LR avec 50,26%, mais son avance s'est fortement réduite. Il est impossible d'en tirer des conclusions définitives.

Dans le QG de Paul Lavalette les sympathisants soulagés donnèrent de la voix comme un seul homme et les « Lavalette Président ! » - reprirent en cœur. On n'avait pas encore gagné, mais on n'avait plus perdu ! Tout restait possible.

Paul regarda Henri et sourit. Il s'empara du micro et s'adressa aux cent personnes présentes dans la grande salle de son QG :

— Chers amis, très chers amis, le peuple de France croit en son avenir. Je sais que nous allons gagner ! Une fois encore la barbarie sera vaincue, car l'idée que nous nous faisons de la démocratie est plus grande que leurs idéaux imbéciles ! La France, une et indivisible, saura faire la preuve de sa capacité à rester unie.

Les applaudissements suivirent cette courte déclaration.

Le portable d'Henri du Plessis sonna :

— Ici Henri. Oui ? Vraiment ? Vous êtes sûrs ? Oui bien entendu je lui dis de suite.

— Paul ?

— Oui

— J'ai de bonnes nouvelles ! Je viens d'avoir les premiers résultats sur Paris et sur l'île de France. Nous sommes assez largement en tête. Ils tablent sur 51% voir 52%.

— Excellent ! Paul sentit les tensions de son dos et de ses épaules se relâcher un peu. L'angoisse qu'il ressentait au creux de l'estomac restait présente.

Le directeur de campagne de Paul, Jacques Saint-Martin agitait la main au fond de la salle, essayant de capter leur attention afin qu'ils se rapprochent. Il arborait un large sourire. Les nouvelles semblaient bonnes elles aussi.

— Henri ? Viens, Jacques veut nous voir.

— J'arrive.

Ils se dirigèrent vers Jacques Saint-Martin pour remonter à l'étage et discuter en privé. Michelle, future première dame en cas de victoire, assise dans un des fauteuils du bureau de campagne de Paul, était en grande conversation avec les quelques amis présents. Elle était détendue malgré la situation incertaine.

Paul et Henri prirent place autour de la table de travail, Jacques Saint-Martin leur donna les dernières informations.

— Paul, comme tu l'avais prévu, les choses se déroulent plutôt mieux depuis une heure. En effet, je viens d'avoir plusieurs fédés et les résultats nous sont favorables en île de France et sur Paris, mais aussi sur le grand Ouest, la Bretagne et Bordeaux. Avec les chiffres qui remontent, on est plutôt à 52%. C'est partiel, mais …

Paul poussa un soupir de soulagement.

— Il nous reste à recevoir ceux de PACA et des Hauts de France et on aura sans doute à ce moment-là une idée assez précise du résultat final. Tu penses avoir les fédérations à quelle heure ?

— J'essaye, mais pour l'instant pas de réponse. Si on considère que les bonnes nouvelles voyagent plus vite que les mauvaises ...

— On verra, de toute manière maintenant les dés sont jetés !

21 h 45

Les résultats tombaient les uns après les autres et l'aiguille penchait maintenant irrésistiblement en faveur de Paul Lavalette.

Avec un écart de près de 2%, on allait terminer avec un 49/51 – Paul avait remporté la bataille des centres urbains. Il était en tête dans la plupart des grandes villes. Les chiffres variaient en centièmes. Les commentateurs le donnaient tous gagnant et son QG en pleine effervescence ressemblait maintenant à une fête populaire. On chantait, dansait. Le moment de surprise passé, ses soutiens soulagés dégustaient avec ferveur cette victoire probable.

Il était temps de faire face aux caméras. Il fit une courte déclaration, puis partit vers la place de la Concorde où une scène avait été montée en préparation de son succès, suivi de Michelle, Henri et de son directeur de campagne.

22 h

La place de la Concorde était noire de monde.

Le cortège de policier et de CRS était impressionnant. Tout avait été fait pour éviter qu'une nouvelle action ne ternisse cette soirée d'élection, symbole fragile de la démocratie.

Sa voiture stoppa au pied de la scène, il s'extirpa avec difficultés, des centaines de sympathisants voulaient le féliciter, le toucher ; cette ferveur populaire avait quelque chose de rassurant et d'effrayant. Henri, moins en vue, réussit à sortir et à gagner l'entrée de derrière.

Paul arrivait, distant. Henri regardait son compagnon de lutte. Il semblait intérioriser l'instant. Était-il en train de prendre la mesure de ce que serait sa vie à partir d'aujourd'hui ? On peut se préparer à être candidat. Fourbir ses armes électorales, construire un projet et marteler jour après jour comment on allait le mettre en œuvre. Canaliser toute cette énergie dirigée vers un but ultime. Endurer les meetings quotidiens, les discours, les ralliements et les trahisons. Passer au-delà de la douleur, des mauvais jours sans envie pour toujours trouver la force intérieure de continuer.

Mais pouvait-on vraiment se préparer à devenir un Chef d'État ? Paul monta sur l'estrade. En cet instant si particulier, il ressentit le poids de la fonction présidentielle. Il prit conscience de ces millions de gens espéraient que lui, Paul Lavalette, pourrait leur apporter des réponses.

Il sourit et se propulsa devant la foule, les bras en V, arborant le signe de la victoire. La musique continuait. Il parcourut la scène de gauche à droite alors que le public scandait « on a gagné, on a gagné ! » – ce cri de triomphe retentissait jusqu'à l'Assemblée Nationale, fièrement éclairée en ce jour d'élection, de l'autre côté du pont.

La musique se tut. Le bruit de la foule galvanisée qui scandait son nom restait assourdissant. Paul ressentit qu'il devait prendre le temps, laisser tous ces gens savourer cet instant, autant qu'il s'en délectait lui-même.

— Chers amis, compagnons de route, nous avons gagné !

Ses supporters repartirent de plus belle. « Lavalette Président, Lavalette Président ! » Paul agita la main en un signe d'apaisement, réclamant le silence. Les bruits diminuèrent, puis disparurent, rendant l'instant solennel.

— Merci ! Merci ! Merci !!! Nous avons réussi alors même que tout le monde nous disait que c'était impossible. Nous savons tous que les évènements du début de la semaine ont apporté un éclairage très particulier sur cette élection. Mais la force brute de cet attentat, cette négation de l'humanité a renforcé votre détermination et votre main n'a pas tremblé ! Je serai le Président de tous les Français. Nous allons remettre ce pays debout ensemble, je m'y engage solennellement !

Nouveaux applaudissements. Paul descendit de l'estrade, salua les organisateurs, serra des mains, beaucoup de mains.

Son téléphone, qu'il avait judicieusement passé en mode silencieux affichait des dizaines d'appels. Décidément, ceux qui avaient perdu son numéro au début de cette campagne l'avaient visiblement retrouvé. Il remit la sonnerie et décrocha aussitôt.

— Paul Lavalette ? demanda une voix avec un accent que Paul ne put identifier.

— Oui, qui est à l'appareil ?

— Ne quittez pas, je vous passe la chancelière Konrad.

— Président Lavalette ?

— Madame la Chancelière ?

— Je tenais à être une des premières à vous féliciter, Monsieur le Président.

Paul parlait parfaitement l'allemand et l'anglais, ce qui faisait de lui l'un des très rares hommes politiques français à pouvoir s'entretenir avec les dirigeants de ce monde sans traducteur. Il était flatté que la Chancelière Allemande prenne le temps de le féliciter dès l'annonce de sa victoire.

— Madame Konrad, je vous remercie très sincèrement de cet appel. Vous connaissez mon attachement à l'Europe et aux relations avec notre voisin allemand.

— Je sais, et nous vous en sommes reconnaissants. Je souhaiterais que nous puissions nous rencontrer avant votre arrivée à l'Élysée. D'une manière presque informelle puisque vous ne serez véritablement Président qu'après la cérémonie de prise de fonction officielle. Cela enverrait un message fort à nos voisins européens et nous pourrions parler d'affaires urgentes et confidentielles.

— Laissez-moi y réfléchir. Il ne faudrait pas que mon premier voyage sur la scène internationale soit mal interprété … Hum ! je vais cn discuter avec mon staff qui confirmera ce rendez-vous et ses modalités.

— Parfait, Herr Lavalette ! J'espère que nous nous verrons bientôt !

— Bonsoir, Madame la Chancelière.

— Étonnant ! pensa Paul en raccrochant. On dirait qu'une urgence sérieuse pousse la chancelière à me rencontrer.

LA THEORIE DU CHAOS

3. L'ENQUÊTE

Mardi 2 Mai

Le bruit ! Elle ouvrit les yeux et se demanda quel jour on pouvait bien être. Le téléphone portable posé sur la table de nuit continuait de vibrer et résonnait dans toute la chambre. Elle avait si peu dormi depuis l'attentat qu'elle en avait perdu la notion du temps. Cet appel la cueillait en plein sommeil profond.

Elle essayait de remonter à la surface. De la rue filtrait un peu de lumière à travers les voilages légers de la chambre. Elle regarda le plafond, puis à sa droite sentit la place vide et froide dans le lit.

— Ah oui, se dit-elle, on est mardi ! Un rapide coup d'œil sur son portable. Les gros chiffres indiquaient 5 h 50.

Elle décrocha : Commandant Rougier !

— Bonjour Pauline, je suis sûr que tu es en pleine forme ! Tu as pu dormir plus de quatre heures cette nuit, et dans ton lit en plus ! Nous on termine à peine les examens préliminaires !

— Salut Pascal, j'espère que tu as de bonnes raisons pour me réveiller aussi tôt - un appel du patron de l'équipe technique signifiait forcément une avancée dans leur enquête.

— Et pas qu'un peu ! On a identifié notre gars. Il s'appelle Oualid Massourd.

— On a son CV ? Il est connu notre gus ? encore endormie, Pauline essayait de remettre ses idées en ordre.

— Ça, tu peux le dire ! C'est un revenant.

— Merde ! Fallait que ça arrive un jour ou l'autre. Bon, écoute, je pars pour la Brigade au plus vite. Tu nous rejoins, disons à 7 h pour un briefing ? Je convoque l'équipe au complet.

Pauline raccrocha et appela les 6 numéros qu'elle connaissait par cœur pour demander à ses équipiers d'être de retour à la Brigade à 7 h, puis se dirigea vers la salle de bain. Depuis l'attentat, elle se trouvait dans un tourbillon d'activités qui ne lui avait pas laissé le temps de respirer. Elle était rentrée vers 1 h du matin. Elle avait donc dormi environ quatre heures, d'un sommeil agité et plein de fantômes. Pas suffisant pour récupérer.

Pauline Rougier était à la Brigade Antiterroriste depuis deux ans. À presque quarante ans, elle était la plus jeune commandante et la seule femme à avoir un poste de direction au sein de la BAT.

Jolie, cette rousse d'un mètre soixante-sept au visage ovale et au nez mutin affichait des taches de rousseur qui lui conféraient un air de jeune étudiante. Elle avait la réputation d'être une femme d'action et la pratique assidue de sports de combat et de la course à pied, lui permettait de conserver une silhouette harmonieuse.

Sortie major de sa promotion de l'École Nationale Supérieure de Police, elle collectionnait les premières places. Rattachée à la brigade des stups pendant cinq ans, elle avait participé au démantèlement d'un réseau de trafiquants de drogues, qui servait entre autres au financement de filières terroristes. Grâce à ce coup de filet, remarquée par le patron de la brigade, elle avait atterri à l'Antiterrorisme.

Pauline s'était vue confier l'enquête dès les premières minutes de l'attentat du défilé du 1er mai. À partir de cet instant, elle et son équipe avaient été sur le pied de guerre sans discontinuer – soit depuis quinze heures.

Les premières conclusions des techniciens arrivés sur les lieux n'apportaient malheureusement pas de réponses. L'homme, car il s'agissait bien d'un homme, avait fait sauter sa ceinture explosive au contact du cortège. Il avait été purement et simplement vaporisé par l'explosion. On avait retrouvé des morceaux du terroriste sur des dizaines de mètres à la ronde tant la déflagration avait été puissante. Pas d'empreintes exploitables.

Après la prise en charge des blessés et des morts, le périmètre de sécurité établi, on avait pu commencer les recherches. Quelques témoins, qui n'étaient pas en état de choc, avaient pu collaborer à l'enquête, mais l'homme semblait être arrivé en courant, et se mêlant à la foule, avait immédiatement actionné son mécanisme de mort. Les témoignages ne permettaient pas de faire apparaître un point quelconque qui aiderait à ancrer les recherches.

À minuit, après avoir fait son rapport au directeur de l'agence, Pauline et son équipe décidèrent de laisser tomber faute d'éléments, en attendant le résultat des analyses ADN, et de reprendre l'enquête le lendemain matin. On n'avait de toute manière rien de solide pour avancer et il fallait bien que les troupes dorment quelques heures.

*
* *

Mardi 2 Mai, 7 h - BAT, Levallois

L'équipe du commandant Rougier s'était attribué la salle de réunion du 2ème étage qui devenait leur quartier général pendant cette enquête – et tant pis pour ceux qui ne manqueraient pas de se plaindre.

Autour d'eux un mobilier administratif terne éclairé par des tubes fluo qui diffusaient une lumière crue. Tous les visages, les traits tirés par la fatigue, étaient tournés vers Pauline. L'équipe de six enquêteurs assis autour de la table se tenait prête.

Pascal Le Cam, directeur de la section de la police scientifique, qui s'était occupé de recueillir les indices sur la scène de l'explosion, arriva à 7 h précises.

— Bonjour à tous et merci d'être à l'heure, commença Pauline. Nos collègues de l'IJ ont identifié notre kamikaze. Je laisse la parole à Pascal qui va nous faire son briefing. Pascal ?

— Merci Pauline. Bonjour à tous, Je vous confirme que nous avons un nom et un visage à vous présenter. Nous avons réalisé une analyse ADN en urgence et on a gagné le gros lot ! - Il sortit d'un dossier quelques impressions couleur avec la photo du terroriste – c'est une connaissance de nos services, continua Pascal Le Cam. Oualid Massourd, Français de 3ème génération d'origine algérienne, vingt-cinq ans, Fiché S, condamné il y a cinq ans pour trafic de stupéfiants. Il avait pris vingt-quatre mois, sorti au bout de dix-huit. Radicalisé en prison, il est parti faire le Djihad en Syrie via la Turquie en 2014. Quand Mossoul est tombé, il disparaît et on n'a plus de nouvelles de lui jusqu'à hier. On a donc pour la première fois une action violente sur le territoire national menée par un revenant.

Les policiers se regardèrent dans un silence pesant. Le problème des revenants, ces combattants partis en masse pour la Syrie et d'autres zones de guerre, était sérieux. On ne connaissait pas exactement leur nombre ni leur détermination à continuer l'action sur notre sol, mais la menace était réelle. On estimait qu'ils étaient environ un millier. Mille bombes incendiaires qui pouvaient revenir en France à n'importe quel moment, via les frontières poreuses de l'espace Schengen, et se baladeraient alors librement sur le territoire.

— Merci Pascal. Vous avez été rapide ! On va continuer les recherches. D'autres éléments techniques ?

— Non pas à ce stade, mais nous étudions le type d'explosif, on a retrouvé une partie du détonateur et dès que j'en sais plus, je vous appelle.

— Des questions, avant que Pascal ne retourne à son labo ? Pauline scruta les visages.

Pas de question. Pauline prit la parole.

— Arnaud et Julie, vous allez trouver les images de vidéosurveillance disponibles dans la rue Soufflot et aux alentours. Il n'est pas arrivé comme ça à pied ! Se tournant vers Moussa. Toi,

Moussa, tu pars avec Yvan. Vous allez sur le terrain et vous interrogez les proches de Massourd. Tu cherches son dossier complet pour trouver des connexions. Il doit avoir eu des potes, avant ou après la prison, sa famille… Enfin, vous voyez si vous pouvez établir un lien avec une structure islamique via la mosquée, où il a grandi, etc.

— OK Commandant, on est partis !

— Clara et Kader vous m'épluchez le dossier de son procès. Je veux tout savoir sur ses amis à ce moment-là, et vous me trouvez ses contacts en prison. Après tout, s'il s'est radicalisé en taule, il a peut-être établi des liens qui lui ont permis de partir et de revenir.

— À vos ordres, Chef !

— Moi je passe voir le Patron et je fais mon rapport. On se retrouve à midi, ici et à l'heure. C'est important, je compte sur vous !

Arnaud et Julie prirent les escaliers pour rejoindre leur bureau du 5ème et appeler le centre opérationnel parisien, où étaient enregistrées et stockées toutes les images de vidéos surveillance de la capitale. À Paris, le plan de "vidéo-protection" initié en 2010 a permis d'interconnecter treize mille caméras dans le cadre d'un vaste projet de sécurisation de la ville. Sans le savoir, tous les Parisiens sont filmés, espionnés en permanence, dans le but de rendre les rues plus sûres.

Large construction ancienne sans signes distinctifs, le bâtiment, centre opérationnel de la surveillance de la capitale, situé à côté de la porte de Versailles, ne payait pas de mine. Les Parisiens qui passaient devant chaque jour ne pouvaient pas imaginer la concentration de technologie de ces yeux digitaux, qui analysaient en permanence la jungle urbaine, le trafic routier, les feux de signalisation et les bâtiments publics.

Après avoir présenté leur badge pour identification, Julie et Arnaud purent pénétrer dans le centre de commandement. Un étage entier. Au fond, une immense salle serveur climatisée et sécurisée, contenant des ordinateurs reliés à des dizaines d'écrans qui formaient un mur digital. Toutes les informations reçues étaient systématiquement enregistrées et conservées. Les images transmises en flux continu, alimentées par l'ensemble des caméras parisiennes, donnaient un spectacle saisissant. On reconnaissait, ici les Champs-Élysées, là le Sacré-Cœur, ou encore des édifices de la République filmés sous toutes les coutures. L'Assemblée Nationale, le Palais de l'Élysée, les différents ministères, le périphérique, tout était enregistré minute par minute. Même habitués à visiter le centre, les deux policiers ne pouvaient pas lâcher des yeux ce spectacle en mouvement. On y voyait battre le cœur de la ville.

Le responsable, un homme dans la cinquantaine, au ventre arrondi et aux cheveux aussi blancs que sa chemise, les reçut dès leur arrivée. Il leur tendit une poignée de main cordiale et vigoureuse.

— Lieutenants Payre et Lescure ? Jacques Radier ! Je vous attendais, c'est moi que vous avez eu plus tôt ce matin. On vous a préparé un bureau pour que vous puissiez commencer les recherches immédiatement.

— Merci ! dit Julie qui appréciait le fait de pouvoir travailler sans perdre de temps.

— Un de nos spécialistes va vous aider. Manier les logiciels pour passer d'une caméra à une autre et synchroniser les vues demande un peu de pratique ! Si vous voulez bien me suivre.

Jacques Radier les précéda et ouvrit la porte d'une salle de réunion vitrée, dans laquelle trônait sur un bureau, un écran de vingt-deux pouces flambant neuf, relié à une sorte de clavier doté d'un joystick.

— Pfff ! siffla Arnaud. Je vois que vous avez des moyens ! Si on avait la moitié de ça à la brigade ça serait le pied ! ajouta-t-il visiblement impressionné par le matériel dont disposait le centre de surveillance.

— Pour être tout à fait franc, on n'en a pas des dizaines comme celui-ci, mais j'ai pensé que compte tenu de la situation… ça serait bien que vous ayez ce qu'on a de mieux !

Un jeune homme, pas trente ans, arriva et entra dans le bureau.

— Bonjour ! dit-il en passant devant Julie sans un regard pour Arnaud. Il s'assit et commença à pianoter sur le clavier.

Arnaud se demandait si lui ou Julie avait dit quelque chose qu'il ne fallait pas. Jacques Radier lui fit un signe et tous les deux sortirent du bureau.

— Il s'appelle Nathan, dit Jacques à voix basse. Il est un peu... disons autiste, mais c'est le plus brillant de l'équipe. Allez-y doucement et vous obtiendrez le meilleur de ce que peut faire la technologie ici !

— Merci du conseil, répondit Arnaud. On va y aller tout doux !

Il ouvrit la porte du bureau. Julie et Nathan regardaient les images défiler. Il remarqua que le jeune homme avait volontairement mis de l'espace entre lui et Julie. Arnaud prit le siège restant et s'installa un peu en retrait. Pas le meilleur angle de vue, se dit-il, mais je ne vais pas coller Nathan de trop près. Laissons-lui de l'air.

— Vous avez les images du kamikaze ? demanda Julie

— Oui bien sûr, répondit nerveusement Nathan, vous voulez les voir ?

— Çà serait un bon début pour suivre notre homme, non ?

Quelques clics. Ses doigts agiles couraient sur le clavier, et les premières images apparurent sur l'écran géant. Le spécialiste affichât différentes vues de la rue Soufflot, filmée depuis une caméra placée au niveau du Panthéon, puis commença à faire défiler le temps ; on assistait à des scènes de la vie quotidienne de la journée précédente à vitesse accélérée.

Soudain, ils le virent arriver. À 15 h 22 exactement. Parmi la foule qui se dirigeait vers le cortège depuis le boulevard Saint-Germain. L'homme semblait stressé. Il marchait en direction du défilé, se retournant souvent. Puis il traversa la rue Saint-Jacques et se mit à courir en regardant derrière lui une dernière fois.

— Stop, fit Julie. Vous pouvez zoomer et faire un tirage de cette image ?

— Pas de problème, répondit immédiatement Nathan.

Il joua sur son clavier et le terroriste grossit jusqu'à remplir tout l'écran. On ne pouvait détacher son regard de l'expression déterminée de cet homme. Ses yeux rougis par le manque de sommeil et l'angoisse. Mais avant tout, on discernait dans cette attitude toute la haine et la résolution de celui qui allait dans quelques secondes répandre le sang et la terreur.

— Putain ! Ça fait froid dans le dos ! s'exclama Arnaud, ce qui reflétait précisément ce que chacun pensait devant ce spectacle muet.

Quelques secondes après, on voyait l'homme sauter par-dessus les barrières de protection sans que personne l'ait intercepté. Puis l'explosion. Le silence fut interrompu par l'entrée de Jacques Radier.

— Vous avez imprimé çà ? dit-il, en posant la photo de Oualid Massourd sur le bureau.

— On le reconnaît bien ! répondit Julie, même si elle est de mauvaise qualité. Il n'y a aucun doute. Nathan, vous pouvez remonter le temps en essayant de suivre Massourd à la trace ?

Nathan jonglait avec les différentes prises de vues des caméras. Les deux enquêteurs louaient intérieurement le ciel de leur avoir associé le jeune informaticien. S'ils avaient dû faire ça eux même ils auraient mis des jours. La technologie c'est bien, se dit Julie, mais il vaut mieux laisser ça aux spécialistes.

Les images continuaient à s'animer. On y voyait notre homme sous différents angles descendre la rue des Carmes, puis on le retrouvait marchant d'un pas rapide dans le Boulevard Saint-Germain.

— Là ! dit Nathan. On reconnaissait très nettement Oualid Massourd qui sortait d'un véhicule au coin du Boulevard Saint-Germain et du Pont de Sully.

— C'est quoi cette caisse ? demanda Julie. On dirait une bagnole des années soixante-dix !

— C'est une Golf des années quatre-vingt-dix Julie ! répondit Arnaud. Pas de la dernière génération je te le concède, mais quand même. T'es une gosse de riche ?

— Vous pouvez zoomer sur la plaque ? demanda Julie

— Voilà ! répondit Nathan après quelques manipulations rapides. 234 CV 93 !

— Je m'en occupe, dit Arnaud, notant le numéro. Continuer à les suivre à la trace.

Arnaud sortit du bureau et appela la brigade. On décrocha à la première sonnerie.

— Bonjour, lieutenant Lescure à l'appareil. Vous pouvez me passer le lieutenant Clara Rossi ou Kader Jaoui ? J'attends !

— Lieutenant Jaoui !

— Salut Kader, Arnaud à l'appareil. Je t'appelle du centre de vidéosurveillance. On a repéré notre homme et il est descendu d'un véhicule. Tu peux chercher dans la base qui est le proprio ?

— Vas-y, je t'écoute. J'espère qu'elle n'est pas volée !

— C'est une Volkswagen, une Golf, rouge, immatriculée : 234 CV 93.

— Ça tourne… Voilà Golf de 1993 qui appartient à Yasmina Oufik, domiciliée au 40 bis, Rue Heurtault, à Aubervilliers.

— Merci Kader, je préviens le chef.

Il retourna dans le bureau pour demander à Julie et à Nathan de continuer à suivre la Golf et remonter cette piste. Puis il sortit pour appeler Pauline.

— Rougier à l'appareil, répondit-elle dès la première sonnerie.

— Commandant, c'est Arnaud, on a une piste ! Grâce aux images de vidéosurveillance, on a identifié la voiture avec laquelle le kamikaze est arrivé. Elle appartient à une certaine Yasmina Oufik. On essaye de suivre sa trace via les caméras.

— On a une adresse ?

— Oui, on vient de faire une recherche dans la base avec Kader et la propriétaire est domiciliée à Aubervilliers, enfin ce sont les infos sur la carte grise !

— OK, merci, on regarde ici à la Brigade et on vous appelle si nécessaire. Bon boulot Arnaud !

— Merci Commandant. Si j'ai des éléments complémentaires, je vous en fais part immédiatement.

Arnaud retourna dans le bureau où Julie et Nathan suivaient l'itinéraire de la Golf rouge. L'informaticien, concentré, affichait différentes prises de vues, jonglait entre les caméras, et une ride sur son front indiquait que la recherche était difficile.

— Alors ? demanda Arnaud, vous progressez ?

— On perd sa trace à l'arrivée sur le périph', répondit Julie. Trop de circulation. Nathan fait de son mieux, mais là on est bloqué.

— Bon, dans ce cas je propose de rentrer à la brigade. Nathan ?

— Oui ?

— Continuez de chercher et appelez-moi tout de suite si vous trouvez quelque chose OK ?

— Oui, Lieutenant.

Toujours aussi loquace, se dit Arnaud. Ce garçon avait des qualités techniques indiscutables, mais ne devait pas être le collègue le plus rigolo de l'équipe. On pouvait avoir confiance en Nathan, si on pouvait extraire de ces images des informations exploitables, il le ferait sans aucun doute.

Julie et Arnaud remercièrent Jacques Radier pour son aide et lui demandèrent de laisser le jeune ingénieur travailler aussi longtemps qu'il le jugerait nécessaire à cette recherche prioritaire. Pas de problème du côté de Radier qui apportait un soutien sans faille aux enquêteurs.

Ils arrivèrent à la Brigade juste avant midi. Impeccable, pensa Julie, on sera même à l'heure pour le briefing.

L'équipe au complet se retrouva dans la salle de réunion du 2ème étage. On sentait dans l'ambiance électrique qui y régnait, que les choses avaient évolué. Arnaud et Julie, Kader et Clara ainsi que Moussa et Yvan étaient assis autour du commandant Rougier.

Pauline commença par un tour de table des binômes :

— Julie et Arnaud ?

Arnaud regarda Julie, qui se lança.

— Nous avons une photo de notre kamikaze prise par les caméras de vidéosurveillance au moment précis où il arrive au niveau du défilé – Elle sortit les tirages réalisés au centre opérationnel par Radier et les distribua – Comme vous pouvez le constater, la photo correspond sans erreur possible à Oualid Massourd. Le coupable de l'attentat est bien l'homme identifié grâce aux analyses ADN.

— C'est un premier point essentiel, insista Pauline.

— De plus, ajouta Julie, en retraçant son parcours, nous l'avons repéré dans une Golf rouge immatriculée dans le 93 qui l'a déposé à l'angle du Pont Sully et du Boulevard Saint-Germain. Malheureusement, on le perd sur le périph. Le technicien du centre opérationnel continue les recherches, au cas où.

— Merci Julie. Clara ou Kader ?

— Oui commandant, dit Kader. Clara et moi avons identifié le propriétaire du véhicule. Il s'agit de Yasmina Oufik, vingt-sept ans, domiciliée au 40 bis, rue Heurtault, à Aubervilliers et …

Clara interrompit Kader :

— Oufik tu dis ? – elle ouvrit un dossier et parcourut des feuilles éparses – là, j'ai quelque chose qui date du procès de Massourd en 2014 ! Ah oui ! pendant l'instruction, un certain Oufik a été entendu, comme témoin. Cela n'a rien donné, mais on a un lien entre les deux.

— Moi aussi, s'exclama Yvan ! Moussa et moi avons épluché le dossier personnel du terroriste, et Oufik est noté comme étant un ami proche de Massourd.

— Qui est cette Yasmina ? demanda Pauline

— C'est la sœur de Driss Oufik, répondit immédiatement Clara.

— Kader et Julie, puisque vous épluchez le dossier de Massourd, faites-moi en urgence un profil de Driss Oufik. S'il est dans le coup, comme cela semble se préciser, j'aimerais bien savoir qui il est !

— Pas de problème, Chef ! répondit Kader, en interrogeant du regard Julie qui lui confirma son accord

— Autre chose ? demanda Pauline.

Du regard, elle fit le tour de la table. Rien à ajouter.

— Ne lâchez rien ! insista Pauline. Je vais voir le patron et je vous tiens au courant.

LA THEORIE DU CHAOS

*
* *

Mardi 2 Mai, 21 h 30 - Aubervilliers

Le patron de la BAT avait confirmé que les faisceaux de présomptions concernant Yasmina Oufik étaient suffisants pour demander qu'on perquisitionne son domicile. Il fallait bien admettre que les enquêteurs ne possédaient pas d'autres pistes sérieuses, or, toute avancée rapide pouvait être déterminante, surtout au début d'une instruction. Plus le temps passerait et plus les pistes refroidiraient. Une recherche approfondie n'avait pas permis de trouver d'informations spécifiques concernant Yasmina Oufik. En revanche, son frère, Driss Oufik, était lui aussi fiché 'S', et avait un casier.

Les préparatifs avaient été rapides. Le RAID, rompu à une mobilisation dans l'urgence, avait constitué une équipe de dix hommes en moins d'une heure. Solidement armés, vêtus de leurs tenues d'assaut noires, de leurs gilets pare-balles, cagoulés et casqués, les policiers se trouvaient devant l'immeuble où habitait Yasmina Oufik. À leurs côtés, les six enquêteurs de l'équipe du commandant Rougier, prêts pour l'action.

La nuit s'était installée dans ce quartier d'Aubervilliers. La rue Heurtault, calme, à sens unique, ne laissait passer dans la journée qu'une circulation éparse. Le quartier était bouclé et les véhicules du RAID, garés un peu en retrait, se dissimulaient aux fenêtres de la maison à investir.

L'ancienne bâtisse de deux étages affichait une façade décrépie. Les briques de la construction vétuste mises à nu par des morceaux entiers d'enduit tombés depuis longtemps, retenaient de vieux volets à la peinture écaillée. L'unique porte d'entrée au centre du bâtiment donnait directement sur la rue. On apercevait un petit jardin derrière un muret en briques rouges flammées, surmonté d'une grille rouillée, que prolongeait un bout de terrain mal entretenu sur l'arrière.

À gauche, un immeuble moderne de quatre étages en pierres blanches, dont les larges vitrages laissaient entrevoir des bureaux faiblement éclairés.

Accolé à droite, un chantier en construction ceint d'une haute palissade en bois, affichait ostensiblement des panneaux d'interdiction de pénétrer tous les deux mètres. Une pancarte vantait un projet à taille humaine et aux prestations de qualités, idéalement situé aux portes de Paris.

L'équipe du RAID scrutait la façade et les fenêtres allumées du rez-de-chaussée qui donnaient sur la rue. Les vitres, au trois quarts dépolies, permettaient aux habitants de bénéficier d'un peu d'intimité dans une lumière relative. Les fenêtres du premier ne laissaient rien filtrer, les occupants devaient être très probablement absents. L'appartement de Yasmina Oufik se situait au 2ème et dernier étage et on discernait une lueur à travers les rideaux tirés.

Le commandement de l'intervention avait été confié à un solide gaillard. Visage carré et mâchoire volontaire. Ce grand type blond tout en muscle et au regard vif, s'adressa à son l'équipe et à celle de Pauline, regroupées à cent mètres du bâtiment, pour donner les instructions de l'assaut.

— Nous devons entrer dans l'appartement du 2ème étage. Deux hommes protégés par un bouclier vont se positionner à l'avant du groupe dans l'escalier. François et Alain, vous ouvrirez la marche ! Suivront toi, toi et toi, et vous deux, dit-il en désignant d'un doigt ganté cinq membres de l'équipe. Vous nous couvrirez devant avec les fusils d'assaut. Philippe, tu seras le premier, derrière le groupe de tête, et tu amènes le bélier avec toi. Un homme restera à chaque étage au cas où des agresseurs viendraient prêter main-forte aux suspects au 2ème. Deux autres devant la porte, et deux derrière le bâtiment, ajouta-t-il en désignant deux paires de binômes.

— Des questions ?

Les hommes se regardèrent l'air interrogatif, sourcils levés. Tout était clair. Pauline s'avança et montrant le bâtiment demanda :

— On fait quoi des occupants du rez-de-chaussée ? demanda Pauline

— Commandant Rougier, justement j'avais une mission pour vous. Pouvez-vous les faire sortir avant que nous entrions dans le bâtiment ?

— Bien entendu.

— Vous les emmenez au-delà de la zone de danger et vous les gardez au chaud, on ne sait jamais comment ça va se passer.

Il se retourna vers ses hommes.

— Quand on est devant la porte, on glisse une caméra et on avise. Si la voie est libre on ouvre avec le bélier, puis procédure d'assaut standard. Grenade assourdissante et progression en ordre comme à l'entraînement. Vous êtes prêts ?

Tout le monde acquiesça. Rompus à l'exercice avec des gestes répétés des centaines de fois, les policiers connaissaient parfaitement leur rôle.

— Commandant Rougier, vous commencez l'évacuation du rez-de-chaussée ? demanda le chef des opérations.

Pauline acquiesça et regardant Moussa.

— On y va ? dit-elle.

— C'est parti Commandant !

Ils parcoururent aussi rapidement que possible la distance qui les séparait de la maison avant de se poster de chaque côté de l'entrée de l'immeuble. Armes au poing, ils poussèrent la porte qui s'ouvrit doucement sans faire de bruit. Un rapide coup d'œil à l'intérieur. Ils découvrirent un petit hall d'accueil faiblement éclairé d'un néon poussif, sol en carreaux de ciments anciens ébréchés et murs peints en marron sale. À gauche, les poubelles de la copropriété, en face, la porte de l'appartement du rez-de-chaussée et un escalier vétuste aux marches de bois usées. Pauline se saisit de sa radio attachée à sa ceinture.

— À tous, rien à signaler ! Nous entrons dans l'immeuble.

Pauline fit un signe à Moussa et ils se dirigèrent vers la porte de l'appartement. Ils rangèrent leurs armes. Pauline frappa et écouta attentivement. Un bruit de mouvement, d'abord léger, puis un pas lourd de savates traînant sur le sol. Un homme, soixante-dix ans et cheveux tout blancs, leur ouvrit. Il portait un jean douteux que recouvrait un sweatshirt bleu taché. Une barbe de plusieurs jours barrait son visage ridé. Il fixait les deux policiers d'un œil soupçonneux.

— C'est pourquoi ? demanda-t-il, hésitant entre curiosité et inquiétude.

— Police ! Monsieur …?

— Dalmont ! Je suis le propriétaire de cet immeuble.

— Monsieur Dalmont, je suis le commandant Rougier et voici le lieutenant Moussa Zalif, répondit Pauline, en exhibant son badge de la police.

— Nous allons vous demander de nous suivre. Nous avons un mandat de perquisition pour l'appartement du 2ème étage. Nous souhaitons avant tout vous mettre à l'abri le temps de l'intervention.

— C'est dangereux ?

— Difficile à dire, mais il faut être prudent. Avez-vous des locataires au 1er ?

— Non, il est vide en ce moment. D'ailleurs si vous cherchez un logement !

— Merci, Monsieur, mais allons discuter un peu plus loin.

Le vieil homme hésita se balançant d'avant en arrière sur le palier. Son corps traduisait son embarras, partagé entre quitter son appartement et faire entrer les policiers. Pauline simplifia la situation.

— Mettez une veste et suivez-nous ! Notre dispositif est à cent mètres, juste au bout de la rue. On sera au calme pendant que les hommes grimperont au 2ème.

— J'arrive, répondit le vieil homme.

La radio de Pauline cracha un message : « Vous en êtes où, Rougier ? »

— On sort du bâtiment dans une minute ! Nous sommes avec le propriétaire. L'appartement du 1er est vide … en principe.

— OK ! On lance l'opération.

— Dépêchez-vous Monsieur Dalmont, on est un peu pressé !

— J'arrive, j'arrive !

Le vieil homme attrapa un blouson de cuir râpé avant de sortir. Visiblement, la location de ses modestes appartements ne lui laissait pas une retraite de châtelain.

Moussa et Pauline, accompagnés de Dalmont, rejoignirent le QG de l'opération où des véhicules du RAID stationnaient en nombre.

Les dix hommes de la brigade d'intervention se dirigèrent au pas de course vers la porte d'entrée principale du bâtiment. Le pouce en l'air du commandant à la rencontre du trio, avec Pauline en tête, indiquait que tout était en ordre. Leur course rapide était presque totalement silencieuse et Pauline se demanda comment on pouvait courir avec un gilet pare-balle, un bouclier et tout un armement pesant au moins 40 kg sans faire de bruit.

La troupe se scinda, chaque groupe avait sa mission.

Deux hommes se postèrent devant la porte d'entrée à l'intérieur du hall. Un autre binôme enjamba la grille du jardin pour se positionner à l'arrière de l'immeuble en cas de fuite des suspects. Les six policiers restants commencèrent leur progression vers le 2ème étage. Les deux hommes à l'avant montaient doucement, bouclier au-dessus de leur tête, pour protéger le groupe de tirs depuis les étages supérieurs. L'escalier très étroit ne permettait pas de monter à deux de front. Les soldats se suivaient en file indienne. Ce type de progression représentait un danger. En cas d'attaque, seul le policier de tête pouvait riposter. Le Commandant leur fit signe d'accélérer le pas. L'escalier vétuste grinçait.

Le groupe d'intervention se trouvait maintenant sur le palier du premier étage, devant la porte d'entrée de l'appartement vide. Ils écoutèrent. Pas de bruit. Le commandant désigna un homme, fit un V avec sa main droite qu'il plaça devant ses yeux, puis montra l'escalier vers le bas. Celui-ci répondit avec le pouce droit en l'air. Il devait surveiller le palier pour empêcher la montée d'agresseurs. On s'était compris.

Le chef fit signe de reprendre la progression. Jusque-là, tout se passait comme prévu, mais il fallait rester concentré. Une attaque était possible à tout moment. La différence entre la vie et la mort se comptait souvent en fractions de seconde.

Ils arrivaient à vue de l'appartement de Yasmina Oufik. Plus que trois marches et ils y étaient. Ils ralentirent leur progression pour minimiser le bruit de leur ascension. Les deux hommes de tête positionnèrent le bouclier le long de la porte pour protéger le reste de la troupe de tirs depuis l'intérieur de l'appartement.

.*.

Lorsque sa torche glissa de sa main, le brigadier Philippe qui suivait les deux policiers de tête eut le mauvais réflexe d'essayer de la rattraper. Il était malheureusement trop tard, et la lourde lampe lui échappa définitivement. Rebondissant sur les marches et heurtant la rambarde de métal de l'escalier, elle dévalait les étages dans un bruit assourdissant. Le soldat tourna sur lui-même d'un geste brusque, hypnotisé par le faisceau lumineux qui disparaissait dans les marches, imprimant au bélier qu'il portait attaché à sa ceinture un mouvement de rotation. Lorsque l'engin heurta violemment le mur, un boum retentissant remplit la cage d'escalier. Le silence qui suivit dura quelques secondes, pendant lesquelles tout le monde se figea.

Quatre têtes se tournèrent en même temps vers leur commandant. On avait perdu l'effet de surprise et avec deux hommes devant l'appartement et le reste dans l'escalier, on était mal positionné en cas d'attaque. Le chef prit une décision immédiate. Décision qu'il jugera ensuite comme la meilleure, compte tenu des circonstances. Il ferma le poing et baissa le bras. L'action était lancée. Les deux policiers qui portaient le bouclier se déplacèrent souplement sur le côté pour que Philippe puisse se saisir du bélier et fracasser l'ouverture. Les deux autres membres de la section d'assaut, le commandant et un de ses hommes, armes automatiques prêtes à tirer, se positionnèrent de chaque côté de la porte. Dès que celle-ci serait ouverte, on enverrait une grenade assourdissante. Ces engins avaient le pouvoir de créer un effet de panique lors de l'explosion, proche de la catatonie, pendant plusieurs secondes.

Philippe s'empara du bélier en alliage léger des deux mains et d'un geste large le projeta en un arc de cercle rapide, vers la porte de l'appartement.

*
**

Pauline et le propriétaire de l'immeuble étaient assis à l'arrière d'un des véhicules de la brigade d'intervention, un Ford Transit aménagé pour le transport d'une dizaine de policiers. Dalmont affichait un calme qui contrastait avec l'effervescence à l'extérieur. Les hommes du RAID étaient venus avec des moyens logistiques et de secours, et même si la plupart des véhicules étaient banalisés, ce déploiement de force ne pourrait pas passer inaperçu bien longtemps.

— Monsieur Dalmont, interrogea Pauline, connaissez-vous les locataires de votre appartement du 2ème étage ?

— Bien entendu ! répondit-il du tac au tac, surpris. Pourquoi cette question ?

— Nous pensons que le ou les locataires sont liés à l'attentat d'hier à Paris et on cherche tout ce qui pourrait nous aider dans notre enquête

— L'attentat ? Ah oui j'en ai entendu parler à la radio. Ma télé est en panne depuis une semaine. Vous savez combien de temps ils mettent pour venir vous dépanner ? C'est scandaleux ! Surtout que j'avais pris une extension pour la garantie. Le gars au téléphone …

— Monsieur Dalmont ! l'interrompit Pauline, j'ai besoin que vous me parliez de Yasmina Oufik. Vous voulez bien ?

— Yasmina ? Ben oui, c'est une fille adorable. Elle a habité ici pendant trois ans. Elle et moi on s'entendait bien, vous savez. Elle me faisait même mes courses de temps en temps.

— Elle est partie ?

— Oui, elle a laissé l'appartement à son frère Driss, il y a trois mois à peu près.

— Pour aller où ?

— Dans le sud je crois, du côté de Montpellier. Elle a trouvé une nouvelle place. Elle fait du télémarketing, qu'elle m'a dit. Vous savez ceux qui vous appellent dès que vous passez à table pour vous vendre des fenêtres ou des cuisines ! Mais elle, elle doit le faire avec gentillesse.

— Oui, oui, je vois très bien, répondit Pauline en souriant. Ce vieil homme était décidément très sympathique. Continuez !

— En fait, elle en avait marre de tout ça, de Paris, de la banlieue, de son passé dans la cité qu'elle traînait avec elle. Elle voulait commencer une nouvelle vie.

— Alors qui y habite maintenant ? demanda Pauline.

— Quand Yasmina a déménagé, elle m'a demandé si ça me posait un problème que son frère Driss reprenne l'appartement. Vous voyez à mon âge, rechercher des locataires c'est toujours compliqué et comme le 1er étage était vide, j'ai accepté c'était plus simple.

— Avez-vous lié connaissance avec Driss ?

— Oui, mais c'est un garçon renfermé. Rien à voir avec Yasmina. Il habite là avec d'autres jeunes, mais ils sont plutôt discrets. Bonjour et au revoir, et encore … Yasmina m'a expliqué que son frère avait fait des bêtises et qu'il avait besoin d'un coin pour se poser et pour chercher un travail. Il me paye en liquide et ça m'arrange. – Dalmont sembla réfléchir un moment et ajouta - Une seule fois, j'ai eu des ennuis avec un des jeunes, Malik. Il foutait ses poubelles par terre et ça m'a agacé. Alors je lui ai dit et il s'est énervé. Driss est intervenu pour le calmer, mais il avait l'air mauvais. C'est la seule fois.

— Je comprends, le rassura Pauline. Savez-vous par hasard si Yasmina avait une voiture ?

— Oui, elle l'a laissée à Driss. Elle disait qu'elle lui coûterait plus cher à descendre à Montpellier si jamais elle y arrivait ! C'est une vieille bagnole. Rouge, je crois.

— Vous parliez d'un certain Malik ?

— Oui, un des trois qui vivent là. Mais je ne sais rien de plus sur lui. Pas très causant.

— Merci de votre aide. Ah oui, une dernière chose, avant de vous laisser tranquille, avez-vous remarqué quoi que ce soit de bizarre chez ces jeunes ?

— Pas vraiment. Ils sont calmes.

— Je repasserai vous voir un peu plus tard, Monsieur Dalmont. J'aurai d'autres questions à vous poser et je ferai un tour dans l'appartement. Vous êtes d'accord ?

— Tout le plaisir sera pour moi. Je ne reçois pas souvent de jolie jeune femme chez moi vous savez, répondit le vieil homme, les yeux brillants de malice.

Pauline sourit, alors qu'elle sortait du véhicule pour retrouver la réalité de l'intervention en cours.

*
* *

La première salve d'armes automatiques tirée depuis l'intérieur de l'appartement explosa dans la nuit au moment où le bélier fracassait la porte d'entrée. Le brigadier Philippe reçut les balles de pleine face. Le tir dirigé de bas en haut le faucha au niveau des jambes, cribla son gilet pare-balle, et explosa son casque de protection. L'homme s'écroula.

Les deux policiers derrière lui ouvrirent le feu immédiatement et arrosèrent l'appartement au jugé. Le plus proche de l'entrée lança une grenade. La déflagration vaporisa les vitres. La fumée omniprésente empêchait de voir quoi que ce soit. Le commandant hurla « Homme à terre » dans sa radio, puis le silence s'imposa après l'enfer. La nuit était totale dans cet escalier exigu.

Quelques instants plus tard, la fumée poussée hors de l'appartement par les vitres brisées se dissipa. La lumière rougeâtre d'un fumigène éclairait la pièce et renvoyait des images distordues. Des rouleaux de fumées laissaient distinguer un homme couché sur le dos, une arme automatique à côté de lui. On ne relevait aucune activité dans l'appartement.

La radio du commandant crachait des messages sans discontinuer. Les secours au QG s'inquiétaient des blessures du policier à terre. L'officier se baissa pour prendre le pouls de Philippe et comprit vite qu'il n'y avait plus rien à faire.

Une voix perça le silence : « Ici Moussa Zalif, on aperçoit deux fugitifs qui passent par derrière le chantier, on intervient !»

Le policier qui portait le bouclier scruta l'appartement depuis l'entrée avec sa lampe. Après quelques minutes, il put distinguer les contours de la pièce principale. Devant un canapé, une télévision reposait sur une table basse brisée par le souffle de l'explosion. Une large fenêtre sans vitrage battait au vent, qui s'engouffrait par rafales. Plus loin sur sa droite, un passage ouvert donnait accès à ce qui ressemblait à une petite cuisine.

— J'ai un visuel avec une porte fermée sur la gauche, dit l'homme dans sa radio

— Attendez les ordres ! Restez protégés derrière le bouclier. Pas d'improvisation ! C'est déjà assez le bordel comme ça !

— Compris !

— En tout cas, il n'y a aucune activité visible dans l'appartement !

— Quelqu'un monte la caméra thermique ? C'est pour aujourd'hui ou pour demain ?

— On arrive ! répondit la voix dans la radio.

Trois minutes plus tard, un technicien amenait un rouleau de fil d'une dizaine de mètres, gros comme un stylo, enroulé sur un dévidoir, au bout duquel se trouvait un appareil qui ressemblait à un iPad.

— Vas-y, envoie la caméra sous la porte ! commanda le policier qui surveillait l'appartement, fusil prêt à tirer.

Le technicien déroula son câble qui atteignit bientôt la porte fermée. La caméra très fine se glissa dessous et ils purent distinguer l'intérieur de la pièce. L'image thermique confirma immédiatement qu'il n'y avait personne et le passage en mode vision de nuit leur permit de découvrir la chambre.

Un lit double, un placard avec rideaux dont un côté fermé. Sur le sol, un tapis de prière roulé. Quelques sacs et des vêtements entassés sur une chaise.

— RAS ! déclara le policier dans sa radio. Le lieu est vide !

— On y va, répondit le commandant.

Les hommes pénétrèrent dans l'appartement en sécurisant leur progression. Rien dans la pièce principale ni dans la kitchenette. Ils ouvrirent la porte de la chambre avec précaution. Vide. Sous le lit, un matelas pour une personne.

Quelqu'un poussa le rideau du placard et découvrit une planche qui dissimulait le fond. Il entreprit de la bouger. Elle glissa et le policier cria de surprise.

— Putain, ils ont fait un trou pour sortir ! C'est assez large pour faire passer un homme !

Le faisceau de sa lampe éclaira au-dehors le chantier qui jouxtait l'immeuble. Des échafaudages utilisés pour la construction couraient le long du mur extérieur du bâtiment, permettant une sortie discrète.

*
**

Arnaud et Moussa s'étaient positionnés au bout de la rue Heurtault, non loin de la palissade du chantier en construction attenante à l'immeuble de Dalmont. Ils attendaient que les hommes de la brigade d'intervention redescendent.

— On va encore finir à pas d'heure ! s'exclama Arnaud en allumant une cigarette

— Ah bon, parce que tu comptes tes heures toi maintenant ?

— Mais non ! Je serai juste content quand on aura bouclé cette opération. Je me ferais bien une vraie nuit dans mon lit, et si possible pas tout seul !

— T'es con ! Si tu crois qu'elle va t'attendre. Tu vas rentrer chez toi et t'écrouler comme une merde. On est tous rincés !

— Mais non je …

Des bruits de tirs d'une arme automatique retentirent en provenance du bâtiment perquisitionné. Après une seconde d'hésitation, les deux hommes se précipitèrent dans la direction des coups de feu.

— Homme à terre ! cracha la radio que tenait Moussa à la main.

— Merde ! cria Arnaud incrédule

— Plus vite, ils ont peut-être besoin de nous !

Le temps de parcourir les cinquante mètres qui les séparaient du chantier et ils longeaient la palissade de bois, quand un bruit de métal leur fit lever la tête. Ça provenait des échafaudages posés sur le mur extérieur du bâtiment d'où venaient les coups de feu.

Même si une lumière diffuse recouvrait les lieux les deux policiers distinguèrent un mouvement sur la plateforme au niveau du 1er étage. Ils durent se reculer et traverser la rue pour avoir une hauteur de vue suffisante. Tout d'abord surpris, ils comprirent rapidement qu'une ou plusieurs personnes essayaient de s'enfuir de l'immeuble en cours de perquisition.

— On fait quoi ? demanda Arnaud.

— On entre et on essaye de les neutraliser !

Moussa se saisit de sa radio, appuya sur le bouton pour émettre et cria plus fort qu'il ne l'aurait voulu : « Ici Moussa Zalif, on aperçoit deux fugitifs qui passent derrière le chantier, on intervient »

Les deux policiers se précipitèrent vers la porte qui donnait accès aux travaux. Fermée. Un lourd cadenas en condamnait l'entrée. Tant pis, pensa Arnaud. Il sauta pour attraper le haut de la porte et se tortilla pour l'escalader, rapidement imité par Moussa. Après quelques secondes à jouer les équilibristes, les deux policiers sautèrent à l'intérieur du chantier.

Moussa reprit sa radio : « On vient de s'introduire dans le chantier ! On continue la poursuite des fugitifs ». Il clipsa sa radio à sa ceinture et se saisit de son arme. Les deux enquêteurs poussèrent la porte avec précaution et entrèrent dans le chantier. La clarté de la nuit permettait à peine de discerner les contours et les formes. Sans connaître les lieux, il était difficile de se repérer. Ils s'arrêtèrent pour écouter la direction prise par les fugitifs. Ils ne savaient pas si les fuyards étaient armés, il fallait donc être prudent. On avait déjà un homme à terre.

Le bruit venait d'en face, vers le fond du terrain en construction. Sur leur gauche, les échafaudages, d'où étaient apparus les hommes en fuite. Devant eux, un trou énorme dans lequel on avait planté des barres de fer dont on distinguait les ombres comme autant de soldats figés, en attente sans doute de couler prochainement les fondations du nouvel immeuble. À droite, des engins de travaux. Ils progressaient, toujours aux aguets. Les fugitifs essayaient de traverser le chantier pour déboucher dans la rue au fond.

— Ils se dirigent vers l'arrière ! Bloquez leur retraite et bouclez le quartier ! lança Moussa dans la radio.

— On vous copie ! J'envoie des hommes immédiatement, leur répondit la voix du commandant.

Arnaud et Moussa contournèrent d'énormes machines, monstres hydrauliques dont les silhouettes menaçantes, statues de métal rouillées, ressemblaient à des gardiens silencieux. Devant eux, une partie de terrain plane. Ils longèrent un alignement de cabines de chantier. L'une d'entre elles, éclairée par une lampe grillagée, leur permit de hâter le pas.

Le bout du chantier était proche.

En débouchant, ils virent deux hommes qui grimpaient sur une palissade. Ils avaient peu de distance à parcourir, mais le temps d'enjamber le mur d'enceinte et il serait trop tard.

— Arrêtez-vous ou je tire ! hurla Arnaud.

Les deux policiers, haletants, n'avaient d'autres choix que de tirer ou de continuer la poursuite au risque d'arriver trop tard. Les deux fugitifs ne ralentirent pas leur progression d'une seconde. Le premier se tenait au sommet de la palissade. Moussa reprit sa course.

— Arrêtez-vous tout de suite ! intima Arnaud, sans succès.

Il fit feu. L'homme de tête, qui venait de sauter, tomba de l'autre côté et disparut de sa vue. Impossible de dire s'il l'avait touché. Le coup de feu sembla donner des ailes au second qui accéléra son escalade.

Moussa arriva au moment ou l'homme prenait appui avec ses deux bras sur le haut du mur. Il lui saisit le pied droit et tira de toutes ses forces. Le fugitif, d'un coup de pied de sa jambe libre, heurta Moussa sur le côté du visage, le projetant à terre. Il se retrouva assis, le nez en sang, une basket à la main, l'homme sauta par-dessus le mur et disparut à son tour.

— Merde, merde et merde, jura Moussa, en se relevant.

Arnaud arriva et rengaina son arme avant d'aider le lieutenant Moussa Zalif à se relever.

— Tu vas bien ? Rien de cassé ?

— Non, non, ça va ! répondit Moussa, visiblement contrarié de la situation

— On a fait au mieux, mec ! Tu voulais qu'on fasse quoi ? Ils connaissaient les lieux et avaient prévu leur fuite en cas d'attaque.

— J'en tenais un et voilà.

— Tu saignes !

— C'est pas grave ! C'est juste un coup de latte !

— Ben, ça saigne quand même pas mal, tu mets quelque chose dessus ? J'espère que tu n'as pas le nez cassé !

— Je ne pense pas, ça pisse, mais ça ne fait pas aussi mal que ça ! répondit Moussa, en touchant son nez meurtri.

— Passe-moi la radio, demanda Arnaud.

Moussa se saisit de la radio toujours fixée à sa ceinture et la tendit à Arnaud tout en appuyant un kleenex sur son nez meurtri.

— Ici le lieutenant Lescure, les deux fugitifs ont réussi à s'échapper par l'arrière du chantier. Je répète, les deux fugitifs ont réussi à sortir de la zone de contrôle ! Arnaud criait dans la radio, lâchant toute sa frustration.

— On vous entend, Lieutenant, pas la peine de gueuler ! Mes hommes sont partis dès votre rapport. J'espère qu'on va les intercepter.

— Désolé commandant !

— On vous tient au courant.

Arnaud et Moussa firent demi-tour pour revenir vers le QG de l'opération, quand la radio annonça la mauvaise nouvelle.

— Les deux fugitifs ont réussi à disparaître. Pas de trace d'eux à l'arrivée de nos hommes.

— OK, répondit le commandant. Continuez les recherches dans la rue et quadrillez les alentours. Je demande du renfort de police.

Pauline se trouvait au niveau du Central de l'opération en compagnie de Julie, Kader, Yvan et Clara, quand Moussa et Arnaud apparurent avec des têtes d'enterrement. Moussa pressait toujours le kleenex sur son nez.

— On a suivi vos exploits à la radio, dit Pauline.

— Désolé Commandant ! On a fait au mieux, mais là on s'est fait mettre profond par ces deux salopards !

— Vous êtes blessé, Lieutenant Zalif ? demanda Pauline.

— Non, non c'est rien, Commandant, j'ai pris un coup de pied dans le nez et ça saigne, mais ça va !

— Ça saigne beaucoup, allez voir les secours pour qu'ils jettent un coup d'œil !

Une ambulance, sirène hurlante, quittait le théâtre des opérations emmenant le policier abattu, alors que le camion de l'identité judiciaire arrivait pour faire les constatations d'usage dans l'appartement des terroristes. Relevé d'empreintes, recherche d'armes et explosifs. Tout élément pouvant aider à faire progresser l'enquête. Après l'action, le temps de la réflexion et de la collecte de données commençait.

Pauline eut un bref entretien avec le commandant du groupe d'intervention, visiblement très abattu par la tournure qu'avaient pris les évènements et la mort du brigadier Philippe.

Vers minuit, Pauline ordonna à son équipe de rentrer. On ferait un point demain matin. Rendez-vous à 8 h à la brigade à Levallois.

*
* *

LA THEORIE DU CHAOS

Pauline courait. Elle entendait le sang battre à ses tempes et ressentait la douleur qui s'immisçait dans son ventre. Elle comptait ses expirations et ses foulées régulières. Un filet de sueur coulait dans son dos et son maillot lui collait à la peau. Cette sensation de contrôle de son corps lui faisait du bien. Encore trente minutes, et j'aurai parcouru mes douze kilomètres, se dit-elle, un, deux, un, deux, un, deux. Le rythme précis de sa course, dans les rues quasi désertes, à cette heure matinale, était reposant. Elle entra dans le parc et entreprit l'ascension de la butte au sommet de laquelle elle s'arrêterait pour faire quelques exercices d'assouplissement avant de rentrer.

Elle avait mal dormi. Ce rêve qui revenait sans cesse l'avait laissé éveillée très tôt ce matin avec cette boule au creux du ventre. Elle est en robe de mariée, au milieu d'une clairière éclairée par un soleil aveuglant, remplie de gens dont elle ne peut distinguer le visage. Sa robe blanche devient de plus en plus lourde alors qu'elle avance. Elle accélère pour aller retrouver la foule, car elle sait que la célébration doit se dérouler au bout de ce chemin. À mesure qu'elle se rapproche, les spectres disparaissent. Elle a envie de crier et d'appeler Laurent, mais aucun son ne sort de sa bouche. Elle lutte pour avancer, mais ses pieds ne lui obéissent plus. À ce moment-là, le soleil meurt et elle se réveille, le cœur battant, sans pouvoir retrouver le sommeil. Ce rêve la suit très souvent depuis la mort de Laurent, son mari. Trop souvent.

Pauline rentra chez elle et prit une douche bien chaude. Un Brushing, un peu de maquillage. Elle choisit dans sa penderie un jean et un chemisier blanc, une ceinture bleue et des baskets assorties. Un coup d'œil dans le miroir et déjà elle se sentait mieux. Il faut que je sois à 100%, se dit-elle. On doit retrouver ces salopards.

À 6 h 30 elle arrivait au bureau.

*
* *

Mercredi 3 Mai, 8h - BAT

L'équipe du commandant Rougier au complet faisait le point sur l'enquête dans la salle du 2ème étage.

Pauline résuma la situation :

— Nos techniciens ont identifié les membres de la cellule responsable de l'attentat du 1er Mai. En premier lieu, nous avons le kamikaze : Oualid Massourd, dit-elle en collant sa photo sur le tableau de la salle de réunion. Ensuite, nous savons que le terroriste qui a été tué lors de la perquisition désastreuse d'hier, s'appelle Karim Kerbouche. Français d'origine algérienne, proche de Massourd. Son profil est disponible dans votre dossier, ajouta Pauline, en distribuant à chacun de ses équipiers une pochette, dans laquelle se trouvaient tous les documents de travail nécessaires pour la réunion.

— Vous avez couché là, Chef ? demanda Clara.

— Presque, Clara.

— Je continue, reprit Pauline. On a relevé cinq jeux d'empreintes dans l'appartement. On élimine Yasmina Oufik qui est à Montpellier. J'ai envoyé un message à nos collègues sur place pour qu'ils puissent l'interroger, mais on va la convoquer. On retrouve les traces de Massourd et de Driss Oufik, tous les deux fichés, ainsi que celle de Karim Kerbouche. Elle ajouta les trois photos sur le tableau, marquant les noms au feutre. On a trouvé ses empreintes dans le fichier des cartes d'identité. Il nous reste un individu que nous ne pouvons identifier pour l'instant.

— Donc, conclut Yvan, les deux hommes qui se sont fait la malle hier sont Driss Oufik et notre inconnu ?

— Exact, répondit Pauline. À ceci près que le propriétaire de l'immeuble, Monsieur Dalmont, a précisé que notre inconnu s'appelle Malik, et il va nous en faire un portrait-robot ce matin. Dès qu'on a son visage, on envoie les photos de nos deux fugitifs à la Presse, à Interpol et tout le toutim. Il nous faut ces deux hommes ! J'ai demandé un numéro vert pour l'occasion. On va avoir des tonnes d'appels à étudier.

— On a toute l'équipe ? s'interrogea Moussa, dont le nez abîmé commençait à noircir. On n'est pas sûr qu'il n'y ait pas d'autres membres en cavale ?

— Dans tous les cas, répondit Pauline, s'il existe d'autres membres de cette cellule ils ne se sont pas rencontrés dans l'appartement de Yasmina. Sans être certain de rien à ce stade de l'enquête, j'ai quand même le sentiment que nous avons identifié l'équipe au complet. Reste à déterminer les liens entre les individus et leur rôle respectif !

— Patron, on fait quoi maintenant qu'on a les noms ? demanda Yvan.

— On continue à creuser. Cherchez les liens, et comment ils ont pu réaliser cet attentat ! Yvan et Moussa vous regardez du côté de Massourd. Julie et Arnaud vous me trouvez tout ce que vous pouvez sur Oufik et le couple Kader et Clara, vous vous occupez de Karim Kerbouche. On se retrouve à 16 h ici pour croiser les infos. Les écoles qu'ils ont fréquentées, leurs amis, les familles, où ils ont habité. On va bien réussir à trouver des liens dans ce foutoir !

Pauline sonna la fin de la réunion. Elle avait rendez-vous avec le patron pour faire son point quotidien. Il avait lui aussi la pression et le cabinet du ministre était sur son dos. En deux jours, on avait bien avancé, restait à capturer vivant au moins un des membres de cette cellule terroriste. Le plus important étant de déterminer les moyens et le commanditaire.

À midi, les portraits-robots de Malik et de Driss Oufik étaient distribués à la Presse ainsi qu'à Interpol et à la division antiterroriste européenne. On n'avait plus qu'à attendre. Ils passeraient au journal de 13 h sur les chaînes principales et tourneraient en boucle sur les télés d'infos en continu. Le numéro vert allait commencer à sonner et tous les tarés de France et de Navarre allaient pouvoir vider leur sac, grâce à l'écoute bienveillante des policiers, forcés de recueillir les témoignages.

Pauline proposa que toute l'équipe parte déjeuner ensemble chez Gino, la pizzeria au coin de la rue du QG. On aurait tout le loisir de se détendre un peu avant que les appels commencent. Pauline en profita pour donner l'ordre de roulement pour la permanence téléphonique.

Dès le début de l'après-midi, Pauline reçut la liste complète du matériel et des effets saisis lors de la perquisition. Rien de probant. On y trouvait l'arme automatique que Karim Kerbouche avait utilisée pour tirer sur le policier avec cinq chargeurs, ainsi qu'un pistolet et deux boîtes de balles de 9mm. Un jeu de clés pour la Golf de Yasmine Oufik, deux téléphones jetables et des passeports qu'il faudrait examiner. Avec l'effet de surprise, ils n'avaient pas eu le temps d'emporter leurs papiers d'identité. On trouvait pêle-mêle des vêtements et les clés de l'appartement. Rien de passionnant, mais surtout, aucun document permettant de faire avancer l'enquête sur la planification de l'attentat.

On avait par ailleurs retrouvé la Golf recherchée dans une rue autour. Rien dans le véhicule ni dans le coffre. La scientifique ratissait l'appartement et la voiture pour relever les empreintes, mais Pauline était embarrassée. Si on perquisitionnait mon domicile, se dit-elle, on trouverait des éléments personnels, mais là rien. Impensable ! Il est évident que les terroristes avaient du cash, des armes, sûrement du matériel ayant servi à fabriquer la ceinture d'explosifs. Pauline était convaincue qu'il devait y avoir une cache quelque part, même si à ce stade, rien ne permettait de déterminer où cette cache, si elle existait, pouvait bien se trouver.

*
* *

Ils avaient été nombreux à composer le numéro vert pour donner des renseignements sur les deux fugitifs recherchés par toutes les polices du pays.

— J'en ai ma claque, déclara Clara en levant les bras au ciel pour se dégourdir. On vient de se coltiner presque quatre heures d'appels sans intérêt.

— Moi aussi, répondit Kader, mais on n'a pas le choix. Si quelqu'un a vu quelque chose, on va le savoir rapidement.

— Quand même, insista Clara, j'ai eu un type qui pensait que les deux fugitifs venaient de rentrer à l'Élysée pour un rendez-vous secret avec le Président, que tout cela était un vaste complot !

— Et moi la mamie, persuadée que nos deux fugitifs étaient responsables de la disparition des chats dans son quartier.

— Ouais, ça fait chier de se taper cinq ans après le bac pour faire le standard !

— Patience, c'est le métier qui rentre, répondit Kader, un sourire au coin des lèvres.

— Je vais me chercher un café, tu en veux un ? demanda Kader.

— Merci oui. Il est 16 h 30, on a encore une heure et demie à faire avant la relève.

Le téléphone sonna une nouvelle fois et Kader décrocha.

— Lieutenant Kader Jaoui !

— C'est vous qui enquêtez sur les deux types là ? demanda une voix de femme.

— Oui madame ! Auriez-vous des informations qui pourraient intéresser la police ?

— Ben, ça dépend.

— Ça dépend de quoi madame ? Si vous avez quelque chose à nous communiquer, je vous demande de le faire maintenant. Ces deux hommes sont dangereux !

— On saura qui a aidé la police ? la voix d'une personne angoissée, stressée.

— Qui êtes-vous, madame ? D'où appelez-vous ? Vous appelez en numéro caché.

— Je sais pas quoi faire …

— Dites-moi … merde, elle a raccroché ! jura Kader, en reculant son siège à roulette de dépit et en se tapant sur la cuisse.

Clara revient avec les deux cafés.

— Je viens d'avoir un appel bizarre, Clara. Une femme qui disait savoir quelque chose et qui semblait drôlement inquiète. Elle a raccroché avant de me dire quoi que ce soit.

— Ça ne nous fait pas avancer, je suis d'accord, mais ça pourrait vouloir dire que nos fuyards sont toujours en France.

Le commandant Rougier entra comme une flèche dans le bureau et s'exclama « on a du nouveau ! » Kader et Clara devant leur téléphone levèrent la tête tandis qu'Arnaud et Julie qui étudiaient le dossier de Driss Oufik dans la pièce à côté virent la scène à travers la vitre qui les séparait.

— Je viens de recevoir une confirmation d'Interpol. Ils ont identifié notre terroriste inconnu, qui s'appelle en réalité Malik Aertens !

Pauline détailla le parcours d'Aertens. Il s'agissait d'un Tunisien d'origine, installé en Belgique. D'après son dossier, on avait affaire à un gros poisson. Impliqué dans le casse d'une bijouterie à Bruxelles, la police belge incapable de prouver sa participation avait dû abandonner les poursuites. Ils soupçonnaient le vol comme mobile pour acheter des armes pour une action sur leur territoire. Fiché comme dangereux, il était en relation avec des groupes terroristes.

— Le produit d'un système bien rodé, répondit Kader.

— Attends de voir la suite ! Il a fait deux ans de prison à Milan de 2010 à 2011. Il a été arrêté avec des faux papiers par un contrôle de routine. Les Italiens ont pu relier ses empreintes à une scène de crime. Encore un casse. Cette fois, un magasin de fourrure de luxe. Il se serait lui aussi radicalisé en prison.

— À chaque fois le même parcours ! D'abord un pied dans la délinquance, puis un ticket pour un aller sans retour dans le terrorisme après un passage en prison. Il faudrait qu'on arrête de se fabriquer nous-mêmes nos problèmes, reprit Kader excédé.

— La police belge pense qu'il est aujourd'hui un des financiers du groupe État Islamiste. Il serait celui qui procure les fonds aux terroristes à travers l'Europe. La police belge, lors de l'enquête sur le massacre du musée juif à Bruxelles et de Mehdi Nemmouche, a croisé des informations qui montrent que Malik Aertens était à Bruxelles la veille de l'attentat. Un type dangereux, mais qui pourrait nous aider à remonter la piste des financements du terrorisme. Il nous le faut vivant… et vite !

Arnaud et Julie avaient rejoint le groupe et entendu la présentation sommaire de Pauline.

— On change le portrait robot par une photo et on renvoie aux télés ? demanda Clara.

— Je vais demander au service comm de faire le nécessaire, répondit Pauline.

— En tout cas, ça ne change rien au déroulement de l'enquête, répondit Arnaud. On va associer les dossiers Aertens et Oufik et croiser les infos, on pourra peut-être tomber sur quelque chose !

Le téléphone vert sonna de nouveau. Un numéro masqué. Kader leva le bras pour attirer l'attention du groupe et réclamer le silence. Il était 16 h 48.

— Lieutenant Kader Jaoui !

— C'est encore moi, dit la voix de femme que Kader reconnut immédiatement.

— Merci de rappeler Madame – Il est important de passer des messages positifs, se dit Kader. Il ne faut pas la perdre une seconde fois.

Silence.

— Madame, vous êtes là ?

— Oui, oui. Écoutez, les fugitifs que vous recherchez. Ils habitent chez moi - elle semblait sur le point de perdre le contrôle.

— Vous en êtes sûr, Madame ?

— Oui, non… oui je suis sûre. S'ils apprennent que c'est moi qui ai appelé la police… je suis en danger ? Ils sont dangereux, c'est vous qui l'avez dit.

La voix du témoin suintait la peur.

— Du calme, madame, du calme. Ils n'en sauront rien. J'ai juste besoin de votre adresse.

— Vous êtes sûr ? Je suis seule, mon mari est au travail.

— Restez calme, madame, je vous en prie. On peut vous protéger, mais j'ai besoin de votre adresse ?

— J'habite à Paris … oh mon dieu !

Des voix en arrière-plan, de l'arabe probablement, se rapprochèrent. Puis on entendit des cris, des coups. Le téléphone chuta. Fin de la communication.

— Allo, allo, s'époumonait Kader. Et merde, ça a raccroché !

Dans le bureau, tout le monde retenait sa respiration. L'appel venait de faire monter la tension d'un cran.

— Commandant, cette femme savait où se cachent ces deux salopards, mais ils l'ont neutralisé avant qu'elle n'est pu me dire quoi que ce soit de tangible !

— Rien du tout ? demanda Pauline.

— Si, ils sont à Paris !

— Demande à la scientifique de tracer l'appel en priorité ! Même en numéro caché ils peuvent parfois remonter à la source !

— Je m'en occupe tout de suite.

— Les appels sont enregistrés, alors insiste aussi pour qu'ils décortiquent la bande. Ils pourront peut-être trouver quelque chose qui nous mettra sur la voie.

— OK !

— Kader ? Passe le message à toute l'équipe. Débrief quotidien au 2ème dans notre QG, ce soir à 18 h.

Kader contacta Pascal Le Cam le directeur de la scientifique, pour lui demander de l'aide immédiatement.

La réunion de 18 h 30 ne donna rien de concret. L'enquête était au point mort. On n'avait pas localisé les fugitifs. Pauline savait que sa hiérarchie attendait des résultats. Ils avaient quand même identifié les quatre membres de l'attentat du 1er mai. Deux étaient morts. Mais on n'avait encore personne à montrer aux journalistes et l'opinion publique réclamait des coupables à mettre sous les verrous. La vindicte populaire avait besoin de bonshommes en chair et en os pour évacuer la peur et la frustration. Il fallait rapidement faire des progrès.

Ils refirent en détail le tour des dossiers, croisèrent les dates, les lieux, pour essayer de trouver un lien et s'assurer qu'ils n'étaient pas passés à côté d'une information importante. Rien. Les yeux fatigués, le découragement se faisait sentir. Pauline, en bon manager, capta le message et renvoya tout le monde à 20 h 30. Au moins une soirée en famille, se dit-elle. Ils en ont tous besoin.

Pauline sortit du bureau pour rentrer chez elle. Elle aussi demandait une pause, mais n'avait pas envie de se retrouver seule, dans cet appartement dans lequel Laurent était encore présent. Son absence lui faisait mal et elle sentait que le vide grignotait petit à petit ses souvenirs. Combien de temps avant que ne disparaissent les rappels des gestes du quotidien, de tout ce qui faisait une vie à deux ? Comme une bande sur laquelle seraient enregistrées nos mémoires, qui se consumerait doucement, inéluctablement, en prenant tout son temps. En partant du début, de leur rencontre, jusqu'à ce qu'il ne reste rien, rien que le vide, après ce coup de téléphone, près de deux ans auparavant.

Elle rangea d'un geste automatique ses clefs dans le petit saladier qui trônait sur le meuble de l'entrée. Une salamandre à la Gaudi ramenée d'un voyage à Barcelone quelques années plus tôt. Elle embrassa son index et son majeur et déposa un baiser sur la photo de Laurent coincée dans le miroir mural. Un rituel quotidien qui lui permettait de maintenir un semblant d'intimité avec son mari.

Elle dîna d'un repas rapide, prit une douche et se mit au lit immédiatement. Elle savait que son mauvais rêve allait revenir la hanter. Il fallait qu'elle récupère.

*
* *

Jeudi 4 Mai, 7 h 30 - BAT, Levallois

Pauline était en kimono sur le tatami de la salle de sport de la Brigade. Elle s'entraînait au moins deux fois par semaine. Il fallait tenir la forme, surtout à l'approche de la quarantaine.

Le coach lui désigna le lieutenant Kowalski comme partenaire. Pauline et Kowalski se détestaient. Kowalski était le genre de flic qui

LA THEORIE DU CHAOS

avait trop regardé de films d'action et confondait enquête et rodéo. Ils s'étaient déjà accrochés, en particulier lors d'une affaire compliquée 6 mois auparavant. Pauline et son équipe avaient fait tout le boulot en travaillant d'arrache-pied sur les dossiers pour trouver des informations, et Kowalski en agent spécial improvisé, s'était arrogé tout le succès de l'enquête lors d'une arrestation très spectaculaire, très risquée, et en négation totale avec l'idée que se faisait Pauline de l'esprit de coopération. Un type qui considérait qu'une équipe était avant tout un moyen personnel de se mettre en avant.

— Salut Rougier, t'es prête pour prendre ta branlée ?

— Fais pas chier Kowalski ! Au fait t'as amené une paire de couilles ? Il paraît que tu ne les as pas toujours sur toi.

— Ah bon, parce que tu m'en veux encore d'avoir clos l'enquête sans te demander ta permission ?

— Je ne sais pas ! D'après toi ? Pose la question à ton équipe ! Il paraît qu'ils sont tous à la recherche d'un vrai chef.

— Tu sais Rougier, c'est pas parce que tu es une femme que je ne vais pas t'envoyer à terre.

— Essaye Kowalski, essaye ! Je vais te défoncer ! Moi j'ai toujours une paire de couilles dans mon sac… au cas où !

— On va voir Rougier, on va voir …

Avec son mètre 82 et ses 80 kg de muscles, Kowalski dépassait Pauline d'une tête, qui du haut de son mètre 67 savait qu'elle devait rester sur ses gardes. Le lieutenant Kowalski avait la réputation de faire des entraînements 'musclés'. Avec la passe d'armes qu'ils venaient d'avoir, Kowalski était très énervé.

Ils enfilèrent les protections réglementaires, puis les deux adversaires se saluèrent et se mirent en garde. Kowalski attaqua immédiatement d'un crochet du gauche. Il avait remonté son épaule avant de frapper ce qui signait son coup. Pauline décoda le mouvement et esquiva. Avec ses 57 kg, elle était très rapide et avait souvent surpris ses partenaires lors de combats, par sa capacité à bouger. Elle restait sur ses gardes. Avec la différence de poids, si elle prenait un coup ou si Kowalski l'attrapait, elle était foutue.

Pauline porta un coup de poing direct à Kowalski qui s'était un peu trop avancé, emporté par son crochet raté. Elle visa précisément entre le sternum et la gorge, le seul endroit qui n'était pas couvert par la protection de thorax. Kowalski sentit arriver l'attaque et se recula pour l'absorber. Il comprit qu'elle avait volontairement essayé de le frapper pour faire mal.

Pauline était en sueur. La tension de ces derniers jours, la fureur de la perte de Laurent, tout cela était en train de faire surface. Elle avait envie de taper, de laisser ce pauvre con de Kowalski à terre, évacuer son surplus de colère.

Kowalski tenta un balayage de face. Pauline sauta pour éviter le coup et recula d'un bond, se retrouvant les deux pieds parallèles à un mètre de Kowalski. Celui-ci avança son corps pour rentrer dans le combat. Pauline avait prévu l'attaque. Elle leva le pied droit et lui porta un Mae Geri, coup de pied de face, en se reculant pour transférer toute la puissance de son coup sur sa jambe arrière et donner de l'impact à son mouvement. Kowalski encaissa. Pauline en profita pour poser sa jambe avant et enchaîna avec un Ushiro Geri, un coup de pied retourné qui cueillit Kowalski au visage. Il fit deux pas en arrière en chancelant, reprenant ses esprits. Elle l'avait sonné.

Il regarda Pauline avec surprise, puis ses traits trahirent la fureur qui montait en lui.

Les deux adversaires se saluèrent une nouvelle fois. Pauline était prête à subir l'assaut. Le regard de Kowalski ne trompait pas, il allait lui rendre la monnaie de sa pièce. Rien à foutre ! pensa Pauline.

Il enchaîna deux coups de poing que Pauline para. Ses bras lui faisaient mal, il avait tapé fort. Elle aurait des bleus demain. Le policier poursuivit son attaque par un coup de pied au niveau du genou que Pauline esquiva à peu près, en levant la jambe. Elle prit un méchant coup dans le tibia. Elle riposta par un double Tsuki dont un porta. Kowalski et Pauline avaient le souffle court. Kowalski reprit l'initiative et frappa au visage. Pauline ne vit arriver l'attaque que trop tard et prit un coup de poing sur l'arrière de la tête au-dessus de l'oreille. Elle eut un trou noir et s'effondra, reprit difficilement contact avec la réalité. Elle était à genoux, les deux mains à terre. Elle ouvrit les yeux. Sa perte de conscience n'avait duré qu'une fraction de seconde. Son sang battait dans ses tempes, sa tête la lançait, elle était remplie d'une violence qu'elle avait peine à contrôler. Tous les combats dans le dōjō avaient cessé. Les policiers, venus ce matin à l'entraînement, regardaient Pauline et Kowalski s'expliquer. Elle sentit plus qu'elle ne vit Kowalski penché au-dessus d'elle. Il devait vouloir se rendre compte par lui-même de son succès. Pauline se releva aussi vite qu'elle put la tête rentrée dans les épaules. Son crâne percuta violemment Kowalski au niveau de la cage thoracique. Il fut soulevé par le choc, décrivit un bel arc de cercle. Pendant une seconde, il sembla comme en lévitation, puis s'écroula par terre. Même avec la protection il avait pris un coup sérieux. Le souffle court, il se tenait la poitrine en essayant de respirer avec difficulté.

Pauline se releva, salua et sortit de la salle. Elle était en eau. Le kimono lui collait à la peau, son cœur battait à cent soixante-dix pulsations. Les portes automatiques s'ouvrirent. Au moment où Pauline franchit le sas, elle entendit derrière elle la voix de Kowalski :

— T'es complètement tarée, Rougier !

— Je t'emmerde, Kowalski !

La dernière image que virent les policiers dans le dōjō, fut une Pauline, bras droit en l'air, faisant un magnifique doigt d'honneur à Kowalski. Puis les applaudissements retentirent dans son dos. Elle ne put s'empêcher de sourire.

⁎

À 8 h 30 toute l'équipe était à pied d'œuvre. Pascal Le Cam de la Scientifique avait appelé et de ce côté-ci il ne fallait rien attendre. L'enregistrement de la conversation téléphonique de la veille ne présentait aucun intérêt, du point de vue de l'enquête, mais corroborait totalement le sentiment de Kader. La femme au bout du fil était en état de stress avancé et après l'écoute d'un psychologue, celui-ci avait conclu qu'elle devait être très proche d'une crise d'hystérie. Son angoisse était palpable. L'appel quant à lui ne pouvait être tracé. Il aurait pu l'être s'il avait été fait à partir d'un Smartphone, mais dans ce cas précis, il s'agissait sans doute d'un vieux téléphone qui ne contenait aucune donnée de localisation. Donc rien à espérer de ce côté-là non plus. On était au point mort.

Depuis 6 h du matin, les chaînes d'infos en continu diffusaient les portraits des deux terroristes. BFM avait trouvé une vidéo ancienne montrant Malik Aertens entrant dans un tribunal à Milan et passait en boucle les images avec en bandeau, le numéro vert mis en place par la police.

L'équipe de Pauline se relayait pour prendre les appels, mais comme à chaque fois, les coups de fil se faisaient de plus en plus rares avec le temps. Ils espéraient tous que la mystérieuse femme les recontacte, mais depuis le dernier appel de la veille à 16 h 48, plus de nouvelles.

Dans le milieu de la matinée, Arnaud reçut un message qu'il ne put prendre, car il était en réunion avec le commandant Rougier et Julie pour étudier le dossier de Driss Oufik en détail. Son téléphone était en mode silencieux comme c'était l'usage avec le Chef.

Il ne s'aperçut qu'à midi, juste avant d'aller déjeuner, qu'il avait trois appels manqués et un message.

— Bon…Bonjour lieu...te...nant Lescure, ici Nathan du…du centre Opéra…tionnel de Vidéo surveillance… Pouvez-vous me ra… ra…ppeler s'il vous plaît ? On s'est vu quand…vous êtes venus P…P...pour trouver la trace de Dr... de Driss …Oufik et de Oualid Ma…Massourd. Vous vous sou...venez ?

Nathan ! se dit Arnaud. Bien sûr qu'il se rappelait le jeune ingénieur un peu autiste et visiblement bégayant du centre opérationnel de vidéosurveillance de Paris. « Que peut-il me vouloir ? » se demanda-t-il. Peut-être avait-il des éléments nouveaux concernant l'enquête. Probablement pas essentiels, puisqu'on avait identifié les protagonistes. « J'appelle avant ou après le déjeuner ... Ça attendra après le dèj », se dit-il.

De retour à 14 h, Arnaud se décida à contacter Nathan.

— Centre de contrôle opérationnel, décrocha une voix de femme qui vous disait clairement que vous la dérangiez.

— Bonjour, ici le lieutenant Arnaud Lescure de la Brigade Antiterroriste.

— Bonjour Lieutenant, ajouta la voix maintenant au garde à vous.

— Je cherche à parler à Nathan, s'il vous plaît ?

— Nathan comment Lieutenant ? On a plus de cent cinquante personnes ici !

— Nathan je sais pas comment, et qui travaille dans le service de Jacques Radier.

— Nathan je sais pas comment ? Vous êtes vraiment de la police ?

— Écoutez, j'ai beaucoup de choses à faire, alors passez-moi Jacques Radier. Et VITE !

— Houla, on se calme ! Je vous le passe, belle journée Lieutenant.

Une série de bips et la voix de Radier.

— Lieutenant ?

— Bonjour Jacques, vous allez bien ?

— Oui oui, que me vaut l'honneur ?

— Je cherche à joindre Nathan et je viens de m'apercevoir que je ne connais que son prénom.

— Il s'appelle Nathan Fray, je vous le passe !

— Bien noté, merci.

Quelques secondes d'une musique d'ascenseur et la voix hésitante de Nathan se fit entendre.

— Nathan Fray !

— Nathan, bonjour ici le lieutenant Arnaud Lescure de la BAT. Vous m'avez appelé, mais j'étais occupé. Mille excuses. Que puis-je faire pour vous ?

— En fait Lieu…tenant, c'est moi, je crois, qui vais pouvoir faire quel…que chose pour…pour vous !

— Des infos ?

— P…lus que ça, j'ai repéré les deux gars que vous re…re…recherchez !

Arnaud avait le souffle court.

— Vous voulez dire que vous savez où ils sont !

— Oui !

— Vous en êtes sûr, Nathan ?

— Oui !

— J'arrive ! Je suis là dans …vingt minutes max.

— Je vous attends !

Arnaud se précipita dans le bureau de Pauline qui lui ordonna de partir immédiatement pour voir ce que le jeune ingénieur avait bien pu trouver.

Le trajet en voiture avec les gyrophares ne lui prit que dix-sept minutes. Arnaud sentait de manière pressante que les informations de Nathan allaient être capitales. Il n'avait rien de palpable à exprimer, mais espérait confusément que la conclusion de cette enquête se trouvait dans le bureau de Nathan Fray.

L'ascenseur s'ouvrit et Arnaud pénétra sur le plateau, un grand open space regroupant tous les agents qui contrôlaient les caméras. Radier le vit immédiatement et vint le saluer. Ils se dirigèrent vers Nathan, absorbé à faire défiler des images à un rythme effréné et qui maniait un clavier et un joystick avec une dextérité incroyable.

— Bonjour Nathan ! dit Arnaud en tendant une poignée de main à Nathan

— Lieutenant ! Je suis heureux de vous voir, répondit avec un large sourire un Nathan, habillé d'un pull jaune vif et d'un pantalon froissé, qui ignora la main tendue.

— Je suis désolé de ne pas avoir rappelé plus tôt. Vous savez ce que c'est, mon chef n'aime pas beaucoup que les réunions soient entrecoupées de coups de téléphone. Elle trouve que cela n'est pas respectueux pour les autres.

— Aucun problème.

Nathan ne semblait plus bégayer. Il s'exprimait en butant sur certains mots. Le bégaiement doit sans doute être amplifié à cause du téléphone, se dit Arnaud. En tout cas, je comprends mieux pourquoi je n'avais pas eu cette sensation la première fois que nous nous sommes vus. Je savais qu'il n'aimait pas les contacts physiques. Pas très malin de ma part, le coup de la poignée de main.

— Nathan, vous avez des choses à me dire, ou à me montrer ?

— Oui Lieutenant. En fait, j'ai écrit un programme de reconnaissance faciale, basé sur des échantillonnages, suivant une courbe de …

— Ok, je vous fais confiance !

— Oui donc, j'ai appliqué des lois mathématiques de régression linéaire, compilé des morceaux de code existants, trouvés sur Internet, que j'ai amélioré avec mes développements. J'y travaille depuis plus d'un an. Je sais par exemple reconnaître des personnes aperçues dans la pénombre ou visibles uniquement de profil.

— Impressionnant ! Et vous avez installé ce nouveau programme ici ?

— Oui, enfin, j'avais juste fait quelques tests. Quand vous avez publié l'avis de recherche de vos deux gars, j'ai passé ma moulinette sur des caméras sans succès. Mais quand à 6 h ce matin, j'ai vu la vidéo qui tourne sur les chaînes d'infos et où l'on y voit bien Malik Aertens dans le tribunal, j'ai refait un essai. J'ai capturé quelques images et j'ai commencé ma recherche en partant d'Aubervilliers ....

— Et ? demanda Arnaud.

— Et bien, j'ai trouvé ça, regardez !

Nathan tapa quelques commandes sur son clavier et lança une courte vidéo. On y voyait un homme qu'on reconnaissait facilement comme Malik Aertens sortir d'un immeuble dans une rue passante. À Paris.

— Merde ! Fut la réponse d'Arnaud.

— Pas mal hein ? demanda Nathan.

— Comment ça pas mal ? Mais c'est top Nathan, c'est trop top oui ! Tu as l'adresse de cet immeuble ?

— Bien sûr, répondit Nathan en donnant un post-it à Arnaud.

— Tu as d'autres images ?

— Pas mal en fait, maintenant qu'on sait où ils se cachent. Il passa un court extrait supplémentaire. On y voyait Aertens en compagnie d'un homme, qui sans aucun doute possible, devait être Driss Oufik.

— Tu me les tiens sous surveillance, pendant que j'envoie nos gars. Au moindre mouvement tu m'appelles, hein ?

— Bien sûr lieutenant, vous pouvez compter sur moi.

Arnaud se tourna vers Jacques Radier.

— Vous avez une sacrée recrue là avec Nathan, déclara Arnaud, en se retournant vers Jacques Radier.

— Je sais ! Mais on le garde !

— Vous avez raison. Bon, je vous quitte, je retourne à la Brigade, dit Arnaud en tournant les talons en direction des ascenseurs.

— Au plaisir, Lieutenant, salua Radier en voyant Arnaud disparaître.

Arnaud poussa la porte du bâtiment de surveillance et se dirigea vers son véhicule. Il composa le numéro de la ligne fixe du bureau du commandant Rougier. Mince ! Le répondeur. Tant pis, je laisse un message.

— Commandant ! Arnaud à l'appareil, ça y est j'ai l'adresse où se cachent Oufik et Aertens. Nathan est un vrai champion. Ils sont à l'angle de la rue Duperré et la place Pigalle au 2 ter.

Arnaud raccrocha et appela immédiatement le portable de Pauline.

.*.

Le téléphone retentit dans le bureau où l'homme travaillait dans un silence religieux. Il compulsait ses notes et imaginait à quoi pourrait ressembler le monde après que l'opération BLACKSTONE ait eue lieu. Un changement fondamental du rapport de force sur la planète ?

Il n'eut pas le temps de pousser plus avant son rêve. Mais ce n'était que partie remise, se dit-il.

— J'écoute, dit la voix.

— Je viens d'avoir le flic. Il nous fait savoir que nos deux amis ont été repérés.

— On a l'adresse ?

— Oui monsieur !

— Excellent ! Faites ce qu'il faut. Il ne faut pas qu'ils les attrapent vivants... Et ramenez-moi les documents.

— Je fais quoi avec lui ?

— On avait dit combien ?

— Dix mille !

Donnez-lui les dix mille ! Il les a bien gagnés, dit-il en raccrochant.

L'homme ne put s'empêcher de sourire. Il était toujours fasciné par la cupidité de ses semblables. On pouvait trahir. Après tout, certaines causes pouvaient le justifier. Mais juste pour de l'argent, cela lui semblait si ... court. Quel manque de hauteur. Si tu savais combien les petites traîtrises peuvent alimenter une cause qui te dépasse, tu en serais le premier surpris.

4. L'ARRESTATION

L'équipe de Pauline était en place. Cette fois, le commandant Rougier avait insisté pour être à la manœuvre et en première ligne. Après avoir bataillé ferme avec le Patron, celui-ci avait accepté de procéder à une arrestation à l'ancienne. Ici pas de brigades d'intervention, pas de malabars cagoulés. On planque, on observe les habitudes des fugitifs et on planifie une action au moment et à l'endroit que l'on a décidé. Bien exécuté, cela réduisait les risques. Maintenant qu'on les avait identifiés et qu'ils étaient sous surveillance continue, Pauline savait qu'elle avait l'avantage.

Le dispositif déployé par Pauline était simple, et l'espérait-elle, efficace. Les deux terroristes se trouvaient dans un bâtiment qui faisait l'angle entre la rue Duperré et la place Pigalle dans le 18ème. On avait deux entrées. Celle pour le bar qui occupait le rez-de-chaussée de l'immeuble, et à côté, la porte pour accéder aux appartements du dessus. Une seule entrée-sortie a priori. On ne savait pas à quel étage les deux hommes se cachaient, s'ils avaient des complices, ou si au contraire, les habitants de l'appartement dans lequel ils s'étaient retranchés étaient des otages.

Il était impossible de boucler ce quartier passant très populaire sans immédiatement donner l'alerte. La décision avait donc été prise de surveiller la rue Duperré en postant une voiture et deux policiers à chaque extrémité. Pauline avait assigné Yvan et Moussa, qui planquaient, garés à l'angle de la rue Fromentin alors que Julie et

Arnaud faisaient semblant de flâner près de la fontaine. Kader et Clara, stationnés à l'angle de la rue Duperré et de la Place Pigalle, pouvaient intervenir à tout moment.

À 16 h, Pauline entra dans un magasin de produits bio qui faisait face à l'immeuble à surveiller, exhiba sa carte de police et demanda à parler au responsable. Elle expliqua qu'elle avait des suspects en ligne de mire dans le bâtiment en face. Par chance, le propriétaire, un homme d'une bonne cinquantaine d'années prêt à tout pour aider les forces de l'ordre, lui indiqua que le magasin possédait aussi le premier étage et que les fenêtres donnaient directement sur le bâtiment a surveiller. Elle serait sans doute plus à l'aise que dans la boutique, où les allées et venues des clients risquaient de rendre la surveillance difficile.

Un court escalier en bois, et Pauline se retrouva au premier. Le magasin bio utilisait l'appartement comme réserve, et Pauline dut se faufiler entre des cartons et des sacs remplis de boîtes pour y accéder. Le lieu, en mauvais état, allait être refait pour y loger des locataires. Des rideaux sales et des fenêtres anciennes très hautes, elles aussi très abîmées, lui procuraient un observatoire de premier plan.

Ils planquaient depuis trois heures. À 19 h il n'y avait toujours rien à signaler. Nathan n'avait pas rappelé, il n'avait donc pas d'informations complémentaires à leur transmettre. Les dernières images prises depuis la caméra cachée au coin de la pharmacie sur la place, montraient les deux hommes pénétrant dans l'immeuble sans jamais en ressortir. Ils devaient donc toujours s'y trouver. Il suffisait de s'armer de patience.

— Ici Station 1, vous me recevez Stations 2, 3 et 4 ? demanda Pauline dans sa radio.

— Ici Station 2, rien à signaler, répondit Yvan.

— Station 3, rien à signaler non plus, c'est calme, ajouta Julie.

— Station 4, idem. On aimerait un peu d'action. On s'engourdit, se plaignit Kader.

— Ne vous en faites pas, on va avoir de l'action d'ici à ce soir, j'en suis certaine, répondit Pauline.

De sa planque elle essayait de voir ce qui se passait dans les appartements en face. La journée était ensoleillée en ce mois de mai et la chaleur se répandait dans les rues de Paris. Les habitants ouvraient leurs fenêtres pour laisser entrer la douceur printanière et Pauline se prit à espérer que cette vue offerte allait l'aider à repérer l'étage où se cachaient les fuyards.

Après plusieurs minutes à observer, Pauline perdit patience. Elle décida de quitter sa planque et d'aller reconnaître les lieux. L'inspection des boîtes aux lettres permettrait peut-être d'identifier les locataires et donc de localiser les terroristes. Elle avertit ses coéquipiers de son initiative.

Pauline descendit l'escalier et sortit du magasin. En face d'elle, sur le trottoir opposé, la porte d'entrée de l'immeuble était entrouverte.

Pauline traversa et pénétra dans un couloir bas de plafond qui n'avait pas été refait depuis des lustres. Peinture ancienne qui avait dû être marron, sol recouvert de carreaux de ciments fêlés et brinquebalants. Des canalisations en plomb qui devaient dater de l'après-guerre serpentaient sur les murs.

L'éclairage diffus, tamisé par la poussière incrustée dans les grilles des appliques ne donnait qu'une idée approximative de la géographie des lieux. Lorsque ses yeux se furent habitués au faible niveau lumineux, elle discerna une série de boîtes à lettres en métal. La plupart, ouvertes, cassées, pleines de prospectus, ne devaient plus servir depuis longtemps. Voilà pourquoi la poste va si mal, se dit Pauline. Elle en était pour son compte, en ce qui concernait la liste des habitants de l'immeuble.

Elle poussa son exploration et traversa en silence un passage mal éclairé. En face d'elle, à deux pas, une porte vitrée qui donnait accès à une petite cour pavée, fermée par un mur de ciment, au fond de laquelle quelques bacs à fleurs oubliés laissaient entrevoir de mauvaises herbes séchées. Dans un coin, des crottes de chien et quelques vieux journaux. Sur sa droite, un escalier à la rampe fatiguée montait aux étages.

Elle entreprit de faire demi-tour, franchit l'ouverture métallique et la rangée de boîtes à lettres antiques. Sa radio cracha des messages inaudibles.

Des coups de feu retentirent au moment même où Pauline ressortait de l'immeuble. Des tirs rapides, très probablement une arme automatique. Des cris, puissants et désespérés, une nouvelle salve, puis le silence. Impossible de dire avec certitude d'où ils provenaient. Pauline décida de faire demi-tour et de monter dans les étages.

— Commandant vous me recevez ? demanda quelqu'un. On a entendu des tirs ?

— Ici Rougier, oui je vous reçois. Je me dirige vers les étages. Confirmation de coups de feu.

Pauline courrait pour traverser le couloir.

— Attendez du renfort Commandant !

— Je me positionne en bas des escaliers !

La porte palière franchie, Pauline se cacha sous la cage d'escalier en attendant ses hommes qui devaient arriver très vite. Elle entendit des bruits, probablement au 2nd mais sans certitude, puis des pas de quelqu'un de pressé qui descendait.

Lorsque le bruit se fit suffisamment proche, Pauline sortit de sa cachette pistolet au poing et intima :

— Arrêtez-vous police !

L'éclairage défectueux ne permettait pas de distinguer le visiteur, mais il sembla à Pauline qu'il s'agissait d'un homme plutôt petit et à forte carrure. Surpris par cette volte-face, l'assaillant s'arrêta une seconde. Pauline n'eut que le temps de se jeter dans sa cachette sous l'escalier quand partirent les coups de feu. Elle entendit les balles lui effleurer la tête avant de se figer dans les murs.

L'attaquant fit demi-tour et entreprit de remonter dans les étages. Pauline pesa le pour et le contre et décida d'attendre son équipe. L'homme ne pourrait de toute façon pas aller bien loin, l'escalier étant la seule voie d'accès aux étages.

Kader et Clara arrivèrent en courant. Il ne s'était écoulé que quelques secondes depuis les premiers coups de feu.

— Vous allez bien Commandant, demanda Clara ?

— Oui, il m'a manqué. Mais il n'a pas hésité, répondit Pauline qui se saisit de sa radio.

— Ici Station 1, station 4 est avec moi. Station 3, vous entrez dans l'immeuble et vous vous positionnez dans l'entrée, au niveau de l'escalier, pour bloquer toute fuite possible. Station 2 quand vous arriverez, restez à l'extérieur et empêchez toute sortie ! Appréhendez toute personne sortant du bâtiment. Même chose pour ceux qui voudront quitter le bar. Personne ne sort. Compris ?

— Bien compris, reprirent en cœur les deux équipes.

— C'est un de nos deux fugitifs ? demanda Clara.

— Aucune idée, répondit Pauline, on ne sait pas à qui on a affaire, mais il est dangereux. On tire et on s'excuse ensuite, d'accord ?

— Bien compris Commandant ! Kader hochait de la tête pour signifier son accord.

— OK, dit Pauline, on va monter en sécurisant notre progression. Je passe devant.

Le bruit avait cessé. L'homme avait rebroussé chemin et se cachait. Il est soit dans l'appartement d'où provenaient les tirs, se dit Pauline, ou alors il est à l'affût dans l'escalier et nous attend.

Les habitants devaient être terrorisés, pensa Pauline, en gravissant la première marche, pistolet au poing, tous les sens aux aguets. Elle posa le pied sur le palier du premier. Deux portes, une en face et une à gauche. Celle de face s'ouvrit doucement. Pauline leva son arme instinctivement et découvrit une petite dame voûtée.

— Rentrez chez vous, madame, chuchota Pauline, ne restez pas là, c'est dangereux !

— Il est en haut au deuxième ! Je l'ai vu monter tout à l'heure, répondit la doyenne, d'une voix étonnamment calme.

— Quelle entrée ? demanda Pauline.

— Porte face, répondit la septuagénaire.

— Merci. Fermez votre porte à clé et mettez-vous à l'abri, Madame.

La petite vieille disparut et Pauline se dit qu'il allait être difficile d'entrer dans l'appartement du 2ème. Elle se pencha en arrière autant qu'elle le put contre la rambarde pour essayer de distinguer la porte d'entrée. Elle ne voyait que les murs.

Ils continuèrent leur périlleuse montée aussi silencieusement que possible. Trois marches, et Pauline vit à travers la rambarde du haut les deux portes des appartements de l'étage supérieur. Celle de face était ouverte. Elle tenait la porte en joue, s'attendant à tout moment à voir sortir son agresseur.

— Kader, demanda Pauline à voix basse. Tu montes et je te couvre. Quand tu arrives au milieu de l'escalier tu t'arrêtes et tu sécurises la montée. Clara, quand Kader s'est engagé tu me remplaces et je monte au 2ème.

Kader gravit la moitié du palier, et dès qu'il fut en position, se cala sur ses deux jambes, dos au mur, pistolet au poing. Pauline monta quelques marches pour laisser sa place à Clara, qui pointa son arme sur la porte. Pauline avançait doucement et se trouvait maintenant sur le palier, face à la porte.

Un homme sortit de l'appartement au moment précis où Pauline arrivait en haut de l'escalier. Il avait les bras levés et un tee shirt maculé de sang. Pauline ne mit qu'une seconde à reconnaître un Driss Oufik complètement perdu.

— Arrêtez-vous ! le somma Pauline. À terre face au sol, dépêchez-vous !

L'homme obtempéra sans difficulté. Il était en état de choc.

— Kader, viens et passe-lui les menottes ! Je vais entrer dans l'appartement.

Driss Oufik menotté, Pauline poussait la porte, quand des coups de feu retentirent en bas. Une salve d'arme automatique, suivie de deux tirs rapprochés. Au bruit, Pauline reconnut les armes de service de la Police.

LA THEORIE DU CHAOS

— Ici Station 3, retentit la voix de Julie dans la radio, on vient de voir un homme sauter dans la cour à l'arrière de l'immeuble. Dès qu'il a aperçu Arnaud il a tiré ! Il est touché. Ça saigne beaucoup !

— On vous envoie du renfort, répondit Pauline.

Puis se tournant vers ses deux collègues :

— Clara, vas-y vite. Kader et moi on assure ici.

Clara partit immédiatement. Dévalant les escaliers en direction du rez-de-chaussée aussi rapidement que possible.

Dès qu'elle eut poussé la porte, Pauline pensa que l'enfer s'était abattu dans l'appartement.

Dans l'entrée un mort. Il avait pris une rafale qui lui avait déchiqueté l'abdomen et le thorax. Le sang avait largement arrosé les murs et l'homme gisait dans une flaque gluante d'un rouge vif, indiquant qu'il était encore chaud. Dans la pièce principale, un inconnu étendu sur le sol dans une position improbable. La puissance des balles l'avait projeté sur la table basse du salon qui avait cédé sous son poids, renversant la télévision qui lui recouvrait la tête. On dénombrait sur le corps et sur les murs de nombreux impacts. Du sang avait giclé dans toute la pièce. Il tenait un pistolet à la main. Pauline sut sans même avoir besoin de vérifier qu'il était mort lui aussi. À sa droite, un placard. Vide. Elle progressa en silence. Une porte ouverte. Une petite chambre avec un lit double sur lequel une femme gisait, sans vie, froidement exécutée, si l'on en jugeait par l'unique balle qui lui avait explosé la moitié droite du crâne. Elle était menottée au radiateur. Là encore, beaucoup de sang sur le lit et sur les murs.

Pas de trace de l'assassin.

Dans le couloir qui menait à la cuisine, une petite fenêtre ouverte. Pauline progressait toujours en sécurité. Elle se pencha et découvrit une vue plongeante sur la cour. Le tireur devait être passé par là. Il y avait effectivement des tuyaux et des morceaux de fer dans les murs de l'immeuble pour que quelqu'un en bonne forme physique et avec assez de courage puisse descendre.

La cour était maintenant à l'ombre et en cette fin de journée, cernée par des immeubles de chaque côté, la pénombre dissimulait à sa vue le fond et le mur opposé; elle distinguait avec difficulté les bacs à fleurs qu'elle avait pourtant remarqués plus tôt.

Son regard fut attiré par un mouvement dans le coin gauche, un faible reflet dans l'environnement sombre de ce jardin clos. Une masse qui se déplaçait et qui escaladait le mur de la cour.

Elle tira et manqua sa cible. L'ombre accéléra sa progression, elle était maintenant à l'aplomb du mur. Pauline voulut faire feu une seconde fois, mais l'angle trop ouvert rendait le tir dangereux. Pauline ne savait pas ce qui se trouvait de l'autre côté. Il ne s'agissait pas d'ajouter une bavure au bordel ambiant. L'homme sauta par-dessus et disparut.

— Merde ! jura Pauline.

— Patron, demanda une voix dans la radio.

— Oui Clara ?

— On est avec Arnaud. Ça n'a pas l'air trop grave. Il a eu de la chance !

— Demande à Arnaud s'il pense que c'est un bon jour pour un Loto ?

— Vous me comprenez, Patron. Il saigne, mais il est conscient. Il a pris une balle juste au-dessus de son gilet. Dans l'épaule. C'est moche, mais sa vie n'est pas en danger.

— Les secours arrivent ! La voix de Moussa retentit comme un soulagement pour tout le monde.

— RAS, dit Pauline. L'appartement est sécurisé. J'ai trois morts ici !

— Je descends avec le prisonnier, annonça Kader. Yvan, tu peux m'aider à le réceptionner ?

— Je t'attends en bas Kader.

— Fin de l'opération, déclara le commandant Rougier.

*
* *

1er *Interrogatoire de Driss Oufik*

Kader et Julie poussèrent le prisonnier menotté dans la salle d'interrogatoire du quartier général de la BAT à Levallois. Après une rapide vérification, il s'agissait bien de Driss Oufik.

— Tu restes là ! dit Julie, en attachant une main de Driss à la table avec les menottes.

La pièce de trois mètres sur cinq, éclairée par une lumière crue puait la sueur. Miroir sans tain sur le mur en face du prévenu. Des centaines de suspects avaient été cuisinés depuis la dernière couche de peinture, et des traces de saletés maculaient le sol. Ronds de tasses de café sur la table, mobilier usagé et chaises en plastique pour éviter qu'elles ne puissent servir d'armes improvisées. Driss était dans la pièce depuis deux heures. Il fallait toujours laisser les suspects mijoter un peu avant de les cuisiner. Sans nouvelles, ils avaient tendance à imaginer le pire ; une bonne mise en condition.

— J'y vais, dit Pauline. Je suis sûre qu'il n'aimera pas être interrogé par une femme.

— Faites le parler Commandant ! on veut connaître les commanditaires de l'attaque du 1er mai.

À travers le miroir sans tain, Pauline observait son client. Il semblait prêt à en découdre et se tenait droit comme un I sur sa chaise. Après son arrestation, il était resté totalement déconnecté du monde qui l'entourait. Il avait obéi sans faire d'histoires lors de son transfert à la Brigade Antiterroriste, et les policiers se demandaient ce que cachait ce comportement. Puis au bout d'une heure dans la salle d'interrogatoire il s'était reconnecté, comme s'il se réveillait. Petit à petit, il avait repris contact avec le monde réel. Avait réclamé un café, et prit une position agressive envers les policiers de garde qui le surveillaient, se tortillant sur sa chaise. Dans son bureau, Pauline avait pris connaissance de son dossier. Une banalité affligeante. Vingt-deux ans, né à Saint-Denis, échec scolaire, puis quelques petits larcins. Un casier pas trop chargé puis la radicalisation, sans doute avant le départ pour la Syrie. Engagé dans les troupes à Alep. Un mandat de recherche international déposé par les États-Unis à son encontre, pour le meurtre de plusieurs soldats américains en 2014. Revenu clandestinement sur le territoire national.

— Driss Oufik ? demanda Pauline en poussant la porte de la salle sans obtenir de réponse, Commandant Rougier de la Brigade Antiterroriste.

Pas de réaction.

— Driss Oufik, vous êtes en garde à vue à partir de cet instant ; nous sommes le 7 mai il est 21 h.

Pauline, rompue aux interrogatoires difficiles, s'assit et laissa s'établir un silence pesant. Personne n'aimait être confronté au vide, surtout quand on était du côté de ceux sur qui on mettait la pression. On obtenait souvent une réaction en attendant sans rien dire, sauf que cette fois le suspect ne broncha pas.

— Hum. Voilà ce que je vois, commença Pauline au bout de deux minutes, un pauvre type qui a tout raté en France, qui s'est barré en Syrie pour faire le héros, et qui est revenu dans sa banlieue merdique après avoir pris une branlée.

Toujours pas de réaction, regard dans le vide.

— Putain, ils n'ont pas dû rigoler avec des loosers comme vous là-bas. Je suis sûre que tu ne parles même pas arabe …

Driss semblait perdu dans ses pensées, ailleurs.

— Tu sais, je crois que tu n'as même pas le courage de me parler … je me trompe ? demanda Pauline.

Le prisonnier se redressa sur sa chaise, penché en avant, prêt à en découdre. Son regard devenu menaçant tourné vers Pauline, il tirait maintenant convulsivement sur ses menottes attachées à la table.

— J'vous emmerde tous. Moi j'ai choisi de partir faire le Djihad, je suis un combattant ! J'ai tué des infidèles et j'en suis fier !

— Ben oui, t'es un super héros ça se voit. Un super héros qui n'a pas réussi à mourir au combat et qui est revenu en France pour se cacher.

— On se cache pas ! On est rentrés pour venger nos frères morts à Raqqa, à Mossoul, à Alep ! Pour chaque musulman mort, on va tuer dix Français !

— Et des flics aussi, t'en a tué des flics ? Espèce d'enfoiré !

— Non ! Mais si je pouvais, là, maintenant, je te buterais bien salope !

— En fait t'es pas un combattant, Driss. T'es juste un pauvre connard qui vivait une vie de merde dans sa banlieue et qui n'arrivait à rien, pas de boulot, une misère sexuelle, alors tu t'es dit que là-bas tu aurais plus de chance de faire quelque chose de ta vie, c'est ça ?

— Ta gueule ! Tu comprends rien.

— Si, si au contraire ! Là bas on t'a donné une arme, on t'a permis de choisir les femmes que tu voulais. Je suis sûre que t'as été faire ton choix au Madâfa, le supermarché des femmes de Raqqa ! Peut-être même que tu t'es offert une esclave sexuelle Yézidis, tu sais celles juste bonnes à se faire baiser ! Putain Driss, c'est çà le projet de pureté que tu cherchais ? C'est ça ton monde nouveau ?

— Nous, on a combattu pour un idéal ! Driss criait maintenant, exprimant la rage qui le comprimait. On a supprimé des infidèles et le Califat aurait permis de reconstruire un monde digne, loin de la décadence de votre foutu mode de vie occidental.

— Je comprends ton message Driss. Donc c'était militant ! Mais au bout du chemin vous avez massacré, pillé, violé et puis quoi ? C'est ça le grand projet d'un l'Islam pur ? Il est où le respect ? Le respect des autres, mais avant tout le respect de soi !

Pauline remarqua les premiers tics nerveux. Driss clignait des yeux de manière incontrôlée. Tapant la table de sa main droite, ses pieds ne trouvaient plus de position définitive. La pression monte, se dit Pauline.

— Vous pouvez tous aller crever !

— Driss, tu ne comprends pas dans quelle merde tu t'es mis ! Voilà ce qui va se passer. Nous les revenants, s'ils se repentissent on a plutôt tendance à essayer de les chouchouter. Ne me demande pas pourquoi. Si ça n'était que moi, je vous renverrais direct en Syrie.

Vous avez pris vos décisions, alors on respecte vos choix, et tout le monde est content ! Mais là pour toi c'est la merde Driss, parce que tu vas avoir beaucoup de mal à plaider l'erreur de jeunesse et le repentir. Tu reviens sur le sol français et on te retrouve aussi sec impliqué dans un attentat.

— J'ai rien à vous dire, moi les flics je les aime morts !

— Ah oui, tu veux tuer du flic hein, c'est ça, espèce de pauvre trou du cul !

Pauline sortit son arme.

— Tu veux que je te flingue, là tout de suite ? T'as peut-être envie de me montrer combien tu es courageux et ben vas-y demande moi ? Dégonfle-toi pas, espèce de martyr de mon cul ! C'est le moment !

Kader et Julie qui avaient assisté à l'affrontement depuis le miroir sans tain entrèrent en trombe dans la salle d'interrogatoire.

— Commandant, je crois qu'il faut aller prendre l'air, dit Kader, en attrapant une Pauline à bout de nerfs par l'épaule, lui saisissant son arme.

— Ça ne va pas Commandant ? demanda Julie.

— Si, si, ça va merci. Vous avez raison, un peu d'air me fera du bien !

Le suspect s'était retranché dans son monde intérieur. Regard fuyant. Driss, de nouveau tassé sur sa chaise, épaules en arrière, était aux abonnés absents. La vraie nature de ce pauvre type allait-elle ressortir ? Où était-il parti trop loin dans son voyage à la recherche d'un idéal qui ne pouvait s'exprimer que par la terreur ? Il habillait son passage à la violence par un voile religieux et politique, mais au-delà des apparences avait-on véritablement un combattant en face de nous ? se demanda Kader. Driss était loin, très loin.

Pauline accompagnée par ses deux inspecteurs sortit de la salle d'audition. Des gouttes de sueur perlaient sur son visage. Son cœur battait la chamade. Elle avait été à deux doigts de tirer sur le suspect. Il fallait qu'elle se reprenne.

LA THEORIE DU CHAOS

La mort de policiers était quelque chose auquel Pauline avait du mal à faire face, ne serait-ce qu'en pensée. La perte de Laurent, mort en service, était encore trop proche, la blessure trop profonde. Son comportement devenait irrationnel et elle le savait. Sans pouvoir l'empêcher. Elle ne pouvait pas continuer comme ça.

— Ça va Commandant ? demanda Julie.

— Oui ça va, mais il m'a mise hors de moi. Il faut que je souffle un peu, c'est tout. Qu'en pensez-vous ? demanda Pauline à ses deux lieutenants.

— Je suis perplexe, répondit Julie. Il est comme absent, puis tout à coup combatif, dangereux même. On a quatre-vingt-seize heures pour lui faire dire tout ce qu'il sait et ça ne sera pas de trop. Vous croyez qu'il prend des trucs ? Cocaïne ? Ça pourrait coller avec ses phases on/off.

— J'ai l'impression que ce type n'est pas le combattant de la liberté qu'il a essayé de nous faire croire, ajouta Pauline, j'ai même le sentiment qu'il est fragile. Je vais appeler le docteur Leroy, le psy et voir s'il peut nous donner son avis. Soit le gars joue avec nous, soit il a un problème.

— On continue à le cuisiner ? demanda Kader.

— Il est 21 h 30, on arrête là pour ce soir, dit Pauline. De toute façon, il est trop tard pour faire avancer les choses. On reprendra tout cela demain matin. Je suis crevée. On se retrouve tous à 8 h.

Pauline rentra chez elle. Elle n'avait pas le courage de manger. Elle se coucha et sombra dans un sommeil agité.

*
* *

Vendredi 5 Mai - Levallois.

Le radio réveil affichait 6 h 20 quand Pauline ouvrit un œil. Sa tête la lançait et elle sentait le sang battre à ses tempes. Une douleur sourde, lancinante, irradiait son cerveau, avec cette sensation qu'on lui plantait une aiguille dans son œil droit. Les vagues de souffrance allaient et venaient au rythme de ses pensées. Elle ne pouvait pas aller travailler dans cet état. Elle décida de prendre un antalgique puissant et se recoucha quelques minutes.

6 h 50. Elle s'était assoupie et sentait qu'elle allait mieux. Juste un peu, mais mieux quand même. Assise au bord du lit, elle trouva la force de se lever.

Elle posa le pied par terre et courut aux toilettes pour vomir. Elle se reprit, avala un médicament contre les nausées avec un verre d'eau et se força à prendre un petit déjeuner léger.

La douche bien chaude lui fit du bien. Elle laissa couler l'eau longtemps sur le sommet de son crâne. La chaleur dilatait les vaisseaux sanguins et l'afflux de sang contribuait à diminuer la douleur.

À 7 h 30 elle prit le chemin de la Brigade. Piochant dans le saladier en forme de salamandre, elle saisit ses clés et embrassa comme tous les jours la photo posée sur le meuble de l'entrée.

À son arrivée, à 8 h précises au siège de la Brigade Antiterroriste, Pauline avait rendez-vous avec le docteur Leroy. Assise à son bureau, dépilant ses nombreux emails, elle entendit une voix qu'elle connaissait bien.

— Commandant Rougier ! Ça me fait plaisir de vous voir.

— Bonjour doc, vous avez l'air en pleine forme ! répondit Pauline en découvrant le Psy et son regard bienveillant. Ça vous dirait un café ? Il est degueu mais c'est ça ou rien. Et c'est moi qui invite ! Avec le mal de tête que je me traîne, un café ne pourra me faire que du bien.

— Si vous insistez, répondit Leroy avec un sourire.

Le docteur Alexandre Leroy était un habitué de la BAT. Après une carrière réussie de psychiatre et de psychologue clinicien, il travaillait comme consultant depuis quelques années avec les forces de police. Âgé d'une soixantaine, l'homme affable et sympathique avait déjà rendu des services à Pauline, en étudiant pour elle des profils psychologiques de suspects. Elle savait pouvoir compter sur son jugement pour interroger Driss Oufik.

Pauline et Leroy pénétrèrent dans la cafétéria de la brigade. Elle aperçut Kowalski attablé dans un coin du réfectoire en compagnie d'une jeune standardiste à qui il prodiguait son plus beau sourire. Pauline croisa brièvement son regard. Il ne fallait pas être devin pour deviner que ces deux-là ne finiraient pas ensemble. Après quelques formules de politesse avec des collègues, elle se saisit d'un plateau sur lequel elle disposa une petite assiette.

— Comme d'habitude ? demanda-t-elle au praticien. Café noir et pain aux raisins ?

— Vous me connaissez mieux que ma fille, répondit Leroy.

Il y avait dans cette réponse une once de regret, se dit Pauline. Elle commanda un expresso bien serré. Elle avait toujours aimé le café fort.

Ils trouvèrent une table un peu à l'écart pour discuter. Leroy regarda Pauline et réfléchit un moment avant de lui demander.

— Comment allez-vous, Pauline ?

— On fait aller Doc.

— Hum. Ça va bientôt faire deux ans maintenant, non ? demanda Leroy.

— Oui. Deux ans déjà. Le 2 octobre !

— Comment supportez-vous le choc ?

— C'est pas facile, mais il faut bien avancer.

— J'ai entendu parler de votre coup d'éclat d'il y a quelques jours au Dojo – on m'a décrit une bagarre de rue. Une vraie furie, hors de contrôle. Vous en dites quoi ?

— J'en dis que vous passez trop de temps avec Kowalski, Doc.

— Vous êtes en colère ?

— C'est possible !

— C'est même sûr ! Mais savez-vous pourquoi ?

— Ça aurait dû être moi Doc, pas lui …. Pas lui ! La voix de Pauline était presque inaudible.

— Oui, mais hier il y a eu la scène lors de l'interrogatoire. C'est normal d'être en colère quand on vous prend un être cher. Mais lorsque ça devient un problème au quotidien, il faut se faire aider. C'est indispensable pour se reconstruire.

— Je vais y penser. Vous avez quelqu'un à me conseiller ? Je suis peut-être prête à y réfléchir.

— C'est bien. Je vais vous adresser à un de mes confrères. Quelqu'un de bien, vous verrez.

— Merci Docteur !

Ils burent leur café en silence, puis Pauline demanda :

— Alors, vous avez vu Driss Oufik ? elle grimaça à l'amertume de son café. On est face à un type violent au bout du rouleau, ou a un simulateur ?

Le psychologue avait visionné le premier interrogatoire de Driss Oufik et posé son diagnostic. Il se concentra un moment avant de répondre, optant pour un ton neutre, laissant derrière lui la conversation personnelle qu'ils venaient d'avoir.

— Mon diagnostic est que votre client souffre d'un syndrome post-traumatique, lié sans aucun doute à son passage en Syrie et à la mort de son mentor Oualid Massourd.

— C'est à dire ?

— Je crois que si vous poussez cet homme à bout, il continuera à observer des phases de mutisme et de violence. Violence qui pourrait être physique d'ailleurs ! À chaque perte de contrôle, il vit une réminiscence de quelque chose de très brutal auquel il n'arrive pas à faire face. Tout acte hostile à son égard le pousse plus avant dans une angoisse morbide. Comme s'il revivait encore et encore la situation à l'origine de ce trauma.

— Pouvez-vous me donner plus de détails ? J'aimerais comprendre, ajouta Pauline.

— Bien entendu ! C'est important, surtout si vous l'interrogez de nouveau et espérez instaurer avec lui les bases d'un dialogue.

Le docteur Leroy se lança alors dans une explication afin de permettre à Pauline de mieux appréhender la situation émotionnelle de Driss Oufik.

LA THEORIE DU CHAOS

— Le syndrome Post Traumatique, reprit Leroy, est une altération du système psychique. Les malades souffrant de ces troubles mentaux peuvent se suicider ou commettre des actes antisociaux graves. C'est le cas de notre patient qui s'enferme dans son délire de conquête d'un monde meilleur.

— Mais il est conscient d'être malade ?

— Oui et non, répondit Leroy. Pour schématiser, l'appareil psychique peut être représenté comme une sphère, entourée d'une membrane la protégeant des agressions extérieures. Une sorte de pare-feu. À l'intérieur de la sphère se trouvent nos représentations mentales, reliées par des filaments. Dans ce réseau circulent de faibles quantités d'énergie positive. C'est une représentation simplifiée de notre 'appareil à penser'.

— Jusque-là, je vous suis.

— Pendant une agression traumatisante, reprit Leroy, par exemple lorsque l'on est persuadé que l'on va mourir, que l'on rencontre le réel de la mort, la représentation pénètre dans le système, traverse notre pare-feu et amène de très fortes quantités d'énergie qui peuvent déstabiliser et même aller jusqu'à détruire notre appareil psychique.

— Donc, d'après vous, il a été exposé à un traumatisme sévère ?

— Absolument, répondit le clinicien, en hochant de la tête. Je suis formel. Il est angoissé et pourrait devenir délirant. Chaque fois que vous le replongerez dans une situation de tension extrême, son cerveau va exhumer l'image violente qu'il a incrustée dans son 'appareil à penser' et il revivra son expérience traumatique comme si elle était en train de se produire. Vous le verrez alors gesticuler, crier, puis très probablement se renfermer. Il se comportera comme s'il était déconnecté de la vie réelle.

— Dans ce cas, comment puis-je établir le contact ? Nous avons absolument besoin de le faire parler.

— Soyez à l'écoute, faites preuve d'empathie. Vous voyez Pauline, le cerveau, cette machine merveilleuse a inventé le droit à la déconnexion bien avant nos politiques. Mettez-le en confiance. Le plus étonnant c'est qu'il en a besoin et qu'il pourrait tout à fait se confier à vous s'il ne vous considère pas comme une menace.

— Pas facile ! Je ne suis pas son amie ...

— Je sais, mais vous avez affaire à un malade ! Armez-vous de patience.

— Merci Doc. On va changer nos méthodes et essayer la manière douce.

Pauline retourna à son bureau. Deux appels en absence. Elle reconnut immédiatement le numéro et rappela Pascal Le Cam qui décrocha tout de suite. Le chef de service de la scientifique de la BAT avait du nouveau.

— Bonjour Pascal, Commandant Rougier.

— Bonjour Pauline. Merci de me rappeler aussi vite. Je viens de terminer mon rapport préliminaire sur l'appartement de la place Pigalle. Vous voulez passer que je vous le présente ? Il reste encore du boulot à faire, mais je peux vous résumer le plus gros tout de suite.

— J'arrive !

Pauline descendit au 1er sous-sol où officiait Pascal Le Cam. Elle traversa l'open space de l'équipe technique avant de frapper au bureau du chef du service.

La voix grave de Le Cam résonna :

— Entrez ! il avait mauvaise mine et sa barbe de deux jours indiquait qu'il avait travaillé au moins une partie la nuit.

— Re-bonjour Pauline. On ne peut pas dire qu'on s'ennuie avec vous ! Mon équipe a été sur le pied de guerre toute la nuit. Ils sont toujours dans l'appartement, une vraie boucherie !

— Merci Pascal. Je sais que vous avez été beaucoup sollicité ces derniers jours, mais j'espère qu'on arrive au bout.

— On a encore énormément de travail à faire. Entre la scène de crime d'Aubervilliers et celle de la Place Pigalle, on en a au moins jusqu'à dimanche. Venez, suivez-moi !

Le bureau du chef de la section de la police scientifique attachée à la Brigade Antiterroriste était à son image, impeccablement rangé.

Pas un dossier en souffrance. À côté de son ordinateur, un classeur bleu ouvert.

Asseyez-vous, que je vous lise mon compte rendu entre les lignes ; on ne peut pas tout mettre par écrit.

Il chaussa ses lunettes et commença à parcourir son document.

— Bon ! En résumé, on a tout lieu de croire que tous ces gens ont été exécutés.

— Qu'est-ce qui vous fait penser ça ?

— La porte d'entrée est intacte donc le scénario pourrait être le suivant. Un homme frappe. On lui ouvre et avant même de dire bonjour, le visiteur tire sur le type dans l'entrée, de bas en haut, et lui explose l'abdomen et le thorax. On n'a pas encore formellement identifié les occupants de l'appartement.

Ce faisant, Le Cam mimait la scène, agitant sa main de bas en haut, répliquait le geste du tireur. Il posa son rapport, tout en continuant à résumer la situation.

— Un autre homme, en l'occurrence Malik Aertens, qui se trouvait dans la pièce principale se précipite, compte tenu du laps de temps il devait déjà avoir son arme en mains. Il montre le bout de son nez et l'intrus, visiblement pas très amène, lui inflige le même traitement. L'automatique est sans doute un fusil d'assaut du genre 'Bullpup'. On a retrouvé des munitions de 7,62 à travers tout l'appartement. Bon ! En tout cas, le tir est tellement puissant que Malik, projeté en arrière, s'écrase sur la table basse du salon et prend la télévision sur la tête.

— Ça ne ressemble pas à une visite de courtoisie, conclut Pauline.

— En effet, mais ça n'est pas terminé ! Les traces de pas montrent que le visiteur funeste décide alors de sortir. Puis on retrouve ses traces quand il entre une nouvelle fois dans l'appart.

— Il est revenu après que je l'ai stoppé dans l'escalier.

— Exact ! De retour dans l'appartement il se dirige vers la pièce du fond et tombe nez à nez avec une femme menottée au radiateur. Les bleus sur ses poignets attestent qu'elle devait être là depuis un moment. Il n'hésite pas, et l'exécute d'un coup unique dans la tête. Ce qui démontre une maîtrise de soi qui fait froid dans le dos. Et c'est alors qu'il décide de fuir par la fenêtre qui donne sur la cour en escaladant le mur !

— Donc un type entraîné, ajouta Pauline.

— Entraîné ? Je dirais même plus, un soldat ou un genre de tueur professionnel. En tout cas pas un débutant.

— Il descend par la façade et tombe sur Arnaud et Julie qui sont au rez-de-chaussée. Il les aperçoit par la porte vitrée qui donne dans la cour.

— Absolument. Il saute à terre et voit vos deux policiers. Il n'hésite pas et tire dans le tas tout en se précipitant vers le mur qu'il escalade.

— À ce moment-là je suis dans l'appartement, renchérit Pauline, je regarde par la fenêtre et aperçois notre homme qui tente de sauter. Je tire et le manque.

— Eh oui, il saute par-dessus le mur et c'est la fin de la partie. Un spécialiste. Je vous garantis qu'il s'agissait bien d'une exécution en bonne et due forme.

— Reste à déterminer comment Driss Oufik est sorti de ce merdier sans prendre une balle ?

— Ça Pauline, je vous laisse le découvrir.

Le silence retomba dans le bureau. Le Cam et Pauline faisant tous les deux le schéma mental de la scène pour s'imprégner de la suite des évènements. Le Cam reprit le fil de ses pensées, regarda Pauline et ajouta :

— Suivez-moi, je vais vous montrer les pièces à conviction. Certaines sont en cours d'analyse, mais vous pouvez y jeter un coup d'œil.

Sur une table, à l'entrée du labo, se trouvait un tas de sacs plastiques qui contenaient toutes les saisies dans l'appartement de la place Pigalle. Pauline prit les sachets les uns après les autres pour les étudier. Rien de bien excitant. Un pistolet sur lequel il faudrait faire un test pour déterminer s'il était répertorié, des téléphones, dont au moins un qui ressemblait à une antiquité, et des portefeuilles. Un sac à main. Plusieurs trousseaux de clés, dont un avec deux clés retenues par un ruban, des clés banales de serrures. Pauline regarda à travers le sac transparent et lu 'Reelax' sur la clé. Sans doute la marque.

— Où avez-vous trouvé le trousseau avec le ruban ? demanda Pauline

— Ah celui-ci ! il était autour du cou de Malik Aertens.

— Bizarre ! se dit-elle. Pascal, avez-vous relevé les empreintes sur les clés ?

— Oui, on y trouve uniquement celles d'Aertens.

— Vous les avez essayés dans l'appartement ?

— Oui, elles n'ouvrent rien. En tout cas pas la porte d'entrée, ni aucun placard.

— Hum … je peux l'emporter avec moi ?

— Oui, mais il faudra me signer une décharge.

— Pas de problème.

— Vous voulez voir les trois macchabées ?

— Bof … j'ai eu un début de matinée difficile et je ne supporte pas très bien les visites à vos pensionnaires.

Le Cam ouvrit une porte. Sur les tables d'autopsie trois morts, recouverts de linges blancs.

— Merci Pascal, mais je lirai en détail vos rapports plus tard !

Pauline prit le chemin des ascenseurs. Deux questions lui semblaient essentielles pour comprendre le déroulement de cette enquête, depuis l'attentat jusqu'à cette boucherie de la Place Pigalle.

Premièrement, pourquoi envoyer un nettoyeur et supprimer des gens susceptibles de monter d'autres actions violentes pour votre compte ? Cela ne ressemblait pas à la démarche habituelle des commanditaires. En général, soit leurs gars se faisaient sauter, soit ils les aidaient à se cacher. Mais de là à les tuer ! Ou alors ils savaient quelque chose qu'il ne fallait pas que la police apprenne.

Deuxièmement, comment le tueur a-t-il pu retrouver Driss Oufik et Aertens aussi vite ? Il était clair que ces deux-là se cachaient.

Ils avaient été rapides grâce à l'intervention de Nathan et de son logiciel espion. Mais pour les autres ?

Troisièmement, pourquoi Aertens se baladait-il avec un trousseau de clés autour du cou ? Ces clés devaient être importantes pour qu'il ne s'en sépare jamais. Mais elles ouvraient quoi ? Plus on avance dans cette enquête, et moins les choses sont claires, se dit Pauline.

Le travail de policier consiste à faire de la paperasse, beaucoup de paperasse. Elle avait rendez-vous avec le patron à 16 h, ce qui ne lui laissait pas beaucoup de temps pour rédiger les comptes rendus de l'opération d'hier. Elle devait aussi rendre visite à Arnaud à l'hôpital. Elle décida d'aller voir son équipier en priorité. Les rapports pouvaient attendre encore un peu.

Les hôpitaux se ressemblent tous. Arrivée au parking, elle ne se sentit pas bien. L'odeur, les gens qui passaient à côté de vous, le regard anxieux. Le dédale des services. Les chuchotements censés éviter de déranger les malades, mais qui ne faisaient qu'ajouter à la pesanteur de l'endroit. Les bruits des machines, bips aigus, qui battaient la mesure des partitions de vies qui se jouaient dans ces couloirs sombres. Pauline se fit violence et entra.

— Commandant Rougier ! Je viens rendre visite au Lieutenant Arnaud Lescure, qui a été admis hier dans l'après-midi.

— Ah oui, la blessure par balle, c'est ça hein ? demanda l'infirmière à l'accueil, en consultant son registre.

— Vous n'êtes pas au courant ? demanda surprise Pauline.

— Je viens de prendre mon service madame !

— Excusez-moi …

— Chambre cinq ! La Chef de l'unité lisait le compte rendu sur son ordinateur. Il est remonté du bloc et de la salle de réveil à 22 h 45 hier soir. Il a bien dormi. Vous pouvez aller le voir, mais pas trop longtemps, il doit se reposer. L'opération s'est bien passée. Il a eu de la chance. Son épaule se remettra.

— Merci.

Pauline poussa la porte de la chambre et vit Arnaud en train de dormir. Des fils couraient partout. Cardio, tension, drain, poche d'antibiotique … Pauline eut un frisson. Dieu qu'elle détestait cette ambiance aseptisée – j'aurais dû apporter quelque chose, se dit-elle – Arnaud ouvrit les yeux.

— Heu … Bonjour Arnaud, comment te sens-tu ?

— Doucement commandant ! Je vais doucement. Cette blessure me fait souffrir comme un chien.

— Ils t'ont donné des calmants ?

— Je les mange par poignées. Si j'en prends plus, je vais être stone !

— Tu as gardé le sens de l'humour, c'est que ça va.

— L'opération s'est bien passée, je vais pouvoir revenir rapidement.

— Prends ton temps Arnaud. Il faut que tu sois à 100% pour revenir sur le terrain.

— Je sais… comment avance l'enquête ?

— Je viens de voir la scientifique, on est d'accord pour dire que ton agresseur était un pro et qu'il était sacrément entraîné. À ce propos, tu pourrais le reconnaître ?

— Je l'ai à peine vu, Commandant. En plus il était dos à la lumière. Je ne crois pas pouvoir vous aider. Mais vous, vous l'avez vu aussi non ?

— Oui et non. Il a dévalé les marches, je me suis levée, j'ai sorti mon arme, je lui ai dit de s'arrêter. Il a tiré et s'est barré. J'ai vu que dalle !

— Et ben heureusement qu'on est de la police hein ?

— Comme tu dis !

— Dis-moi, quand tu as appelé pour me prévenir que tu avais l'adresse où se trouvaient nos fugitifs, tu m'as laissé un message ou tu as appelé directement sur mon portable ?

Arnaud fronça les sourcils. Il réfléchissait à la question.

— J'ai d'abord appelé votre bureau et laissé un message. Comme je n'avais pas de réponse, j'ai essayé de vous parler sur votre portable tout de suite après.

— Tu es sûr ?

— Tout à fait sûr, pourquoi ?

— Pour rien. Je vérifiai juste. Allez, repose-toi, on m'a dit que je ne pouvais rester que quelques minutes. Tu as besoin de quelque chose ?

— Non, on s'occupe bien de moi et j'ai eu de la visite. Merci, mais allez-y, Commandant. Bouclez l'enquête ! J'aimerais bien savoir qui est le salaud qui a commandité cette attaque. Ça n'a toujours pas été revendiqué ?

— Non, toujours pas, ça aussi c'est étrange !

Pauline sortit de l'hôpital, soulagée. Elle respira intensément dès qu'elle fût dehors et expira profondément. Chaque visite lui coûtait. Elle monta en voiture et réfléchit. Elle était tout à fait certaine de ne jamais avoir reçu de message téléphonique d'Arnaud sur sa messagerie interne avec l'adresse de la place Pigalle.

*
* *

Samedi 6 Mai - BAT

Pauline menait un nouvel interrogatoire. Driss Oufik alternait toujours les phases de violence et de révolte, suivies de périodes pendant lesquelles on pouvait parler. Elle commençait à mieux comprendre la relation Massourd/Aertens/Oufik/Kerbouche, le quatuor responsable de l'attentat du 1er mai.

On avait le leader Oualid Massourd, exalté et convaincu de sa Cause ainsi qu'un Driss, suiveur et fortement dépendant de Massourd. Kerbouche, un revenant qui avait servi avec Massourd à Alep. Il n'avait pas hésité à tirer lors de l'assaut des troupes d'intervention de la Brigade.

Driss dépeignait Malik Aertens comme plus ambigu. Il était souvent au téléphone avec d'autres personnes, comme s'il était connecté dans l'organisation à un niveau supérieur. C'est lui qui amenait le cash, avait toujours du liquide sur lui, payait le loyer et avait été le contact pour la livraison des armes. D'un naturel violent, il s'était plusieurs fois accroché avec Kerbouche qu'il jugeait imprudent, ainsi qu'avec Driss. Mais Oualid Massourd lui avait fait comprendre que s'en prendre à Driss revenait à s'en prendre à lui... et personne ne voulait se battre avec Oualid.

Si on commençait à mieux cerner les rapports entre les quatre hommes, on ne connaissait en revanche toujours rien de l'organisation elle-même, des donneurs d'ordres, de leurs objectifs. L'enquête ne semblait pas vouloir avancer.

Pauline contemplait le trousseau de clés de Malik Aertens et se demandait bien comment elle allait trouver à quoi elles servaient.

.*.

Lundi 8 Mai, 11 h – BAT

Cela faisait presque trois jours que Pauline et Driss Oufik se voyaient chaque jour pendant plusieurs heures. Le plus souvent, Driss était disert et Pauline en apprenait beaucoup sur son passé, les conditions de vie des combattants de l'EI. De temps à autre, il se renfermait et rien ne venait troubler leurs tête-à-tête muets. Ils avaient augmenté la dose de médicaments pour le rendre plus docile et moins sujet aux crises qui l'assaillaient sans prévenir.

La phase d'affrontement passée, Pauline avait opté, sur les conseils du psychologue Alexandre Leroy, pour une approche moins directe, privilégiant l'écoute. Elle commençait à mieux connaître Driss et même si ses actions étaient inexcusables, elle éprouvait une certaine empathie pour ce jeune homme de vingt-deux ans. Depuis que Driss était sous médocs il était plus calme, et ses phases de violence plus rares.

— Bonjour Driss !

— Bonjour Commandant !

— On s'était arrêté où hier ? demanda Pauline.

— On parlait de Yasmina.

— Ah oui, c'est vrai, et que vous vous entendiez bien.

— C'est sûr, Yasmina et moi, on était proches. Ma mère, elle était toujours à bosser le soir, le matin, à faire des petits boulots de nettoyage dans les bureaux, des trucs comme ça.

— Alors c'est Yasmina qui s'occupait de toi. Elle avait quoi, trois ans de plus que toi ?

— Oui, mais en fait c'est avec Oualid que je traînais le plus. Il kiffait trop ma sœur. Il était tout le temps chez nous.

— Et elle ?

— Elle ! Elle ne le voyait même pas ! répondit Driss dans un rire contenu.

— Et il le prenait comment ?

— Il était super venere … c'est un peu ça qui l'a fait basculer.

— Qu'est-ce que tu veux dire ?

— Ben dans la cité, Oualid c'était un dur. Il était respecté, alors quand tout le monde a vu qu'il avait pris un vent avec Yasmina, il s'est mis à être plus violent ; il voulait qu'on le respecte quoi !

— Et toi là-dedans tu faisais quoi ?

— Ben Oualid, c'était comme mon frère. Il avait cinq ans de plus de moi ! Je le suivais partout. Moi j'étais gamin et j'avais Oualid sur qui je pouvais compter. Personne ne pouvait me toucher !

Les yeux de Driss étaient maintenant embués.

— Il t'a protégé quoi !

— Oui, et comme j'ai jamais été super costaud, alors avec lui, ma parole, celui qui s'approchait trop, Oualid il le défonçait.

— Et tu l'as aidé ?

— Ouais … il dealait un peu à ce moment-là. J'étais encore à l'école. J'avais quatorze ans, lui dix-neuf. Je faisais le transport et des petits boulots pour lui.

— Et ?

— Putain, il gagnait plein de thunes ! Il s'est acheté une grosse caisse pour impressionner Yasmina, il lui offrait des cadeaux. Ma mère, elle, a bien vu qu'il la kiffait trop…

Driss s'arrêta. S'essuya les yeux.

— Je pourrai avoir un thé, Commandant ?

— Oui, je pense que c'est possible Driss. Mais après, on reprend hein ?

— D'accord, je voudrais en finir avec tout ça. Je sais que je vais en taule direct, mais je m'en fous ! J'ai nulle part où aller de toute façon !

On apporta les boissons. Il prit le temps de déguster son thé en soufflant dessus plus que nécessaire.

— Vous savez, Oualid il a pris deux ans pour trafic de stups.

— Je sais, c'est dans son dossier.

— Oui, mais la merde c'est que quand il est ressorti c'était plus le même.

— La prison tu veux dire ? Il s'était radicalisé ?

— Grave ! Il allait tout le temps à la mosquée, faisait ses prières et tout. Plus le même !

— Et toi, comment en es-tu arrivé à te retrouver en Syrie ?

— J'ai suivi Oualid. Il avait toujours été là pour moi et il m'a dit que ce serait bon pour nous, qu'on serait des combattants, des rois là-bas. Putain quelle connerie, quelle connerie !

— Pourquoi tu dis ça ? Ça ne s'est pas passé comme prévu ?

— On s'est tirés via la Turquie et on s'est retrouvé dans une unité, avec presque que des Français. Les chefs de l'EI nous traitaient comme des chiens. En plus, on parlait l'arabe super mal, alors on comprenait rien. Ils nous filaient des missions de merde, super dangereuses. Ils en avaient rien à foutre de nous. Oualid, lui, il était quand même sur le front à Alep.

— Et toi ?

— J'étais juste un putain de gardien de prison. J'ai jamais été en première ligne, enfin un peu au début, mais quand ça a commencé à vraiment chauffer j'ai pas pu … j'étais parti pour un monde meilleur et là-bas c'était l'enfer sur terre !

Driss sembla vouloir dire quelque chose et se ravisa.

— Tu voulais dire quelque chose de constructif ? Vas-y on pourrait en tenir compte.

— Ben c'est comme pour l'attentat, j'étais juste le chauffeur. J'ai transporté Oualid c'est tout ! On habitait chez Yasmina qui est partie parce qu'elle en avait marre de tout ce cirque, la cité, la prison pour Oualid et notre départ en Syrie.

Driss baissait la tête, regardait le sol. Il était visiblement secoué.

— T'es revenu quand ?

— Il y a six mois. On est rentrés tous les deux via la Turquie. Arrivé à Paris, je me suis caché à Saint-Denis, chez ma mère. Oualid, lui, il a disparu. Y'a deux mois, il m'a contacté. Il m'a dit qu'il cherchait quelqu'un pour l'aider. Alors je suis venu le voir, il était avec Malik, et voilà !

— Et tu les as rejoints comme ça ?

— Qu'est que j'avais à perdre, hein ?

— Et ensuite ?

— Le matin du 1er mai, Oualid m'a demandé de le conduire à Paris. Avant de partir, il me dit que c'est mon frère, qu'il m'aime. Il était comme en transe. Il me montre sa ceinture d'explosifs ! Il me dit qu'il va faire retentir le nom d'Allah !

— Alors tu as fait quoi ?

— Rien Putain, rien du tout ! des larmes coulaient sur les joues de Driss.

— Tu ne pouvais rien faire de toute manière, Driss.

— Je sais pas, mais j'aurais dû essayer. Mais je me suis encore dégonflé…

— Et ensuite ?

— Après ? Je l'ai laissé près du Pont de Sully, et vous connaissez la suite.

— Merci Driss. Moi, ce que je voudrais, c'est le commanditaire qui a tué ton frère. Tu sais qui est le commanditaire de cet attentat ?

— Je sais juste que j'ai conduit Malik dans un parking à Montreuil une fois. Un type est arrivé avec une Merco. Il lui a donné un sac et ils ont discuté pendant un bon moment dans sa caisse.

— Et ensuite ?

— Ben le mec s'est barré, et on est rentré. C'est tout ce que je sais.

— Tu as demandé à Malik qui c'était ?

— Oui, il m'a dit : « toi tu conduis et tu t'occupes de ce qui te regarde. Alors j'ai pas insisté ».

— Tu pourrais le reconnaître ?

— Oui, je crois !

— Tu crois ou t'es sûr ?

— J'en suis sûr.

.*.

En début d'après-midi, Pauline se rendit chez Dalmont, le propriétaire de l'immeuble à Aubervilliers, pour refaire le tour de l'appartement de Yasmina Oufik. Les quatre terroristes y étaient restés plusieurs mois et même si la scientifique n'avait rien trouvé permettant de faire avancer l'enquête, Pauline voulait s'assurer qu'ils n'avaient rien manqué.

Elle se gara devant l'immeuble à l'angle du chantier, et poussa la porte toujours ouverte. Elle sonna à l'appartement de Monsieur Dalmont. Le vieil homme ouvrit et lui sourit immédiatement.

— Commandant Rougier, en voilà une bonne surprise !

— Bonjour Monsieur Dalmont. Je vous avais dit que je viendrais voir comment vous alliez, alors j'ai décidé de tenir ma promesse. J'aurais peut-être dû vous prévenir ?

— Mais non, vous savez à mon âge, on ne sort plus beaucoup. Entrez ! Entrez ! Puis-je vous faire du café ?

— Avec plaisir !

— Asseyez-vous, je vous en prie, je n'en ai que pour quelques minutes.

Pauline se cala dans le canapé usé et s'enfonça dans les mousses vieillies des coussins. L'intérieur sentait le renfermé. Des relents de cuisine stagnaient dans la pièce. La télévision avait sans doute été réparée, car elle trônait de nouveau sur son meuble, entourée de cadres. Pauline se saisit des photos et découvrit un Dalmont jeune, d'une trentaine d'années, avec une femme, visiblement en vacances. Chevelure abondante, il arborait un large sourire, tenant une jeune femme blonde à la taille fine, par les épaules. Bel homme, se dit Pauline. Un autre portrait où l'on voyait un jeune d'une vingtaine d'années qui ressemblait à Dalmont. Son fils peut-être ? Son hôte revenait de la cuisine et Pauline reposa les cadres avec empressement, se sentant prise en faute.

— Il ne me reste que des photos vous savez, souriait Dalmont, tenant deux mugs de café en grès.

— Merci, répondit Pauline, en se saisissant d'une tasse. Votre femme et votre fils ?

— Eh oui Commandant ! Partis trop vite tous les deux. Ma femme est morte il y a dix ans, mon fils l'a suivie deux ans après. Accident de voiture.

— J'en suis désolée, vraiment désolée !

— L'important c'est de les garder à côté de soi et de continuer sa route ; de ne pas les laisser prendre le pouvoir sur votre vie.

— Et vous y arrivez ?

— Ça dépend des jours… mais le plus souvent oui. Je sais que Madeleine, ma femme, est à mes côtés. Elle me guide et me soutient. C'est comme ça Commandant !

— Appelez-moi Pauline.

— D'accord Pauline, moi c'est Étienne. Et vous ? Je discerne de la tristesse dans votre regard, je me trompe ?

— Non, vous avez raison, j'ai moi aussi été confrontée à la perte d'un proche.

Pauline but une gorgée d'un café fort et amer, les larmes aux yeux. Elle se passa la main dans les cheveux, se gratta la gorge et se lança :

— Il est bon, dit-elle.

— J'aime bien le café fort. Mais je suppose que vous n'êtes pas venue pour me parler de ma famille ?

— En effet, comment avancent les réparations de votre immeuble ?

— J'ai eu la visite de beaucoup d'experts. C'est compliqué, personne ne veut prendre en charge les travaux. Ils se renvoient la balle, ils ont décidé de se retourner contre l'État. Tout cela va demander du temps, et le temps, c'est ce qu'il me manque Pauline !

— Mais vous comptez remettre les appartements en location ?

— J'ai pris la décision de vendre. Les propriétaires du chantier à côté sont passés me voir et on a conclu un accord. Ils vont construire un autre immeuble tout neuf. C'est le progrès, je suppose. Lors du lancement des travaux il y a deux ans ils m'avaient fait une proposition, mais à l'époque je n'étais pas prêt. Aujourd'hui après ces incidents, je pense que le moment est venu !

— Cette maison est à vous depuis longtemps ?

— C'est l'héritage de ma femme. Mais comme je vous l'ai dit, il faut continuer son chemin. Vous décidez, car les morts ne dirigent pas votre vie…

Ils finirent leur mug de café et Pauline sortit le trousseau de clés portées par Malik Aertens et les présenta à Dalmont.

— Avez avez déjà vu ces clés ? On les a trouvées sur Malik Aertens. Personne ne sait à quoi elles peuvent servir.

Dalmont regarda le trousseau avec insistance. Ils se leva et revint avec une boîte à thé remplie de clés diverses qu'il tendit à Pauline.

— Voilà toutes les clés de l'immeuble. Vous voulez vérifier si elles ressemblent à une de celles-ci ?

— Oui, je vous remercie.

Pauline compara une à une chaque clé de la boîte. Aucune ne correspondait à celles d'Aertens.

— Étienne, j'aimerais aller jeter un coup d'œil à l'appartement, vous m'accompagnez ?

— Allez-y ! Vous connaissez le chemin. J'attends des artisans cet après-midi. Ils doivent arriver d'un moment à l'autre.

Pauline remercia Dalmont et gravit les étages pour vérifier une dernière fois s'ils n'étaient pas passés à côté de quelque chose lors de la perquisition de l'appartement. Elle coupa les scellés et la porte s'ouvrit en grinçant. Le chambranle cassé par le coup de bélier de la police n'était pas remplacé et les ventaux tenaient par miracle sur des gonds arrachés. Pauline entra dans le logement. Les traces de luttes étaient visibles : carreaux fracassés lors de l'explosion de la grenade ; impacts de balles sur les murs ; parquet brûlé par le fumigène lancé par le groupe d'intervention. Pauline essaya les clés d'Aertens dans la serrure. Impossible de les insérer. Se dirigeant vers le placard de la chambre elle trouva une autre serrure. Là encore, aucune des deux clés ne correspondait. Elle fit le tour une nouvelle fois. Il fallait se rendre à l'évidence, ce trousseau n'ouvrait rien dans cet appartement. Elle redescendit découragée. Etienne Dalmont était en discussion avec deux hommes habillés de salopettes blanches.

— Je vous dis au revoir, Étienne. Je repasserai vous voir dans quelque temps. Tenez-moi au courant pour les travaux et pour la vente !

— Promis ! Et souvenez-vous, hein ! On les garde près de nous, mais c'est nous qui fixons le cap. On tient la barre !

— J'ai bien retenu la leçon, merci, répondit Pauline en souriant.

— Bon, je vous laisse, ces messieurs sont venus changer les carreaux du 2ème. J'attends aussi des maçons pour réparer le trou dans le placard et pour couronner le tout, j'ai la porte du premier qui n'ouvre plus … c'est une vraie sinécure, vous savez !

— Bon courage.

Pauline reprit sa voiture en direction de la BAT. « Chou blanc !», se dit-elle. Cette histoire de clés la laissait perplexe. Elle parcourut deux cents mètres puis la vérité lui apparut. Elle freina brusquement, fit demi-tour et se gara sans ménagement devant l'immeuble. Elle courut et entra. Étienne Dalmont discutait vivement avec les ouvriers.

— Étienne, vous permettez que je vérifie quelque chose ?

— Pauline, vous êtes de retour ? répondit Dalmont surpris.

Oui, bien entendu !

Pauline monta les marches quatre à quatre. Arrivée au 1er étage elle saisit la clé 'Reelax' et l'introduisit dans la serrure.

Le cylindre tourna et émit un 'clac' quand le pêne activa la gâche. Pauline poussa la poignée et la porte s'ouvrit en grinçant. Son cœur s'accéléra. Elle avait eu raison. Aertens se servait de cet appartement vide pour y dissimuler aux yeux du reste du groupe ce qu'il avait à cacher. Au lieu d'aller loin, il avait simplement utilisé celui du dessous. Il savait que Dalmont, vieil homme reclus, n'y allait jamais. Et quand bien même. Si Dalmont avait remarqué que sa clé n'ouvrait plus, il aurait fait appel à un serrurier, ce que Malik aurait vu. Il aurait eu le temps de changer de planque. C'était la solution la plus simple et la plus discrète.

Pauline entra dans l'appartement qui ressemblait en tout point à celui du 2ème. Vieillot, il ne dénotait pas avec le reste de l'immeuble. Pauline enfila une paire de gants de chirurgien avant de pénétrer dans le logement pour ne pas souiller la scène. De la poussière recouvrait le sol sur lequel des traces de pas, sans aucun doute celles d'Aertens, étaient visibles. Pauline entreprit de visiter de fond en comble l'endroit. Si le terroriste l'utilisait, c'est qu'il avait des choses à cacher !

Rien dans la pièce principale. Elle entra dans la cuisine et inspecta les placards muraux. Rien non plus. Dans la chambre, deux portes coulissantes. Un côté penderie et de l'autre un caisson. Elle ouvrit la porte et découvrit un sac de sport. Fermé avec un cadenas. Elle sortit de sa poche la seconde clé, qui rentra dans la serrure. Le cadenas céda et Pauline ouvrit la fermeture Éclair.

Il s'agissait du matériel du parfait terroriste. Pauline trouva pêle-mêle une dizaine de passeports de différents pays, certains encore vierges. Des cartes de crédit. Une grosse somme en liquide. Pauline compta rapidement les liasses. Il devait y en avoir au moins pour trente mille euros. Des armes de poing. Son attention fut attirée par un petit carnet au fond su sac.

Pauline l'ouvrit. Des colonnes de notes – indéchiffrables - et des nombres. Des colonnes entières de noms et de chiffres ! Malik avait la réputation d'être le financier de l'organisation. Pauline aurait-elle mis la main sur un livre de comptes ? Si c'est le cas se dit Pauline, cela expliquerait sans doute pourquoi certains ne voulaient pas que Malik ne puisse parler.

Plié dans la page de garde elle sortit un document. Un nom : *ZURICH INVESTMENT & SECURITIES BANK* – et des virements associés pour des centaines de milliers d'euros.

Que vient faire une banque suisse dans tout ce merdier ? se demanda Pauline.

*
* *

Lundi 8 Mai, 17 h – BAT

Pauline de retour à la Brigade déposa le sac et son contenu auprès du Chef du service Scientifique. Il serait analysé avant de rejoindre la salle des pièces à conviction.

Le juge de l'antiterrorisme avait demandé que Driss Oufik soit déferré pour lui signifier son inculpation pour 'assassinat en bande organisée et association de terrorisme' et commencer son interrogatoire. Pauline et son équipe avaient terminé leur enquête. Il leur manquait l'identification du commanditaire de l'attentat. Driss allait les aider à réaliser un portrait de cet homme. C'était un début.

Le tueur de la Place Pigalle était toujours recherché et la Scientifique avait publié les tests balistiques de l'arme qui avait servi aux meurtres, grâce à l'analyse les balles extraites des corps des victimes. Sans succès. Elle n'était pas répertoriée. On ne la retrouverait sans doute jamais.

Ils avaient identifié les deux morts de l'appartement de la rue Duperré. Driss avait confirmé qu'il s'agissait d'un couple ayant hébergé Malik Aertens dans le passé, avant que celui-ci ne bascule dans le terrorisme. La femme morte était l'auteur de l'appel au numéro vert. Malik l'avait surprise pendant qu'elle appelait la police, l'avait frappée, bâillonnée et attachée au radiateur. Son mari pendant ce temps était surveillé par Malik.

Le tueur avait fait irruption dans l'appartement et tiré sur tout le monde. Driss Oufik était à ce moment-là aux toilettes. Les bruits et la violence des combats l'avaient fait basculer. Prostré, il s'était déconnecté, comme il l'avait fait lors de son arrestation et de ses premiers interrogatoires, soumis à un choc post-traumatique intense. En reprenant contact avec la réalité, il était sorti, avait trébuché dans la flaque de sang dans l'entrée avant de sortir de l'appartement et de tomber nez à nez avec Pauline qui l'avait arrêté et menotté.

Pauline vint chercher Driss et le déposa sur le banc de l'entrée de la BAT. Elle attendait les policiers qui allaient prendre en charge le suspect pour sa mise sous écrou.

— Assieds-toi, Driss, je passe le relais maintenant. Tu vas être mis en examen et dormir en prison cette nuit.

— J'ai passé beaucoup de temps en prison en Iraq. Là-bas, j'étais un des gardiens, mais je crois que j'étais au moins aussi prisonnier que les gars que je gardais.

— Reste là, on n'en a plus pour longtemps. Je signe les papiers de transfert et ce sera terminé.

Driss assis regardait la télévision dans le hall de la BAT. Sur les chaînes d'info, on repassait en boucle l'action musclée et malheureuse de la Brigade Antiterroriste et la mort d'un des membres du groupe. Des vidéos montraient l'immeuble de la rue Duperré et l'arrestation de Driss Oufik, terroriste présumé, lié à l'attentat du 1ᵉʳ mai. On y voyait les photos des quatre terroristes en médaillon, incrustées dans l'image, sans interruption.

Puis, l'information reprenant ses droits, on passa à un reportage sur la nouvelle exposition qui serait inaugurée le lendemain à l'Institut du Monde Arabe à Paris. On présentait de jeunes créateurs, photographes et sculpteurs d'inspiration islamique, qui concouraient pour le prix Mohamed Abdul Latif Jameel, un homme d'affaires saoudien qui encourageait la production artistique à travers le monde arabe.

L'ambassadeur d'Arabie Saoudite et sa suite ouvraient la cérémonie qui lançait l'exposition.

Driss regardait la télévision d'un œil distrait. Puis lorsque la caméra zooma sur les officiels il se figea.

— C'est lui ! s'exclama Driss. Le gars que Malik et moi on a rencontré, c'est celui-là !! Driss montrait l'image et les dignitaires à l'entrée de l'exposition.

— Qui ça, l'ambassadeur ? dit Pauline incrédule.

— Non, le type à côté de lui, c'est lui j'en suis sûr !!

Pauline sentit que cette affaire allait l'emmener bien plus loin que l'enquête terroriste qu'elle pensait avoir sur les bras. Pas de précipitation. Elle n'avait aucune idée de qui était cet homme, mais elle n'allait pas tarder à le savoir et elle sentait intimement que ce qu'elle allait découvrir n'allait pas lui plaire.

*
* *

Driss venait de partir, convoyé par les flics en charge de son transfert. Pauline sentit un poids disparaître de ses épaules. Avant de clore l'enquête, il lui restait un dernier problème à résoudre. Elle voulait trouver des réponses à une question qui lui accaparait l'esprit. Pourquoi n'avait-elle pas eu le message qu'Arnaud lui avait laissé sur le téléphone de son bureau quand il avait quitté Nathan ? Arnaud avait confirmé, sans erreur possible, qu'il l'avait appelée sur son fixe AVANT de la contacter sur son portable. Dans le message, il donnait l'adresse où se cachaient Driss Oufik et Malik Aertens. Pourtant elle ne l'avait jamais eu lorsqu'elle avait écouté sa messagerie. Pauline savait une chose, c'est que les messages, comme les emails et bien d'autres choses, ne disparaissaient pas comme par magie …

La réponse qu'elle entrevoyait lui déplaisait, mais elle voulait en avoir le cœur net.

Elle prit l'ascenseur pour se rendre dans le bureau de Charly Dumont le responsable informatique du site de Lavallois. Elle jeta un œil à travers la porte vitrée et le vit devant son écran absorbé à maintenir les ordinateurs de tous les policiers de la BAT en fonction, ce qui n'était pas une mince affaire. Pauline frappa.

— Entrez !

Le bureau de Charlie ressemblait un peu à un magasin de revente d'électronique, d'imprimantes et de téléphones usagés. Des unités centrales, des postes fixes et des imprimantes lasers hors d'usage, s'empilaient tout autour de lui. L'homme dans la trentaine, dynamique, était réputé dans toute la brigade pour être le roi de la bidouille et de la démerde. Si quelqu'un pouvait vous arranger le coup quand quelque chose tombait en panne, c'était Charly.

— Bonjour Charly, je vois que tu t'améliores. Maintenant, on peut ouvrir la porte de ton bureau sans faire tomber une montagne de trucs empilés en vrac.

— Oui, je suis entré dans une ère de rangement systématique, répondit Dumont, en riant.

— C'est clair ! On voit même un bout de moquette là, répondit Pauline en montrant un demi-mètre carré de plancher qui n'était pas recouvert d'une carcasse de déchet électronique.

— Que me vaut le privilège de voir passer le commandant Rougier dans mon bureau. Un problème d'ordinateur, de réseau ? Un câble perdu ?

— Non, rien de tout cela. J'ai besoin de ton aide, mais avant tout il faut que tu me jures que tout ce que je m'apprête à te demander restera entre nous.

Charly Dumont referma son laptop et regarda Pauline avec insistance.

— On se connaît bien Pauline, et tu sais que tu peux avoir confiance en moi.

— Je sais, et c'est pourquoi je suis passée te voir.

— Bon, quel est le problème ?

— Est-ce que tu peux retrouver un message vocal de mon téléphone fixe qui aurait été effacé par erreur ?

— Bien entendu, facile ! Tu sais quand exactement il a été enregistré ?

— Oui, le jeudi 4 mai, entre 14 h et 15 h.

— OK, donne-moi cinq minutes !

Dumont ouvrit son portable et se connecta à l'application de gestion des boîtes vocales. Il pianota pendant deux minutes.

— Voilà, je crois que j'ai trouvé ce que vous cherchez. J'ai ... attendez, attendez ... Cinq messages entre 14 h et 15 h le jeudi 4 mai. Pas mal, hein ?

— Peut-on les écouter ?

— C'est parti.

Charly cliqua sur le premier message. Pauline écoutait religieusement. Non, fit-elle de la tête. Charly cliqua sur le second. Le troisième fut le bon.

'Message 3, à 14 h 42, dit la voix électronique'. Puis Arnaud : « Commandant, Arnaud à l'appareil, ça y est j'ai l'adresse où se cachent Oufik et Aertens. Nathan est un vrai champion. Ils sont à l'angle de la rue Duperré et la place Pigalle au 2ter ». Fin du message 3.

— Merci, c'est celui que je cherchais.

— Tu peux me dire à quelle heure il a été effacé.

— Ben oui, sans problème. À 15 h 10 !

— Bon maintenant, il faudrait que tu me fasses une recherche sur l'utilisation des badges dans la brigade ? C'est possible, tu peux me faire ça aussi ?

— Ça et plein d'autres trucs, commandant, répondit Charly, en lui faisant un clin d'œil.

— On va commencer par les badges, OK ?

— Comme vous voulez !

— Alors, trouve-moi tous les badges enregistrés dans le système, utilisés entre 14 h 30 et 15 h 10. Je cherche ceux qui ont badgé pour ouvrir la porte de l'aile nord du 4ème, là où se trouve mon bureau.

— Vous cherchez qui a pu entrer dans ce créneau horaire ?

— Oui exactement ! Je cherche un badge qui aurait été utilisé pour entrer ET pour sortir dans un laps de temps très court, de disons, dix à vingt minutes. Si on ne trouve rien, on élargira la recherche.

— OK, je regarde.

— Je vous donne les numéros des badges en vrac et vous ferez le tri… Alors si on se concentre sur ceux qui sont entrés et sortis il y a … en fait un seul badge : le numéro 249367.

— Et qui se cache derrière ce Numéro.

— Et bien il s'agit de … du lieutenant Marek Kowalski.

— Kowalski !

Pauline était surprise, mais s'était attendue à quelque chose de ce genre. Elle allait garder cela pour elle pour le moment.

— Merci Charly. Tu as été formidable comme toujours.

— À votre service Commandant. Si je peux faire autre chose pour vous, n'hésitez pas !

— Tu sais ce qu'on a dit ! Tout cela reste entre nous.

— Je suis une tombe !

LA THEORIE DU CHAOS

5. LA RENCONTRE

Mardi 9 Mai

La voiture du Président Lavalette s'arrêta devant la nouvelle Chancellerie fédérale à Berlin. Un immeuble ultra moderne tout de béton de d'acier, en forme de U avec une façade en transparence. L'ensemble de douze mille mètres carrés culminait à trente-six mètres de haut. La Chancellerie est l'édifice administratif le plus grand du monde, huit fois la surface de la Maison-Blanche à Washington. Le corps principal abrite 6 niveaux. Au rez-de-chaussée, se trouve la salle de réception des invités d'État, 'Le Foyer', où il devait être attendu. La Chancelière pour sa part avait ses appartements au 8ème étage. Le gouvernement utilisait le plateau juste en dessous.

Un coup d'œil supplémentaire, et Lavalette se dit qu'il s'agissait d'une construction très allemande dans sa conception. Peu de fioritures, une austérité affichée. On était loin des ors de la république et du faste des bâtiments français. L'ensemble imposant de cette construction symbolisait bien la position de l'Allemagne en Europe et dans le monde.

Sa voiture stoppa au milieu de la cour centrale, et il fut rapidement introduit dans la Chancellerie, suivi d'Henri du Plessis.

À sa grande surprise, il fut conduit dans une petite salle de réunion dans laquelle on avait disposé quatre sous-mains, du thé et du café - on n'était pas venu pour se congratuler et le propos se voulait sérieux.

Il était 13 h et la chancelière Konrad arriva aussitôt. La ponctualité dans ce pays était une qualité que l'on apprenait dès le plus jeune âge. Elle était suivie d'un homme au costume sombre. Il portait quelques dossiers et affichait un sourire transparent. Il serra la main du Président :

— Heidrich Füller, Conseiller Économique, ravi de vous rencontrer monsieur le Président.

La Chancelière leur fit signe de s'asseoir, et prit la parole :

— Monsieur Lavalette, permettez-moi avant tout de vous congratuler pour votre récente élection et vous adresser le soutien de l'Allemagne. Si j'ai souhaité vous rencontrer aussi rapidement, c'est pour que nous puissions aligner nos positions économiques. Je suis consciente que je vais nommer très bientôt votre gouvernement et prononcer via Monsieur Du Plessis, le discours de politique générale qui donnera le cap de votre mandature. Il était indispensable que je vous expose la position de l'Allemagne avant que vous ne vous exprimiez. Les équilibres mondiaux sont fragiles, et les changements récents au Royaume-Uni et aux États-Unis, les remettent en cause.

— Madame la Chancelière, je vous écoute ! Vous savez que je suis un fervent défenseur de la pensée européenne et j'espère que nous saurons ensemble construire un avenir commun à nos deux pays !

— Je vais vous exposer la nature de nos inquiétudes, commença la Chancelière. La situation économique européenne est préoccupante. L'Europe, même mal-aimée par ses peuples, reste pour ses membres un ancrage stable. Moins d'Europe signifierait, pour la plupart des pays, y compris la France, un décrochage économique et monétaire.

Paul sentait bien que la Chancelière allait aborder un problème majeur. Sinon quel intérêt de les faire venir maintenant ? Pourquoi semblait-elle si tendue ?

Elle regarda Lavalette, avant de reprendre.

— L'élection du nouveau président à la tête des États-Unis a modifié de manière considérable le champ économique, accélérant la redistribution des capitaux. Depuis son arrivée au pouvoir, la Réserve Fédérale Américaine, la FED, a déjà relevé par deux fois ses taux d'intérêt, captant par la même d'énormes flux financiers. La rémunération des investissements outre-Atlantique est maintenant bien meilleure que ceux du vieux Continent.

— Je suis au courant, commenta Lavalette, cependant ...

— Laissez-moi terminer, monsieur le Président, si vous le permettez. Vous aurez tout loisir de répondre à la fin de mon exposé. Comme je le disais, le président américain a lancé un vaste programme de rénovation des infrastructures de mille milliards de dollars. Personne n'avait cru qu'il le ferait, et tout le monde s'est trompé. Ce programme historique de remise à niveau des infrastructures américaines a une implication immédiate. Entre autres, celle de pousser la FED a relever ses taux de deux points, afin d'attirer les capitaux nécessaires, et par ricochet, d'avoir pressé la BCE à relever les nôtres de un pour cent ... et cela nous coûte cher.

— Si je comprends bien votre raisonnement, le relèvement récent des taux de la Banque Centrale Européenne est une réaction directe à la décision des Américains d'emprunter mille milliards sur les marchés financiers, via l'émission de dette publique.

— Ça me semble malheureusement le cas ! Si les Américains mettent de la dette sur les marchés à un meilleur taux que le nôtre, ils auront plus de succès pour l'écouler. C'est la loi de l'offre et de la demande, non ?

— Bien entendu ! répondit Lavalette.

— Et le résultat, c'est que nous devrons relever les nôtres pour rester compétitifs !

Le Président, qui n'était pas un économiste de premier plan, comprenait parfaitement le raisonnement de la Chancelière, mais ne voyait pas encore où elle voulait en venir.

La Chancelière Konrad se tourna alors vers son conseiller pour lui donner la parole. « Pouvez-vous poursuivre, Herr Füller ? »

— Bien entendu, répondit le conseiller. La mise en œuvre de la politique des USA, en relevant les taux d'intérêt sur les marchés, est en train de provoquer une inflation mécanique sur la rémunération des dettes souveraines. En clair, les investisseurs ont le choix et préfèrent acheter de la dette Américaine. Or, les pays de la zone euro, et la France en particulier, ne sortent la tête de l'eau uniquement parce que la dette à long terme ne coûte rien. On a emprunté à des taux négatifs jusqu'à aujourd'hui. Mais cet équilibre est rompu - comment l'économie de la France pourrait-elle survivre si les taux d'intérêt augmentaient de deux, trois pour cent, ou plus ? Il s'agirait de trouver par an dix milliards de plus pour chaque pour cent d'augmentation ! Et ce juste pour combler le trou.

La Chancelière interrompit Füller et reprit la parole :

— Monsieur le Président, ce que nous essayons de vous dire est en fait très simple. Le temps des taux d'intérêt bas est en passe de se terminer au profit d'un cycle de remontée dont nous ne mesurons pas la trajectoire. La France ne pourra pas soutenir sa dette si elle ne met pas en route une série de réformes difficiles, immédiatement. Avec un PIB de deux mille milliards et un endettement de cent pour cent, une remontée des taux d'intérêt de deux ou trois pour cent serait une catastrophe !

— Nous savons tout cela ! répondit Lavalette. C'est pourquoi mon programme prévoit d'injecter quarante à cinquante milliards d'Euros dans l'économie de la France et créer un choc de compétitivité !

Le Président commençait à comprendre ce qui était en train de se passer. L'Allemagne pressentait que le train de l'Euro entrait en zone rouge et qu'un déraillement du système financier était possible, ce qui précipiterait tout le monde dans un désastre du genre Subprimes. Mais en pire.

— Ce que nous pensons est que si les investisseurs décident que les pays européens ne peuvent plus rembourser leur dette, c'est un séisme financier qui se prépare, bien pire que la crise des Subprimes. C'est une bombe à retardement qui pourrait exploser. Cette bombe ferait éclater la zone euro, ruinerait tous les épargnants

… on assisterait à une faillite en chaîne des banques. Imaginez une faillite de la France qui entraînerait dans son sillage, l'Allemagne, puis tous les autres états membres ? On en reviendrait à une crise comme celle de 29. La cause de la grande dépression fut en premier lieu la perte de confiance dans le système et la fin du crédit.

— Je crois que vous noircissez le trait, Madame la Chancelière, nous n'en sommes pas là ! Et puis une dette ça se renégocie non ?

— Même si un Yalta de la dette devait se tenir, pour éviter le pire en proposant un étalement des remboursements ou un moratoire sur les intérêts, la perte de confiance sur les marchés serait une catastrophe. Une telle déconfiture propulserait les bourses européennes à des plus bas historiques rendant nos entreprises opéables pour rien, sauf à les nationaliser … Et encore avec quel argent ?

— Je vous comprends. Mais que souhaitez-vous que nous fassions ?

— Président, je crois que les mesures de redressement de votre programme sont bonnes, mais elles permettraient au mieux de stabiliser la situation. En aucun cas, elles ne pourront encaisser de front la vague qui arrive. Je crains que nous ne soyons condamnés à être plus courageux ! La France ne doit pas reculer. Il en va de la stabilité de l'Europe et du monde !

— C'est ce que j'ai annoncé lors de ma campagne. Réduire les déficits et relancer la machine économique. Nous sommes alignés non ?

— Malheureusement, ce que je vous demande va bien au-delà ! Vous devez présenter à vos compatriotes un budget à l'équilibre pendant les cinq ans de votre mandature.

— Mais c'est tout à fait impossible, c'est …

— Ce n'est pas impossible ! Mais je vous le concède, ce sera douloureux.

— Je dois refuser !

— Je crois qu'il n'y a pas d'alternative cette fois, Monsieur Lavalette. La France fait face à une situation sans précédent. La situation impose de voter un budget à l'équilibre dès cette année, soit une réduction de vos dépenses de cent milliards par an dès l'année prochaine !

— Mais c'est de la folie, tempêta Lavalette, vous ne vous rendez pas compte des implications politiques ? C'est impossible !

— Cela implique de réduire le nombre des fonctionnaires, de couper dans les dépenses de santé, les prestations sociales, les indemnités versées aux chômeurs, et de repousser l'âge de la retraite à soixante-cinq ou soixante-sept ans ou plus. Je comprends votre réticence, mais quelles autres alternatives ? Que se passera-t-il si en dans les deux ans les taux sont à quatre ou cinq pour cent et que vous n'avez pas anticipé ce mur qui se dresserait devant vous ? Nous serions dans une situation bien plus difficile encore !

— Je suis d'accord, mais il faut que nous prenions le temps de la réflexion. Le temps de la politique n'est jamais celui de l'économie. Tous ceux qui ont essayé de faire coïncider ces deux courbes ont échoué !

— Je vous demande de bien réfléchir, insista Konrad, les implications sont trop importantes. La France, comme nous tous d'ailleurs, a perdu sa souveraineté en s'endettant autant ! Vous ne pouvez pas refuser d'en payer le prix ! Nos actionnaires majoritaires sont le Qatar et les fonds de pension américains ! En acceptant leurs capitaux, nous avons tous perdu une partie de notre souveraineté ! Si vous refusiez, l'Allemagne n'aurait d'autre choix que de vous isoler sur la scène publique en publiant officiellement un communiqué exprimant ses doutes sur la solidité de la France … Vous imaginez les impacts immédiats ? Voici le texte qui serait utilisé au cas où nous ne sortirions pas de cette salle avec un accord.

Elle tendit le projet à Lavalette, qui le lut avec attention. Il s'agissait en effet d'une prise de distance claire de l'Allemagne vis-à-vis de la France … Incroyable, pensa-t-il ! Comment en sommes-nous arrivés là !

— Monsieur le Président continua la Chancelière, dans le cas improbable où nous devions affirmer nos différends publiquement, notrc prise de position aurait plusieurs effets. Le premier, celui de faire baisser considérablement l'euro face au dollar et aux autres monnaies. Cela serait bénéfique pour nous, car comme vous le savez, nous sommes un pays majoritairement exportateur. Un dollar faible c'est bon pour notre commerce extérieur. Le second bénéfice immédiat pour nous serait de perturber vos émissions de dettes mensuelles[1] rendant celles de l'Allemagne d'autant plus attrayantes. Enfin, cela ferait baisser fortement la crédibilité de la France auprès des agences de notation, ce qui propulserait vos taux d'intérêt à des niveaux stratosphériques.

— Ce serait une catastrophe !

— Je sais ! Il est de surcroît probable que vous seriez alors obligé de mettre en place des mesures aussi difficiles que celles que je viens de vous présenter. Je crois malheureusement que vos choix sont réduits… Je vous propose d'y réfléchir à tête reposée. J'espère sincèrement que vous saurez prendre les décisions qui s'imposent.

La Chancelière se tourna vers son conseiller.

— Herr Füller, veuillez donner au Président Lavalette les simulations que nous avons réalisées. Il pourra regarder dans le détail nos hypothèses pendant son retour à Paris.

Lavalette regarda Henri, puis la Chancelière.

---

[1] Note de l'auteur — Agence France Trésor (AFT) : a pour mission essentielle de s'assurer que l'État dispose à tout moment des liquidités indispensables pour honorer ses engagements. Par ailleurs, il est important de savoir que l'article 123 du Traité européen du fonctionnement des États interdit à la Banque Centrale d'un pays (la Banque de France) d'accorder des avances à des organismes publics. Ainsi, le solde du compte unique du Trésor à la Banque de France doit, chaque soir, être positif. L'agence France Trésor a donc pour mission de placer de la dette française sur les marchés pour abonder le solde du compte du trésor. Pour ce faire, l'AFT publie un calendrier mensuel de ses adjudications. Elle propose de la dette de court ou de long terme, suivant les besoins à un taux prédéfini.

— Je crois que tout est dit, Madame la Chancelière. Allons-y ! Je dois en discuter avec Monsieur Du Plessis. Vous m'accompagnez pour la déclaration à la Presse ?

Ils se dirigèrent alors vers la salle de conférence, empruntant de longs couloirs austères. Quelques meubles posés çà et là essayaient d'apporter une décoration minimaliste. Le tout ajoutait encore à cette impression pesante.

Ils pénétrèrent dans la salle de presse.

Un brouhaha assourdissant les accueillit. Un parterre rempli de journalistes. Les nombreux reporters discutaient entre eux, s'invectivaient et jouaient des coudes pour essayer d'être devant. Chacun d'entre eux voulait le meilleur angle de vue pour les photos, ou mieux, pour poser leur question aux Chefs d'État si on leur en donnait l'occasion. Les cameramen prenaient leurs derniers conseils auprès des éditorialistes.

Lavalette regarda autour de lui pour s'approprier les lieux. Il s'agissait d'un grand espace ouvert au rez-de-chaussée. Le plafond culminait à 6 mètres. Le sol en béton ciré reflétait la lumière vive qu'amenaient de larges baies vitrées situées à l'extrémité sud de la pièce. Le mur ouest, devant lequel des podiums avaient été disposés pour que les deux responsables politiques puissent s'exprimer, était en béton brut. En ce mois de mai, la clarté de la pièce créait un contre-pied aux sentiments bien moroses du Président Lavalette. Sur le côté est de cet immense espace ouvert, se trouvait la galerie des Chanceliers qui arborait fièrement les portraits peints des Chefs d'État successifs.

Les deux drapeaux, français et allemand, étaient disposés de chaque côté des tribunes, un large étendard européen trônant au fond de la pièce.

Lavalette ne put s'empêcher de penser que les drapeaux, signes de l'identité des peuples, avaient perdu de leur consistance. La dépendance de la plupart des pays aux diktats de la finance finirait par éradiquer la substance même de la notion d'identité. Fut-elle heureuse ou non !

LA THEORIE DU CHAOS

Le Président Lavalette se glissa derrière son pupitre avec à sa gauche le drapeau tricolore. La chancelière fit de même de l'autre côté, flanquée des couleurs de l'Allemagne, et prit la parole :

— Le Président Lavalette et moi-même avons eu le plaisir de discuter de manière très informelle de nos positions respectives quant aux sujets essentiels que sont l'économie européenne ainsi que de la coopération entre nos deux pays pour une Europe plus forte. Il s'agissait d'une première réunion préparatoire à une visite officielle dès que le Président aura pris ses fonctions. Je l'invite très cordialement, ainsi que son ministre des finances, à revenir à Berlin pour que nous puissions définir ensemble un programme économique commun visant à consolider la position de nos deux pays au sein de l'Union Européenne. Monsieur le Président ?

— Merci, Madame la Chancelière. En effet, en tant que Président nouvellement élu, il apparaissait important de rencontrer la Chancelière afin que nous puissions établir un premier contact. La relation bilatérale entre Berlin et Paris reste un axe essentiel de stabilité pour l'Union Européenne. Cette période économique difficile dans un contexte mondial qui perd une partie de ses repères nous amène à collaborer et rapprocher nos points de vue. C'est dans cet esprit que nous avons entamé ce premier dialogue.

Il venait d'élever la langue de bois à un niveau jamais atteint.

La Chancelière remercia les médias présents et refusa de répondre à la moindre question. Un bruit sourd retentit dans toute la salle de presse, les journalistes pestant contre cette conférence qui avait duré moins de dix minutes, à sens unique et sans contenu. Quel était le programme du nouveau Président français ? Comment les deux pays allaient-ils faire pour relancer des relations bilatérales en berne ?

Ils prirent congé. Alimenter à ce stade une quelconque polémique n'aurait pas été judicieux, il était plus prudent de faire court.

S'avançant devant les pupitres, Lavalette et la Chancelière échangèrent une poignée de main chaleureuse. La porte principale située derrière eux s'ouvrit. Lavalette et Henri du Plessis reprirent les mêmes couloirs austères pour se retrouver sur la place centrale de la Chancellerie. Ils prirent congé rapidement, montant dans le véhicule qui les attendait pour les reconduire à l'aéroport. Dès que les portières furent fermées, la voiture démarra dans un silence pesant. Tous deux étaient sous le choc de ce qui venait de se produire.

Au bout de quelques minutes, Lavalette explosa.

— Bordel !! On est dans une situation impossible. Je sais que la Chancelière a raison. Si on ne fait rien et que les taux remontent vite, on est en situation de faillite. Tu te rends compte que si demain une des agences de notation décide que la France est dans l'impossibilité de faire face à ses obligations, c'est un atterrissage en catastrophe de l'Euro ! De notre économie. La fin d'une évidence, celle qui consiste à faire croire que nous avons encore les moyens de notre niveau de vie.

— Je sais, répondit Henri, mais avons-nous le choix ? Je comprends bien sa position, elle essaye de sauver un système qui prend l'eau. Comme tous les politiques qui se sont succédés n'ont rien fait, elle force les choses en espérant remettre le système sur les rails avant le grand déraillement final.

— Elle est en train d'inviter les chaussures à clous à la table des négociations oui ! Pourtant ils ont un passif et ils savent bien qu'en appauvrissant les peuples on fait émerger des politiques dangereuses. En affamant on n'arrive qu'à une chose, Henri, c'est au chaos. Regarde ce qui s'est passe aux États-Unis, regarde ! À force de mettre tout au service du capital et de Wall Street, ils se retrouvent avec une population blanche sans travail, qui se sent abandonnée par ses élites et qui rejette en bloc la mondialisation !

— Mais au moins, leur président essaye de relancer la compétitivité du pays !

— Tu crois vraiment que le futur de l'Amérique, consiste à rouvrir les mines de charbon pour leur donner du boulot ? Bien sûr que non !

— Je sais cela aussi, Paul, répondit un Du Plessis résigné à laisser passer l'orage.

— On a quand même eu des coups de semonce violents ces dernières années ! J'ai le sentiment que ça aurait dû réveiller les consciences politiques des chefs d'État européens, non ?

— Je suis d'accord avec toi, nos peuples ne veulent plus de l'Europe qui leur est proposée ! Pas plus d'ailleurs que de la mondialisation ni de la financiarisation du monde qui les entoure. Mais quelles autres alternatives leur proposer ?

— Et tu penses que la solution c'est de pousser des réformes extrêmes et les justifier par un besoin de stabilité européenne ? Personne ne nous suivra sur ce terrain, d'autant que notre programme est déjà très libéral. On ne peut pas casser notre modèle social !

— C'est sûr, mais pourra-t-on le sauvegarder plus longtemps ? Les finances publiques prennent l'eau, on a 6 millions de chômeurs, une Sécurité sociale à la traîne. Sans parler des retraites !

— Mais la politique c'est de la mesure ! répliquât Lavalette, rageur. Bien entendu que des réformes sont indispensables, mais pas à ce rythme !

— Et si on n'avait plus le temps ? Et si nos reculades devaient s'arrêter maintenant ? Je crois qu'on paye celles de nos prédécesseurs. Toutes nations et toutes couleurs politiques confondues. La Chancelière ne veut pas laisser le choix à des Français qu'elle pense incapables de prendre des décisions douloureuses.

— Écoute, on a une semaine pour décider de ce que nous allons faire. Tu comprends que nous devons garder tout cela entre nous ?

— Bien entendu !

— Je compte sur toi. Essaye de prendre rendez-vous avec les Anglais et les Italiens. Si on doit annoncer des mauvaises nouvelles, prenons le temps de voir ce qui se passe chez nos voisins. Et puis ça brouillera les pistes. On ne voudrait pas que quelqu'un se pose la question de notre changement de point de vue juste après une visite à Berlin non ?

— Je m'en occupe Paul.

**

La Chancelière et Füller à la sortie de la salle de presse, prirent l'ascenseur qui les ramena au 7ᵉ étage, où se trouvaient leurs bureaux et ceux des ministres du gouvernement.

— Je vous remercie de votre aide Herr Füller. Je crois que notre message a été entendu, et au regard de la tête du Président Lavalette, je pense qu'il a bien compris que nous n'étions pas en train de négocier.

— Je vous confirme, que nous avons su être très persuasifs...

Ils se séparèrent. Füller ferma la porte et s'assit à son bureau. Après avoir vérifié que personne ne viendrait le déranger, il ouvrit un tiroir et sortit un téléphone dissimulé sous des dossiers. Il composa un numéro impossible à tracer. On décrocha immédiatement.

— Allo ! dit la voix à l'autre bout. J'attendais votre appel.

— C'est fait ! déclara le conseiller de la Chancelière.

— Bien, dit la voix. J'en informerai nos amis communs.

Füller raccrocha. Il avait accompli la mission qui lui avait été assignée.

**

Jeudi 11 Mai

Le Président élu travaillait dans le bureau de son domicile parisien, attendant l'arrivée de son futur Premier Ministre, pour faire le point après la difficile réunion de Berlin. Il avait mal dormi ces deniers jours. Par ailleurs, le rythme avait été soutenu entre les tractations pour la formation de son gouvernement et les interviews.

La presse internationale avait sollicité des entretiens pour détailler son programme, les Chefs d'État l'avaient appelé et il avait même eu quelques minutes avec le Président américain, qui l'avait invité à le rencontrer à la Maison-Blanche d'ici à la fin de l'année.

La sonnerie retentit et Paul se leva pour accueillir son hôte :

— Bonjour Henri !

— Bonjour Paul… (un silence embarrassé) – Penses-tu que je puisse continuer à t'appeler Paul ? Ne faudrait-il pas mettre un peu plus de solennité dans nos relations ? Tu es quand même le nouveau Président élu d'une des plus grandes puissances au monde. Même si on se connaît depuis tant d'années, ton statut impose un peu de distance non ?

— On ajustera au fur et à mesure. La cérémonie d'investiture est pour bientôt. On a un peu de temps devant nous.

— Merci, répondit Du Plessis, gêné.

— Tu sais, nous sommes les deux faces d'une même pièce. Il ne peut pas y avoir d'espace entre nous. Surtout après notre expérience berlinoise ! Tout interstice serait une faiblesse, et en ce moment on doit être forts Paul, très forts.

— À t'entendre, j'ai l'impression que tu as pris ta décision ?

— Pas encore, mais en tout cas j'y ai réfléchi intensément. Je suis toujours sous le choc de l'élection. Ça c'est joué à pas grand-chose ! Mais que se passera-t-il la prochaine fois ? Nous porterions une responsabilité historique, si en nous défilant, nous laissions les choses empirer. Cela reviendrait à offrir le pouvoir à la droite radicale.

Henri acquiesça de la tête. « Mais en faisant ce que nous croyons juste, nous pouvons aussi ouvrir une séquence politique qui provoquera exactement ce que nous essayons d'éviter »

— La casse sociale va faire monter les extrêmes, on n'y peut rien. On va engendrer du mécontentement et des mouvements de rues. La rue Henri ! C'est le seul verdict. Si l'on n'arrive pas à convaincre et à expliquer la direction de notre politique, nous échouerons. Ce que je crois, c'est que passé le plus difficile, on regagnera du terrain. Si nos entreprises deviennent plus compétitives, l'emploi repart, et à partir de là, l'espoir ! Le moteur, c'est l'espoir d'une vie meilleure.

— Serons-nous les artisans d'un nouvel espoir national Paul ?

— Je le crois !

Un silence. Les deux hommes rompus à la bagarre politicienne mesuraient le gouffre abyssal à franchir. L'expression d'une politique et son acceptation au sein de son propre camp était une bataille en tant que telle. Beaucoup y avaient renoncé, non pas par idéologie, mais par compromis et carriérisme. Durer pouvait être une fin en soi. Je ne dois penser qu'au bien collectif ! se dit Paul.

Le Président leva la tête et regarda Henri avec une passion nouvelle dans les yeux – il était animé d'une énergie positive.

— La question est : sommes-nous prêts à porter cette vision ? Le coup sera énorme pour notre famille politique et sans doute pour le pays. On doit anticiper beaucoup de critiques, de rejets. La violence du traitement que nous allons administrer sera à la mesure de celle que nous allons déclencher dans la rue. Mais cette fois, pas de renoncement Henri ! Pas de reculade !

— On doit partager notre vision avec les membres du bureau politique du parti !

— Surtout pas ! Il faut sans doute y aller par phases et ne pas tout mettre sur la table tout de suite, mais si on commence à négocier, on finira avec un compromis, vidé de toute substance.

— On peut reculer et attendre ! insista le 1ᵉʳ Ministre, Konrad bluffe ! Porter un coup à la France reviendrait à se saborder, nos destins sont liés !

— Trop risqué. J'ai regardé les courbes des taux et les projections. Je pense qu'elle a raison. Je ne crois pas qu'elle mente, c'est une dogmatique. Elle est convaincue, à juste titre d'ailleurs, que refuser les sacrifices aujourd'hui, c'est hypothéquer notre avenir.

— Mais même Bruxelles propose de sortir de l'austérité et de redonner un peu d'air aux budgets nationaux. Les technocrates commencent eux aussi à s'inquiéter des montées xénophobes et du sentiment de repli des pays !

— Ils sont comme toujours à contre-courant ! C'est de la démagogie ! On va annoncer que l'on va équilibrer les comptes ! On va le faire, Henri ! On va sauver ce que l'on peut de notre système. Le courage politique n'est pas à la mode ces temps-ci, mais ce sera notre marque de fabrique pour cette mandature.

LA THEORIE DU CHAOS

6. TAREK LAID

Tarek Laïd se regardait dans son miroir, satisfait de ce qu'il y voyait. Chemise impeccablement repassée d'une blancheur irréprochable, costume sombre et mocassins de cuir noirs parfaitement cirés. À quarante ans, ce sociologue, philosophe, et théoricien reconnu du Coran, avait gravi les marches de la pyramide politique. Imam et prêcheur, Tarek était une figure parisienne incontournable de la communauté musulmane en France. Ce fils de médecin, né en Égypte, arrivé en France à l'âge de quinze ans, qui s'était imposé un an auparavant comme le recteur de la grande mosquée de Paris, se préparait pour un rendez-vous qu'il savait important.

De constitution frêle, il arborait une petite barbe en collier et des lunettes rondes à monture dorée qui lui conféraient cet air de professeur et d'intellectuel qui lui seyait parfaitement. Son sourire réconfortant et ses manières mesurées lui donnaient une proximité et une facilité naturelle à ouvrir le dialogue. Tarek Laïd possédait un talent inné pour le prêche. Son habileté à manier les mots faisait de lui un excellent orateur.

La sonnerie de l'interphone lui annonça que la voiture qui venait le chercher était arrivée. Il répondit puis vérifia que tout était en ordre une dernière fois dans le miroir de l'entrée, sortit, appuya sur le bouton de l'ascenseur et descendit.

LA THEORIE DU CHAOS

L'homme qui l'accueillit le salua respectueusement et lui ouvrit la portière de la Mercedes 'Classe S'.

Barbe coupée courte, peau brune habituée au soleil du désert, avec ses 1M75, ses larges épaules et son cou de taureau, ce chauffeur-là ne devait pas uniquement conduire des voitures de luxe, se dit Tarek.

La circulation fluide à bord de la berline leur permit d'arriver rapidement à l'adresse prestigieuse de la rue Marbeuf, côté Avenue Georges V, dans le très huppé quartier de Paris où se situait l'hôtel particulier de Fouad Al-Naviq.

Fouad Al-Naviq, homme d'affaires saoudien, était l'une des plus riches familles du Royaume. Son père fut un des proches collaborateurs d'Ibn Saoud qui en 1933 fonda le Royaume d'Arabie Saoudite. En 1945, lorsqu'à bord de l'« USS Quincy » une entrevue entre Roosevelt et Ibn Saoud, une semaine après l'accord de Yalta, les États-Unis s'imposent comme protecteur de l'Arabie Saoudite contre un droit d'exploitation de ses richesses pétrolière, le père de Fouad Al-Naviq était encore présent. L'ancêtre de la société *ARAMCO* (Arabian Oil Company), la compagnie pétrolière Saoudienne, est alors fondée. Quand en 1972, en représailles au soutien américain à Israël pendant la guerre de Kippour, le gouvernement saoudien nationalise *ARAMCO*, la famille Al-Naviq toujours dans le sillage de la monarchie régnante, se voit octroyer une part infime de la société. Elle ne pensait pas se trouver cinquante ans plus tard assis sur un tas d'or de deux cents milliards de dollars.

Avec une production de plus de dix millions de barils par jour, *ARAMCO* est de loin le plus gros producteur mondial de pétrole, deux fois plus que le No 2 russe, *Rosneft*.

Sa valorisation est estimée à trois mille quatre cents milliards de dollars américains, soit l'équivalent des dix plus grosses entreprises mondiales cumulées. Le Royaume Saoudien pourrait se payer cash : *Apple*, *Microsoft*, *Exxon Mobile*, *Facebook*, *General Electric*, *Amazon*, *Wells Fargo*, *AT&T*, *Nestlé* et *Procter & Gamble*, en privatisant *ARAMCO*, tout en gardant le contrôle sur son capital, soit plus de quatre cents milliards.

LA THEORIE DU CHAOS

Tarek Laïd se demandait quel était l'objectif de l'homme d'affaires ? Et pourquoi l'avait-il convié à le rencontrer, alors même qu'ils ne se connaissaient pas ?

L'hôtel particulier de la famille Al-Naviq était tout simplement éblouissant. Un large vestibule offrait une hauteur sous plafond indécente et arborait des tableaux de maîtres impressionnistes. Parquets anciens et lustres de Murano imposaient un style plus baroque qui donnaient à l'ensemble un équilibre entre traditionalisme et modernité.

Sans plus attendre, on fit entrer Tarek dans la pièce de réception privée de Fouad Al-Naviq. Son hôte, assis à un bureau aux piètements en chêne et plateau de cuir et d'albâtre de Sicile, se leva pour l'accueillir. Les murs de part et d'autre de l'entrée, tendus de soie mauve et rosée entrecoupée de miroirs vénitiens, mettaient en valeur la bibliothèque située derrière le bureau. Un fauteuil de bois précieux dans les tons orangés et des tapis rares et anciens finissait de donner à l'ensemble une touche de raffinement et de magnificence.

— As-Salam-u-Alaikum wa rahmatullahi wa barakatuh ([2]), Fouad Al-Naviq ! dit Tarek Laïd, en saluant respectueusement son hôte en entrant dans la pièce, comme il est de coutume.

— As-Salam-u-Alaikum wa rahmatullahi wa barakatuh Tarek Laïd, et bienvenue dans mon salon privé, répondit Fouad Al-Naviq, souriant.

— Merci pour cette invitation !

([2]) La paix soit avec toi ainsi que la miséricorde d'Allah

Les deux hommes s'exprimaient dans un arabe littéraire très pur et Tarek se dit que son hôte était sans aucun doute bien plus qu'un businessman.

— Prenez place, j'ai pris la liberté de nous faire apporter du thé, invita Al-Naviq.

— C'est avec grand plaisir !

Fouad, la cinquantaine bien entamée, affichait un sérieux surpoids. Il était habillé d'un Gamis, longue robe blanche traditionnelle, agrémenté de l'Agal noir, sorte de double cerceau, qui lui ceignait la tête. Son regard profond, d'une intelligence manifeste, tranchait avec son visage poupon, barré d'une barbe courte coupée en collier.

Les deux hommes discutèrent pendant une petite heure de sujets divers, essayant de cerner leurs personnalités respectives, tout en dégustant le traditionnel thé à la menthe. Tarek se laissait porter, armé d'une patience sans limites. Son hôte poserait les questions qui avaient motivé son invitation lorsqu'il serait prêt. La culture arabe est empreinte de sagesse. Le temps est infini. Le serviteur d'Al-Naviq servit le thé. L'homme d'affaires regarda Tarek intensément avant de se lancer. On était arrivé au moment de traiter les affaires sérieuses.

— Tarek Laïd, je suis votre parcours depuis longtemps. Vos sermons et vos publications ont attiré notre attention, commença Fouad, alors que le thé répandait dans le bureau des effluves de menthe et d'épices.

— Merci, Fouad Al-Naviq, j'en suis très honoré.

— Vous avez mis en lumière des sujets souvent controversés. La place de la religion dans la société, l'ouverture aux autres ! Autant de discussions animées au sein de notre communauté.

— Y'a-t-il des questions que vous souhaiteriez me poser en particulier ?

— Oui tout à fait, j'aimerais que nous parlions de la vision que vous défendez du rôle de l'Islam dans la société, tel que vous l'avez très bien appréhendé dans votre dernier livre.

— Un vaste sujet sur lequel je me suis effectivement souvent exprimé.

— En effet, votre pensée, votre habileté à relire et redéfinir les contours d'un Islam intégré dans son époque, me semble essentielle.

— Malheureusement, cette évolution se heurte à la radicalité de certains.

— Vous avez raison, pourtant je crois qu'il faudrait élargir cette vision et la porter devant l'ensemble de la communauté des musulmans de France !

— Je suis tout à fait d'accord avec vous, répondit Tarek Laïd. Ramener la pratique religieuse au sein d'un environnement laïque ne pourrait être que favorable à son expression.

— Alors pourquoi ne porterions-nous pas un tel projet ? Quels sont les freins à un rassemblement de nos frères musulmans ?

— Notre communauté est morcelée, entre une jeunesse en désespérance, qui se tourne vers la radicalisation pour endosser un intégrisme non pensé, et une population de musulmans qui subit.

— Alors ne faudrait-il pas qu'un projet de rassemblement voit le jour pour essayer de redonner un sens à tout cela ?

— Que voulez-vous dire ?

— Je crois que le moment est venu de créer une force politique, empreinte d'un projet sociétal. Il s'agirait d'une force d'attraction qui remettrait tous ceux qui sont en périphérie de la société au centre d'un projet commun.

— Une force politique ? Mais sur quelle base ? demanda un Tarek Laïd, surpris par la proposition.

— Oui, une force politique ! Une expression partagée d'un Islam militant qui donnerait à ceux qui veulent s'engager une caisse de résonnance pour faire entendre leur voix, répondit Fouad Al-Naviq, maintenant très animé.

— Et vous avez pensé à moi ?

— Oui, je veux que vous soyez celui qui incarne ce rôle ! Que vous meniez ce combat pour nous !

— Vous me proposez un destin politique ? interrogea Tarek Laïd, totalement pris par surprise. Son thé refroidissait et il ne semblait même pas voir la tasse devant lui, tant il était accaparé par cette discussion.

— Oui Tarek, je crois en votre destin politique et je suis persuadé que vous êtes le seul à pouvoir endosser ce rôle central, fédérateur de la communauté musulmane toute entière.

Il se dessinait, ici et maintenant, un projet qui allait propulser Tarek Laïd sur le devant de la scène politique. Mais était-il prêt à porter sur ses épaules un projet de cette ampleur ? Avec quels moyens ? À quelle échéance ?

— Je ... je suis très honoré de cette proposition, mais comment pouvons-nous élaborer et lancer un tel projet ? Il nous faudrait d'énormes soutiens, un apport financier démesuré et un programme solide !

— Je vous offre tous les moyens financiers dont vous aurez besoin ! Je vous propose de fonder un parti politique qui va regrouper les musulmans, tous les musulmans, et écrire une nouvelle page de l'histoire de l'Islam dans ce pays !

— Mais nous devons élaborer un projet ! Bâtir un programme !

— Votre programme est déjà prêt, vous allez apporter à tous bien plus qu'un programme. Vous allez leur apporter l'espoir !

La discussion fut interrompue. On frappait à la porte du bureau privé de Fouad Al-Naviq.

— Entrez ! ordonna Fouad, d'une voix habituée à commander.

Le chauffeur de Tarek pénétra dans la pièce. Il portait un message, une feuille de papier pliée sur un plateau richement décoré. Fouad le parcourut.

— Tarek, je vous présente Khalid Alzadi. Khalid est un de mes précieux collaborateurs. Dans votre nouveau rôle de chef de file, vous n'allez pas avoir que des amis !

— En effet, répondit Tarek, la présence d'une nouvelle force politique représentant l'Islam va faire s'agiter le monde politique.

— S'agiter est un faible mot ! S'enflammé, serait sans doute plus juste ! Khalid sera votre chauffeur et vous accompagnera dans tous vos déplacements. Il sera le gardien de votre sécurité.

— Je ne pense pas avoir besoin d'un garde du corps ! répondit Tarek en souriant.

— Croyez-moi, il vous sera indispensable. Plus vous serez populaire et plus cela deviendra nécessaire. Soyez convaincu que les remous médiatiques vont être puissants dans les semaines à venir. Khalid s'assurera que vous pourrez travailler dans une relative sérénité… et cela n'est pas négociable, ajouta-t-il amicalement.

— Dans ce cas ! Je n'ai pas d'autre choix que d'approuver.

— Bien. Malheureusement, mon temps est compté, je suis heureux que vous ayez accepté cette tache difficile. Je suis certain que nous agissons pour le bien de nos frères. Nous allons nous revoir bientôt.

Les deux hommes se saluèrent. Tarek fut rapidement raccompagné dans le vestibule. Fouad et Khalid restèrent en tête à tête quelques secondes.

— Khalid, tu ne le lâches pas d'une semelle, je compte sur toi !

— Ne vous inquiétez pas, maître. Je serai son ombre !

⁎⁎

L'arrivée sur le plateau du journal télévisé vers 19 h mit immédiatement Tarek dans le bain. Une rapide poignée de main avec le présentateur vedette qui lui souhaita la bienvenue, et on le pressa afin de passer au maquillage. L'équipe s'affairait en tout sens pour peaufiner les éclairages. Tout cela ressemblait à un ballet bien huilé, chacun savait exactement ce qu'il avait à faire.

C'est le grand jour ! se dit Tarek. La télévision lui inspirait une crainte. L'impact était tel que toute erreur se payait cash dans ce monde médiatique. Il devait être bon. Non, en fait il devait être plus que bon. Il avait pour tâche d'exhorter les musulmans à sortir de la torpeur dans laquelle les radicaux et les violences à répétition les poussaient. Allah serait avec lui, il en était certain.

On vint le chercher. Le moment était venu. Il entra sur le plateau hors champ. La caméra pointée sur le visage du présentateur qui s'affichait en gros plan sur l'écran de contrôle de la table du studio. On le fit asseoir. Le technicien lui fit un signe de la main droite 3, 2, 1 :

— Je reçois aujourd'hui Monsieur Tarek Laïd, dit le présentateur regardant la caméra, puis se retournant vers un Tarek souriant et maintenant détendu, ajouta :

— Tarek Laïd, bonjour, vous êtes un intellectuel reconnu de la communauté musulmane, référence incontournable, vous êtes le grand recteur de la Mosquée de Paris. Vous avez publié plusieurs ouvrages traitant de l'interprétation du Coran et vous lancez un nouveau parti politique en France, le Parti des musulmans de France, le PMF.

— C'est exact, et je vous remercie à mon tour de cette invitation !

— C'est un plaisir de vous recevoir sur ce plateau, répondit le journaliste, vous n'êtes pas encore très connu du grand public, mais je gage que ce nouveau parti va vous permettre de rapidement combler ce déficit médiatique.

Tarek Laïd se sentait maintenant parfaitement à l'aise. Il avait pour la première fois la possibilité de s'exprimer à une heure de grande écoute. Il fallait qu'il soit percutant. Il sourit. C'est avec l'expérience acquise en tant qu'Imam, et grâce à son adresse naturelle à articuler les idées, qu'il continua :

— La communauté musulmane en France ne possède pas de canal d'expression. Avec six millions de musulmans dans notre pays il est devenu indispensable de faire entendre une voix, une expression politique.

— Vous comprendrez aisément que ce lancement de parti politique ne va pas aller sans faire de remous. Surtout après les attentats du mois dernier !

— Il est important de ne pas faire d'amalgames, répondit Tarek, les musulmans déplorent ces attentats et rejettent la barbarie de ces actes ; je parle là en leur nom. Les musulmans, dans leur immense majorité, ne demandent qu'à être considérés comme de simples citoyens. Ce sont ces gens qui méritent qu'une voix s'élève pour les représenter.

— Tarek Laïd, vous avez pris position en faveur des frères musulmans pendant la guerre en Irak et en Syrie, pouvez-vous nous préciser votre pensée sur ce sujet ?

— La France a perdu la bataille sur le territoire Irako-Syrien. Le pays des lumières, de Rousseau, de Descartes, a refusé de dialoguer avec les forces en présence dans ces pays. Résultat, la politique de la chaise vide a laissé le champ libre aux Russes, qui ont raflé la mise.

— Mais ne manquait-il pas d'interlocuteurs fréquentables pour établir le dialogue ?

— Mais c'est tout le problème ! Le spectre des alliances sur le terrain allait des frères Musulmans, la faction la plus modérée, aux Salafistes les plus radicaux. Il est impossible de promouvoir l'idéologie et l'universalité de la pensée occidentale dans un environnement où elle ne peut-être entendue !

— Tarek Laïd, considérez-vous alors comme acceptable que les Occidentaux, et la France en particulier, travaillent à la reconstruction de cette partie du monde avec ces musulmans radicaux ?

— Là encore, vous déformez mon propos. Ce que je dis en substance, c'est qu'il est impossible de faire autrement. Je laisse les politiques décider de la conduite de la France, mais sans relais, la voix de la France est inaudible ! Comme l'a exprimé le Président Lavalette, lorsque l'on est invité chez un ami, il est légitime de se comporter comme lui dans sa maison. Il me semble que cela marche dans les deux sens. Pourquoi voudriez-vous que les musulmans se plient à suivre les traditions de la France chez elle, alors même que la France imposerait son idéologie sur le sol musulman ? Cela ne peut être !

— Qu'en est-il de la condition de la femme ? Souhaitez-vous une intégration de la communauté ou militez-vous pour le multiculturalisme ? Des questions de société, qui seront, j'en suis certain, au cœur de votre mouvement ?

— Effectivement, il s'agit d'une évolution sociétale qu'il faudra bien prendre en compte à un moment ou à un autre ! Oui, les musulmans ont une conception différente de la société dans laquelle ils souhaitent vivre, et oui ces musulmans sont français, nés en France. Il est impossible de les ignorer plus longtemps ! Mon mouvement a pour objectif de rassembler les hommes et les femmes qui veulent en finir avec la stigmatisation de l'Islam et des musulmans. Ensemble, nous travaillerons à définir un projet de société commun, avec tous les Français, pour une cohabitation pacifiée.

— C'est pourquoi vous avez choisi le slogan ' *Un espoir pour demain*' ?

Tarek Laïd s'animait. Il fallait maintenant lancer la machine qui lui permettrait de propulser son mouvement sur le devant de la scène politique, et ce de manière irrévocable. Il fixa la caméra avant de se poursuivre.

— En effet, '*un espoir pour demain*' s'adresse à tous les musulmans, les jeunes des banlieues qui, sans espoir, sans travail, pour beaucoup sans formation, veulent que les choses changent. Il faut que nous devenions une force politique incontournable afin de pouvoir peser sur une société qui ne prend pas en compte ces millions de Français. Il faut que le Parti des Musulmans de France s'érige comme un rempart contre la radicalisation qui est le choix par défaut de ceux qui n'ont pas d'autre idéal que celui de la guerre !

— Voilà qui est clair. Pouvez-vous nous donner une idée de l'agenda de ce lancement ?

— Bien entendu ! Je pars faire une tournée de la France Musulmane en passant beaucoup de temps dans les banlieues, dites à risque, et j'appelle aujourd'hui tout ceux qui voudront me rejoindre à un grand meeting fin septembre à Paris !

— Tarek Laïd, je vous remercie !

Parfait, pensa Tarek. Voilà une interview qui aura tenu ses promesses. J'espère que le message sera entendu. Il n'y a plus de reculade possible. La tension nerveuse disparaissait alors que les techniciens coupaient les caméras dans le studio. Le présentateur s'approcha de Tarek et lui tendit la main pour le saluer. Il ajouta :

— Vous avez du pain sur la planche. Je ne pense pas que toutes les composantes de la société française vont voir ce mouvement d'un bon œil ! Revenez sur ce plateau fin septembre, après votre grand meeting, point d'orgue de votre tour de France.

— C'est une invitation ?

— Bien entendu !

— Je n'y manquerai pas !

Tarek salua les membres de la rédaction du journal et sortit du plateau. Là, l'attendait son nouvel ami, Khalid Alzadi.

*
* *

Il est des succès qui se construisent dans la durée. De ceux qui prennent une vie et pour lesquels la patience, ciment de l'action et du temps, donne la force nécessaire pour lutter contre le renoncement.

Pour Tarek Laïd, le succès fut immédiat, foudroyant, violent même. Dès l'annonce du lancement de son parti, la blogosphère et la fachosphère, émirent un tir de barrage nourri. Pas de répit à l'encontre de ce crime majeur de souveraineté, pour tous ceux qui considéraient les musulmans et l'Islam, comme responsables de tous les maux du pays.

Sur Twitter, le *hashtag* #TAREKLAID battit des records de popularité, même si Tarek Laïd aurait préféré ne pas être au centre de ces polémiques.

On oubliera les insultes telles que : le Taré Laïd, Tarek tes conneries, PMF = Parti pour la Mort de la France ou encore Tarek Laïd pas Laïc, twittés, retwittés, tagués sur les murs. On nota des millions de vues dans les jours qui suivirent l'annonce. Bien entendu, l'adage qui consiste à penser qu'il n'existe pas de mauvaise publicité s'appliqua, car sa notoriété fit un bond extraordinaire.

Tarek suivit son projet à la lettre, allant tous les jours dans les banlieues, dans les villes, exprimer son point de vue et demander à sa communauté de le soutenir. En réaction à la violence médiatique, un vent de soutien majeur des musulmans s'ensuivit, bientôt relayé par les mosquées. Même si l'Islam, mouvement non structuré, pour lequel il n'existe pas de 'clergé' à proprement parler, a parfois du mal à faire émerger des idées communes, dans ce cas précis, les Imams ou 'guides spirituels' demandèrent massivement à leur communauté de soutenir le parti de Tarek Laïd. Certains d'entre eux n'étaient pas d'accord avec ses prises de position jugées souvent trop laxistes et progressistes, mais cette occasion unique de doter la communauté musulmane d'un outil d'expression national, fut la plus forte. Le PMF vit son nombre d'adhésions exploser.

Parallèlement, la montée d'une violence, bien réelle celle-là, fût à déplorer. De la simple manifestation anti PMF, lors des apparitions publiques de Tarek Laïd, un mouvement de contestation organisé se mit en place.

Le 4 juin, lors de son discours de Nanterre, des bandes, armées de battes de base-ball et de barres de fer, firent irruption et saccagèrent le centre-ville. On dénombra de nombreux blessés parmi les musulmans venus entendre Tarek.

Le 25 juin, à Trappes, le PMF attendait près de quinze mille personnes et la sécurité était renforcée pour l'occasion. Les forces de l'ordre, largement mobilisées, avaient investi l'endroit. Le meeting devait se tenir sur la base de loisirs qui jouxtait le centre-ville. Le début de l'intervention publique de Tarek Laïd était prévu à 14 h et des militants affluèrent en masse dès le milieu de la matinée, amenant avec eux barbecues et merguez pour célébrer l'évènement. C'était une belle journée de printemps et les familles venues en nombre espéraient pouvoir applaudir leur nouveau leader politique tout en profitant de cette journée pour pique-niquer.

À 12 h 30, des bandes habillées de noir, casquées et cagoulées, armées de battes et de barres de fer, firent irruption sur la base de loisirs par quatre endroits différents. Le site, d'une superficie de plusieurs hectares était très difficile à sécuriser. Les agresseurs cisaillèrent le grillage de l'enceinte et pénétrèrent sur la base en traversant la forêt, puis déferlèrent sur les aires de pique-niques attaquants indifféremment hommes, femmes, enfants, en scandant des propos racistes et 'mort au PMF' !!

Les policiers massés aux portes principales pour filtrer les entrées se trouvèrent pris de court. Le temps de parcourir les quelques kilomètres qui les séparaient des aires où les affrontements avaient lieu, ils arrivèrent trop tard. Les assaillants avaient planifié leurs attaques minutieusement, afin que leurs exactions soient aussi efficaces que rapides, ne laissant aucune chance aux visiteurs. Les agresseurs avaient disparu en quelques minutes et ce qui s'annonçait comme une journée de partage et de joie, venait de se transformer en véritable cauchemar.

Des blessés, des voitures aux vitres et aux pare-brises éclatés, des barbecues renversés et quelques débuts d'incendies. Des cris et des pleurs. Voilà ce qui restait de cette journée.

Malheureusement, le pire était à venir. Après avoir rapidement sécurisé la base de loisirs, en demandant des renforts et en organisant des patrouilles tout autour du site, les policiers découvrirent le long du lac, dans les sous-bois, deux corps. Deux corps, qui d'après les traces, semblaient bien avoir été passés à tabac. Aux vues des premières constatations, la mort était intervenue suite à des coups violents. Les deux jeunes originaires d'Asnières avaient été lâchement assassinés.

Dans la soirée, en représailles, les quartiers nord d'Asnières descendirent en ville. La police eut tout le mal du monde à les contenir. Le soir même, Tarek Laïd, invité du journal de 20 h, demanda instamment à la communauté musulmane de ne pas tomber dans le piège de la haine et de l'escalade de la violence. Avec difficulté, le climat très tendu des dernières heures redescendit d'un

cran. Tout le monde était à fleur de peau, mais le pire avait été évité…
Pour le moment.

Khalid Alzadi, le chauffeur et homme à tout faire de Tarek Laïd,
imposé par son mécène et sponsor, Fouad Al-Naviq, regardait le
patron du PMF s'exprimer à la télévision. Khalid était au service de
Fouad depuis de nombreuses années et nourrissait à l'endroit de
l'homme d'affaires saoudien une admiration et un dévouement sans
bornes. Sa famille travaillait pour la richissime dynastie des Al-Naviq
depuis plusieurs générations et avait toujours été bien traitée. Khalid
s'était engagé dans l'armée saoudienne à vingt ans et était devenu un
officier de terrain. Il avait servi sur de nombreux théâtres de guerre
et, rompu au combat, était intouchable à mains nues, maniait le
pistolet et le couteau en expert accompli. Al-Naviq l'avait recruté
pour exécuter pour lui des besognes qui étaient loin d'êtres officielles.
Certaines impliquaient la suppression de personnes indésirables. Il
aurait donné sa vie pour son mentor.

Mais Khalid Alzadi tenait Tarek Laïd pour un traître. L'écouter
expliquer aux musulmans de France qu'ils devaient respecter les lois
de ce pays et accepter de voir tuer leurs frères loin de chez eux, lui
était insupportable. Les encourager à envoyer leurs filles à l'école et
les laisser s'habiller comme des traînées, ne pas faire les prières, tout
cela lui semblait inconcevable. Pire, il acceptait que les lois de ce pays
soient au-dessus des préceptes du Prophète. Cet homme était
dangereux.

Si Fouad Al-Naviq supportait son action, c'est qu'il avait une
raison, et Khalid ne ferait rien qui puisse contrarier son maître, mais
si cela ne tenait qu'à lui … oui, il haïssait Tarek Laïd.

Tarek terminait son intervention télévisée, serra quelques mains,
puis marcha en direction de Khalid.

— Ça a encore été une longue journée, dit en soupirant Tarek.

— Je vois que vous êtes fatigué, Monsieur ! répondit un Khalid
Alzadi souriant.

— Oui, je suis exténué, Khalid. On rentre ?

— Sortez par la porte principale d'ici cinq minutes, j'amène la
voiture.

— Merci, Khalid, vous m'êtes d'un grand réconfort.

— Pas de quoi, monsieur, répondit Khalid en sortant chercher la voiture.

.*.

17 Juillet, Paris - Lavalette / Tarek Laïd

— Monsieur Tarek Laïd !

La voix du majordome résonna dans l'antichambre du bureau présidentiel.

— Entrez ! répondit Paul Lavalette

Tarek Laïd fut introduit dans le Saint des Saints, là où le Président recevait ses hôtes et ses proches collaborateurs pour des entretiens confidentiels. Il avait vu, comme tout le monde, des représentations du bureau présidentiel bien des fois, mais la majesté de l'endroit et le poids de l'histoire, donnaient à cette pièce une dimension solennelle particulière. Lavalette sourit à Tarek, se leva pour l'accueillir et lui tendit une poignée de main cordiale. Sur le poste de travail du chef de l'État, de nombreux dossiers s'empilaient. « Il a fait de la place dans son agenda pour me rencontrer, se dit Tarek, il aura sans doute des sujets précis à évoquer ! »

— Asseyez-vous, Monsieur Laïd, proposa le Président en montrant un des deux fauteuils disposés de part et d'autre d'une table basse, ornée d'un bouquet de fleurs colorées. Je suis très heureux de vous rencontrer. Nous n'avons pas encore eu l'opportunité de discuter, mais je pense que le moment est choisi pour que nous ayons une conversation tournée vers l'avenir.

— En effet, Monsieur le Président.

— Si j'en juge par vos récents succès médiatiques, vous avez réussi là où beaucoup ont échoué à fédérer la pensée de votre communauté. En cela, je conviens que vous devenez une force politique avec laquelle il est essentiel de dialoguer.

LA THEORIE DU CHAOS

« Nous y sommes !» se dit Tarek. C'était sans aucun doute la première fois dans l'histoire de la République que le sommet de l'État se penchait sur la communauté musulmane dans l'espoir de trouver une forme d'entente. Politique certes, mais entente quand même. Restait à déterminer le périmètre de ce 'dialogue'.

— Les derniers meetings du PMF ont eu un succès indéniable. Quinze mille personnes sont venues vous applaudir à Trappes. Vous allez bientôt pouvoir remplir le Stade de France ! Je déplore très sincèrement les violences que vous avez subies, provenant des membres d'une droite outrancière et radicale. Je crains que vous suscitiez une nouvelle vocation. Le hooliganisme politique.

Les deux hommes rirent, avant que Lavalette ne reprenne, maintenant très sérieux :

— Vous savez que la dernière élection présidentielle a été un traumatisme pour tout le pays et nous avons été très proches de voir le Front National s'emparer du pouvoir.

— Bien entendu, Monsieur le Président. D'une certaine façon, c'est aussi cela qui a entériné ma décision de fonder le PMF et de proposer 'un espoir pour demain' comme réponse à ce qui aurait pu devenir une catastrophe pour les musulmans de France.

— Je crois que ce pays a besoin de vous ! Vous érigez un rempart contre les extrêmes, et en cela il me semble que nous devons avancer de concert.

— Avez-vous une idée du contour que pourrait prendre la forme de ce travail commun ?

— Oui, mais avant d'en discuter plus en détail, pouvez-vous préciser comment vous voyez l'évolution de votre parti et son positionnement dans l'échiquier politique national ?

— Avec six millions de musulmans dans le pays, il me semble raisonnable d'envisager que trois ou quatre millions de votants seront présents lors des prochaines élections avec chacun un bulletin du PMF à la main. Et cela n'est qu'une première étape. Il y a une telle soif d'expression que je vois une mobilisation sans précédent de la communauté musulmane.

— Donc, si je comprends bien vous pensez le PMF comme un parti de pouvoir et non une force politique visant à faire évoluer la Société française !

— Tout à fait ! La concentration de la communauté musulmane dans certaines communes nous permettra de conquérir des mairies dès les prochaines municipales. Prenez Saint-Denis, Nanterre, Asnières, Trappes, Les Mureaux, Mantes-La-Jolie, Gennevilliers, la Courneuve, Aulnay et Garges-Lès-Gonesse. Sans doute aussi des villes en PACA et dans la région des Hauts de France.

— Hum, fit Lavalette. Dans ce cas, il vous faudra évoquer et résoudre le problème d'un Islam compatible avec les lois de la République !

— Les musulmans peuvent se retrouver dans un avenir républicain si on leur propose un projet dans lequel leur identité est respectée.

— Votre vision est donc de modifier notre Société ! Mais serons-nous capables de l'accepter et souhaitons-nous ces changements ?

— Ce que je crois, Monsieur le Président, c'est qu'il faudra bien à un moment ou à un autre que les communautés fassent des efforts pour que nous puissions vivre ensemble. Il nous faut déterminer les composantes qui permettront aux musulmans d'acquérir une 'identité sociale positive' qui créera le socle d'une société nouvelle et unifiée.

— C'est peut-être cela le travail commun que nous devons effectuer, afin d'éviter d'aller vers une révolution !

— Mais ce que le monde vit EST une révolution ! Au Moyen-Orient bien entendu, mais aussi aux portes de l'Europe. Comme l'ont été en leur temps l'Anarchisme, le Communisme ou le Fascisme !

— Mais le Communisme, comme le Fascisme d'ailleurs, a été vaincu non ?

— Certes, mais la révolution islamiste s'est forgée sur une vérité unique. La loi de Dieu !

— Ce qui la rend plus légitime ?

— Ce qui rend en tout cas, les choses plus difficiles à faire évoluer, sans aucun doute.

— Monsieur Laïd, dans le cas d'une victoire politique de votre mouvement aux prochaines élections municipales en banlieue, comment allez-vous gérer les poussées radicales ?

— Monsieur le Président, je suis un homme de progrès. Il va nous falloir apprendre à marcher avant de courir. Il y aura des tâtonnements, des erreurs et des avancées. Nous mettrons le projet d'un Islam de progrès au cœur de nos villes.

— Le pire serait de ghettoïser encore plus des populations déjà au bord de la rupture républicaine.

— J'en suis conscient, monsieur le Président, j'en suis totalement conscient.

Un silence s'installa entre les deux hommes. Le signe palpable du fossé idéologique qui les séparait. Entre cet homme de droite de soixante ans et ce jeune intellectuel arabe, les différences, mêmes policées, restaient vives. Seraient-ils capables de construire un projet commun ?

Les deux politiciens se mirent d'accord pour se revoir dès septembre afin de commencer à travailler sur un calendrier. Le Président voulait être à la manœuvre sur ce sujet. Le traumatisme de l'élection passée était encore frais à son esprit. Tarek Laïd quitta le Palais de l'Élysée par une sortie discrète, le Chef de l'État ne souhaitant pas, à ce stade, s'afficher avec le sulfureux PMF. Il retrouva Khalid Alzadi qui le fit monter dans sa voiture. Il faisait un point mental sur ce qui venait d'être évoqué lors de l'entretien avec Paul Lavalette.

En premier lieu, le Président souhaitait que le PMF devienne une force politique, il ne s'y était en tout cas pas opposé. Cela lui résolvait sans doute son problème immédiat avec le Front National. En amenant une population nouvelle devant les urnes, il affaiblissait mathématiquement le parti nationaliste. Plus de votants globalement, et donc moins de votants en pourcentage pour le Front. Cela allait aussi siphonner des voix au Front de gauche. C'était tout bénéfice pour Paul Lavalette. Les élections à venir se polarisant entre droite traditionnelle et droite extrême, il s'offrait de plus une réserve de voix supplémentaires. Par ailleurs, en travaillant à proposer des solutions nouvelles pour une intégration de la communauté musulmane au sein de la République, il espérait sans doute se positionner comme le candidat rassembleur qu'il n'avait pas été lors de la présidentielle. Cet homme est habile, se dit Tarek Laïd, mais moi aussi. Mon destin politique est en train de prendre forme et si notre meeting de septembre est un succès, je me fais fort de me positionner pour un ministère d'ouverture. Oui, décidément, les planètes s'alignaient, et Tarek sentait qu'il n'en était qu'au début de son ascension.

Il lui restait à résoudre un problème fondamental, celui de sa conscience. Il savait au fond de lui-même que l'Islam, tel que le voyaient nombre de ses partisans, était une religion qui se plaçait par nature au-dessus des lois de la république. Tarek se battait pour se persuader lui aussi du bien-fondé de son combat. L'ancrage ancestral de la croyance ainsi que certaines pratiques ne pouvaient pas se laisser dicter par le Code Civil. Il y avait là un fossé béant qu'il allait devoir combler.

*
* *

Samedi 23 Septembre – Meeting

Tarek Laïd se sentait en pleine forme. Que de chemin parcouru depuis la création du PMF. Ce succès populaire l'avait lui aussi pris au dépourvu, comme l'avaient d'ailleurs été les médias. Il avait imaginé un lancement suivi d'une montée en puissance douce jusqu'aux élections. Les premiers meetings avaient été peu fréquentés. Mais les premières violences avaient transcendé la communauté et amené en masse des musulmans qui voyaient en lui et dans le PMF un moyen de montrer leur unité. Comme Tarek l'avait évoqué avec le Président Lavalette, il avait réussi à créer cette 'identité sociale positive'. La presse et les télés ne l'avaient pas suivi, mais après le déni il avait bien fallu se rendre à l'évidence, la demande latente d'une représentation de la communauté musulmane était bien là.

Depuis plusieurs jours, le Stade de France se préparait à le recevoir et ce grand meeting serait le point d'orgue de son lancement. Il avait déjà enregistré un million d'adhésions. Les mosquées avaient relayé le message et les inscriptions avaient flambé. Il pouvait se targuer d'être aujourd'hui le 1er parti de France.

Les menaces de mort, les dénigrements incessants sur la toile via Tweeter et autres blogs, n'avaient en rien modifié son état d'esprit ou son engagement. *Ils n'iront pas jusqu'à me tuer de toute façon. Ils ne voudraient pas d'un martyr !*

Sa campagne avait été émaillée de troubles, d'affrontements, et même si ses meetings étaient maintenant tous largement sécurisés, des débordements comme à Nanterre ou à Trappes étaient toujours possibles. Il fallait rester vigilant. Les radicaux de droite avaient décidé de faire peur à ses partisans. Cette démarche stupide ne pouvait pas empêcher les gens de croire en un futur, mais elle assimilait à chaque fois le PMF à la colère et à la violence, des composantes que Tarek voulait à tout prix éradiquer de son sillage.

Il était 11 h et il monta sur scène pour régler le son de son micro. Son discours était à 14 h. Il avait choisi de faire cette manifestation tôt dans l'après-midi afin que tout le monde puisse rentrer chez lui par les transports en commun. Certains de ses militants n'avaient pas le permis de conduire ni les moyens d'avoir une voiture. La communauté musulmane n'est pas la plus riche du pays.

Dès midi, aux abords du stade, des affrontements entre des musulmans venus avec la ferme intention de rendre coup pour coup, et casseurs, skinheads et autres radicaux, commencèrent. Tous les commerces étaient fermés en ce samedi et les forces de police avaient expressément demandé à ce que tous les rideaux soient tirés. Malgré cela, on enregistra des bris de vitrines et des blessés.

Des bandes, armées de matraques, de battes et de poings américains fondirent sur la foule à la sortie du RER avant que les policiers ne puissent intervenir, se dispersant immédiatement, rendant leur arrestation très difficile. Les forces de l'ordre gardèrent miraculeusement le contrôle de la situation.

Le meeting était sous forte tension et malgré cela la foule arrivait sans discontinuer. Ils avaient espéré vingt à vingt-cinq mille personnes. On allait largement dépasser cette estimation. À 14 h, Tarek Laïd monta sur scène. Une ovation lui répondit. Il eut le plus grand mal à garder son calme et à gérer la vague d'émotions qui le submergea. L'homme impatient, ambitieux, mais aussi proche de sa communauté, savourait ce moment. Il attendit plusieurs secondes qui semblèrent des minutes, avant de prendre la parole.

Il connaissait son sujet par cœur. Il commença par remercier toutes les personnes qui avaient fait le déplacement, puis Allah de lui avoir donné la force, et comme lors de ses prêches usant de sa voix savamment posée et chaleureuse, il articula son projet politique.

Il parla pendant près d'une heure trente sans discontinuer. Il alternait le français et l'arabe. La communauté devant lui était musulmane il fallait donc bien s'y identifier, mais il fallait s'exprimer dans un vocabulaire simple. Beaucoup de ses militants étaient des jeunes, issus des banlieues, qui pour la plupart parlaient mal l'arabe. Signe d'un déracinement total de cette jeunesse mal intégrée qui ne se considérait ni française, ni arabe, totalement incapable de comprendre cette culture subtile qu'ils ne pouvaient s'accaparer.

Il termina son discours en donnant rendez-vous à tous les membres du PMF aux prochaines élections. Lui, Tarek, allait entre temps remettre au Président de la République un document de synthèse, comportant les cinquante résolutions pour '*Un espoir pour demain*', qui allaient rapprocher les communautés et construire les bases d'une France unie.

Pendant le discours de Tarek, son chauffeur Khalid Alzadi reçut un appel sur son deuxième portable. Un appareil prépayé qu'il avait toujours sur lui. Un numéro masqué.

— Oui ? interrogea Khalid.

— Le moment est venu, dit la voix que Khalid reconnut immédiatement.

— Aujourd'hui ?

— Oui !

— Inch Allah ! répondit Khalid.

On avait raccroché.

Tarek descendit de la scène. Il était vidé. Il parla un bon moment avec les personnalités et les organisateurs de l'évènement en backstage, remercia tout ceux qui avaient travaillé durement afin que cette opération soit sans aucune discussion possible, un immense succès.

Khalid Alzadi fit monter Tarek Laïd dans la Mercedes et ferma la porte, s'assit à la place du conducteur et mit sa ceinture.

— On rentre Khalid ! Je n'ai pas de rendez-vous immédiatement et j'aimerais bien être chez moi pour me reposer.

— Bien Monsieur, répondit Khalid, en regardant sa montre. Déjà 17 h.

La Mercedes démarra et sortit du parking VIP du stade de France. Tarek ne pouvait pas s'empêcher de se rappeler son entrevue avec le Président Lavalette du 17 juillet et se demandait ce qu'il pouvait bien penser. C'est lui qui lui avait parlé de remplir le stade de France. Il ne devait pas s'imaginer que je le ferai, se dit Tarek. Ils roulaient depuis quinze minutes et se trouvaient sur les quais en direction de la Porte Maillot.

— Monsieur, avez-vous mis votre ceinture ?

— Bien entendu, Khalid. Comme toujours. Pourquoi cette question ?

— Je crois que nous sommes suivis ! Il y a deux voitures derrière nous depuis la sortie du stade !

Tarek se retourna et vit effectivement deux véhicules noirs, des vans, qui les collaient de près. Il n'avait pas peur, car il était persuadé que, quel que soit leur objectif, ils ne pourraient pas le toucher. Lui, Tarek Laïd, s'était mis dans une position si visible sur l'échiquier politique, que personne ne pouvait l'atteindre. S'il venait à disparaître, le mal serait pire encore pour les groupuscules qui le traquaient sur Internet et semaient la panique lors de ses meetings. Créer un martyr n'aurait qu'une seule conclusion, celle de renforcer encore le processus en cours. On sait bien qu'en tuant le messager on ne supprime pas le message. Tarek Laïd n'était que le porte-parole des millions de gens qu'il représentait.

L'un des véhicules les dépassa à grande vitesse alors que le second se positionnait sur leur gauche, juste à l'entrée d'un pont. La circulation était très fluide pour un samedi et les quais presque vides. La voiture de devant freina brusquement, obligeant Khalid à s'arrêter violemment sous le pont.

Le cœur de Tarek se mit à battre très vite. Deux occupants du véhicule de tête, armés de barres de fer, se dirigèrent vers la Mercedes. La porte latérale du second van s'ouvrit, et deux hommes supplémentaires en sortirent.

Les quatre assaillants cagoulés semblaient déterminés. Tarek commença à avoir peur. Ils étaient bloqués le long du trottoir et la fuite était impossible. Partir en courant aurait été suicidaire, car les agresseurs se rapprochaient par le côté et par l'avant.

Khalid se pencha et en un éclair se saisit d'un pistolet dans la boîte à gants. Le chauffeur, trapu et puissant, ouvrit la porte côté conducteur et sa vitesse de déplacement surprit tout le monde, y compris Tarek, qui comprit alors pourquoi l'homme d'affaires saoudien lui avait collé Khalid dans les pattes. Cet homme était un soldat et un soldat entraîné !

Les deux agresseurs qui sortirent du van côté conducteur ne comprirent pas ce qui leur arrivait, lorsque Khalid attaqua. En toute logique, ils pensaient avoir pour eux l'effet de surprise, et la peur instillée par cette attaque aurait dû leur donner l'initiative. Mais le soldat Khalid Alzadi avait servi dans suffisamment d'opérations pour savoir que l'attaque donnait toujours un avantage.

Khalid se retrouva au contact des deux hommes et d'un coup de pied de côté, envoya le premier assaillant à terre, le pistolet toujours dans sa main droite. Le second leva sa barre de fer pour le frapper.

Pendant ces quelques secondes, les deux agresseurs provenant du fourgon de devant arrivèrent pour engager le combat. Ils hésitèrent. Soit s'en prendre à Tarek, ce qui semblait être leur objectif initial, soit prêter main-forte à leurs deux collègues en difficulté.

Ils optèrent pour la défense de leurs deux associés.

Alors que le second des agresseurs au contact levait sa barre de fer, Khalid pointa son arme et tira une première fois. Le regard de l'homme cagoulé dont on distinguait les yeux se figea. On y lisait la surprise et la peur. Il s'écroula, mort.

Celui qui était à terre se tortillait de douleur et tentait de se redresser avec difficulté. Khalid lui avait sans doute éclaté la rate. Il était hors de combat et essayait de rentrer dans le Van. Il fuyait sans demander son reste.

Les deux attaquants sur le terrain marquèrent une pause lorsque le coup de feu retentit. Ils se regardèrent et leur trouble trahissait la peur qui les frappait. Khalid se retourna vers eux. Une seconde supplémentaire venait de s'écouler.

Après avoir hésité, les deux assaillants décidèrent de passer à l'attaque. Ils levèrent leurs barres de fer simultanément, et se précipitèrent vers Khalid.

Pendant ce temps, Tarek qui se trouvait toujours dans la Mercedes ne savait que faire. Il n'était pas un homme d'action et se sentait hors-jeu. Sortir et se battre n'aurait servi à rien. Fuir était tout aussi dangereux. Il décida de laisser son protecteur s'occuper de la situation. Il aviserait ensuite.

Les deux individus cagoulés attaquèrent en même temps. L'espace entre le Van et la voiture était étroit, ils ne pouvaient engager le combat de front. L'un passa sur le côté, l'autre restant de face. Khalid évita la première charge de l'homme en face de lui en souplesse. Il se retourna en esquivant le coup, prêt à en découdre avec l'attaquant qui était maintenant sur son côté gauche. Mais celui-ci, visiblement plus entraîné que le reste de la troupe lui asséna un coup de pied qui surprit Khalid. Il lâcha son pistolet qui tomba à terre.

— Tu fais moins ton malin hein enculé, sans ton flingue ? On va te crever espèce de salopard ! lui cria l'homme qui venait de le frapper du pied.

Khalid se contenta de sourire. Il se saisit alors de son couteau qu'il tenait toujours dissimulé à sa cheville droite. Recula de deux pas et fit face à ses agresseurs.

— Allah est avec moi ! leur répondit-il.

— Et ben on va voir si ton Allah va te sauver le cul, pauvre con !

— Allez, on y va ! cria le second.

Ils attaquèrent de concert, levant leurs barres de fer, criant pour se donner du courage. Le premier arriva sur Khalid et frappa. Encore une fois, le soldat esquiva le coup et l'homme déséquilibré se pencha en avant, entraîné par le poids de son arme. Khalid lui trancha la gorge au passage, d'un geste cent fois répété. Son cri se transforma en un gargouillis, le sang gicla sur la Mercedes, il s'écroula à terre, se tenant le cou de ses deux mains impuissantes.

Le dernier combattant entendit le van derrière lui accélérer. Il ne mit qu'une fraction de seconde à comprendre que l'homme qui s'était retrouvé à terre venait de donner l'ordre au conducteur de démarrer. L'agresseur courut vers le véhicule qui commençait à bouger et frappa sur la porte latérale en criant. Trop tard, la camionnette filait en trombe, le laissant seul sur la route.

Pendant ce temps, Khalid avait ramassé son pistolet. L'homme se retourna pour faire face au Saoudien puisque sa meilleure chance de fuir venait de disparaître. Il se figea en découvrant Khalid, pistolet au poing, le visant, le regard plein de haine.

— Pitié ! dit l'homme en tombant à genoux.

— Pourquoi faire ? se contenta de répondre Khalid.

Le coup de feu retentit. L'assaillant désarmé sembla se transformer en une marionnette sans fil et glissa à terre au ralenti.

Tarek qui avait suivi la scène n'en croyait pas ses yeux. Comment Khalid pouvait-il avoir exécuté un homme de cette façon ? Il était clair que le type voulait se rendre. C'était impensable. Il ouvrit la porte de la voiture et sauta sur la chaussée, courant presque vers le Saoudien, une colère sourde montait en lui.

Pendant ce temps, Khalid avait ramassé une des barres de fer.

— Mais, mais …. C'est proprement dégueulasse ! cria Tarek à l'encontre de son chauffeur, comment peux-tu exécuter un homme qui se rend ?

— Ces chiens ne méritaient que la mort !

— Mais enfin, c'est un meurtre. Tu te rends compte que tu viens de commettre un meurtre de sang-froid ?

Khalid sourit. C'est inquiétant, pensa Tarek. Comment peut-il sourire dans un moment pareil. Tout cela lui semblait irréel. Il était devant des milliers de personnes quelques minutes auparavant, essayant de faire passer un message d'apaisement et de solidarité et le voilà, au milieu de la chaussée, entouré de trois morts, à regarder sourire un meurtrier sociopathe.

Khalid se rapprocha de lui, ses yeux exprimaient toute la haine que le Saoudien avait à l'encontre de ce prêcheur orgueilleux qui ne respectait pas les préceptes du Prophète.

Tarek comprit qu'il allait mourir.

— Allah Akbar ! dit Khalid Alzadi en abattant la barre de fer qu'il avait en main sur son crâne avec violence.

La tête de Tarek Laïd explosa sous l'impact. Sa dernière pensée fut qu'on était toujours trahi par les siens. Le noir s'abattit sur lui, le vide devint son royaume.

De retour à la voiture, le soldat Khalid Alzadi prit le téléphone prépayé sur lequel il avait reçu ses ordres pendant le discours de Tarek Laïd un peu plus tôt dans sa poche, et composa un numéro secret.

On décrocha à la première sonnerie.

— C'est fait ! dit simplement Alzadi.

— C'est très bien ! répondit la voix.

— Mais on a eu un coup de pouce du sort. On a été attaqués sur le trajet de retour du stade de France. Le meurtre de Laïd sera officiellement de la responsabilité d'activistes. Sans doute de la droite radicale.

— Allah est avec nous, comme toujours ! Appelle la police maintenant !

— Je le fais de suite !

Alzadi se saisit de son téléphone portable officiel et composa le numéro des secours. Son second téléphone termina sa course dans la Seine.

.·.

— Allo ! répondit d'une voix sèche Paul Lavalette.

Le Président travaillait à son bureau du Palais de l'Élysée en cette fin d'après-midi de dimanche. Il lisait, concentré, le mémo de Bercy contenant les statistiques du chômage pour le mois de septembre. Et elles étaient mauvaises, très mauvaises même.

— Monsieur le Président, ici l'hôtel Matignon, je vous passe le Premier Ministre.

— Paul ? demanda d'une voix inquiète Henri du Plessis.

— Bonsoir Henri, que se passe-t-il ? répondit le Président qui avait capté le ton alarmé de son collaborateur.

— Je viens d'avoir la place Beauvau, et ce ne sont pas de bonnes nouvelles, répondit Henri.

— Grave ?

— Tarek Laïd a été assassiné !

Un silence lui répondit. Après quelques instants, Paul Lavalette demanda :

— Quand ça ?

— Attends voir, il est 18 h 30 … ça doit faire une heure, peut-être même un peu moins !

Un nouveau silence. Le Président réfléchissait.

— Tu as des détails ? finit-il par demander.

— Non ! Pas encore Paul, on en est aux toutes premières constatations, mais il semblerait que Tarek Laïd et son chauffeur aient été attaqués sur les quais en rentrant du Stade de France où il prononçait un discours.

— On sait qui a fait ça ? On a des pistes ?

— En fait le chauffeur s'est défendu comme un beau diable et a tenu tête à six agresseurs et en a tué trois. Trois autres seraient en fuite. Les enquêteurs ont pris les empreintes des types sur place et ils sont tous fichés comme appartenant à la droite radicale, membres du mouvement 'Résistance républicaine'.

— Quels cons ! ne put s'empêcher de tempêter le Président.

— Je t'appelais pour te prévenir, mais aussi pour qu'on décide de notre plan d'action. À l'annonce de cet assassinat, je crains que nous ayons à faire face à une situation explosive. Tu sais combien Tarek Laïd était populaire.

— Oui, je sais. Je l'aimais bien. On s'était vus il y a quelques semaines et on avait décidé de travailler ensemble sur le problème brûlant de l'intégration et des jeunes. C'était un pur, un homme engagé pour une cause à laquelle il croyait. Pas une de ces girouettes qui prennent le vent d'où qu'il souffle.

— L'Intérieur craint que la tension déjà palpable, après les attaques de musulmans lors des manifestations du PMF, ne se traduise par une montée de la violence intercommunautaire et que les banlieues mettent le feu à tout ce qui brûle !

— Ça sera officiel quand ?

— Dès le journal de 20 h …

— Bon Dieu, ça ne nous laisse pas beaucoup de temps pour nous organiser !

— Il faut que le ministre de l'Intérieur parle dès ce soir au 20 h, décida Lavalette. Appelle les communicants. Il nous faut des éléments de langage clairs, qui indiquent que nous sommes indignés et que toute la police est sur le coup. Il faudrait peut-être garder pour nous, au moins pour le moment, l'origine de l'agression, non ?

— Je suis d'accord Paul. Je contacte l'Intérieur et je te tiens au courant dès que j'ai des nouvelles.

— Henri ?

— Oui Paul ?

— Il faut qu'on se réunisse dès demain avec les représentants du Conseil français du Culte musulman. Tu organises la réunion le plus tôt possible ? Ça va être un vrai défilé de faux-culs devant les micros. Nous devons garder le contrôle de la situation… Enfin, en tout cas, autant que possible. Cette affaire, c'est du TNT médiatique …

— Je sais Paul … j'ai un appel, c'est l'Intérieur. Je te laisse, mais je te tiens au courant en temps réel de la situation.

Les journaux de 20 h firent tous sans exception leur 'Une' sur ce qui devenait 'L'Affaire Tarek Laïd'. On vit les images d'un Tarek Laïd en plein discours sur la scène du Stade de France devant une foule dense et attentive. On refit le point sur le succès éclair et étonnant du parti lancé par ce politicien d'un genre nouveau. Les images tournaient en boucle, montrant ces milliers de musulmans, en particulier tous ces jeunes, qui regardaient Tarek Laïd comme le prophète, comme celui qui allait faire changer les choses, rééquilibrer une balance qui n'avait jamais penché en leur faveur.

Puis, sans surprise, vint le défilé des vrais et des faux indignés, des vrais et des faux amis, des vrais et des faux proches de Tarek Laïd. Le Président Lavalette qui avait allumé son téléviseur pour suivre le journal fut parcouru d'un frisson.

Il réalisait combien ils avaient été aveugles et insensibles à ce qui se passait sous leurs yeux. Son sens aigu de la politique lui disait que tous ces jeunes allaient ressentir cette perte comme un affront. Paul Lavalette, seul dans le salon présidentiel en ce dimanche 24 septembre eut la sensation qu'un voile noir venait de recouvrir le pays.

*
* *

Dimanche 24 Septembre – Paris

Le téléphone sonnait quand Pauline Rougier, commandante à la Brigade Antiterroriste, ouvrait la porte de son bureau. Elle posa son sac à main avec précipitation qui tomba par terre.

— Mince ! dit-elle en décrochant le téléphone.

— Pardon ?

— Heu non, Commandant Rougier à l'appareil !

— Pauline ? Bonjour, Delmas, de la Crim'.

— Delmas ? demanda Pauline surprise, Ah bonjour François !

— Comment vas-tu Pauline ?

— Très bien merci. Ça fait un bail !

— Presque trois ans, répondit Delmas.

— Déjà ?

— Eh oui. … le démantèlement du réseau c'était en 2014.

Pauline connaissait bien François Delmas avec qui elle avait collaboré lorsqu'elle était au stups. La cinquantaine, sérieux et apprécié par ses équipes. Ils avaient associé leurs efforts pour démasquer un groupe de trafiquants qui alimentaient des filières terroristes. Après un an de travail acharné, ils avaient réussi à faire tomber les membres d'un gros trafic et réalisé une saisie record de cannabis. Pauline avait intégré la BAT en partie grâce à cette affaire très médiatisée.

— Que puis-je faire pour toi François ?

— C'est moi qui suis en charge de l'affaire Tarek Laïd.

— Sacrée affaire !

— Oui et je ne te raconte pas la pression politique. Tu as vu comment la rue a réagi. Il faut que j'avance… et vite.

— Et comment je peux t'aider ?

— Je viens de lire ton rapport d'enquête sur l'attentat du 1er Mai.

— Et ?

— On vient de terminer une perquisition au domicile de Tarek Laïd, et je suis tombé sur un certain nombre de documents confidentiels qu'il conservait dans son coffre.

— Des documents de quels types ?

— Des pièces financières. Il avait visiblement le soutien d'investisseurs qui croyaient en son destin politique. Il avait reçu plusieurs millions d'euros sur un compte via une banque Suisse.

— Une banque en Suisse ? demanda Pauline.

— Oui, c'est pour cela que je te passe un coup de fil. Il aurait perçu de grosses sommes d'argent via la *Zurich Investments & Securities Bank*, la même banque que celle repérée dans l'enquête sur l'attentat du 1ᵉʳ Mai. Il y a aussi des mouvements financiers sur une société, la *Millenium Dust.*

— Ah ?

— Pauline, as-tu entendu parler de *Millenium Dust* ?

— Non jamais, pourquoi ?

— Et bien, c'est compliqué à expliquer au téléphone, répondit Delmas, mais il faudrait qu'on se rencontre le plus vite possible. Un type, un Suisse, un certain Thomas Delvaux, m'a contacté ce matin avec une histoire assez incroyable, et comme par hasard la *Zurich Investments and Securities* et *Millenium Dust* sont dans le coup. Je le vois à 11 h dans un café à côté du 36. Il a insisté pour que cela reste discret.

— la *Zurich Investments* et *Millenium ?* Ça commence à faire beaucoup non ?

— Exactement ! Alors comme on avait bien travaillé ensemble en 2014 et que je ne cracherais pas sur un peu d'aide dans cette affaire, je me demandais si tu serais d'accord pour assister à cette réunion avec Delvaux. Il aura peut-être des informations pour faire avancer nos enquêtes ?

— Tu penses vraiment que ces deux sociétés pourraient être en lien avec l'attentat ?

— En fait, je n'en sais trop rien. Tarek Laïd avait souvent des rendez-vous Boulevard de la Mission Marchand, à Courbevoie, et l'adresse correspond à *Millenium.* C'est en tout cas suffisant pour aiguiser ma curiosité. Tu viendras ? On a prévu de se voir au Soleil d'Or, à côté de mes bureaux.

— J'y serai François, merci de l'invitation.

Pauline ne savait pas quels rapports existaient entre un terroriste assassiné et un politicien, star montante du monde médiatique, ni du rôle qu'avaient pu jouer une banque Suisse et une société d'investissement dans un attentat à Paris, mais on avait suffisamment d'indices pour penser que tout cela avait un lien. Et cela n'augurait rien de bon.

LA THEORIE DU CHAOS

Deuxième Partie

Anti Jeu

7. JACK CAMPBELL

Lundi 18 Septembre – New York

Jack Campbell était journaliste économique au *New York Times* depuis 2005. Sa couverture quotidienne de la crise des Subprimes lui avait valu son heure de gloire. Grâce à lui, les lecteurs purent vivre comme témoins et en direct, les drames attachés à la chute de *Lehman Brothers*. Chaque jour, il décrivait dans un édito devenu célèbre à Manhattan, les désastres de la dérive des marchés financiers. Quand les bureaux de Wall Street se vidèrent un peu plus jour après jour, il témoignait en interviewant des employés hébétés. Ces cohortes de futurs pauvres, incrédules, escortés par des agents de sécurité, qui tenaient dans leurs bras comme solde de tout compte un carton qui contenait pêle-mêle : photos de famille et diplômes prestigieux. Images pathétiques d'un monde de luxe et de vanité qui n'avait pas su trouver ses limites. Une tour de Babel évanescente.

Jack aimait à répéter que couper de la dette en morceaux ne la faisait pas diminuer. Les petits actionnaires et les ménages américains modestes en firent la dure expérience. Quand au soir du 15 septembre 2008 ils se retrouvèrent à la tête de deux mille deux cents milliards de dollars de dettes à rembourser, la plupart furent ruinés. Cette crise jetant hors de chez eux près de cinq millions de foyers.

À quarante-trois ans, il aurait aimé garder une hygiène de vie qui lui permettrait d'atteindre sereinement l'âge de la retraite. Sans succès. Le journalisme n'était pas un métier particulièrement reposant, et l'on passait beaucoup trop de temps dans la salle de rédaction à écrire ou réécrire des articles, qui une fois sur deux, n'étaient même pas publiés. Les bouclages amenaient leur quotidien de stress.

Brun, les cheveux drus, du haut de son mètre quatre-vingt-quinze, ce géant conservait une silhouette agréable et passait pour un homme séduisant. Ses tempes grisonnantes n'étaient pas sans ajouter à son pouvoir de séduction.

Jack avait grandi dans un appartement du centre de San Francisco, puis obtenu un master en économie et en mathématiques à l'université de Stanford, Californie. Il était venu au journalisme après ses études parce qu'il fallait bien gagner sa vie, mais il y était resté par passion. Son premier boulot, au début des années 2000, au *San Francisco Chronicle*, consistait à compiler des informations de toutes sortes pour les journalistes professionnels. En deux ans, il était devenu la ressource préférée de toute la rédaction, pour livrer des statistiques que les pisse-copies inséraient dans des articles trop souvent insipides, légitimés par la précision des informations fournies par Jack. Si vous vouliez savoir combien de flics il y avait par habitant, quelles entreprises étaient les plus propres en Californie, ou combien de familles monoparentales il y avait à San Francisco, vous n'aviez qu'une seule question à poser à Jack Campbell et à sa mémoire exceptionnelle.

Cet enthousiasme lui avait permis de rencontrer Jenny, employée au journal. Ils s'étaient mis ensemble après seulement quelques mois et une passion dévorante les avait unis pendant deux années mémorables. Leur fille était née pendant l'été 2000. Hailey était un bébé souriant. Elle avait six mois quand c'était arrivé.

Jack n'avait pas vu le camion. Il conduisait pourtant doucement. Il n'aurait de toute façon pas pu l'éviter, car il lui avait grillé la priorité à pleine vitesse. Rien n'aurait pu laisser présager que le camion, avec à son volant un chauffeur complètement ivre, arrive juste à ce moment précis. Une chance sur cent mille. Ou plutôt une malchance sur cent mille. Le choc sur le côté droit avait été d'une extrême violence. Les sauveteurs lui avaient dit à de nombreuses reprises qu'il n'y était pour rien et qu'il avait de la chance d'être en vie. Comment peut-on avoir de la chance quand on vient de perdre son enfant ?

Leur mariage n'avait pas résisté. Jenny n'avait pas trouvé la force pour se maintenir à la surface. Ils s'étaient détachés, arrivés à la fin d'une histoire qui s'était arrêtée brutalement le 7 janvier 2001.

Il avait d'abord cru qu'il s'en sortirait seul, qu'il pourrait mettre cela derrière lui et vivre avec. Mais il avait commencé à boire. De temps en temps au début, pour oublier et faire disparaître la douleur, puis de plus en plus souvent. Sans trop savoir comment, il était devenu alcoolique et luttait depuis plusieurs années pour s'en sortir, en consacrant deux soirées par semaine aux réunions des Alcooliques Anonymes sur Broadway. Il était sobre depuis 6 mois. Pas encore de quoi crier victoire, mais enfin c'était un début.

Comme tous les jours, il mit les pieds dans la salle de rédaction à 8 h avec à la main son mug de café du *Starbucks* situé en bas du bureau. Tous les matins sans exception, il achetait un double caffè latte.

Alors qu'il posait sa veste et son sac, son portable se mit à sonner.

— Jack !

— Morning Jack, how are you [3]?

Jack reconnut immédiatement la voix de Thomas Delvaux.

— Thomas good to hear from you my friend ! It has been a long time ![4]

---

[3] Bonjour Jack, comment vas-tu ?
[4] Thomas, je suis content de t'entendre, ça fait un bail !

Thomas Delvaux et Jack étaient amis depuis que celui-ci avait couvert un reportage sur le CERN (Centre européen de recherche Nucléaire), un des plus grands et des plus prestigieux laboratoires scientifiques au monde, situé à la frontière franco-suisse, à Genève. Le centre de recherche avait invité des journalistes du monde entier pour une conférence, et Jack avait dû remplacer au pied levé un de ses collègues. Il ne comprenait pas grand-chose aux problèmes de physique nucléaire, mais comme il était un des seuls journalistes disponibles avec une formation quelque peu scientifique au sein de la rédaction, on lui avait demandé de s'y coller.

Il avait alors rencontré Thomas Delvaux, un mathématicien franco-suisse. Après voir abandonné la recherche, dix ans auparavant, Delvaux avait fondé son entreprise la *FraNex* – spécialisée dans le développement d'algorithmes ultras performants, permettant l'analyse des transactions financières à haute fréquence. Partenaire avec l'ensemble des grands établissements bancaires dans le monde, Delvaux s'était fait un nom dans la communauté financière et sa société valait aujourd'hui un joli tas de francs suisses.

— J'espère que tu vas bien ! Je n'ai pas beaucoup de nouvelles de ta part ces temps-ci ! Comment ça se passe de ton côté de l'Atlantique ? Ton nouveau Président n'a pas encore interdit de sortir les dollars du pays ? Il continue à penser qu'il n'a besoin de personne et que l'oncle Sam peut se débrouiller tout seul ?

Jack sourit intérieurement avant de répondre :

— Bonjour Thomas, non, on fait encore partie du monde et il n'a pas plus construit de mur à la frontière du Mexique, qu'il n'a stoppé les Chinois et leurs importations. Enfin jusqu'à présent !

— Mais tu ne m'appelles pas pour prendre des nouvelles de notre Président. Tu te souviens entre autres choses que je suis républicain !

— Bien sûr ! Je sais bien que tu es un de ces irrépressibles libéraux, colonisateurs et spéculateurs de républicain. Je me demande même si tu n'es pas un supporter du Tea Party ?

— Ha ha ha, fit Jack en détachant bien chaque syllabe … et c'est un Suisse, adepte du secret financier dans le pays champion du monde du blanchiment, sport national, qui me dit ça ?

— Ok Jack Ok … assez rigolé. Je t'appelle pour que tu me rendes et peut-être que tu te rendes à toi même, un service.

— Je t'écoute ! Je suis tout ouïe !

— Tu te souviens que je suis un spécialiste de l'analyse du trading à haute fréquence ?

— Oui bien sûr. Tout ce qui touche aux transactions financières automatisées ?

— Oui c'est à peu près ça ! Et tu sais que ces flux sont le sang qui coule dans les veines des marchés financiers ?

— Absolument ! Et comme il y a en a des millions chaque jour, on a laissé ce travail à des robots !

— Exact ! Si toi tu achètes ou vends une action, des matières premières, en fait n'importe quoi, tu vas passer par les bourses locales. Mais sais-tu que soixante-dix pour cent des transactions financières dans ton pays sont des échanges de gré à gré ? Qu'elles ne transitent même pas par les Bourses nationales et qu'elles sont gérées par des ordinateurs situés dans des centres serveurs privés, appelés 'Dark Pools' ?

— Je n'avais pas conscience de l'ampleur du phénomène, répondit Jack, interdit par les révélations de Delvaux sur le système financier. Mais bon, en quoi cela change-t-il la planète finance ?

— C'est là que le système devient opaque. Il s'agit pour la plupart, de transactions initiées par des fonds, généralement spéculatifs, qui achètent et qui vendent pour des centaines de milliards chaque jour, pour le compte de donneurs d'ordres qui veulent rester anonymes !

— Jusque-là, j'entends que des transactions, hors du périmètre de contrôle des organismes nationaux, sont exécutées. Bon on le sait, où est le scoop ?

— Du calme ! J'y viens. As-tu entendu parler des algorithmes tels que Guerilla ou Sniper de Credit Suisse ou Goldman ?

— Non jamais !

— Ce sont des programmes informatiques qui sont utilisés par les établissements bancaires afin de manipuler les cours de bourse.

— Manipuler ?

— Oui manipuler, Jack. Quand un donneur d'ordre passe une demande d'achat ou de vente, ça laisse une trace, c'est un ordre visible.

— Oui bien entendu !

— Donc, si tu as des outils informatiques capables de détecter cet ordre d'achat ou de vente, et de t'insérer dans la chaîne juste avant pour acheter et revendre immédiatement, avec un tout petit bénéfice, et que tu fasses cela des milliers de fois à la seconde, tu commences à imaginer les sommes colossales que cela représente ?

— Je crois que je comprends. Donc quelqu'un vend une action à dix dollars. Sa côte fluctue à la microseconde entre 9,98 et 10,02. Alors quand je détecte la demande de vente à 10, je m'insère dans la chaîne et j'achète à 9,99 et je vends immédiatement à 10 c'est ça ? Bénéfice immédiat 0,01 dollar par action.

— Oui exactement. C'est en quelque sorte une nouvelle forme d'impôt. Une taxe prise par les banques sur les ordres d'achat et de vente. Le temps où les bandits venaient vider les coffres est révolu. Aujourd'hui, tu prends un tout petit peu à tout le monde, tout le temps ... c'est presque indolore et pratiquement impossible à détecter.

— Personne ne pose de questions ? demanda le journaliste.

— On a bien la SEC, le gendarme des marchés des États-Unis. Mais ils mettent trois mois à décortiquer trois minutes de transactions, ce qui rend toute leur activité de contrôle dérisoire.

— Mais dis-moi Thomas, les grands donneurs d'ordres ne se plaignent pas ? Je pense aux énormes fonds de pension ? Ils y perdent, et sûrement beaucoup ?

— Là, tu touches un point sensible ! Mais imagine-toi. Tu es un gestionnaire de fonds de pension. Tu pèses plusieurs milliards et on te propose d'être de la partie de ceux qui prennent aux autres, tu fais quoi ? Tu sais que tu ne peux pas empêcher le système d'exister alors tu essayes d'en profiter. Tu fais développer avec l'aide de spécialistes ton propre algorithme, ou tu utilises celui de la banque que tu penses être le plus perfectionné.

— Manger ou être mangé c'est ça ? En tout cas, ne pas laisser aux autres sa part du gâteau !

— Tu comprends bien que compte tenu de l'amplitude de la fraude, légale d'une certaine façon, ils ont mis en place des pare-feu, des protections.

— Ils ont réussi à créer des mécanismes de défense ?

— Plus ou moins ! Pour perdre leurs concurrents, leurs ordinateurs inondent les marchés avec des ordres factices. Une sorte de bruit de fond si tu préfères, pour cacher les véritables transactions.

— Thomas, je comprends les bases de la supercherie, mais où veux-tu en venir ?

— J'y arrive ! Ma société est spécialisée dans l'analyse des traces des transactions financières à haute fréquence et mon savoir-faire consiste à pouvoir déterminer parmi des millions d'ordres ceux qui sont réels et retrouver les émetteurs. Grâce à mon algorithme, je peux découvrir qui, quoi, et combien, en quelque sorte. C'est ce type de service que je loue aux banques.

— D'accord ! Je comprends mieux maintenant comment tu as pu acheter ta jolie maison sur le lac de Zurich …

— J'avoue, oui, je suis un des maillons de cette grande chaîne … Mais j'ai découvert un phénomène suffisamment intrigant pour te passer cet appel. Je n'ai analysé que les douze derniers mois. Compte tenu du volume des transactions, je ne peux pas remonter plus avant, et rien ne dit que cela ne soit pas antérieur à cette date.

— Quel phénomène ? Tu parles comme un politicien … et ce n'est pas forcément une qualité de nos jours.

— Pardonne-moi. J'ai découvert qu'une société, un fonds totalement inconnu et pour lequel je ne trouve aucune trace, achète depuis douze mois des quantités énormes d'actions et de valeurs diverses, sans jamais les vendre ! J'ai fait des recherches et demandé à des spécialistes des fonds spéculatifs et personne n'a entendu parler d'eux.

— Comment s'appelle ce fonds ?

— *Millenium Dust.*

— Ça représente quelle valeur ?

— À ce jour, environ cent milliards de dollars !

— ?? ! Tu as bien dit cent milliards ?

— Oui !

— Mince, Thomas ! c'est énorme ! (Jack se demandait comment on pouvait dissimuler une telle somme) – Comme ça on peut cacher cent milliards de dollars sans être repéré ?

— Tu le sais peut-être, mais le montant des ordres de bourse sur les places financières représente environ deux cent quatre-vingts milliards par jour – Et comme soixante-dix pourcent des transactions sont maintenant passées via les Dark Pools … c'est beaucoup, mais c'est tout à fait possible.

— Incroyable ! Jack n'en croyait pas ses oreilles.

— Dans ce cas précis, les achats sont toujours dissimulés dans des milliers de transactions qui sont abandonnées au bout du compte. Ils sont suffisamment malins pour cacher leur vraie nature, sous couvert d'ordres factices. C'est comme ça qu'ils sont restés invisibles jusqu'à ce que je tombe dessus par hasard.

— Moi qui croyais que depuis la crise de 2008 on avait décidé de rendre les choses plus transparentes ! Tu en penses quoi ?

— Quand tu sais que le fonds spéculatif le plus important au monde pèse environ cent milliards et que le cumul des dix fonds spéculatifs les plus importants au monde pèse quatre cents milliards en tout… je suis inquiet… c'est louche !

— Mais quel serait leur but ?

— Je n'en sais rien, mais si je voulais me cacher, engranger des sommes colossales pour être prêt à les engager sur les marchés au moment que j'aurai décidé, je ne m'y prendrais pas autrement !

— Comme par exemple mener un raid sur une société ou un truc du genre ?

— Oui, mais là c'est un raid sur un pays qu'ils pourraient cibler ! En tout cas, sérieusement déstabiliser n'importe quelle bourse.

— Ça fait froid dans le dos, répondit Jack.

— Je me disais que comme ils sont à côté de chez toi tu pourrais aller y faire un tour ? Tu pourrais aussi déployer toutes tes qualités de journaliste pour essayer de comprendre pourquoi un fonds inconnu a mis en réserve cent milliards sous couvert de techniques de trading à haute fréquence, pour se dissimuler ? Qu'en dis-tu ?

— J'en dis que tu as aiguisé ma curiosité ... Ils sont où ces gens ?

— Où veux-tu qu'ils soient ... Ils sont sur Wall Street, je t'envoie l'adresse que j'ai pu trouver par SMS.

— Merci. Je vais faire une enquête rapide et je te rappelle.

Jack raccrocha et alors qu'il se levait, Gerry Small apparut à la porte de son bureau.

— Salut Jack, en forme aujourd'hui ?

— Salut Gerry ! Oui en forme !

Jack se tenait sur ses gardes, car comme l'avait souvent prouvé son expérience, l'arrivée de Gerry coïncidait la plupart du temps avec des ennuis ; plus ou moins sérieux suivant son sourire, et là, Gerry arborait un très large sourire.

— Que puis-je faire pour toi, Gerry ?

— Si tu venais dans mon bureau pour en discuter ?

— Je passe dans quelques minutes.

Gerry Small était rentré depuis un moment dans la seconde moitié de la soixantaine. Un des multiples directeurs de rédaction du journal, il avait en charge le management d'une cinquantaine de journalistes à cet étage, dont Jack. Small avait cette particularité d'être autoritaire, de n'avoir aucun flair pour les affaires les plus intéressantes, et pensait que la machine à écrire avait encore du bon. Il ne possédait aucun talent d'écriture, mais était toujours prompt à porter des jugements sur le travail des autres. Il avait une chance énorme, celle d'avoir rencontré il y a longtemps un des actionnaires du journal et par conséquent de garder son poste. Poste qu'il avait depuis près de trente ans, sans jamais avoir évolué. Largement détesté par le cortège des journalistes, Small n'avait jamais aimé Jack Campbell, qui ne recherchait pas son aide et se moquait de ce qu'il pensait. Ne pas mettre Gerry Small au centre de sa vie professionnelle correspondant à ses yeux à un suicide. Jusque-là, Jack avait évité les coups. Il savait cependant que rentrer dans le bureau de Gerry voulait dire une matinée de foutue et sans doute un aller simple pour un reportage sur la nouvelle couleur de la moquette du NASDAQ.

Son téléphone vibra - Un message court de Delvaux – 25, Broad Street – Bonne chance, Thomas.

Il décida de sortir de la salle de rédaction pour aller rendre visite au fonds *Millenium Dust & Associates* – Broad Street n'était qu'à vingt minutes en taxi. Il pourrait aussi marcher un peu et apprécier la ville qui au mois de septembre adoptait un rythme si particulier dans la douceur de cette fin d'été indien.

*
* *

Millenium Dust

En sortant du siège du *New York Times*, situé au 620 sur la 8ème, Jack ressentit les bienfaits de cette journée qui invitait les habitants de New York à profiter encore un peu du plaisir d'être dehors. Bientôt l'automne, puis l'hiver, feraient leur retour, et avec eux leurs cohortes de pluies diluviennes et de tempêtes de neige, qui rendaient la vie difficile aux habitants de la grosse Pomme.

Jack avait posé ses valises entre Tribeca et Little Italy, dans Lower Manhattan, sur Broom Street. Il vivait dans un appartement très New Yorkais au 5ème étage d'un immeuble ancien. Cent vingt mètres carrés répartis en quatre pièces, poutres métalliques, parquets vintage et murs de briques rouges. Son salon affichait une ambiance moderne que des grandes baies vitrées inondaient de lumière. Quelques meubles chinés et des canapés recouverts de jetés de lin crème, réchauffaient l'atmosphère de la pièce.

Il aimait passer du temps dans son bureau dans lequel s'entassaient pêle-mêle ses dossiers en cours, le courrier pas encore ouvert et les tasses de café qui laissaient des ronds noirs sur le bois. Jack avait bien des qualités, mais il n'avait pas hérité du don de sa mère pour le rangement et l'ordre. Il avait fait l'acquisition de son appartement en 2012 après avoir touché ses droits d'auteur. La publication fin 2008 d'une compilation de ses éditos, journal de bord qui décrivait au jour le jour le déroulement de ces semaines qui avaient compté dans le monde, avait reçu un écho très favorable au moment de sa sortie. Le prix de l'immobilier à Manhattan était complètement fou. Il y avait englouti tous ses droits d'auteur et ses économies.

Jack héla un taxi. Il en trouva un immédiatement. Un des nombreux avantages de New York.

— 25, Broad Street !

Vingt minutes après il arrivait à l'adresse de la Société *Millenium Dust* dans une circulation étonnamment fluide en cette matinée de septembre. Jack donna les quelques dollars de la course et le pourboire au chauffeur, en attendant son reçu. Il fallait toujours avoir les reçus pour éviter tout problème avec Gerry Small. Il jeta un coup d'œil vers l'immeuble du 25, Broad Street. Une plaque en bronze de belle taille, fixée sur le mur extérieur, à gauche de la porte principale, affichait fièrement le logo de *Millenium Dust.*

Il franchit une porte d'entrée à tambour, avant de tomber sur une banque d'accueil immense en bois clair. En face, deux ascenseurs encadrés par les logos des entreprises présentes dans le bâtiment d'une trentaine d'étages. À côté de *Millenium Dust* on pouvait lire 20ème étage. Au moins la vue doit être sympa, se dit Jack.

Il se posta devant l'accueil. Deux gros balèzes, blacks et n'ayant pas l'air de vouloir rigoler, le regardèrent avec cet air qui vous donnait à penser que sauf urgence, vous seriez sans doute mieux chez vous.

Pantalons gris en flanelle et blazers noirs tellement lustrés qu'on aurait pu se mirer dedans.

— Bonjour messieurs, Jack Campbell, du *New York Times* ! se présenta le journaliste en sortant sa carte de visite. Je cherche à rencontrer le responsable de *Millenium Dust*.

Les deux cerbères tournèrent la tête et continuèrent de discuter entre eux derrière leur comptoir. Pas de réaction. Jack hésitait entre surdité et mauvaise foi.

— Vous avez sans doute mal compris ma demande ? dit Jack, arborant son plus beau sourire.

L'un des deux, qui semblait être celui à qui on avait greffé le plus gros cerveau daigna tourner la tête. Il ouvrit les yeux en haussant les sourcils de surprise. Aucune chance pour le César du meilleur acteur, se dit Jack, qui continuait à sourire. Son expérience lui disait que la bonne humeur engendrait des réactions en général positives. Même si dans ce cas précis, il n'était pas certain du résultat.

— Vous avez rendez-vous ? lui demanda le garde.

— Pas exactement, mais je fais une enquête pour le *New York Times* sur les fonds de gestion alternatifs et j'aurais aimé m'entretenir avec le responsable de la communication de *Millenium Dust*. Je fais le tour des différentes sociétés d'investissement avant de rendre mon papier.

Un flottement de quelques secondes, le temps que l'information monte au cerveau, soit répercutée et traitée. Rien ne se passa… Puis le garde décrocha son téléphone et discuta un moment avec quelqu'un qui visiblement posait beaucoup de questions.

— Campbell, c'est bien ça ?

— Comme le dit ma carte ! répondit Jack en montrant sa carte de visite posée sur le comptoir de l'accueil.

— Du *New York Times* hein ? insista encore le black en le pointant de son menton.

Nouvelle série de questions/réponses avec son interlocuteur… le garde raccrocha finalement pour lui dire qu'on venait le chercher.

— Merci ! répondit Jack.

On le prit en photo à l'aide d'une webcam sur le comptoir et lui donna un badge d'accès. Après quelques minutes le 'bling' indiquant l'ouverture d'un ascenseur résonna. Un homme d'une trentaine d'années d'origine méditerranéenne, barbe de deux jours, costume bon marché d'une propreté approximative, se dirigea vers Jack.

— Monsieur Campbell ? Bonjour, Ralik ! lança l'homme en serrant la main de Jack. Vous venez pour rencontrer les responsables de *Millenium Dust* ?

— Enchanté, Monsieur Ralik, oui en effet, j'écris un article sur les stratégies des fonds alternatifs et je souhaitais inclure dans mon article quelques éléments concernant le fonds que vous représentez.

— Je vois … suivez-moi ! Mais je crains que vous ne soyez déçu !

Ralik pressa le bouton du 20ème et l'ascenseur démarra. Quelques secondes, puis l'ouverture des portes.

— Après vous ! Ralik ouvrit la porte du bureau qui se trouvait en face de l'ascenseur avec son badge et fit entrer Jack.

Les bureaux de *Millenium Dust* étaient minuscules. Une entrée desservant deux portes. À droite ce qui semblait être le bureau de Ralik. À l'opposé, une mini cuisine.

— Vous allez être déçu, mais entrez et asseyez-vous ! Je vous précède.

— C'est ça *Millenium Dust* ? demanda Jack.

— Comme je vous le disais ! Je suis navré ! Je gère le courrier de la société, je réponds au téléphone quand ça sonne, et pour tout vous dire cela ne me donne pas grand-chose à faire ! La société louait tout le plateau il y a encore trois mois, mais ils ont tout liquidé et n'ont gardé que ce petit bureau.

— Vous travaillez ici depuis longtemps ?

— J'ai répondu à une annonce pour un travail de bureau à mi-temps, payé vingt dollars de l'heure, il y a un peu moins de deux mois. C'est l'agence d'intérim *Executive staffing* qui m'a fait passer les entretiens, et j'ai eu le job. Je travaille ici deux jours et demi par semaine. En général l'après-midi, car je vis dans la banlieue et il y a moins de monde en début d'après-midi dans le train.

— Que savez-vous de *Millenium Dust*, monsieur Ralik ?

— Peu de choses en fait ! Je sers de boîte à lettres. Quand je reçois du courrier, je le faxe. C'est tout ce que je peux vous dire.

— Dingue non ? dit Jack. Personne pour vous rendre la vie difficile, un boulot pépère en somme !

— Sauf que ça touche à sa fin. L'agence d'intérim a appelé la semaine dernière. Le bureau ferme à la fin du mois de septembre, mon contrat s'arrête !

— Vous auriez un contact pour moi ? Je cherche toujours à faire mon papier, vous comprenez ?

— Ben non, je suis désolé !

— Bien bien bien … je vous remercie de votre aide, Monsieur Ralik. Jack comprit qu'il ne tirerait rien de plus de ce pauvre type.

— De rien. J'aurais aimé faire plus, mais je ne sais rien de cette boîte. Pas de site Web, pas d'appels. J'espère qu'ils ne font rien d'illégal quand même ?

— Je ne crois pas. Soyez sans crainte. Alors rien qui pourrait me donner un début d'idée où trouver quelqu'un pour continuer cette discussion ?

— Rien ! Sauf si …

— Oui ! fit Jack.

— Il me semble, mais prenez cela avec précaution, qu'une même personne, un homme, a appelée plusieurs fois ici – même voix, avec un accent.

— Accent de quel genre ?

— Allemand peut-être ? Mais je ne suis pas un spécialiste.

— Il a demandé quelque chose en particulier ?

— Non. Mais c'est tout ce que je peux vous dire. Si, le Numéro où je faxe le courrier important c'est un 203. C'est tout ce que je peux vous dire.

— Merci, Monsieur Ralik.

Après avoir répété trois fois 'c'est tout ce que je peux vous dire', Jack se demandait s'il n'en savait pas plus que ça en fin de compte. Mais le type semblait calme, pas de mouvements oculaires qui pourraient indiquer qu'il mentait. Juste pas impliqué. Mais peut-on être impliqué à vingt dollars de l'heure ? s'interrogea Jack.

— J'abuserais si je vous demandais ce No de fax ?

— Oui malheureusement. Je ne suis pas payé très cher, mais … Vous comprenez.

— Tout à fait ! Bien, il ne me reste qu'à vous remercier pour ces informations. Je vous donne ma carte de visite, et si vous apprenez quelque chose qui pourrait m'aider à contacter quelqu'un de *Millenium*, et bien… n'hésitez pas.

— Je vous raccompagne jusqu'à l'ascenseur.

Jack fit le chemin inverse, se retrouva dans le hall d'accueil et rendit son badge aux deux gardiens en grande discussion qui ne lui adressèrent même pas un regard.

Dehors le soleil brillait et réchauffait les rues de la ville. Jack fit quelques pas et se retrouva devant le New York Stock Exchange. C'est ici, se dit-il, qu'en 29, les pauvres, les laissés pour compte de la crise, venaient se regrouper tous les jours par milliers. C'est aussi là, que les forces de l'ordre avaient chargé cette foule inoffensive, mais qui faisait peur. Tuant plusieurs travailleurs, pères de famille déboussolés, qui attendaient juste qu'il se passe quelque chose. Le NY Stock Exchange, la Bourse de New York, n'était plus qu'un bâtiment vide. Le temps où les agents de change criaient et s'agitaient autour de la corbeille était terminé. Aujourd'hui, le système financier était géré par des machines et l'industrie financière s'entourait d'une fumée opaque à travers laquelle rien ne filtrait. On se retrouvait avec des fonds qui manipulaient des sommes vertigineuses, mais qui louaient un bureau presque vide avec un pauvre type employé à faxer des courriers.

Jack essayait de résumer la conversation qu'il venait d'avoir avec ce monsieur Ralik. En premier lieu, il ne savait rien, ne voyait personne. Alors première question : il servait à quoi ? Ensuite il avait mentionné qu'un type avec un accent, peut-être allemand, avait appelé plusieurs fois. Restait à savoir qui était-ce et s'il y avait un lien avec *Millenium Dust*. Enfin, il transférait les documents à un numéro avec le préfixe 203, c'est à dire dans le Connecticut. Dernière information, le bureau fermerait fin septembre et son seul contact avec ce bureau était l'agence d'intérim *Executive Staffing*.

Jack regarda sa montre. 11 h. Il était donc 17 h à Zurich. Il composa le numéro de portable de Thomas Delvaux. Une sonnerie, deux, puis trois, et enfin la messagerie.

— Thomas, c'est moi, j'ai rendu visite à l'adresse que tu m'as indiquée pour en savoir plus sur *Millenium Dust*. Je n'ai rien appris de véritablement excitant, mais j'ai des infos à te transmettre. Appelle-moi dès que possible. Salut !

Jack se dit qu'il allait faire marcher son réseau pour en découvrir davantage sur cette société. Son expérience de journaliste lui disait qu'ils avaient mis le doigt sur quelque chose. Qu'il fallait creuser, car tout cela semblait un peu étrange. Quand on manipulait des sommes aussi incroyables que celles dont avait parlé Thomas, on s'attendait quand même à trouver une société avec pignon sur rue, des analystes financiers, des gestionnaires de portefeuilles, enfin une vraie boîte quoi ! Et là rien. Opaque, se dit-il, tout cela est bien opaque !

Son téléphone sonna. Thomas se dit-il ! il regarda le numéro et vit qu'il s'agissait du journal. Gerry. Je vais devoir le rappeler. Bientôt.

*
* *

Thomas Delvaux raccrocha. Il venait de donner à Jack les informations concernant *Millenium Dust*, et ne pouvait s'empêcher de penser que le comportement de ces gens cachait un dessein bien plus noir qu'une simple fraude. Après des semaines de surveillance assidues, il avait décidé de traquer leurs transactions financières. Son objectif était d'identifier dans le grand cyberespace les échanges initiés par *Millenium Dust*, afin de trouver la banque ou la bourse parallèle qui traitait ses ordres.

Pour cela, il fallait les intercepter quasiment au moment où ils étaient envoyés dans le système. C'était une tâche difficile et ni ses calculateurs ni son algorithme n'étaient assez performants pour l'accomplir. Mais à force de travail ces derniers mois, il avait modifié et amélioré son programme informatique.

Son idée était simple. Comme il était impossible d'identifier l'ordre au moment où il était émis, il fallait l'attendre. Lui tendre un piège en quelque sorte, de manière à le capter quand il arriverait dans un des ordinateurs des réseaux bancaires. Or la *FraNex*, la société de Delvaux, avait des accords avec quasiment toutes les banques afin de les aider à améliorer leur compétitivité. Il leur assurait que leurs ordres de bourse étaient exécutés le plus rapidement possible et au meilleur prix, ce qui les positionnait au mieux dans le jeu des transactions financières. C'est donc naturellement qu'elles avaient mis en place son système. Ce qui signifiait que son programme informatique était présent dans presque tous les ordinateurs des banques dans le monde.

Il venait d'en créer une version modifiée. Avec cette nouvelle mouture, dès qu'une transaction initiée par *Millenium Dust* arriverait sur un des calculateurs de ses clients, elle serait captée et envoyée à la *FraNex*. Il aurait ensuite tout le temps de la décortiquer. Banque émettrice, compte bancaire, montant. Il aurait alors à sa disposition toutes les informations nécessaires pour les étudier de plus près.

Cette nouvelle version de son algorithme qui, comme un serpent silencieux, allait se tapir dans la toile au cœur de l'Internet à l'affût de sa proie, était prête. Il l'avait baptisé Black Mamba, comme le serpent venimeux aux attaques éclairs si rapides, que ses proies ne le voyaient même pas arriver.

Il lança la compilation afin d'intégrer ses modifications dans le code source. Le génie de son idée résidait dans ses accords avec les autres organismes financiers. Son programme étant déjà présent au sein des ordinateurs de ses clients, ils n'y verraient que du feu. Enfin l'espérait-il.

La compilation était en cours. Quelques secondes après, la console de son ordinateur afficha un message – 'Compilation completed'. La nouvelle version de son programme était prête.

Dès lors que la mise à jour serait terminée, toutes les banques utilisant son application allaient, sans qu'elles le sachent, travailler pour lui à dénicher *Millenium Dust*.

Il regarda par la cloison vitrée de son bureau. Ses collaborateurs étaient affairés à leurs tâches, et personne ne s'intéressait à lui. Le code source allait être modifié sans que personne ne s'en aperçoive. Il ne savait pas dans quoi il mettait les pieds et ne voulait surtout pas que ses employés se retrouvent impliqués dans cette histoire. Installer un programme qui serait exécuté par la plupart des banques à leur insu était illégal, et Delvaux, en cas de problème, pourrait avoir de gros, de très gros ennuis.

Une dernière commande, et Black Mamba se trouva en ligne. Des centaines de serveurs allaient recevoir l'information qu'une nouvelle version était disponible. Dans deux heures, tous les ordinateurs du monde bancaire allaient se synchroniser et télécharger l'application. Ils se mettraient alors à sniffer le Web à la recherche de *Millenium Dust*. Il n'avait plus qu'à attendre pour la capturer dans les filets de son serpent virtuel.

En espérant que tout cela allait fonctionner rapidement.

* *

Jack se dit qu'il avait un peu de temps devant lui et décida de rendre une visite de courtoisie à *Executive Staffing*, l'agence qui employait Ralik. Une recherche *Google* rapide lui apprit que leur siège se trouvait sur la 7ème juste en face de la gare de Penn Station. Bonne nouvelle, c'était presque sur son chemin pour rentrer au bureau.

Jack leva la main et un taxi s'arrêta aussitôt – New York est la seule ville au monde où il y a presque autant de taxis que d'habitants pensa Jack. Sans même compter les véhicules, qui de plus en plus nombreux, affichait fièrement le Logo d'*Uber*. Autant dire qu'il n'y avait vraiment aucune raison de posséder une voiture à New York, sans compter que le prix d'un parking représentait un salaire mensuel dans une ville de province.

— Penn Station ! indiqua Jack en ouvrant la porte du taxi.

Le chauffeur mit en marche le compteur. Sur l'écran placé à l'arrière du siège passager, des pubs en boucles vantaient les restaurants à ne pas manquer et les sorties en vogue. Quelques minutes après Jack reconnut la gare de Penn.

— Laissez-moi là, devant le Pennsylvania ! Un voiturier ouvrit la portière. Jack paya la course, sans oublier son reçu.

À côté de l'hôtel se trouvait la devanture de l'agence *Executive Staffing*, coincée sur sa gauche par un *Joe's Pizza* – De ce qu'il pouvait observer, tout cela n'avait pas grand-chose d'executive.

Jack poussa la porte et croisa le regard de l'hôtesse d'accueil. Mobilier et moquette usés. Tout indiquait une agence de 2ème zone. À vingt dollars de l'heure, Ralik devait probablement avoir une des missions les mieux rémunérées d'*Executive Staffing*. De chaque côté d'un mur sans couleur identifiable, une table crasseuse supportait une cafetière automatique de mauvais café. Au fond les bureaux des managers et dans celui de droite un bruit de conversation. Devant l'hôtesse, un écran d'ordinateur et un standard téléphonique. Derrière elle, des armoires basses sur lesquelles se trouvaient entassés des dossiers en vrac, du courrier et des pubs pas encore ouverts.

Jack avança et sourit – Son badge indiquait qu'elle répondait au prénom de Linda. Entre deux âges, une bonne quarantaine, mèches blondes et poitrine opulente. Un chemisier rouge plongeant, un peu juste, qui faisait ressortir quelques bourrelets au niveau de la taille et semblait vouloir éjecter des seins que le soutien-gorge noir, qui dépassait, faisait son possible pour retenir. Avec plus ou moins de succès d'ailleurs. Ongles décorés, paillettes et French manucure.

— Oui ? dit elle, lui jetant un regard entreprenant.

— Bonjour heu … Linda ? Jack Campbell du *New York Times* !

— Vous cherchez du boulot ? Visiblement il était son type d'homme.

— C'est possible ! Jack regarda autour de lui, fit mine d'être surpris – avec des bureaux comme ça vous devez avoir des missions de PDG ! Peut-être un poste de dirigeant dans une start-up ? Je veux des stock-options aussi !

— T'as raison mon chou, ricana la secrétaire. Ici on place des sacrées pointures ! Vous avez vu la devanture ? Executive que ça dit !

— Linda, vous qui êtes belle comme un cœur, vous pourriez me rechercher un renseignement ?

— Ça dépend ! œillades appuyées.

La porte du bureau derrière elle s'ouvrit, laissant sortir un type chauve au costume élimé.

— Bon Dieu Linda, ça fait trois fois que je vous demande de m'apporter le dossier Farling !

— J'arrive, Monsieur Wright ! Désolée, mais j'étais occupée !

Elle s'empara d'une chemise bleue sur le bureau derrière elle et se leva pour la porter à Wright avec un déhanchement qui lui aurait sans doute valu une sélection à une finale de miss Arkansas. Elle revint s'asseoir et regarda Jack, l'air interrogateur.

— Un service ? dit-elle avec l'air enjoué.

— Disons que si je pouvais trouver des informations sur la société qui emploie un certain Ralik. Une boîte qui s'appelle *Millenium Dust*, sur Broad Street, ça me rendrait un gros service.

— Comment je saurais qui est *Millenium* machin chose ?

— *Millenium Dust*, Linda ! Vous le sauriez, car c'est vous qui employez ce Monsieur Ralik, c'est une mission de chez vous.

— Et pourquoi que je ferais ça ? répondit-elle, tout en reculant son siège et en se redressant pour faire ressortir sa poitrine.

— Ben, peut-être que si quelqu'un me rendait ce service, je lui en serais suffisamment reconnaissant pour l'inviter à prendre un verre après son boulot !

— Ce qui ferait de vous un homme bien élevé.

— Sauf que, bien sûr, il me faudrait ce renseignement rapidement.

— Si j'étais vous, je proposerais 17 h 30 au bar du *Pennsylvania* et vous auriez sans doute de la chance !

— Et ben, on fait comme ça ! – Jack lui fit un coup d'œil et reçut un sourire en retour.

Wright sortit la tête de son bureau. Regardant Jack et Linda.

— Je peux vous aider ? demanda-t-il en fixant le journaliste.

— Malheureusement non ! Il semble que le poste de PDG de *Google* soit pris. Quel dommage ! Mais je repasserai !

17 h 30 précises ! confirma Jack à voix basse à l'attention d'une Linda déjà pressée d'être à la fin de sa journée. Il sortit et se retrouva sur l'avenue.

Il en avait pour quinze minutes de marche pour se rendre à la rédaction. Il décida de faire le chemin à pied. Un peu d'exercice ne serait pas superflu. Déjà midi. Il acheta un sandwich au pastrami, spécialité new yorkaise, à un de ces marchands ambulants que l'on rencontre dans tout Manhattan. Sandwichs, hot-dogs et Bretzels s'imposaient aux habitants pressés et aux touristes curieux comme un art de vivre new yorkais.

Il regarda son portable. Deux appels en absence… Gerry.

*
* *

À peine franchie la porte de la salle de rédaction que Gerry Small lui tombait dessus.

— T'étais où Jack ? Je t'ai appelé plusieurs fois ce matin.

— Désolé Gerry ! J'ai dû aller en ville pour rencontrer un fonds – Je réfléchis à un article sur les différentes stratégies d'investissement de ces mastodontes de la finance.

— Je viens d'avoir le rédac chef. Il voudrait que nous fassions un grand sujet sur la dérive budgétaire probable de la politique du président pendant son mandat, et son impact pour les épargnants et les retraités américains.

— Je vais y réfléchir !

— T'as intérêt à faire vite, on est le premier mardi du mois, le comité de rédaction se réunit aujourd'hui à 15 h ! Je ne veux pas me pointer à la réunion à poil, alors tu ferais bien de te remuer les méninges et arriver avec quelque chose !

Du Gerry pur jus. Il ferait mieux de prendre sa retraite et jouer au golf, pensa Jack. Deux heures de réunion max, ce qui devrait lui permettre d'être au bar de l'hôtel *Pennsylvania* dans les temps. En espérant que Linda amène des informations.

Jack se dit que la demande d'article du rédacteur en chef était peut-être une bonne nouvelle. Il allait proposer d'enquêter sur *Millenium Dust*. Après tout, il s'agissait d'un fonds d'investissement. En présentant les choses habilement il pourrait sans doute lier le tout avec la politique du gouvernement américain, le déficit prévisible, et les retombées sur les Américains moyens. Les fonds de pension ne possédaient-ils pas la plus grande partie de l'argent des retraités du pays ?

De retour à son bureau, Jack décida d'appeler un vieil ami, l'inspecteur Harry Rozberg, du *NYPD*. Leur rencontre datait de 2008. Au lendemain de la chute de *Lehman Brothers* en décembre 2008, Harry Rozberg s'était vu confier une enquête sur des saccages de vitrines et de bureaux dans Wall Street. On n'en parlait jamais, mais quelques jours après le 15 décembre, la colère avait suivi l'état de choc collectif et des groupes s'étaient formés, des radicaux antimondialistes, violents et déterminés. De nombreux organismes financiers, agences bancaires et assureurs avaient subi des attaques. Le *NYPD* avait enquêté sur ces groupuscules et Harry en était le responsable. Jack avait fait un papier sur ces affaires, dégâts collatéraux de l'effondrement du système. Leur amitié avait survécu aux années, se rendant mutuellement de petits services, buvant un verre de temps en temps, après le boulot.

Une sonnerie et Harry décrochait :

— Harry ? C'est Jack du *Times* !

— Salut Jack, tu vas ? dit une voix enjouée en le reconnaissant.

— Plutôt pas mal ! Et toi, débordé de travail ?

— Comme toujours mon ami ! Ce qui est bien avec mon job c'est qu'on est sûr de ne jamais manquer de taf. Les méchants sont de plus en plus nombreux, et on a de moins en moins de moyens.

— Tu travailles ta réputation ? Toujours à te plaindre !

— Bah ! Ce n'est pas comme si je travaillais peinard dans un bureau à écrire des articles pour un canard à fort tirage, à me demander s'il existe un avenir à ce monde qui part en vrille !

— Dis-toi bien que si le monde tient encore debout c'est parce que des gens comme moi témoignent et donnent un sens à ce qui n'en a plus beaucoup.

— Tout ça pour quoi Jack ?

— On fait le même boulot toi et moi, répondit le journaliste, on aide les braves gens à garder le sommeil.

— On cache la mocheté qui les entoure, on repeint le ciel en bleu pour que ça reste supportable.

— Justement Harry, j'aurais besoin que tu m'aides à rendre ce monde un tout petit peu meilleur en me trouvant un numéro de téléphone … tu pourrais faire ça ?

— Tu sais bien que non, pour ça il faut un mandat, des tonnes de paperasses et éventuellement une bonne raison et l'accord d'un juge. C'est pour quoi faire ?

— Ben en fait, je suis sur un truc. Je ne peux pas t'en dire plus, car je ne suis même pas certain d'être dans le vrai, mais j'aimerai bien y voir plus clair.

— Hum ! si je comprends bien je ne saurai rien de plus et je dois te faire confiance …

— Pas pour l'instant, mais si je découvre quelque chose, tu seras le premier à en être informé.

— Allez donne ! Je vais voir ce que je peux faire, mais ce n'est pas officiel !

— Ok ok, Harry. Je voudrais juste savoir à qui la société *Millenium Dust* fait partir des documents par fax, presque quotidiennement.

— Par fax ! Mince alors, je croyais qu'à l'heure de l'Internet les fax étaient tous relégués à la cave. À part nous bien sûr ! Le *NYPD* doit être un des derniers utilisateurs compulsifs de fax. Remarque, ils nous ont remplacé les machines à écrire il n'y a pas si longtemps ...

— Je sais ! C'est aussi une question de plus que je me pose. Tu peux essayer de voir ? Ils sont sur Broad Street, au 25.

— Ok Jack ! Pas officiel tu te souviendras ?

— Bien entendu et à charge de revanche !

— Je te rappelle dès que j'ai l'info.

Déjà 15 h. Jack se rendit en toute hâte au 35ᵉ étage, où se trouvait la direction de la rédaction. Réunion immuable des premiers mardis de chaque mois, le meeting se tenait dans le bureau du rédacteur en chef, qui recevait les directeurs de rédaction comme Gerry, pour caler les articles à venir. Ils définissaient ainsi, outre les articles qui suivaient l'actualité, ceux qui traitaient de questions de fond et demandaient du temps et des enquêtes souvent minutieuses ; ils interrogeaient les rédacteurs afin que ceux-ci proposent des sujets, qui étaient ensuite présentés au comité de rédaction et sélectionnés, ou non, par un vote.

Jack était invité ce mois-ci, car comme l'avait mentionné Gerry, le rédac chef voulait lui donner un travail spécifique. Jack décida de livrer, au moins en partie, les interrogations qui accompagnaient la société *Millenium Dust* et demander à poursuivre cette enquête.

De la grande salle de réunion du journal, on avait une vue imprenable sur New York et l'Hudson river, à l'ouest. Au loin, des bateaux, minuscules, bondés de touristes, traversaient la baie. Le vent avait dû se lever, car les nuages se pressaient au-dessus des buildings formant un ciel tourmenté et changeant. Le soleil qui perdait de son intensité à cette période de l'année, commençait à décliner et recouvrait d'une lumière orangée la rivière et la rive opposée. Des reflets argentés dansaient sur l'Hudson, imprimant la scène d'une tonalité automnale de fin de saison. Le meilleur est à venir, essaya de se convaincre Jack.

La réunion débuta à l'heure. Les chefs de rédaction pressés, comme à leur habitude, s'installèrent autour de la table, ordinateurs portables ouverts devant eux. Certains qui ne pouvaient décrocher, jetaient des œillades régulières à l'immense écran au bout de la salle, sur lequel CNN en boucle, prenaient le pouls du monde en continu. Même sans le son, cette perfusion d'informations donnait le sentiment d'être un acteur de ce qui se passait autour de vous. Quelques journalistes, comme Jack, avaient été conviés. Vingt personnes prêtes à définir le contenu du *Times* pour les trente jours à venir.

Le rédacteur en chef commença par brosser un rapide tableau de la situation économique du quotidien et proposa des thèmes de travail pour les articles du mois suivant.

Au bout d'une heure de discussions animées, les sujets acceptés par le comité étaient entérinés et répartis entre les différentes salles de rédaction.

— Regardez ! un des journalistes politiques pointait l'écran de l'index – Regard visiblement interrogateur. Montez le son s'il vous plaît ?

Tous les visages étaient maintenant tournés vers le téléviseur. Une reporter de CNN, micro à la main, sur fond de tour Eiffel, montrait des installations en cours au Stade de France à Paris.

— Bonjour de Paris, ici Angel LaRue pour CNN ! Tarek Laïd, star montante de la politique française depuis le lancement de son mouvement le PMF, se prépare pour son grand meeting de dimanche au stade de France. On attend ici environ vingt à vingt-cinq mille personnes, ce qui serait un tour de force et une modification majeure des équilibres politiques dans le pays. Par ailleurs, Tarek Laïd fait des émules puisqu'en Belgique et en Allemagne des partis similaires pourraient voir le jour très prochainement. Intégration ou démonstration de leur singularité ? Les musulmans en France s'imposeront-ils comme une force politique ? CNN vous fera vivre toute cette semaine en direct la préparation de ce meeting historique, et interviewera des leaders politiques pour commenter cette actualité à chaud.

Le rédacteur en chef coupa le son, et regardant l'équipe autour de la table, prit la parole.

— Il va falloir couvrir ce meeting. Je voudrais un article de fond sur Tarek Laïd et son impact politique sur la société. On a vu pas mal de violence se déchaîner autour de ses réunions publiques. Il faudrait expliquer à nos lecteurs ce qui est en train de se dessiner en France et en Europe, et l'impact de ces transformations profondes liées aux communautarismes.

— Tout ça, c'est à cause des juifs et des étrangers ! s'exclama Gerry Small. C'est toujours pareil ! Ils foutent le bordel, les banlieues en feu en France c'est les étrangers. Nous, on a la délinquance Latino. Mais on nous explique que c'est à cause de la société, que ces gars-là y sont pour rien, ou je ne sais quelle connerie ! Il suffirait de virer tout ça et le calme reviendrait !

L'assemblée regardait Gerry, médusée. Quel connard, se dit Jack. Ce Gerry Small est un con. On savait qu'il votait républicain, mais là il dépasse les limites. Gerry n'en était malheureusement pas à une ambiguïté près. Sans compter que dans la salle on décomptait sans doute au moins la moitié de juifs ou de rédacteurs ayant des racines à l'étranger, comme la plupart des Américains d'ailleurs. Élection après élections, le côté sombre de la société américaine refaisait surface, les filtres imposés par le politiquement correct sautaient. Pour beaucoup d'américains des zones rurales, les étrangers étaient soit des violeurs, soit des trafiquants de drogue. Et probablement les deux. Comme un vernis qui craquait, xénophobie et homophobie, hier reléguées au banc d'une société à pensée unique, resurgissaient avec force. Le Ku Klux Klan faisait de nouveau recette et on assistait sur Tweeter à des accusations d'Américains revanchards qui dénonçaient leurs ex. Des messages du genre : « J'espère que vous n'allez pas déporter Henriqué, qui habite à tel endroit », avec No d'étage, « au fond à gauche et code d'accès de l'immeuble » … Navrant. Combien de temps avant que nous ayons nous aussi des voitures qui brûlent et des tirs automatiques dans les églises, les mosquées ou les synagogues, se demanda Jack.

— Ferme-la Gerry, dit un des rédacteurs ! Tu dis n'importe quoi.

— Je dis ce que je dis ! Vous verrez que le renvoi des illégaux et des musulmans nous protégera.

Le rédacteur en chef intima à Gerry de se taire d'un geste nerveux. Un silence pesant et embarrassé planait sur la salle. Après quelques secondes, les discussions reprirent en demi-ton. On se demandait bien ce que Gerry foutait là, et beaucoup pensaient qu'un départ en retraite serait une bonne idée.

Jack prit la parole et proposa d'étudier les retombées prévisibles de la politique du gouvernement sur les fonds de pension. Il précisa qu'un fonds d'investissement, sans le nommer, avait attiré son attention et qu'il allait se concentrer sur celui-ci en priorité. Il avait l'avantage de pouvoir dire une partie de la vérité sans dévoiler toute son histoire, encore bien maigre. Mentir par omission, c'était un peu le B.A BA du journalisme.

Demande acceptée. Bon travail, se dit Jack qui avait les mains libres pour continuer son enquête.

17 h – vite se dit Jack, si je veux rencontrer Linda au *Pennsylvania*.

*
* *

En poussant la porte du *Pennsylvania* hôtel, Jack prit immédiatement conscience que c'était une très mauvaise idée. Il n'était pas entré dans un bar depuis qu'il avait commencé à fréquenter assidûment les Alcooliques Anonymes, et le simple fait de se retrouver dans cette foule dense et bruyante de fin de journée, le renvoyait à ses démons. Son estomac se contracta et il ressentit une douleur dans son abdomen. Les Monstres endormis dans le creux de son ventre démarraient au quart de tour.

Il rebroussait chemin quand Linda arriva derrière lui. Il prit sur lui et sourit.

— Linda ! Je me demandais si vous alliez venir.

— Une promesse est une promesse ! répondit Linda, en affichant un sourire éclatant.

— Essayons de nous trouver une place au bar !

Comme tous les bars de Manhattan, celui du *Pennsylvania* proposait une recette éprouvée. Un large bar noir en imitation bois, incrusté de zones de lumières blanches et bleues. Des tabourets en faux cuir violets sur lesquels on venait se poser pour boire un verre avant de rentrer chez soi. Des barmen qui semblaient se trouver à dix endroits en même temps, jonglaient avec des bouteilles et remplissaient des verres à cocktails, qu'ils recouvraient de glace pilée et de parapluies en papier, au son des basses d'une house musique bien trop forte. À l'arrière, un immense miroir lumineux sur lequel des étagères translucides vantaient les whiskys du monde entier.

Jack ne pouvait détacher les yeux de ces bouteilles qui l'appelaient. Il ressentit tout à coup la chaleur de l'endroit et la sueur qui lui collait sa chemise dans le dos.

L'autre composante indissociable des bars de Manhattan est le bruit. Il fallait crier pour se faire entendre. Ils s'approchèrent quand deux clients, verres à la main, décidèrent de laisser leur place. Ils s'incrustèrent entre deux tabourets.

— Linda, que voulez-vous boire ? cria Jack plus qu'il ne demanda, pour se faire entendre.

— Un verre de Chardonnay !

Jack fit un geste à un des Barmans qui se pencha sur lui. « Un verre de Chardonnay et un … whisky », demanda Jack. Il n'aurait pas dû, il savait qu'il ne fallait pas, mais les Monstres étaient réveillés et il ne pouvait pas les empêcher de le torturer. Ils avaient été tenus trop longtemps captifs et voulaient prendre leur revanche. Il n'y avait pas de retour possible.

Ils trouvèrent une table disponible pour poser leurs verres. Jack sentait les gouttes de transpiration sur son front et ses tempes. Il était parcouru de frissons et fixait le liquide aux couleurs mordorées, dans lequel il pouvait sonder son âme en détresse et la profondeur de sa solitude. Il était terrifié.

— Vous ne semblez pas très bien ! lui lança une Linda maintenant inquiète.

— Heu, si ça va ! répondit-il, d'une voix qu'il ne reconnut pas.

— Tenez, je vous ai apporté ce que j'ai pu trouver sur *Millenium Dust.*

Linda tendit un mince dossier à Jack, qui s'en saisit.

— Il n'y a pas grand-chose là-dedans, vous savez. Juste une adresse c'est tout !

— Excusez-moi Linda, je reviens !

Jack se précipita aux toilettes. Il courut et descendit l'escalier. Il n'eut que le temps de fermer la porte et vomit. Après que les spasmes se furent dissipés, il s'essuya la bouche et s'assit sur la cuvette pour reprendre ses esprits. Il avait froid maintenant et grelottait. Il avait dompté les Monstres... pour le moment. En se regardant dans le miroir des toilettes, pour se laver les mains et le visage, il vit un homme aux traits marqués, aux yeux cernés. Il décida de remonter et de lutter.

— Je suis désolé, mais je vais devoir vous laisser, je suis malade. Tout allait bien aujourd'hui, mais je crois que j'ai de la fièvre. Je suis vraiment désolé. Mais on va reporter. Je vous appelle et on se retrouve pour un verre dans les prochains jours.

— Vous semblez plutôt mal en point. C'est dommage ...

Jack prit sa veste avec empressement et adressa un geste à Linda en sortant. Le vent avait forci et la fraîcheur de la soirée lui fit du bien. Il se saisit de son téléphone portable et composa un numéro d'urgence.

— John Kirby !

— John, c'est Jack des AA.

— Jack, que se passe-t-il ? Vous n'avez pas l'air bien.

— Non, cela ne va pas bien du tout. J'étais à deux doigts de craquer, j'ai besoin de votre aide !

John Kirby était le parrain de Jack aux *Alcooliques Anonymes.* Ancien buveur lui-même, John comprenait les difficultés que rencontraient ceux qui essayaient de sortir de cette dépendance. Il ne l'avait pas sollicité depuis longtemps. Au début, il l'appelait tous les jours. Ils avaient eu des hauts et des bas, mais Jack semblait sur la pente ascendante et même si son parrain lui avait dit de ne jamais baisser sa garde, il avait eu aujourd'hui un moment de faiblesse.

— On peut se voir quand ? Je suis mal !

— Passez tout de suite Jack, maintenant ! Sautez dans un taxi et venez chez moi !

— Merci, furent les seuls mots que Jack put prononcer

Il héla un taxi et demanda à se rendre chez son mentor.

8. STORX

Mardi 19 Septembre – New York

Jack ouvrit un œil. La lumière remplissait l'appartement. Il était chez lui et se sentait mieux. Le moment de détresse semblait passé, son parrain lui avait maintenu la tête hors de l'eau. Il savait bien qu'il avait été très près de se noyer. Ce ne sera pas pour cette fois, se dit Jack. Il se leva et prit son traitement pour le sevrage alcoolique. Il allait tenir aujourd'hui, demain, et tous les autres jours. Il fallait que tout cela s'arrête.

Après une douche, Jack se cala dans le fauteuil de son bureau. Il remarqua le dossier beige posé sur son Mac. Il contenait les informations que lui avait données Linda hier soir. Il le compulsa avec intérêt.

À l'intérieur de la chemise il trouva une copie du contrat signé entre 'Executing Staffing' et Ralik, l'adresse de *Millenium Dust* et le numéro de portable de Linda. La société *Millenium Dust* se situait à Woodbridge, à côté de New Haven dans le Connecticut, à deux pas de l'université de Yale, sur Ansonia Road.

C'est à moins de deux heures de train en prenant l'Acela Express, le Rapide de la côte Est, se dit Jack. Il décida de s'y rendre pour découvrir sur place à quoi ressemblait cette société si discrète. En prévision de problèmes à venir avec Gerry Small il appela le rédacteur en chef du journal pour l'avertir de sa décision de rendre visite à ce fonds de pension. Il ne put laisser qu'un message auprès de son assistante. Il réserva un aller-retour sur Internet et une voiture de location.

À 9 h 45, Jack était à la gare de Penn Station. Son train quittait New York à 10 h 03 et arrivait à 11 h 35 à New Haven. Si tout se passait bien, il serait à Woodbridge vers midi. Il aurait donc tout son temps pour fouiner, en apprendre plus sur *Millenium Dust* et rentrer dans la soirée.

Son téléphone portable se mit à vibrer dans sa poche. Numéro inconnu. Jack décida de décrocher quand même.

— Jack Campbell !

— Salut Jack, je ne dérange pas ? Harry Rozberg !

— Salut Harry, non, tu ne me déranges jamais ! Tu m'appelles d'un numéro inconnu ?

— Oui, je te rappelle au sujet de notre affaire 'non officielle' tu te souviens ?

— Bien entendu que je me souviens. Ça date d'hier ; je sais qu'Alzheimer nous guette, mais quand même !

— Bon, tu es assis ? Tu vas comprendre pourquoi je t'appelle d'un téléphone, disons discret ...

— Non, je devrais ?

— Je ne sais pas. J'ai remué un peu de poussière, sans mauvais jeu de mots, pour savoir qui était *Millenium Dust* et je me suis retrouvé avec un appel du FBI.

— Merde ! et ?

— Et … et ben je ne sais pas dans quoi tu mets les pieds Jack, mais tu n'es pas le seul à avoir ces gars-là à l'œil.

— Après que nous nous soyons parlé, j'ai appelé un de mes amis chez Verizon. Je lui ai donné l'adresse de *Millenium* à New York pour avoir la liste de tous les appels passés par la société, ainsi que les fax. On est d'accord que c'est tout à fait illégal … mais on ne dit rien à personne, et puis on peut se rendre des petits services de temps en temps, non ?

— C'est sûr ! Sinon ça sert à quoi l'amitié entre un flic et un journaliste hein ? C'est un peu le mariage de la carpe et du lapin.

— Le gars me donne une liste de numéros et là je trouve une adresse dans le Connecticut. En cherchant plus de détails sur la société je vois qu'elle est enregistrée dans les Îles Caïman. Rien d'extraordinaire, sauf que j'ai dû déclencher une alerte au FBI. Je reçois un appel illico d'un agent spécial qui me demande ce que je fais. Je lui ai servi une histoire comme quoi j'avais eu un accrochage ce matin avec un type qui travaillait dans cette boîte sur Broad Street.

— Et tu en dis quoi, Harry ?

— Rien de bon ! répondit le policier.

— Mais tu as une adresse ?

— Oui c'est à Woodbridge, dans le Connecticut.

— Merci mon ami, j'avais déjà trouvé l'info via un autre canal. Dis-moi, tu as des Numéros de téléphone ou de fax que je devrais vérifier ?

— Pas vraiment, tout semble en ordre.

— Pourquoi ils utilisent un Fax ? Pourquoi pas des mails, c'est quand même plus simple ?

— Là, tu fais une erreur Jack. Je me suis renseigné aussi, et en fait le Fax c'est beaucoup plus discret. Les mails, ça passe par des serveurs et ça laisse des copies partout, sur ton ordinateur, sur celui du destinataire et toutes les machines par lesquelles ils ont transité. Même chez ton fournisseur d'accès Internet. Les fax, c'est volatile. Tu envoies et sauf si quelqu'un pirate ta ligne quand tu transmets, dès que tu as terminé ça disparaît, sans laisser de trace.

— Je vois ! Mais en tant que flic ça te dit quoi que le FBI appelle directement pour avoir des détails ?

— J'en sais foutre rien, mais si j'étais toi je mettrais tout ça en veilleuse et je passerais à autre chose.

— OK, Merci Harry. Toi tu oublies tout ça, mais moi je continue ! Je te donnerai le fin mot de cette histoire, si ça en vaut la peine, dès que je l'ai.

— Je m'en doutais, mais je devais quand même te prévenir.

Un silence, puis le policier demanda d'une voix inquiète :

— Jack ?

— Oui ?

— Fais attention…

— T'inquiète !

Harry Rozberg avait raccroché.

Le trajet fut reposant. Ce train rapide est une vraie réussite se dit-il. Je comprends que les Européens plébiscitent ce type de transport. Il avait pris un billet de 1ère classe et il eut droit à un plateau-repas décent. Il arriva précisément à l'heure prévue. 11 h 35. Il récupéra sa voiture de location à la gare, et à 11 h 55 il était au volant de sa Toyota Prius.

Le GPS de son véhicule lui annonça vingt-six minutes et onze miles pour rejoindre Ansonia Road sur Woodbridge, en prenant par Whalley Avenue puis par Fountain Street avant de prendre Main Street vers le Nord Ouest et Ansiona Road.

Jack mit la radio. Phil Collins essayait de rassurer le monde en chantant 'It's another day for you and me in Paradise'. Drôle de paradis, se prit à penser Jack, en repassant mentalement le cours de la soirée de la veille, pendant laquelle il avait bien failli couler pour de bon. Il se recentra sur le panorama.

Le Connecticut à cette période de l'année était tout simplement une merveille. Dès que Jack fût sorti de la zone urbaine de New Haven, il se retrouva sur une route boisée. À mi-chemin entre New York et Boston, les arbres se tintaient de leurs couleurs automnales, et dans le Connecticut comme dans toute la Nouvelle-Angleterre, l'été indien tirerait bientôt sa révérence pour laisser le froid s'installer précocement. Il contourna un vaste lac sur lequel des voiliers se défiaient dans une régate toutes voiles dehors, spis déployés, aux couleurs de Yale.

Il longea le Woodbridge Country Club et son parcours de golf. Partout, des panneaux indiquaient des extensions de l'université de Yale, cette usine à champions, fierté des États-Unis. Avec onze mille deux-cents étudiants de deuxième cycle et huit mille cinq cents en premier cycle, l'université est l'une des plus importantes du pays.

Chaque étudiant paye cinquante–trois mille cinq-cents dollars annuels, ce qui fait de Yale l'université la plus chère des USA, mais aussi une des plus prisées. On n'y compte pas moins de quatre anciens Présidents des États-Unis : Gerald Ford, Bill Clinton, George Bush et George W, ainsi que deux presque Présidents : John Kerry et Hillary Clinton.

Le GPS annonçait maintenant une arrivée imminente. Jack freina doucement. L'entrée précisait qu'il s'agissait d'une zone de bureaux. Il tourna et suivit une route au milieu des bois où de très gros rochers, visiblement déposés là pour donner à l'ensemble un côté sauvage, accentuaient l'impression d'opulence des entreprises installées sur le site. Ici des Biotech, là des sociétés de recherche en informatique. Une course au haut de gamme. La proximité avec l'université n'y était sans doute pas pour rien.

Jack s'arrêta à l'adresse indiquée par le navigateur. Devant lui, dissimulé derrière une rangée d'arbres centenaires, un large bâtiment flambant neuf. Pas de signalétique ostentatoire. Il mit son clignotant et quitta la route principale pour parcourir les cent mètres d'un chemin parfaitement goudronné. Ils n'ont pas lésiné sur la sécurité, se dit Jack. L'immense construction de plain-pied, toute blanche, affichait une façade entièrement vitrée composée d'arceaux métalliques et de pierre naturelle. Compte tenu de la taille de l'ensemble, on aurait pu faire travailler plusieurs centaines de personnes sur le site, or on ne décomptait que de très rares voitures sur le parking. La Prius stoppa devant un portail sécurisé, doublé d'un poste de garde vitré.

Un vigile au regard inquisiteur et uniforme bleu pétrole, sortit de son aquarium. Il se pencha vers Jack par la vitre ouverte :

— Oui ? demanda le garde.

— Je souhaiterais rencontrer le directeur du site.

— Vous avez rendez-vous ?

— Non pas précisément.

— De la part de Monsieur … ?

— Jack Campbell, du *New York Times*, répondit Jack, en tendant sa carte de visite.

— Merci de patienter quelques minutes, Monsieur Campbell. Je transmets votre demande. Des caméras de sécurité ne lâchaient pas Jack une seconde, prenant des photos et des vidéos en continu. Le garde regagna sa tour de contrôle des entrées et sorties, et décrocha un téléphone. Jack vit que l'échange était vif. Dans son aquarium le cerbère s'agitait et son langage corporel indiquait que le type n'était pas très à l'aise. Après des palabres qui semblaient ne jamais vouloir finir, le portail s'ouvrit. Jack démarra pour passer le poste de contrôle. Le garde lui désigna le parking visiteur attenant au bâtiment, à quelques enjambées de l'entrée principale.

Jack gara sa Toyota à côté d'une Audi Q7 haut de gamme. La place de parking affichait 'direction générale' – une pratique d'un autre temps, se dit Jack, en se présentant devant une porte automatique qui s'ouvrit silencieusement à son arrivée.

Une jeune standardiste, derrière une banque d'accueil moderne, l'attendait. Les murs de l'entrée de l'immeuble alternaient stratifiés et peinture blanche sur un sol ardoisé. Des lumières indirectes dans les panneaux muraux donnaient à l'ensemble un caractère froid. Seuls, deux larges canapés de cuir noir aménagés en angle et une table basse, meublaient ce vaste espace.

— Monsieur Campbell ?

— Oui, répondit Jack en affichant son sourire le plus aimable.

Il lui tendit sa carte de visite.

— Prenez place ! Monsieur Storx, notre directeur général, va vous recevoir, lui intima l'hôtesse plus qu'elle ne lui proposa, en lui montrant les canapés.

Au bout de quelques instants, un homme d'une quarantaine d'années surgit de sa gauche et vient à sa rencontre. Démarche volontaire, costume foncé et coupe en brosse. Il n'aurait pas fait tache dans un dîner mondain d'anciens militaires.

— Storx ! déclara l'homme en tendant une poignée de main vigoureuse à Jack.

— Campbell ! répondit Jack, en se demandant s'il allait récupérer tous ses doigts intacts.

— Bonjour Monsieur Campbell, suivez-moi ! Jack emboîta le pas à son hôte, qui le conduisit par une porte invisible dissimulée dans les panneaux de bois muraux dans ce que Jack déduisit être son bureau. Une pièce spacieuse. De larges fenêtres et des meubles en acajou donnaient une luminosité presque trop crue à cet espace monastique. Un tableau abstrait et un cadre dans lequel on distinguait la photo d'un groupe en uniforme, étaient les seules décorations de la pièce. Murs blancs, sol en moquette couleur tabac. Une table de réunion ronde en verre dépoli autour de laquelle on trouvait quatre fauteuils. L'ensemble, bien que confortable, donnait une impression de froid calculé.

— Asseyez-vous, je vous en prie ! Pouvons-nous vous offrir un café ou de l'eau ? demanda Storx, en décrochant son téléphone et en montrant à Jack la table de réunion.

— Un peu d'eau ne serait pas de refus, répondit Jack.

— Deux bouteilles d'eau s'il vous plaît ? demanda Storx à son interlocuteur avant de raccrocher.

Une jeune assistante arriva immédiatement, et déposa les deux bouteilles sur la table de réunion.

Storx regarda Jack avec attention. Il semblait sonder ses moindres pensées de ses yeux d'un bleu presque transparent, qui rendirent Jack nerveux. Storx n'avait pas l'air d'un Directeur Général.

— Monsieur Campbell, finit par dire Storx, que peut faire *Millenium Dust* pour vous ? Et surtout que nous vaut la visite d'un journaliste du *New York Times* ici à New Haven ?

— En fait, je fais un article sur les fonds alternatifs et je suis intéressé par *Millenium Dust*. Je recherche des informations sur vos stratégies d'investissement, vos clients entre autres choses. Tout ce que vous pourriez me dire qui serait de nature à captiver nos lecteurs.

— Hum je vois, répondit Storx. Malheureusement, nous sommes une société assez discrète et ces informations sont confidentielles, j'en suis vraiment désolé.

— Bien entendu. Je comprends. Pouvez-vous quand même me dire quel est l'objet de l'entreprise, ses buts, son organisation ?

— Tout ce que je peux vous dire c'est que nous représentons des intérêts privés. Nous achetons et vendons des produits financiers. Nous avons une clientèle très riche et triée sur le volet.

— Vous avez des techniques d'investissement spécifiques, ou travaillez-vous avec des banques pour votre compte ?

— Nous avons développé nos propres algorithmes de trading. Nous proposons des technologies très avancées en matière de transactions financières. Storx crispait les muscles de sa mâchoire de manière compulsive.

— Bien entendu, répondit Jack. Et pourquoi avoir fermé vos bureaux à Manhattan au profit de ce très discret bâtiment, ici à Woodbridge ? Jack se demandait si c'est lui qui rendait Storx nerveux.

— Nous avons terminé le développement de nos programmes et la gestion au quotidien de nos clients peut aisément se faire en dehors du bruit de la ville et de ses surcoûts. Nos bureaux de New York fermeront définitivement fin septembre. Mais comment nous avez-vous trouvés, Monsieur Campbell ? Nous n'avons pas fait de publicité sur notre déménagement – Storx fixait Jack intensément.

— Le métier de journaliste permet d'obtenir des informations auxquelles le commun des mortels n'a pas accès, répondit Jack, en se forçant à sourire et en attrapant sa bouteille d'eau pour se donner une contenance.

— Monsieur Campbell, c'est un long chemin depuis New York pour prendre le risque de venir jusqu'ici sans rendez-vous, ne trouvez-vous pas ?

— J'avais un rendez-vous avec un professeur à Yale, c'était sur ma route, mentit Jack.

— Bien sûr, bien sûr. Quel professeur ? J'ai de nombreux contacts à Yale vous savez ! les yeux de Storx semblaient sonder l'âme de Jack dans ses recoins.

— Nous aussi sommes très réservés sur nos vies privées. Combien de personnes travaillent ici ? Vous avez des analystes financiers, des gestionnaires de fonds ? demanda Jack pour changer de sujet.

— Je ne peux malheureusement rien vous dire de plus. Encore une fois, nous sommes très secrets quant aux informations sur notre entreprise.

Storx sut que Jack mentait. Il était habitué à conduire des interrogatoires, et ce journaliste n'avait pas suffisamment d'entraînement pour le berner. Il se leva.

Visiblement l'entretien se terminait. Le journaliste n'obtiendrait rien de plus de cet homme. Il n'était pas nécessaire de rester plus longtemps.

— Bien, Monsieur Campbell, j'espère vous avoir donné quelques éléments positifs sur *Millenium Dust.*

— Oui, et je vous en remercie !

Jack prit congé et se retrouva rapidement au volant de sa Toyota. En quittant les bureaux de Millenium Dust, il se demandait quel était cet homme au profil quasiment militaire ? Qu'est-ce qui poussait une société de trading financier à s'installer ici, à New Haven, et pourquoi un si grand bâtiment pour si peu d'employés.

Il était 13 h 30. Jack décida de se rendre dans le centre de Woodbridge pour déjeuner. Il y aurait bien un fast food ouvert.

.*.

Storx observa Jack Campbell sortir et se diriger vers le parking visiteur. Dès que sa voiture disparut, cachée par les arbres à la limite du bâtiment, Storx ouvrit un tiroir et se saisit de son téléphone. Il devait prévenir sa hiérarchie. Il composa un numéro à l'étranger :

— Oui ? décrocha une voix à l'accent germanique.

— Storx à l'appareil, il n'est pas trop tard pour vous ?

— Non, je vous écoute.

— Je viens de recevoir un journaliste du *New York Times*, Jack Campbell, qui posait des questions sur *Millenium.*

— Un journaliste ? Voilà qui est inquiétant. Il cherchait quoi exactement ?

— Il a dit qu'il écrivait un article sur les fonds d'investissement et qu'il s'intéressait à la stratégie de notre société.

— Et vous l'avez cru ?

— Pas une minute. Il ne serait jamais venu de New York juste pour ça. Il a prétendu avoir rendez-vous avec un professeur à l'université, mais je n'ai pas acheté sa réponse ... trop rapide. Quand il a répondu, ses mouvements oculaires ont témoigné bien mieux que lui.

— A-t-il découvert quelque chose ?

— Je ne pense pas. Il n'en a en tout cas rien dit. Il voulait savoir pourquoi nous sommes venus ici, combien de collaborateurs nous avions, ce genre de chose.

— Rien d'autre ?

— Non, j'ai préféré le recevoir plutôt que de le voir repartir sans avoir pu le questionner.

— Vous avez bien fait ! Donnez-moi ses coordonnées, téléphone, enfin tout ce que vous avez, nous allons faire une enquête de notre côté.

— Bien, je vous transmets une copie de sa carte de visite.

— Serons-nous prêts pour le grand jour, Storx ?

— Oui Monsieur ! Nous serons opérationnels dans deux ou trois jours. En avance sur l'objectif.

— Bien, très bien. Le projet *BLACKSTONE* sera lancé comme prévu.

Storx raccrocha. Il lui restait encore de nombreux problèmes à résoudre, mais il ne voulait pas inquiéter son interlocuteur. Ces gens-là ne rigolaient pas.

* *
*

Woodbridge ressemblait à l'idée que l'on se faisait d'un petit bled américain. Une seule rue principale, bordée de magasins de proximité et de restaurants. On y trouvait une supérette qui proposait aussi du tabac et faisait office de pharmacie. Un marchand de vélo, une librairie, une enseigne de produits électroniques et de téléphonie mobile qui se disputaient une clientèle d'étudiants qui dépensaient des fortunes dans le magasin Bio à la mode et le club de fitness. Un parking presque vide pour une clientèle pressée qui défilait dans cette rue en ce début d'après-midi.

Jack trouva ce qu'il cherchait. Un bar-restaurant qui proposait hamburgers et plats à emporter. Il poussa la porte et se retrouva dans une salle où des banquettes en skaï usées, séparées par des tables en bois vernis ternes, attendaient le chaland. La musique, distillée par une chaîne hi-fi d'un autre âge semblait hypnotiser les deux seuls clients encore au bar, perdus dans leur whisky.

Le patron ne semblait pas l'avoir vu, ou lui faisait savoir qu'il n'attendait pas après lui. Jack regarda autour de lui et prenant l'air interloqué, déclara :

— Je n'ai pas réservé ! Il reste de la place, ça à l'air complet ?

— Je sais pas, je regarde les tables disponibles …, répondit le patron … Ah oui prenez la cinq!

— C'est laquelle ? demanda Jack.

— Celle que vous voulez !

Jack se faufila au fond de la banquette de la table la plus proche, avec vue sur la rue. Il se saisit du menu plastifié maculé de gras, coincé entre le distributeur de serviettes en papier et le service à sel et poivre. Un coup d'œil et il choisit son plat.

— Un Hamburger classique, double cheese et poivrons, c'est possible ?

— Et comme boisson ?

— Coca ! on va rester au Coca, lui répondit Jack.

Son pouls accélérera l'espace d'une seconde. Il se força à respirer profondément. L'épisode de la soirée passée lui revenait. Il sentit une crise de panique monter et les crampes dans le bas du ventre se rappeler à son bon souvenir. Il respira encore et encore, ses mains moites cramponnées au menu. Son rythme cardiaque descendit, il allait mieux. Il ferma les yeux un moment et les rouvrit, en sentant le regard appuyé du patron fixé sur lui. Il lui sembla que l'homme avait compris. Il hocha la tête et lui sourit, avant de déclarer :

— Je suis au Coca aussi ! lui dit-il, et ce depuis des années. Et ce n'est pas facile quand on tient un bar !

— Moi j'y suis depuis six mois, répondit Jack, et hier j'ai bien failli merder ! Ça fait du bien d'en parler, se dit Jack, surpris.

— Un hamburger pour la cinq ! cria le patron à l'encontre de son chef dans la cuisine, en faisant un clin d'œil à Jack.

— Merci !

— Pas de quoi ! Vous venez voir l'université ?

— Non, répondit Jack, je suis venu voir une boîte dans Woodbridge sur Ansonia dans la zone d'activité.

— Quelle boîte exactement ?

— Une société d'investissement : *Millenium Dust* !

Le patron fit un geste du menton en désignant un des deux clients à son bar.

— C'est la boîte d'Allan qui a fait les installations électriques et monté une partie des caméras de télésurveillance. Hein Allan, que c'est toi qui a travaillé là bas cet été ?

— Oui, on a bossé avec George sur leur chantier en juillet et en août, et on a trouvé ça étrange, hein, George ?

— Ça, c'est sûr ! confirma George, le second amateur de whisky, en hochant de la tête.

— Étrange ? reprit Jack.

— Ben oui, ils nous on dit qu'ils étaient une société de courtage, un truc financier quoi, et ils ont mis des puissances électriques de fous, continua Allan.

— Des puissances électriques pour quoi faire ? demanda Jack.

— On n'en sait rien, ils ne nous ont pas laissé le temps de voir quoi que ce soit … ils sont un peu paranos là-dedans, hein, George ? – Deuxième hochement de tête.

— Vous en pensez quoi ? demanda Jack.

— On a vu des camions apporter des tonnes d'ordinateurs, des armoires pour mettre des disques et des cartes électroniques. Ils ont assez de puissance pour alimenter une centrale nucléaire là-dedans. Ah oui, et on a aussi installé des raccordements pour une clim qui pourrait refroidir un abri antiatomique. C'est pas vrai George ?

— Ouaip ! répondit George, qui cette fois hocha la tête en posant sur verre vide sur le comptoir.

— J'ai aussi été surpris par le peu de personnel sur le parking, continua le journaliste.

— Si j'étais vous, je ne serais pas surpris. Il n'y a pas beaucoup de bureaux. Le gros du bâtiment est aménagé pour abriter un immense centre informatique !

— Merci, les gars, je vous offre un verre ? conclut Jack.

— Vous en prenez un ? demanda Allan.

— Non malheureusement, mon docteur a été très ferme, Coca !

Allan et George se regardèrent avec une moue qui indiquait combien ils compatissaient ; pauvre homme, semblaient dire les deux piliers de comptoir.

— Un hamburger double cheese et poivrons ! Le patron sortait de la cuisine avec le plat fumant.

Jack fit sa fête au sandwich et ne regretta pas une seconde de s'être arrêté dans ce coin perdu. Il commençait à en savoir un peu plus sur *Millenium Dust*.

De retour à la gare, il regarda sa montre. 15 h. En se dépêchant, il pouvait prendre un train pour être à New York vers 18 h. Il pensa à Thomas Delvaux et décida de ne l'appeler que le lendemain matin. Il était 21 h à Zurich. Thomas devait passer la soirée en famille. Jack démarrera son véhicule électrique, direction la gare de New Haven.

*
* *

Thomas Delvaux passait une soirée délicieuse. Le temps avait un peu fraîchi et ils avaient pris leur repas à l'intérieur. Le barbecue sur lequel avaient cuit les deux beaux filets de perche provenant du lac fumait encore, et l'on distinguait des braises rougeoyantes dans la cendre chaude. La bouteille de vin blanc était presque vide et sa femme, Hanna, couchait leurs deux filles.

À 21 h en cette fin du mois de septembre les jours raccourcissaient, et la nuit précoce recouvrait tout de son empreinte monochrome. La maison de Delvaux surplombait le lac et, quelle que soit la saison, on ne se lassait pas du spectacle. On y voyait les lumières de la ville qui se reflétaient dans les eaux silencieuses du lac, prisonnières des vapeurs qui montaient de la surface calme de l'onde. La journée, Thomas se plaisait à regarder évoluer les couleurs automnales qui commençaient à apparaître. Sa demeure se situait à quatre cents mètres, sur un des coteaux de la rive nord-ouest et dominait le lac qui recouvrait l'horizon à perte de vue. Au loin, les sommets alpins. Cet hiver, quand la neige masquerait les cimes, le paysage donnerait cette sensation de plénitude unique, que seules conféraient les étendues enneigées.

Après avoir monté sa société, la *FraNex*, Thomas Delvaux avait définitivement quitté l'enseignement dix ans auparavant pour se consacrer à la programmation, ce qui lui avait assuré la fortune. Celle-ci se situait probablement autour de la centaine de millions de francs suisses, à cinq ou dix millions près, en tenant compte des fluctuations des marchés.

Delvaux accusait la cinquantaine. Génie des mathématiques, il avait passé beaucoup trop de temps dans des salles de classe et devant les tableaux noirs à essayer de résoudre les mystères de l'infiniment petit et percer le secret des atomes. Il n'avait jamais été très sportif, et sa carrière d'universitaire terminée, il avait transféré toute son énergie à créer un algorithme permettant l'analyse des transactions financières en temps réel. Une révolution lancée dix ans auparavant. À la même période il avait épousé Hanna, de cinq ans sa cadette, rencontrée à la *FraNex*. Ils avaient eu rapidement deux enfants, Lola et Rebecca.

Hanna sortit de la chambre des filles et revient près de lui.

— Les enfants sont couchés !

— Merci Hanna, répondit Thomas. Je vais continuer à travailler encore un peu.

— Encore ? Mais tu as déjà passé une bonne partie de la nuit dernière au bureau. Tu lances un nouveau projet ?

— En quelque sorte. J'ai découvert grâce à mon programme, une société qui achète et qui vend des titres de manière presque invisible, et j'aimerais bien en savoir davantage sur elle.

— Bon, si tu penses que cela en vaut la peine, je te laisse à ton travail. Mais tu ne sais pas ce que tu perds, répondit Hanna, en prenant soin de mettre dans sa réponse autant de sous-entendus que possible.

— Juste pour ce soir, je te le promets !

— Ne te couche pas trop tard, tu n'as plus vingt ans au cas où tu l'aurais oublié !

— Je ne l'oublie pas ma chérie. Tout concourt à me le rappeler chaque matin.

Hanna embrassa Thomas et se dirigea vers la salle de télévision. Thomas prit sa veste et ses clés de voiture. Il n'avait que quelques minutes de trajet pour se rendre à son bureau. Il travailla une bonne partie de la nuit à améliorer son outil de capture électronique. Il vérifiera ensuite que son programme avait bien été installé sur les machines des banques avec lesquelles la *FraNex* avait un contrat. C'est-à-dire la plupart des établissements financiers dans le monde. Tout semblait en ordre, même s'il n'avait pas encore capturé de transactions signées *Millenium Dust*.

Quand, à trois heures du matin, Thomas Delvaux quitta le siège de son entreprise, le serpent électronique Black Mamba tapi dans le cyberespace, guettait sa proie. Il éteignit les lumières et les bureaux furent plongés dans le noir. Seul le curseur d'une console allumée clignotait, signe que son programme était en marche.

Thomas mit l'alarme et rentra chez lui. Une heure après son départ un bip retentit. Des données commencèrent à défiler sur l'écran de contrôle de l'ordinateur en veille. Au cœur de l'Internet se déroulait un combat électronique.

Millenium Dust venait de lancer des opérations d'achat/vente immédiatement identifiées par un des ordinateurs du réseau. Silencieusement, le serpent virtuel de Thomas Delvaux s'était détendu, attrapant ses proies. En réponse, Black Mamba émit des milliers d'ordres pour ralentir leur traitement. Un laps de temps suffisant pour que le programme de Delvaux puisse identifier l'adresse de l'envoi, copier la transaction, et repérer la banque qui se dissimulait derrière toutes ces opérations.

La console continuait à afficher des milliers de lignes. Sur l'écran défilaient des informations que Thomas Delvaux allait devoir vérifier. Ce qu'il allait découvrir le conforterait dans l'idée que *Millenium Dust* était dangereuse.

9. LE PROJET BLACKSTONE

Mercredi 20 Septembre – New York

Jack Campbell fit un bond dans son lit, lorsque l'alarme de son radio réveil retentit. Son cœur battait la chamade. 6 h 30 se dit-il, en ouvrant un œil. Il avait pris un cachet pour dormir et la sonnerie, trop forte, l'avait sortie d'un profond sommeil artificiel. Comme souvent après une crise difficile à surmonter, il avait recours à une aide pour sombrer. Il écouta les bruits de la ville. New York avait sa propre musique qui le réconfortait, inimitable et reconnaissable entre toutes. Klaxons aux accents graves des taxis pressés ; sirènes de la station de police au carrefour entre Broom Street et Broadway. Tous ces bruits amis qui lui faisaient aimer cette ville.

Jack se résolut à mettre un pied hors du lit. La soirée passée avait été calme. Il n'avait pas ressenti de besoin compulsif de boire et sentait qu'il reprenait le contrôle. La veille, il avait appelé John Kirby, son parrain aux *Alcooliques Anonymes*, pour lui confirmer que tout allait bien. John était sa bouée de sauvetage quand il sombrait, et savait mieux que quiconque quoi dire et quoi faire quand Jack était au fond du trou. Lui aussi était passé par là de nombreuses fois. On ne s'arrête pas de boire du premier coup. Le sevrage est un long chemin, et chaque période d'abstinence est une victoire. Et il lui en faudrait encore beaucoup pour gagner cette guerre. Jack en était parfaitement conscient.

Il alluma d'un geste automatique la télévision sur Bloomberg pour suivre l'information en direct comme la plupart des Américains le faisaient chaque matin. Il entendit d'une oreille distraite une *news* concernant la société *Shuito Pharmaceuticals* :

— Un nouveau Flash Crash a eu lieu à la bourse de Tokyo hier après-midi à 13 h, heure locale. La société *Shuito Pharmaceuticals* a subi une lourde perte, le prix de son action dévissant de près de cinquante pour cent. Le crash est intervenu soudainement près une vente massive d'actions du laboratoire. Le phénomène s'est amplifié alors que les robots des sociétés de trading ont déclenché des ventes, en réaction à la variation brusque du cours de la société. En moins de 8 minutes, c'est plus trois cents millions de dollars qui se sont évaporés, sans que l'entreprise n'ait fait une quelconque déclaration concernant sa santé financière. Le PDG de *Shuito Pharmaceuticals* accuse des spéculateurs et dément qu'un tel phénomène ait pu se produire sans une intervention ciblée. Une enquête du gendarme de la bourse nipponne est en cours. Ici Lena Voslberg, envoyée spéciale pour Bloomberg Tokyo !

Il se prépara un rapide sandwich, prit sa douche puis se saisit de son portable pour s'apercevoir qu'il ne l'avait pas rechargé. Il le ferait à son arrivée au siège du *New York Times*. Il sortit et sauta dans un taxi, direction la 8ème avenue. Après avoir acheté son Café Latté au *Starbucks*, Jack prit l'ascenseur. Les portes s'ouvraient à peine quand il entendit une voix reconnaissable entre mille. Le bruit venait du bureau de Gerry Small qui tançait violemment une jeune pigiste. Jack savait qu'il n'arriverait pas à l'éviter et décida de tuer dans l'œuf toute velléité que pourrait avoir son directeur de rédaction de lui rendre cette journée difficile. Il fonça dans le bureau de Gerry et entra d'un air décidé :

— Salut Gerry !

— Monsieur Campbell, je croyais que vous aviez disparu ! Pas de nouvelles, pas de réponse à mes messages et un bureau désespérément vide !

— Tu n'as pas eu le message du rédac chef ? demanda le journaliste, arborant un air faussement coupable.

— Quel message ?

— Je suis en mission pour lui ! Je dois suivre la piste d'un fonds de pension. Il se pourrait que ces types soient véreux. Tu te rends compte ? Si on découvre que ces gens-là dilapident l'argent de nos retraités, ça va faire l'effet d'une bombe !

— Non, je ne suis pas au courant.

— Ah bon ? Vois ça avec lui, moi j'ai du boulot !

Sur ce il quitta avec empressement le bureau impeccablement rangé d'un Gerry Small pris au dépourvu. Bien ! se dit Jack, maintenant il faut que mon histoire tienne assez longtemps pour qu'il me foute la paix aujourd'hui.

Jack brancha son Smartphone qui s'alluma après quelques instants. Il avait trois nouveaux messages.

— Message 1 : Bonjour Jack, c'est Linda, Linda Miller d'*Executive Staffing*. Je venais prendre de vos nouvelles. J'espère que vous allez mieux. Vous m'avez inquiétée hier soir au bar. Rien de grave ? Appelez-moi !

Jack eut mauvaise conscience de ne pas avoir donné de ses nouvelles. Il nota mentalement de la contacter rapidement. Il appuya sur la touche de sauvegarde et lança le message suivant.

— Message 2 : Salut Jack ! C'est Thomas ! Appelle-moi, c'est urgent ! résonna la voix inquiète de Delvaux.

— Message 3 : Jack, Thomas de nouveau ! Appelle-moi dès que tu as ce message !

Jack sentit que Thomas avait découvert quelque chose d'important, et composa son numéro avec appréhension. Delvaux décrocha immédiatement.

— Ah Jack, bon dieu, tu en as mis du temps !

— Désolé Thomas, j'ai laissé ma batterie se vider. Je viens juste de brancher mon portable en arrivant au bureau.

— Je ne sais pas si tu as des nouvelles de *Millenium*, mais moi j'ai découvert un truc ce matin et je voulais t'en parler. Je ne sais pas quoi en faire.

— Vas-y, je t'écoute !

— J'ai en quelque sorte mis *Millenium Dust* sur écoute sur Internet. J'attendais qu'ils lancent des transactions pour pouvoir capturer leur ADN.

— Et ça a marché ?

— Plutôt ! Tu as entendu parler de *Shuito Pharmaceuticals* ?

— Vaguement ce matin. C'est la boîte japonaise qui a été attaquée par des spéculateurs qui se sont emparés d'une partie de son capital ? C'est *Millenium* qui est derrière tout cela ?

— Oui exactement. Leur combine est simple. Ils achètent une partie du capital en toute discrétion sur une période assez longue. Comme ça ils restent invisibles et peuvent dissimuler leur identité, on ne remarque rien de particulier. Puis d'un coup, ils se mettent à vendre des blocs importants d'actions, ce qui fait mécaniquement plonger le cours. D'autres investisseurs, voyant la valeur chuter, leur emboîtent le pas. Quand un volume suffisant est atteint, les robots qui scrutent les cours de bourse détectent que l'action est en forte baisse. Ils entrent à peu près tous en même temps dans la danse et on assiste à une descente aux enfers du titre dans les minutes qui suivent. Il n'y a plus alors pour ceux qui ont orchestré le coup qu'à racheter au plus bas en s'assurant que leur flux d'achat reste inférieur aux flux vendeurs pour ne pas faire remonter l'action, et le tour est joué. La plupart de leurs transactions sont passées sur les Dark Pools, les bourses parallèles, le marché gris comme on l'appelle. Les transactions se font de gré à gré, ça ne passe pas par les bourses officielles et ça ne laisse pas de trace. Génial non ?

— C'est légal ? demanda Jack.

— Non, c'est de la manipulation de cours. Ils ont un outil super pointu pour que toute cette opération soit orchestrée au millimètre. Je crois que leur programme informatique est en avance sur celui de toutes les autres banques. Imagine qu'ils aient développé une nouvelle génération d'algorithme ! Si c'est le cas, ils peuvent faire pratiquement ce qu'ils veulent, puisque toutes les transactions sont automatisées. Sur *Shuito* ils ont engrangé près de deux cents millions de cash !

— La vache ! Juste sur un coup !!

— Oui, mais ça n'est pas tout. Je crois que c'était un test. J'ai le pressentiment qu'ils préparent un truc bien plus gros. Pense à ce que pourrait faire la même chose à grande échelle !

— Sauf que ça demanderait des capitaux énormes !

— Rappelle-toi, ce que je t'ai dit, il y a quelques jours. J'ai repéré près de cent milliards de transactions pour *Millenium*, mais on ne sait pas quelles sont leurs réserves réelles.

— Incroyable ! Ils pourraient mobiliser cette masse d'argent d'un coup ?

— Oui et ça ferait un sacré bruit dans la planète finance, je te le dis !

— Ça pourrait être fatal à une Bourse ?

— Possible Jack !

La voix de Delvaux venait de baisser d'un ton, empreinte d'une crainte à peine dissimulée. Il se passa plusieurs secondes pendant lesquelles les deux hommes restèrent silencieux. Chacun mesurait l'ampleur de la menace que représentait *Millenium Dust*. Delvaux se gratta la gorge avant de reprendre.

— En piratant leurs transactions, j'ai découvert la banque qui se cache derrière tout ça. C'est la *Zurich Investments & Securities Bank*, ici à Zurich, on l'appelle la *ZIS*. Ils sont de l'autre côté du Lac. Pour un peu, je pourrais voir leurs bureaux de chez moi !

— D'une certaine façon, ça simplifie les recherches.

— Bon on fait quoi ? demanda Delvaux.

— Je te dis ce que moi j'ai découvert, et on décide ensuite ?

— OK !

— Pour faire court, j'ai appris que le siège de *Millenium* à New York allait fermer fin septembre. Ils ont transféré leurs activités à New Haven dans la campagne. Je ne comprends pas pourquoi, mais c'est comme ça. J'ai demandé à rencontrer le directeur de leur centre, un type d'une quarantaine. Un vrai mercenaire. En tout cas plus un soldat qu'un financier …

— New Haven ? le coupa Delvaux.

— Oui, à côté de Yale.

— Oui je connais Jack, j'ai déjà fait des interventions sur place quand j'étais enseignant. Sais-tu pourquoi ils se sont installés là-bas ?

— Heu non !

— Toutes les universités américaines sont dotées de fibre et leurs réseaux de communications sont parmi les plus puissants du pays. Avec les labos de recherche sur leur campus ils ont besoin de gros débits. Voilà pourquoi, Jack ! On pense qu'ils sont au milieu de nulle part, mais en fait ils utilisent un des réseaux les plus rapides aux États-Unis ?

— Je ne savais pas, mais attends ! J'ai rencontré par hasard deux des gars qui ont réalisé l'installation électrique des nouveaux bureaux de *Millenium*. Ils sont certains que ce bâtiment est en fait un vaste centre serveur dans lequel ils ont installé des tonnes d'ordinateurs, dotés d'une puissance électrique qu'ils ont qualifiée eux-mêmes de 'centrale nucléaire', ou un truc du genre.

— Ça recoupe bien l'idée d'une arnaque informatique non ?

— Ça y ressemble de plus en plus en tout cas, répondit Jack. La dernière information que j'ai glanée ne va pas te rassurer. Le FBI les aurait à l'œil. Toute la structure juridique de *Millenium Dust* est aux Îles Caïman donc très difficile à tracer. Avec un montage astucieux, on ne saura jamais qui est derrière tout cela sauf à ce que le FBI lance une recherche approfondie. Mais on n'en est pas là…

— Alors on décide quoi, Jack ?

— Je suis convaincu qu'on a mis le doigt sur un truc énorme, Thomas. Je suis journaliste avant tout non ? Donc je ne laisse pas tomber. Il nous manque un nom pour commencer à poser des questions et voir où ça nous mène.

— On en a un. Marco Ziegler ! C'est un Suisse et il dirige *Zurich Investments & Securities* ici à Zurich !

— Je crois que je vais prendre un vol pour Zurich et on va aller interroger ensemble ce Marco Ziegler. Je l'appelle pour prendre rendez-vous immédiatement. Tu es d'accord ?

— Banco Jack ! Allons voir ce qui se cache derrière *Millenium* et *ZIS* !

— Je te recontacte dès que j'ai pu parler avec le rédac chef.

Jack Campbell avait toujours eu un instinct sûr en tant que journaliste. Avec la crise de 2008, il avait su marquer les esprits en publiant un livre qui retraçait, à la manière d'un journal de bord, les évènements de ces semaines qui avaient suivi la chute de *Lehman Brothers*. Plutôt que de s'attaquer au pourquoi, il avait pris le parti de raconter comment cela avait été vécu de l'intérieur, en mémoire à ces gens, acteurs et victimes, qui s'étaient retrouvés broyés par le système.

Et il savait, comme sait le loup qui hume le vent, qu'un danger approchait.

**

Le jet privé filait à près de 800 km/heure. Il fallait environ 1 h 30 pour relier Berlin à Zurich. Le trajet était agréable avec une météo dégagée sans turbulence. Heidrich Füller, le conseiller stratégique aux affaires économiques de la chancelière Konrad dégustait un Gin Tonic en attendant l'atterrissage à Zurich. Il regarda sa montre. 14 h. Son rendez-vous avec Marco Ziegler, le PDG de la *ZIS*, était prévu à 17 h.

Heidrich Füller était un homme à la carrure chétive. Trente-six ans, brun aux cheveux clairsemés, visage allongé criblé de cicatrices d'acné. Son regard profond et tendu lui donnait l'air d'être beaucoup plus vieux que son âge. Peu enclin aux activités physiques, il avait toujours brillé par sa formidable intelligence. D'une rare acuité intellectuelle, cet universitaire allemand formé à l'économie, s'était d'abord fait remarquer au sein de la Deutsche Bank, en proposant de vendre des actifs, alors tout à fait acceptables, pour les transformer en or, dès la fin du mois de juin 2008. Initialement traité de fou, ces actifs investis dans la pierre aux USA et vus comme du béton armé, s'étaient transformés après le 15 septembre, date du lâchage de *Lehman*, en actifs pourris. Le rapport que Füller avait rédigé était en tout point visionnaire et mettait en avant le risque qu'il avait pressenti outre-Atlantique. Ce document avait atterri sur le bureau de la chancelière et lui avait valu ce poste, qu'il avait accepté.

Il considérait que l'Allemagne était en danger et que des mains incompétentes manœuvraient ce paquebot ivre que représentait sa patrie, pour le diriger tout droit vers d'avides récifs. Ce danger ultime c'était l'Union Européenne dans laquelle la grande Allemagne allait être dissoute, et cela, il ne pouvait plus le supporter. Comment imaginer qu'ils payent pour tous ces pays de l'Union Européenne ? Ils avaient fait des sacrifices pendant dix ans et tout ça pour engraisser des profiteurs incapables de se réformer ? Non, il fallait faire quelque chose !

Quand les membres du projet *BLACKSTONE* l'avaient approché, il avait tout de suite su que c'était la meilleure solution. Il fallait rebattre les cartes, sortir l'Allemagne de l'UE et de l'Euro et porter un coup aussi violent que possible à cette Amérique hégémonique, protectionniste et totalement égocentrée qui dirigeait le monde. Instauration de droits de douane sur les voitures allemandes fabriquées au Mexique et sur tous les produits chinois, construction du mur avec le Mexique, lâchage de l'OTAN, rapprochement avec Poutine, conflits d'intérêts et népotisme. Un énorme signal d'alarme aurait dû retentir dans le monde entier pour dénoncer les dérives d'une Amérique laissée à la dérive et pourtant, partout régnait un silence résigné.

Le projet *BLACKSTONE* allait mettre un coup de pied violent dans cette fourmilière, rebattre les cartes de la suprématie globale de l'Amérique et redessiner les contours d'une Europe assainie.

Ils avaient investi des millions de dollars, mais le résultat final allait au-delà de leur espérance. Leur dernier test en date sur la société *Shuito Pharmaceuticals* en était la preuve flagrante. Créant un mini crack, ils avaient amené en quelques minutes le titre de la société à une fraction de son prix initial, et pris le contrôle de cette Biotech à très fort potentiel. Faisant au passage un gain de près de deux cents millions de dollars. C'est lui, Füller, qui avait conçu, grâce à l'argent des membres de *Millenium Dust* ce programme informatique, cette Intelligence Artificielle de nouvelle génération, capable de manipuler n'importe quel cours de bourse. Le test *Shuito* était le dernier d'une série de dix réalisés ces dernières années.

Ils étaient prêts.

Leur programme calculait le pourcentage précis du capital de la société dont ils avaient besoin pour en prendre le contrôle. L'Intelligence Artificielle savait comment mettre sur le marché les actions pour créer un appel d'air suffisant pour amener les détenteurs de la valeur à la vendre. Il ne restait plus qu'à entraîner les robots qui répondaient aux stimulis des marchés de manière prédictive. Si l'on possédait pour chaque banque les seuils exacts de déclenchements des ventes par leurs ordinateurs, et si on pouvait prévoir avec précision comment ils allaient réagir, on devenait le maître du jeu.

Il faut bien comprendre une chose. Plus aucune transaction financière ne se fait manuellement. Tout, absolument tout, est géré automatiquement par des robots intelligents. Ils sont branchés sur les Bourses, comptent des ordres, évaluent les risques et calculent les seuils. Mais ce sont des machines. Elles sont faillibles. Pour quelqu'un qui détiendrait leur ADN et saurait comment elles réagissent, il n'y aurait aucune limite à la manipulation des marchés financiers.

Cette nouvelle arme, ils l'avaient réalisée.

— Ici, votre Commandant de bord, nous approchons de Zurich et devrions atterrir dans moins de dix minutes. Merci d'attacher vos ceintures.

L'hôtesse se pencha sur Heidrich Füller visiblement absorbé par l'écran de son ordinateur.

— Monsieur Füller nous n'allons pas tarder à arriver à l'aéroport de Zurich, puis-je vous débarrasser ?

— Bien entendu ! Excusez-moi !

— Aucun problème, veuillez mettre votre ceinture de sécurité pour l'atterrissage. J'espère que le vol a été agréable.

— Oui, oui, tout à fait agréable en fait, répondit Füller en souriant.

Le Falcon 7X commença son approche. Il était 15 h 35 à Zurich et la météo clémente en cette fin septembre offrait une vue imprenable. Quelques minutes avant d'atterrir à Zurich par le Nord Est, ils avaient survolé le lac de Constance, et rapidement étaient apparues les constructions, puis au loin, la ville bordée par le lac de Zurich et ses eaux couleur émeraude.

Le jet se posa tout en douceur et stoppa devant le hangar réservé aux avions privés. Füller ramassa ses affaires et descendit la passerelle, au bas de laquelle l'attendait la Mercedes pour le conduire directement au siège de la *ZIS*. Même avec un trajet d'une vingtaine de minutes, il serait parfaitement à l'heure pour la visioconférence de 17 h. Le passage de la douane et le contrôle des passeports ne furent qu'une formalité, car il était membre du gouvernement de la chancelière, même si à ce moment précis il était en déplacement personnel.

Le siège de *Zurich Investments and Securities* (*ZIS*) plongeait dans le lac. La bâtisse carrée de trois étages étalait son héritage Art Nouveau et ses larges baies vitrées laissaient entrer une vive clarté dans le salon adossé à l'accueil. La banque centenaire gérait la fortune de clients très privilégiés. Son PDG, Marco Ziegler, la quarantaine sportive, impeccablement habillé d'un costume trois-pièces bleu pétrole visiblement taillé sur mesure, attendait avec une certaine appréhension l'arrivée de Heidrich Füller. Les membres de *BLACKSTONE* n'avaient pas la réputation d'être des gens faciles.

La Mercedes se gara sans encombre et le chauffeur ouvrit la porte à Füller, qui sans un regard, se dirigea vers le siège de la banque. Il gravit les trois marches de l'escalier et se planta devant Ziegler qui l'attendait. Le PDG serra la main molle de Füller, et le précéda pour l'emmener directement dans la salle de visioconférence.

— Vous avez fait bon voyage, Heidrich ? demanda Ziegler pour faire la conversation.

— Aussi bon que possible. Merci. Tout est prêt pour la conférence ?

— Oui. On a encore une trentaine de minutes devant nous avant le début, vous voulez un café ? De l'eau ?

— Un café serait le bienvenue.

Ils pénétrèrent dans un ascenseur privé qui desservait exclusivement le bureau de Marco Ziegler et sa salle de réunion attenante, munie du système de vidéoconférence. Ils entrèrent et Füller se choisit un siège en face du large écran fixé au mur.

— Je me prépare pour le call. Si vous pouviez me faire porter mon café !

— Je vous fais apporter cela tout de suite.

À 17 h précises, la vidéoconférence commença. Füller avait de bonnes nouvelles et souhaitait les partager avec ses commanditaires. Marco Ziegler assis à côté de lui, arrangeait une série de dossiers sur la table devant lui.

L'alerte musicale annonçant une première connexion retentit dans la pièce. Füller pressa le bouton pour accepter la liaison.

Dimitri Volkov apparut à l'écran.

Puis ce fut le tour de Yuchun Lio.

Enfin, celui de Fouad Al-Naviq.

— Bonjour à tous, bonsoir à vous Yuchun, il est minuit à Pékin n'est-ce pas ? demanda Füller

— En effet, répondit Lio, un peu décalé par la liaison satellite.

— Bonsoir de Moscou, résonna en surimpression la voix reconnaissable entre mille de Dimitri Volkov.

— Salutations de Paris, renchérit Al-Naviq, depuis le salon de son hôtel privé.

— Nous sommes tous là, déclara Füller, je vous propose de démarrer cette réunion. Il s'agit sans doute de l'une des dernières avant le lancement du projet *BLACKSTONE*, car nous arrivons au terme de nos préparatifs.

— Vraiment ? demanda Volkov, en traînant les R.

— Je le crois, répondit Füller, mais je laisse la parole à Marco Ziegler pour vous faire un rapide compte rendu de la situation.

— Merci, Heidrich, répondit Ziegler. En effet messieurs, nos centres de Paris, de Londres et de New Haven sont opérationnels. Le dernier sur la liste était celui du Connecticut, mais j'ai eu en début d'après-midi Storx au téléphone, qui me confirme que tout est OK. Nous pouvons lancer l'opération à tout moment. Je pars après demain en fin de journée pour les États-Unis afin de m'en rendre compte directement, bien que j'ai toute confiance en Storx. Un ancien officier ne saurait mentir. Je me rendrai ensuite dans nos bureaux de Paris, via Londres, pour faire les mêmes inspections. Je dois rappeler Storx demain matin pour faire un point définitif sur l'avancement du projet à New Haven.

— Bien ! reprit Füller. Vous avez sans doute tous suivi avec beaucoup d'intérêt la situation à Tokyo au sujet de la société *Shuito Pharmaceuticals*. Là encore, notre test grandeur nature s'est déroulé comme prévu. La technologie que nous avons développée est très performante.

— C'est en effet un grand succès, dont je vous félicite, ajouta Yuchun Lio

— Merci, Monsieur Lio, par ailleurs je vous confirme que la chancelière et moi-même avons reçu la plupart des responsables politiques européens. Grâce à mes conseils, elle a tenu un discours très ferme à tous les dirigeants, qui sont maintenant sous pression pour faire passer en force des réformes très douloureuses. Comme nous l'avons prévu, cela aura pour résultat la montée du mécontentement et donc des extrêmes, afin d'entretenir un climat eurosceptique.

— Monsieur Füller, Messieurs, permettez-moi de prendre la parole, demanda Fouad Al-Naviq.

— Allez-y, je vous en prie ! répondit avec obligeance, Heidrich Füller.

— Merci. Je vous annonce que nous aurons sans aucun doute une opportunité pour lancer le projet *BLACKSTONE* d'ici quelques jours. Le jour J sera le Lundi 25 septembre.

— Comment pouvez-vous en être certain ? questionna Dimitri Volkov.

— Je ne peux pas partager cette information avec vous maintenant, mais le 23 septembre sera le détonateur qui déclenchera le compte à rebours.

— Le 23 ? renchérit Yuchun Lio.

— Tout à fait. Pour mettre à exécution notre projet, nous avions besoin d'un acte fondateur, d'une étincelle, qui serait la mise à feu d'une série d'évènements qui nous seraient favorables, n'est-ce pas ?

— Oui, je dois reconnaître que c'est ce que nous avons essayé de créer, répondit Füller.

— Et bien cela va avoir lieu le 23 ! Ici à Paris ! conclut Fouad Al-Naviq.

— Et donc Monsieur Al-Naviq ? demanda Dimitri.

— Je demande que nous votions la mise à feu du projet *BLACKSTONE* le 25 septembre si les évènements que j'envisage le 23 se produisent comme prévu !

— Messieurs ? demanda Füller.

— Fouad, vous en êtes certain ? s'enquit Volkov.

— Je vous le dis ! Nous n'aurons pas de meilleure opportunité !

— Dans ce cas, sous condition que nous votions le 24 au matin après que Fouad ait confirmé, je suis pour, dit Volkov.

— Je vote pour aussi, retentit la voix de Yuchun Lio.

— Et moi de même, compléta Füller.

— Messieurs, avons-nous d'autres questions à l'ordre du jour ?

— Je dois vous avertir qu'un journaliste du *New York Times* a appelé ce matin, déclara Ziegler, il demande à me voir. Il m'a parlé de *Millenium Dust* et de *ZIS*. Il souhaite me poser quelques questions. Il dit vouloir faire un article sur les gestionnaires de fonds.

— Vous étiez au courant, Monsieur Füller ? demanda Al-Naviq.

— Absolument pas ! répondit avec empressement Füller.

— Je ne pense pas qu'il soit au courant de grand-chose, précisa Ziegler, mais je vais le rencontrer pour en savoir davantage. Tout le monde est d'accord ?

— Monsieur Ziegler ? interrogea Dimitri Volkov. Si cet homme devenait un obstacle, vous feriez le nécessaire n'est-ce pas ?

— Bien entendu, répondit Ziegler. Bien entendu … Si un quelconque problème survient, j'en avertirai cette assemblée, mais c'est très peu vraisemblable.

— Bien, déclara Füller, c'est le dernier point, merci de votre présence et rendez-vous le 24 au plus tard. Les bips de déconnexion se firent entendre. Un lourd silence tomba dans la salle de réunion. Füller et Ziegler se regardaient incrédules.

— Nous y sommes Marco ! Les dés sont jetés ! Après tous ces mois de travail, toutes ces années. Nous allons le faire ! Heidrich Füller était exalté, il se leva d'un bond, tout son corps en mouvement. Lui, normalement si calme, faisait des grands gestes, son débit de parole s'était accéléré. Füller n'avait jamais appelé Ziegler par son prénom.

— On a plus qu'à attendre le jour J ! Quatre jours, c'est demain ! répondit le banquier.

— Tant de choses peuvent arriver en quatre jours, Ziegler. Füller se reprenait et remettait de la distance entre lui et le PDG de *Zurich Investments & Securities.*

*⁎
⁎ ⁎*

Dimitri Volkov citoyen russe et milliardaire se saisit de la télécommande pour éteindre l'écran devant lui. Il était satisfait de l'évolution du projet *BLACKSTONE.* Oligarque et richissime, il était propriétaire d'une partie de la société Rosneft, qui produisait le pétrole russe. Ancien du KGB et compagnon de route du Président Russe, il avait pris la décision de rejoindre le projet après que les États-Unis et l'UE aient voté des sanctions inacceptables contre son pays. En 2014, le monde entier s'était ligué contre la grande Russie. Ils allaient enfin découvrir ce que c'était que d'être privé de ressources. Il avait investi une grande partie de sa fortune et des capitaux qui provenaient de sources secrètes dans le projet *BLACKSTONE.* Ses fréquentations n'étaient pas très recommandables, mais elles étaient très riches. Il fallait maintenant que le retour sur investissement soit confortable pour eux. Mais pour lui, l'objectif était tout autre. Affaiblir les états ennemis de la Russie et déplacer de manière durable l'équilibre des forces dans le monde.

Yuchun Lio se leva de son bureau après avoir coupé la liaison de vidéoconférence satellite cryptée. On n'était jamais trop prudent. L'homme d'affaires chinois était peu connu du grand public. Il venait d'un petit village rural et avait grandi dans la pauvreté. Il jeta un coup œil par l'immense baie vitrée de son bureau situé tout en haut de sa tour. Il ne vit que du gris ; gris du ciel invisible masqué par les fumées des usines que le vent apportait en vagues ininterrompues ; gris du monde pollué qui l'entourait.

Yuchun Lio, magnat de l'immobilier, des télécommunications, et éminence grise du ministre de l'Économie, sourit. Quel chemin parcouru, se dit-il, depuis les terres agricoles du Sichuan où il avait grandi à près de mille kilomètres de Chengdu, la capitale de cette province du centre-ouest de la Chine.

Il avait été remarqué par son instituteur dans son village pour son incroyable intelligence, puis envoyé dans les écoles du parti. Diplômé, il avait rejoint le cabinet du Gouverneur. À partir de là, il avait enchaîné les investissements dans l'immobilier, puis dans le réseau mobile du pays. Sa fortune était colossale. Beaucoup de ses avoirs n'étaient pas en Chine. La prudence, il l'avait apprise dès le plus jeune âge, comme cadet du Parti Communiste. Pour réussir, il fallait être invisible et indispensable. Le projet *BLACKSTONE* allait lui permettre de devenir un des hommes les plus riches de la planète. Pour Yuchun Lio, l'argent était le mobile le plus noble qui soit.

Fouad Al-Naviq se déconnecta et referma son PC portable. Installé dans son fauteuil en bois précieux, il réfléchit à la meilleure option pour faire exploser sa bombe. Il aimait prendre ses décisions importantes ici, dans son salon parisien, dans lequel les miroirs vénitiens renvoyaient une lumière chaude, filtrée par les murs tendus de soie mauve et rosée.

Il avait créé le champion médiatique du moment. Avant de le rencontrer, Tarek Laïd était connu d'une communauté réduite de musulmans pratiquants, proches de la Mosquée de Paris. Mais il en avait fait un personnage de premier plan. Il l'avait propulsé dans la lumière, mis au centre de l'échiquier politique. Il lui avait permis d'incarner le futur des musulmans de France.

Fouad savait que l'on pouvait tout perdre : ses richesses, ses avoirs, toutes ces choses futiles et dérisoires qui nous reliaient en un lien illusoire à une société qui nous poussait à consommer toujours plus.

Mais les hommes, quelles que soient leurs origines et leurs croyances, ne pouvaient se passer de l'essentiel qui remplissait leurs cœurs et donnait un sens à tout le reste : l'espoir.

Fouad Al-Naviq se préparait à faire disparaître Tarek Laïd et avec lui cet espoir nouveau. En faisant cela, il savait qu'il lançait une grenade dégoupillée dans le champ social du pays, que l'explosion allait créer le chaos. Ce choc serait le détonateur du projet *BLACKSTONE*.

Fouad faisait partie de ceux qui oeuvraient pour que le Califat s'installe en Europe. Il voulait la désorganisation de l'Occident. Il avait orchestré l'attentat du 1er mai à Paris pour que le Front National soit élu, et qu'avec lui vienne le temps de l'affrontement. Il savait que la cohésion sociale en France, déjà mise à rude épreuve par les attentats précédents s'érodait, se répandait en une poussière fine, symptôme d'une usure prématurée des rouages d'une démocratie en panne. Il s'apprêtait à porter l'estocade. L'assassinat de Tarek Laïd serait la banderille plantée dans le cou de la France et qui mettrait à genoux le pays.

⁎⁎

Les vibrations du 747 berçaient doucement les passagers. Après l'agitation de l'embarquement et l'excitation palpable de ceux qui voyageaient rarement, le calme régnait maintenant dans la cabine. Le service des repas était terminé et Jack Campbell, masque occultant sur les yeux, prenait un peu de repos.

Il faut dire que les choses s'étaient accélérées.

Dès la fin de sa conversation avec Thomas Delvaux le matin même, il s'était rué dans le bureau du rédacteur en chef du *New York*

Times, avait franchi sa porte manu militari, évitant de justesse l'assistante qui lui barrait la route. On ne rentrait pas sans rendez-vous et sans se faire annoncer chez le rédac chef ! Jack avait eu les arguments pour résumer à son boss la situation et lui décrire les activités pour le moins inquiétantes de *Millenium Dust* et de la banque *Zurich Investments & Securities*. Il lui avait signé un blanc-seing pour son voyage à Zurich.

Jack avait ensuite appelé Marco Ziegler pour lui demander un rendez-vous dès le lendemain, que celui-ci avait bizarrement immédiatement accepté. Comme s'il s'attendait à sa visite …

Le temps de régler ses affaires en cours, de réserver son vol sur *Swiss Airlines*, de trouver un hôtel à Zurich et d'annoncer à Gerry Small qu'il serait absent le reste de la semaine, et il était chez lui pour faire ses valises.

Son avion au départ de JFK décollait à 18 h 50 pour une arrivée à Zurich à 7 h 55 le lendemain matin, ce qui lui laissait la durée du voyage pour préparer son rendez-vous avec Ziegler.

ANTI JEU

10. MARCO ZIEGLER

Jeudi 21 Septembre – Zurich

L'arrivée à Zurich se fit sous la pluie. Le temps venait de changer, et les jours prochains annoncés comme froids et humides. Thomas Delvaux attendait Jack devant la porte No 5 de l'aérogare 2.

Jack était un peu surpris par l'aéroport qui lui faisait plus penser à un aérodrome de ville de province qu'à la capitale économique de la Suisse. Deux terminaux assez étroits et peu de passagers. Tout semblait très calme, y compris le contrôle de la police des frontières qui ne prit que quelques minutes.

Jack récupéra sa valise et se dirigea vers la sortie. Passé le sas, il découvrit un Thomas Delvaux souriant qui l'attendait. Ils ne s'étaient pas revus depuis sept ans. Un jean et une chemise en lin froissée, une veste bleue, Thomas n'avait pas changé. Un peu plus rond peut-être, moins de cheveux sans doute, se dit Jack, mais il était le même. Décontracté et arborant toujours un sourire vissé sur ses lèvres. Thomas Delvaux incarnait la positive attitude.

Ils se serrèrent la main chaleureusement.

— Bon voyage Yankee ?

— Yes sir ! Un peu courbatu quand même, je regrette de ne pas travailler pour une banque riche et généreuse. Les passagers en Première ont eu droit à un traitement de faveur !

— Pour cinq mille euros l'aller simple, c'est le moins qu'on puisse faire pour eux, non ?

— Tu as raison, le monde du journalisme n'est plus ce qu'il était.

— J'espère que tu as pris des pulls et une veste chaude, ils annoncent un temps de chien pour les jours qui viennent.

— Oui, ne t'inquiète pas, je suis équipé !

— Tu repars quand, au fait ?

— J'ai prévu de rentrer lundi ou mardi. Je vais profiter du week-end pour visiter.

— Bon, et bien, bienvenue à Zurich Jack, ça me fait plaisir de te revoir !

— Moi aussi, Thomas.

— À quelle heure est le rendez-vous avec Ziegler déjà ?

— 11 h. Ça me laisse le temps de passer à mon hôtel pour me doucher et mettre mon plus beau costume !

— Il est situé juste à côté de la *ZIS*, on en aura pour cinq minutes à pied. Allez, on est partis ! lança Delvaux.

Les files de voitures à perte de vue sur l'autoroute confirmaient à Jack que circuler dans Zurich était une catastrophe. L'A1 était entièrement saturée. Une forte pluie tombait sans discontinuer et le thermomètre du 4x4 de Thomas Delvaux indiquait une température de douze degrés. Pas de quoi attraper un coup de chaud, pensa Jack. L'automne arrivait à grands pas.

Les deux hommes se racontaient leur vie respective et essayaient de renouer le contact. On ne résume pas 7 années en quelques minutes, mais la discussion vive et amicale leur permit de remonter le fil du temps et de remplir les blancs. La vingtaine de kilomètres pour arriver à l'hôtel leur prit quarante-cinq minutes. Jack consulta sa montre. Il était déjà 9 h 30.

— Le mieux serait que tu te gares au parking, je fais mon check-in, une douche rapide et on se retrouve au bar pour prendre un café et préparer notre rencontre avec Ziegler ?

— Ça me va. Comme je te le disais, on est à côté.

— Je serai au bar d'ici une demi-heure !

*
**

Confrontation

Jack et Thomas gravirent les trois marches et se présentèrent devant l'entrée de la *ZIS*. Le sas s'ouvrit aussitôt, et ils furent accueillis par une hôtesse obséquieuse en tailleur bleu clair et écharpe en soie jaune siglée Hermès, dissimulée derrière un bureau ancien.

— Que puis-je faire pour vous messieurs ?

— Nous avons rendez-vous avec Marco Ziegler, déclara Thomas.

— Jack Campbell du *New York Times*, dit Jack, en tendant sa carte de visite à l'hôtesse.

— Je vois que vous avez rendez-vous. 11 h c'est bien çà ?

— Tout à fait !

— Monsieur Ziegler va vous recevoir messieurs, répondit l'hôtesse, qui les conduisit dans un salon d'attente.

La pièce, aux murs tendus de tissu bleu roi et de meubles marquetés qui devaient dater de la Belle Époque, proposait une vue imprenable sur le lac. Le ciel gris et la pluie qui tombait sans discontinuer donnaient un aspect lugubre à cette étendue d'eau aux reflets noirs, sur laquelle une houle se formait sous la pression d'un vent d'automne qui forcissait.

On frappa doucement et la porte s'ouvrit. Une jeune femme se présentant comme l'assistante de Marco Ziegler les pria de la suivre. Ils prirent un ascenseur privatif. Blonde, jolie, affublée elle aussi de l'uniforme bleu et de l'écharpe jaune. Elle appuya sur le bouton du 1er. Ils doivent recevoir des clients dont les millions sont aussi nombreux que leurs années, pensa Jack. Ils ne peuvent pas monter un étage à pied.

Un léger bip leur indiqua qu'ils étaient arrivés. Jack et Thomas sortirent de la cabine, précédés par leur guide qui frappa à une porte invisible, totalement dissimulée dans la boiserie des murs.

— Entrez ! leur dit-elle, après avoir reçu la confirmation que le PDG de la *ZIS* était disponible.

Jack et Thomas pénétrèrent dans un bureau dont la surface devait sans doute être la même que l'appartement de Jack. Planchers anciens, stuc, mobiliers modernes et éclairages de style Belle Époque en cristal de Murano. Une belle réussite, surtout si on y ajoutait quelques tableaux, qui ne devaient pas être des copies.

Ziegler, tout sourire, se leva de son bureau pour les accueillir.

— Monsieur Ziegler, merci de nous recevoir ! démarra Jack qui s'empressa de lui serrer la main tout en lui tendant sa carte de visite.

— Ne me remerciez pas, Monsieur Campbell, votre appel a aiguisé ma curiosité.

— Delvaux ! se présenta Thomas, en saluant à son tour leur hôte.

— Prenez place, messieurs ! Je n'ai pas beaucoup de temps. Pensez vous que nous puissions faire le tour de vos questions en disons … trente minutes ?

— Nous ferons au plus vite, répondit Jack en sortant son magnétophone. Je peux enregistrer ?

— Pas de problème !

— Merci ! Jack appuya sur le bouton d'enregistrement et regarda Ziegler.

— Monsieur Ziegler, pouvez-vous nous présenter rapidement les activités de votre banque ?

— Notre établissement est une référence. Nous existons depuis 1896, vous savez ! Nos activités sont principalement axées sur la gestion de fonds.

— Je vois. Merci. Quels sont vos clients ? Des privés ? Des institutionnels ?

— Nous avons une clientèle presque uniquement composée d'investisseurs privés !

— Donc si je comprends bien, vous détenez des avoirs de clients privés et vous leur conseillez des fonds de placements ?

— C'est exact oui, et nous arbitrons leurs portefeuilles quotidiennement. Nous nous réservons par ailleurs le droit de promouvoir des produits financiers que nous rémunérons grâce à nos propres investissements. Je présente d'ailleurs demain matin lors d'une conférence, les stratégies alternatives en matière de placements pour cette fin d'année. Je vous invite à venir m'y écouter.

— Merci de cette invitation, Monsieur Ziegler, donc si je vous suis bien, vous spéculez sur les marchés pour augmenter vos rendements ?

— En quelque sorte ! Nous sommes aussi une banque d'investissements. Nous avons de solides fonds propres. Nous sommes très actifs dans les fusions/acquisitions.

— Ainsi donc, une partie de votre activité consiste à nouer des partenariats avec les grands réseaux bancaires pour acheter et revendre à vos clients, leurs produits financiers ?

— Tout à fait !

— Dans ce cas, pouvez-vous nous expliquer vos relations avec la Société *Millenium Dust* ?

— Je ne vois pas de quoi vous parlez, Monsieur Campbell. *Millenium Dust* ? Non, je ne vois pas.

— Aucune relation, même commerciale, avec *Millenium Dust* donc ?

— Nous n'avons pas de lien avec une telle société que je sache !

— Mais si vous en aviez une, vous seriez au courant n'est-ce pas ?

— Bien entendu ! Rien ne se fait ici sans que je ne l'aie décidé.

— Avez-vous connaissance, ou avez-vous eu connaissance d'activités de votre banque en lien avec la société *Shuito Pharmaceuticals* ?

— Absolument pas ! Pourquoi ces questions ?

— Je ne peux pas vous répondre, car comme vous pouvez l'imaginer je suis soumis au droit de réserve journalistique et je dois préserver mes sources, mais je me permets d'insister. Vous confirmez n'avoir pas connaissance d'investissements de la *ZIS* dans *Shuito Pharmaceuticals* ?

— Je vous le confirme, Monsieur Campbell !

— Bien, je vous remercie, Monsieur Ziegler. Pour information, cette Biotech a subi des attaques sur son cours de bourse très récemment, et nous pensons qu'un ou plusieurs organismes financiers pourraient être impliqués dans cette attaque.

— Je n'ai rien à ajouter à ce sujet, mais vous n'imaginez tout de même pas que ma banque puisse être liée, de près ou de loin, à des activités de ce type ?

— Non, bien entendu ! répondit Jack, les deux mains levées devant lui.

— Ce serait évidemment contraire à notre éthique, se sentit obligé de préciser le PDG.

— Merci, Monsieur Ziegler, je n'ai pas d'autres questions ! déclara Jack après quelques secondes, en éteignant son enregistreur.

— Bien, je vais vous faire raccompagner, répondit le banquier, d'un ton qui avait perdu toute sa sympathie initiale.

Ziegler pressa une touche sur son bureau et la porte s'ouvrit comme par magie, laissant entrer la même jolie assistante, qui les escorta jusqu'à la sortie.

Le PDG de la *ZIS* ne souriait plus du tout. Il ne savait pas comment ces deux-là étaient au courant de l'existence de *Millenium*. Storx avait confirmé que ce Campbell était venu le questionner ce qui était déjà une source d'inquiétude, mais *Shuito* alors là … il ne pouvait pas garder ça pour lui. Il devait avertir Füller. Lui saurait quoi faire.

La pluie redoublait de violence et un vent fort qui remontait du lac frappait en rafales rageuses la façade des immeubles. Jack et Thomas tenaient leurs vestes serrées près du corps pour empêcher la fraîcheur de s'immiscer.

— On n'a pas beaucoup avancé ! lança Thomas, l'air déçu. Il nie tout en bloc !

— Bien sûr que si ! On est parti à la pêche. Là, on vient d'appâter. Tu as vu sa tête quand j'ai mentionné *Shuito* ? Il voulait savoir ce qu'on avait appris à propos de *Millenium*. Mais quand j'ai parlé de *Shuito*, j'ai bien cru que sa mâchoire allait tomber. On appâte Thomas ... crois-moi, ils vont réagir.

— Tu en es certain ?

— Complètement ! Parce que maintenant ils vont vouloir savoirce que l'on sait réellement et comment on l'a su, et surtour, qui d'autre est au courant ! À la pêche, je te dis Thomas ! On ne va pas tarder à avoir une touche et là, on va ferrer. Fcile !

— Facile ! répéta Delvaux. Dangereux ?

— Je ne pense pas. Ils ne vont quand même pas supprimer un journaliste de premier plan et un informaticien de talent. L'un beau gosse, et l'autre un peu chauve.

— Je n'avais pas remarqué que tu perdais tes cheveux, répondit Thomas, son sourire montrant toutes ses dents.

— En tout cas, demain matin, je te propose d'assister à sa conférence sur les investissements, qu'en penses-tu ?

— Oui, mais avant on va passer chez Luca.

— Qui est Luca ? demanda Jack.

— Une relation de travail, un pro de l'informatique et un ami aussi. Peut-être même un allié !

— Tu ne veux pas m'en dire plus ?

— Tu verras, mais c'est quelqu'un qui va pouvoir nous aider !

⁕

Le 4x4 de Delvaux accrochait la route, et malgré les bourrasques et la pluie qui fouettait le pare-brise, ils roulaient depuis une heure à bonne allure. Dès la sortie de la ville, ils avaient quitté l'autoroute et commencé à grimper sur les crêtes du massif qui entourait le lac. Ils parcouraient maintenant un chemin qui surplombait cette vaste étendue d'eau qui prenait des couleurs inquiétantes en déclinaison de gris. On distinguait de gros nuages déchirés, accrochés au flanc de la montagne, qui disparaissaient emportés par le vent. L'ensemble donnait au paysage un aspect d'instantané noir et blanc.

— On arrive ! déclara Thomas.

— Même avec une météo aussi rétive c'est joli, répondit Jack, qui n'arrivait pas à se détacher du paysage.

— C'est une nature qui a du caractère, tu sais. Souvent accommodante, parfois revêche. C'est pour cela que les gens d'ici ne partiraient de chez eux pour tout l'or du monde.

— J'espère que tu ne m'as pas fait grimper ici juste pour admirer le panorama ?

— Non, rassure-toi, ça y est, nous y sommes !

Delvaux ralentit, quitta la route et entra dans une cour, probablement une ancienne ferme d'alpage, parfaitement restaurée. L'ensemble formait un U, la maison principale située au centre. Le 4x4 s'arrêta, et la porte de la bâtisse s'ouvrit, laissant deux gros chiens sortir en courant vers la voiture. Luca Hanser, derrière eux, hâtait le pas vers la portière ouverte de Delvaux.

— Entrez, dépêchez-vous ! lança Hanser d'une voix forte, recouverte par le bruit des rafales.

— Merci, répondit Thomas, quel temps ! Delvaux tenait ses bras serrés le long du corps pour garder sa veste fermée, une main accrochée à son col.

— Tu as amené un visiteur ? demanda Luca.

— Oui, je t'expliquerai.

Le groupe se dirigea vers la porte restée ouverte qui battait sous la force du vent. Les quelques secondes perdues à lutter contre les bourrasques avant d'entrer dans la maison et tout le monde ruisselait. Luca Hanser disparut quelques secondes et revint en leur tendant des serviettes pour s'éponger. La trentaine, ce grand échalas dégingandé aux cheveux trop longs qui lui tombaient sur les yeux, tee shirt et jean troué, paraissait l'enfant de la maison invité pour le week-end. On l'imaginait mal en propriétaire de cette ferme perdue au milieu des vallons de la Suisse.

— Café ? demanda Hanser.

— Pas de refus ! répondirent presque en cœur les deux visiteurs.

Jack admirait la demeure de Luca, une ferme d'alpage traditionnelle. Ces constructions en bois rectangulaires très reconnaissables, dotées d'une toiture qui descendait très bas pour éviter que la neige ne s'accumule sur les murs, habillaient les vallons suisses. Celle-ci avait été transformée avec goût en une maison moderne. Fenêtres agrandies pour laisser passer largement la lumière, murs ouverts et recouverts de bois ancien et de pierres brutes. On avait encastré une immense baie vitrée qui plongeait directement sur le lac. Dans un coin, une cheminée aux formes épurées ajoutait un caractère contemporain à la pièce principale. La température à l'extérieur devait être tombée sous les dix degrés. Une chaleur bienvenue irradiait de la cheminée allumée.

Luca sortit trois tasses d'un des placards et les plaça sous la machine à café Jura. Elle commença par moudre les grains et le bruit remplit la pièce.

— Fort ou très fort ? demanda Luca en se tournant vers ses visiteurs.

— Fort ! répondirent les deux en même temps.

— Luca, je te présente Jack Campbell, journaliste au *New York Times*, commença Thomas Delvaux.

— Un journaliste, hein ? lança un Luca nerveux.

— Tu peux avoir confiance, Luca, c'est un ami.

Hanser posa les trois tasses fumantes sur un plateau et proposa à ses visiteurs de s'installer. Jack ne savait pas trop quoi penser de la situation. Luca restait sur la défensive. Il prit la décision de se mettre en retrait.

— Pour que les choses soient claires, je vais faire les présentations, commença Thomas, en prenant sa tasse.

Luca et Jack se regardèrent avant de hocher la tête.

— Jack, je te présente Luca Hanser. Luca est un informaticien de génie avec lequel je travaille souvent. Il m'a aidé à concevoir mon algorithme de trading à haute fréquence. C'est en partie grâce à lui que je peux scanner en temps réel la planète finance et déterminer qui achète quoi, au nom de qui, et qui émet de faux ordres pour brouiller les pistes, etc. …

— OK ! répondit Jack.

— Attends, attends ! Tu sais que j'ai 'écouté' les réseaux ces derniers temps pour traquer *Millenium* ? demanda Delvaux en insistant sur le mot 'écouter' pour le colorer.

— Bien sûr que je suis au courant, c'est comme ça que tu as mis le doigt sur la *ZIS*

— Exact ! Et pour réussir ce coup-là, j'ai eu besoin que l'on m'aide à modifier mes programmes. Devine qui m'a donné ce coup de main ?

— Luca ?

— Encore exact ! On se connaît depuis des années et en plus de ses fonctions de consultant informatique, Luca aide dans des cas, disons … pas toujours officiels.

— Je vois !

Delvaux se tournant vers Hanser :

— Luca, je te présente Jack Campbell. Jack est un ami de longue date. On s'est rencontré alors que j'étais encore universitaire, c'est tout dire. Tu peux avoir confiance en lui comme en moi même. On enquête ensemble sur *Millenium Dust* et la *ZIS*.

— OK, répondit Luca.

— Bien, les présentations étant terminées, voilà ce qui m'amène.

— Je t'écoute ! déclara Luca Hanser, qui regardait Thomas Delvaux avec insistance.

— Je crois que le projet de *Millenium* est de s'emparer de certaines sociétés. Le cas *Shuito Pharmaceuticals* est un bon exemple, mais j'ai le sentiment qu'ils vont remettre ça. Imaginez, s'ils s'en prenaient à des grosses capitalisations ! Je suis certain qu'ils ont conçu un outil informatique super puissant, et qu'ils vont s'en servir bientôt à grande échelle. Je ne sais pas quand, ni où, mais il faut que nous soyons prêts.

— Jusque-là, on te suit.

— Bon, nos options sont limitées. On ne peut pas aller voir la police. On a rien, sauf quelques éléments obtenus de manière illégale. On est donc tous seuls.

— Tu proposes quoi ? demanda Jack.

— J'y viens. Imaginons que Luca soit connecté avec disons … d'autres indépendants, capables de nous aider. Avec eux, nous pourrions écrire nous aussi, un outil informatique qui serait une sorte de pare-feu contre *Millenium Dust*.

— Tu n'y penses pas Thomas, bondit Luca, ça demanderait un travail de titan !

— Je sais, c'est pourquoi j'ai une idée – Delvaux sortit un disque dur de sa veste.

— C'est quoi ? interrogea Jack.

— C'est une partie de ma vie ! répondit Thomas. Là-dessus vous avez le code source de Black Mamba. J'ai appelé mon serpent virtuel comme ça, car il est tapi dans le cyberespace et quand une transaction avec l'ADN que je recherche passe, tchac ! Il la capture.

— Black Mamba ! s'exclama Luca.

— Oui bon, je suis un peu nul en marketing…. Il faut que je me concentre sur ce que je sais faire, on est d'accord ! Mais le contenu est là. Si on met suffisamment de développeurs sur le coup, sur les bases de Black Mamba on devrait pouvoir écrire un logiciel qui permettrait, dans le cas d'une attaque de *Millenium*, de leur couper l'herbe sous le pied.

Jack et Luca se regardaient. Ils commençaient à comprendre ce que Thomas Delvaux avait en tête. Si on partait du principe que Millenium possédait bien une arme virtuelle de destruction massive du système financier et que personne n'était au courant, le temps de le faire savoir, de monter un dossier, etc. … il serait sans aucun doute trop tard. L'idée de construire un pare-feu, une sorte de lanceur de contre-mesures en cas d'attaque, était séduisante. De plus, on n'avait pas vraiment d'autres options.

— Qu'en penses-tu ? demanda Delvaux en se tournant vers Luca.

— Ce n'est peut-être pas une si mauvaise idée que ça ! répondit l'informaticien. Le principe serait de se positionner entre les donneurs d'ordre et les ordinateurs qui traitent les informations d'achat et de vente pour filtrer ce qui arrive. Si c'est du *Millenium*, on stoppe ou au moins on ralentit. Étant donné que leur technologie est sûrement un automate intelligent qui scrute les cours de bourse, si on les désorganise, ça pourrait être suffisant pour faire échouer leur tentative. Ça se tente Thomas !

— Alors tu marches ? Delvaux, les sourcils levés, regardait dans la direction de Luca Hanser.

— Houla ! doucement … Il faut que j'en discute avec les gens avec qui je bosse sur le net et qu'on décide. Mais tu sais, ils sont plutôt du genre à foutre le bordel sur le web ou attaquer des institutions… pas trop à les défendre !

— Oui, mais là c'est un casus belli … La guerre pour empêcher la guerre. Si on ne fait rien, on pourrait tous se retrouver un beau matin avec une sacrée gueule de bois ! On ne sait pas qui est derrière *Millenium*, mais il se pourrait que ce soient des sacrés tordus !

— Écoute Thomas, je ne peux pas te donner de réponse, là maintenant, mais je te promets de poser la question au collectif.

— C'est tout ce que j'espérais. Je te laisse les Joyaux de la Couronne. Prends-en grand soin, OK ? dit Delvaux en tendant à Luca le disque dur contenant Black Mamba.

— Merci Thomas. Avec moi, il est en lieu sûr ton NAC[5] virtuel !

— J'ai juste une dernière question pour toi.

— Je t'écoute

---

[5] NAC : Nouvel animal de compagnie

— J'ai besoin d'un cube. Tu as ça ici ?

— Suivez-moi !

Luca ouvrit la porte et se dirigea au pas de course vers le bâtiment qui jouxtait la maison principale, suivi de ses deux invités. Ils luttaient contre le vent, la tête baissée et les yeux plissés pour se protéger de la pluie qui leur fouettait le visage. La météo ne semblait pas vouloir s'arranger. Ils entrèrent tous les trois dans une vaste pièce en travaux.

— Je n'ai pas encore pu terminer toutes les rénovations intérieures. Quand j'ai acheté la ferme, elle tombait en ruine. Bon, vous êtes ici dans mon antre !

L'endroit devait être la grange. Entièrement refaite, la hauteur sous plafond était impressionnante. Les placos n'étaient pas peints, mais l'ensemble était plus que confortable pour un bureau.

Jack n'en croyait pas ses yeux. Devant lui s'étalait un immense plan de travail recouvert d'ordinateurs, d'écrans qui affichaient des données en temps réel. Visiblement, Luca était connecté, suspendu à la respiration des bourses mondiales. Une bibliothèque contenant des ouvrages techniques ainsi que des livres ouverts, côtoyaient un fer à souder et des outils d'électroniciens, posés entre deux carcasses d'ordinateurs en cours de montage ou de démontage.

— Je crois que j'ai mis ça dans la pièce à côté. Attendez-moi, je n'en ai que pour une minute.

— Luca, il fait quoi comme boulot en vrai ? demanda Jack à voix basse.

— Il développe et il hacke un peu aussi … mais tu l'avais compris ?

— En tout cas, il est équipé !

— Il a une réputation sur le net. Mais personne ne connaît son nom à la ville.

— Sauf toi ?

— Sauf moi…

Luca revint portant un boîtier. Cela ressemblait à un cube noir de quinze centimètres de côté.

— Voilà, tu sais comment ça marche, hein ?

— Oui, merci Luca !

Après quelques banalités, Jack et Thomas serrèrent la main de Luca et reprirent le chemin de Zurich. Jack commençait à ressentir la fatigue accumulée lors du voyage et de cette longue journée. Il avait besoin d'une bonne nuit de sommeil. Les Monstres tapis dans son ventre étaient étrangement calmes. Changer ses habitudes et casser son rythme lui réussissait plutôt bien.

Thomas et Jack avaient prévu de se rendre à la conférence de Ziegler sur les stratégies d'investissement. Il fallait que le PDG de la *ZIS* les voie pour faire monter un peu la pression. À la pêche, il fallait agiter le leurre si on voulait que ça morde. Thomas viendrait le chercher demain à 9 h.

11. PIRATAGE

Vendredi 22 Septembre – Zurich

À 9 h précises, Thomas Delvaux gara son 4x4 devant l'hôtel. Il trouva Jack attablé, soufflant sur une tasse de café brûlante, une assiette contenant des œufs brouillés et du bacon devant lui. Ils partagèrent un café en attendant de sortir pour rejoindre la conférence. Le centre historique de Zurich n'était pas bien grand, et l'évènement prévu dans un hôtel à deux pas.

Jack regarda par la fenêtre du bar. Le temps s'était à peine amélioré. Le vent soufflait moins fort, mais la pluie continuait à brouiller la surface du lac.

À 9 h 30 ils étaient arrivés sur les lieux de la conférence. Un très vieil hôtel historique de Zurich. Delvaux portait un sac à dos et Jack compris que le cube magique de Luca se trouvait à l'intérieur.

Ils suivirent les pancartes qui fléchaient la conférence et montèrent au 1er étage. Le début n'étant prévu qu'à 10 h 30, aucun invité n'était encore arrivé. Ils ne virent que le personnel de l'organisation occupé à aligner sur une table les badges des inscrits, parés pour les premiers arrivants, attendus vers 10 h.

Delvaux fit un signe à Jack et ils redescendirent l'escalier pour se caler dans une banquette au bar de l'hôtel chic.

— Jack ?

— Oui ?

— Tu as bien compris que notre objectif d'aujourd'hui n'est pas d'écouter Ziegler vendre ses stratégies pour investisseurs indécis.

— Oui, j'ai bien compris. Mais tu as quoi en tête ?

— On va pirater son téléphone !

— Pirater son téléphone ! Jack avait prononcé la phrase en baissant la voix.

— Exact !

— Mais tu sais faire ça ?

— Tu sais, ça fait des années que je travaille dans l'écoute de réseaux et l'informatique d'espionnage, légal certes, mais espionnage quand même, tu dois bien imaginer que j'ai appris quelques trucs.

— Comme par exemple faire équipe avec un certain Luca ?

— Par exemple … mais c'était il y a longtemps. Voilà comment on va s'organiser : on va monter tous les deux. On a le numéro de Ziegler sur sa carte de visite. Quand il arrive, je mets mon attirail en marche. Ça fonctionne assez simplement. Ce mini-ordinateur va créer un réseau Wifi local qui va scanner tous les téléphones présents sur un rayon d'une trentaine de mètres. Dès qu'il reconnaît celui de Ziegler, il va s'appairer avec lui. Le réseau ressemblera comme un frère jumeau au réseau local de l'hôtel, donc a priori indétectable. À partir de là je redescends au bar et je fais le nécessaire.

— C'est aussi simple que ça ?

— Presque ! Je te passe les détails, mais oui, sur le principe c'est très simple de s'introduire dans le téléphone de quelqu'un.

— Mais il y a un code confidentiel pour le déverrouiller ?

— En général un code à quatre chiffres. Maxi six. Rien d'insurmontable une fois que je suis connecté.

— Et s'il n'a pas mis le Wifi.

— Alors là ça complique un peu les choses, mais c'est faisable. Dans ce cas, je transforme mon espion en antenne relais. En gros, je me positionne entre le signal de l'opérateur qui doit se trouver quelque part dans la rue, et le téléphone de Ziegler. Je lui fais croire que je suis l'antenne relais. Tu sais que les téléphones se connectent au réseau plusieurs fois par minute pour vérifier la qualité du signal. Donc, dès que le téléphone testera la liaison en envoyant un signal à l'antenne, je le récupère et je m'insère entre les deux. Il n'y verra que du feu. Il faudrait une inspection fine pour découvrir l'entourloupe.

— Et ensuite ? demanda un Jack estomaqué de voir qu'il était aussi simple que ça de pirater un téléphone.

— Ensuite, je vais lui faire croire qu'il doit se reconnecter et lui demander d'entrer son code pour déverrouiller son téléphone. Et là, bingo !! Je peux faire ce que je veux.

— Incroyable !

— Eh oui. Le pire c'est que la plupart des gens importants vivent dans un coffre-fort numérique tant qu'ils restent dans leurs bureaux. Les entreprises ont investi des milliards pour que les réseaux internes ne soient pas interconnectés entre eux pour éviter les hacks et le piratage de données. Par exemple, hier quand nous sommes arrivés dans les bureaux de la *ZIS* j'ai vérifié, et bien là-bas, pas de Wifi dans les locaux. Des brouilleurs pour empêcher la fuite d'informations. Un vrai coffre-fort !

— Et pourtant !

— Comme tu dis. Dès qu'ils sortent de leurs bureaux, ils se baladent avec la clé de leurs données confidentielles autour du cou avec une lumière rouge qui clignote et qui dit : 'venez me pirater'. C'est pathétique. Tu te rends compte que les services secrets de ton pays ont été obligés de supprimer le BlackBerry qu'Obama baladait partout. Je ne te parle même pas des emails d'Hillary !

— Mais il a peut-être un téléphone crypté !

— C'est possible et dans ce cas-là on est mort. Mais tu veux que je te dise ? Je n'y crois pas une seconde. Le problème des Smartphones sécurisés c'est que tu ne peux rien mettre dessus. Toi, avec ton iPhone tu utilises plein d'applications. Snapchat, What'sapp, les emails, Internet, Office, etc. …

— Oui comme tout le monde !

— Bien sûr ! Et c'est pourquoi, personne ne crypte son téléphone, c'est trop lourd ! Tu ne peux pas utiliser les applications standard. Or aujourd'hui, tout le monde veut être connecté, toujours, partout.

— Je suis d'accord !

— Je te parie qu'il aura un iPhone, conclut Delvaux, sûr de lui.

— Bon, je monte, je pense que les premiers invités sont arrivés. Tu me rejoins dès que tu vois Ziegler ?

— C'est parti !

10 h 10. Jack gravit l'escalier et fut accueilli par un jeune homme qui lui demanda son nom. Il n'était pas inscrit. On lui prépara son badge en échange d'une carte de visite.

Un verre de jus d'orange à la main il attendit l'arrivée de Ziegler. Les premiers invités à la conférence s'étaient installés dans l'autre salon.

Quand le PDG de la *ZIS* fit son entrée, Jack se dissimula derrière un groupe de visiteurs qui devisaient de la bonne tenue des marchés financiers. Thomas Delvaux, sac à dos négligemment posé sur l'épaule, apparu comme par magie à côté de lui.

Ziegler aperçut Jack qui avançait vers lui pour lui serrer la main, et son sourire disparu immédiatement.

— Bonjour, Monsieur Ziegler, je suis heureux de vous revoir. Comme vous pouvez le constater, j'ai suivi vos conseils et j'attends avec impatience vos suggestions d'investissement pour cette fin d'année.

— Bienvenue, répondit Ziegler, l'air dédaigneux, avant de s'éclipser.

Thomas posa son sac à dos sur une des tables à côté de la porte d'entrée du salon dans lequel Ziegler venait de pénétrer et prit un air absorbé, comme s'il cherchait quelque chose d'important.

Au bout de quelques minutes, il regarda Jack, un sourire aux lèvres. Il hocha la tête et entreprit de redescendre l'escalier.

À peu près au même moment Marco Ziegler faisait le tour des personnes présentes pour leur serrer la main. Il s'arrêta d'un coup, son téléphone vibrait dans sa poche. Il répondit brièvement, raccrocha, et par habitude, comme à chaque fois avant de prendre la parole, éteignit son portable.

Jack put constater pendant ces quelques secondes que Marco Ziegler avait un iPhone, exactement comme Thomas l'avait prévu.

En bas au bar, Thomas Delvaux venait de réussir à se connecter à l'appareil de Ziegler. Celui-ci n'avait même pas pris la peine de couper le Wifi. Quelques secondes et la connexion était opérationnelle. Tout se déroulait comme prévu. Il lança le programme pour trouver le mot de passe et entrer dans le téléphone, lorsqu'il perdit le signal. Thomas relança la recherche. Le numéro de Ziegler avait disparu de son scanner. Le téléphone était éteint.

Au premier étage, la conférence débutait. Jack compta rapidement. Cinquante personnes assistaient à la conférence. Tous des financiers venus écouter la vision du PDG d'une banque privée. Après une introduction flatteuse de la part de l'organisateur, Marco Ziegler, tout sourire, commença sa présentation. Rien de très révolutionnaire, pensa Jack, au fur et à mesure du déroulé de ce PowerPoint.

Quarante minutes plus tard, après des applaudissements timides, on passa à la conclusion et tout le monde fut convié à boire un verre.

Un employé se dirigea vers Marco Ziegler. Celui-ci se pencha vers le maître d'hôtel et le remercia, après que celui-ci lui ait susurré quelque chose à l'oreille. Ziegler sortit alors son téléphone pour le remettre sous tension. Il scruta l'écran de son iPhone puis composa un numéro. Il eut une brève conversation avant de raccrocher l'air visiblement contrarié. Il sembla chercher quelque chose en tapant sur son clavier. Au bout de quelques instants, il le remit dans sa poche.

Jack qui observait la scène du salon en face, un verre à la main, ne savait que penser. Il vit alors Thomas passer parmi la foule, sac à dos sur l'épaule, et répéter l'opération du début de la conférence. Poser son fardeau sur une des tables dans le couloir, fouiller avec attention le fond de son sac avant de disparaître à nouveau.

Jack discuta avec certains des invités. Beaucoup trop jeunes, beaucoup trop financiers et beaucoup trop contents d'eux-mêmes, pensa-t-il. Après une vingtaine de minutes, il décida de descendre et de retrouver Thomas au bar.

Delvaux semblait très occupé. Il entrait des commandes sur une tablette surface reliée au cube. Des lignes d'informations défilaient en continu. Thomas sortit une clé USB qu'il brancha sur la tablette. Il regarda Jack et lui dit de s'asseoir. Il n'y en avait plus pour longtemps. La clé USB connectée, Delvaux lança une commande. Une barre de progression s'afficha sur la tablette, qui commença à se remplir de bleu. Dix, puis vingt, puis cinquante pour cent. La progression stoppa et Thomas fronça les sourcils. Quelques secondes d'attente, et la sauvegarde reprit sa progression. Moins d'une minute plus tard, la barre afficha cent pour cent avant de disparaître.

— Voilà Jack, c'est fait ! Delvaux semblait soulagé.

— On ferait mieux de partir de là, répondit Campbell.

— Attends ! J'ai encore une petite chose à faire.

— Dépêche-toi !

Il se saisit d'une nouvelle clé dans son sac et la glissa dans le port USB de la tablette toujours connectée en Bluetooth avec le cube. Quelques commandes sur la Surface et un message apparu '*Upload in Progress*' - le sablier se mit à tourner puis : '*Upload Successfull*'.

— Tiens, prends ça ! ne put s'empêcher de jurer Delvaux.

— Tu as fini cette fois ?

— Je suis prêt, on peut y aller !

Delvaux laissa un billet de dix francs suisses sur la table pour les cafés, rangea son matériel, et ensemble ils sortirent de l'hôtel.

*
* *

Le 4x4 roulait tranquillement. La pluie avait cessé et le vent perdu de sa vigueur matinale. La fraîcheur de ce début d'automne semblait s'être durablement installée sur la Suisse. Jack contemplait le centre de Zurich où alternaient anciennes constructions aux accents Alémaniques et immeubles récents. Les façades grises défilaient et Jack ne ressentait pas d'attirance pour cette ville trop calme, où des habitants ternes déambulaient tête baissée. New York lui manquait. Sa folie, son mouvement perpétuel et surtout sa musique si particulière.

— Alors ? demanda Jack.

— Mission accomplie ! répondit un Delvaux aux anges. J'ai copié tout son téléphone, ses mails, ses documents, son répertoire, ses messages, j'ai même sa musique si ça te chante. Qu'est-ce que tu en dis ?

— Je ne sais pas ce qui s'est passé, mais il a éteint son téléphone avant de faire sa présentation, ce à quoi on aurait dû s'attendre d'ailleurs ! Puis à la demande d'un des employés de l'hôtel, il l'a rallumé après la conférence. On a eu de la chance non ?

— Tu crois ? demanda Delvaux, esquissant un large sourire.

— C'était toi !

— Bien obligé.

— Mais comment t'y es-tu pris ?

— J'ai appelé l'hôtel à la fin de la conférence en me faisant passer pour un employé de la *ZIS* et demandé à ce que Ziegler contacte son bureau, car on lui avait envoyé un message important.

— C'est pour cela qu'il a passé un coup de fil et vérifié plusieurs fois s'il avait un message !

— Oui ! Et ça m'a permis ensuite de me connecter.

— J'en suis toujours interdit. C'est tellement … stupide de sa part de ne pas mieux sécuriser ses données.

— C'est toujours comme ça. Ils pêchent tous par orgueil. Ça n'arrive qu'aux autres. Tu as déjà entendu ça, non ?

— On va chez toi, c'est ça ?

— Oui, je n'ai pas trop envie de passer au bureau, et puis ce serait bien que tu rencontres Hanna quand même !

— Tes enfants sont à la maison aussi ?

— Ah non, là ils sont à l'école. Tu les verras ce soir, tu es invité à dîner. Enfin si ça te dit !

— Avec grand plaisir. En attendant, on va pouvoir regarder ce qu'il y a dans cette clé USB ?

— Et pas qu'un peu. J'espère que ça va nous aider à y voir plus clair.

— Au fait Thomas ?

— Oui ?

— La seconde clé USB elle contenait quoi ?

— Oh elle ? Rien de bien important ! La bonne question serait plutôt, après le passage de la clé, il contient quoi le téléphone de Ziegler ?

— Et la réponse serait ?

— Un virus de mon cru ! répondit Thomas énigmatique.

Ils s'arrêtèrent devant la maison de Delvaux qui surplombait le lac. Quand la voiture fut garée, Jack descendit pour nourrir ses yeux de cette vue magnifique. Même si le ciel toujours bas ne donnait pas au paysage toute sa profondeur, la vision des deux rives vallonnées, parcourues de lacets d'asphalte serpentant entre les constructions, vous envoûtait.

La voiture d'Hanna n'était pas là. Ils étaient donc seuls chez Delvaux. Ils entrèrent et Thomas précéda Jack dans son bureau. On pénétrait dans cette pièce rectangulaire pour découvrir une large baie vitrée qui occupait presque tout le mur. La vue sur le lac y était imprenable. Un plateau en verre avec un iMac côtoyait des meubles en wengé qui donnaient à l'ensemble un esprit épuré et apaisant.

Thomas alluma l'ordinateur et enficha la clé dans le port USB de sa machine qui émit un bip, confirmant qu'elle était bien reconnue. Thomas lança une application siglée *FraNex* et des icônes apparurent sur l'écran. À travers les outils habituellement présents sur les iPhone : Mails, messages, calendrier et contacts, toute la vie numérique de Marco Ziegler s'étalait devant eux.

— On commence par quoi ? demanda Thomas.

— Regarde les mails les plus récents. On s'attaquera à son calendrier et à ses contacts ensuite !

— C'est parti !

Ils passèrent une partie de l'après-midi à essayer de reconstituer les échanges de mail du PDG de la banque.

*
* *

Marco Ziegler regardait défiler le paysage, calé dans la voiture qui l'emmenait à l'aéroport. Il avait pris la route dès la fin de la conférence et son embarquement pour les États-Unis était prévu dans moins d'une heure. À son arrivée, il rencontrerait Storx qui le conduirait directement à leurs bureaux de New Haven, pour une dernière inspection. L'accélération du lancement du projet *BLACKSTONE* imposait que tous les centres soient prêts pour le 24. Au retour, il ferait un stop par Londres et Paris pour une ultime vérification. Un peu de pression n'a jamais fait de mal, pensa-t-il. Il fallait que tout soit opérationnel le jour J.

Restait à régler le cas des deux fouineurs. Ce journaliste américain et son ombre qui représentaient un danger réel. On ne pouvait pas être certain de ce qu'ils savaient, mais le seul fait d'avoir pu relier *Millenium*, *ZIS* et *Shuito*, était plus que suffisant.

Il avait encore des sueurs froides en repensant à sa discussion avec Füller. Quand Campbell et Delvaux avaient quitté son bureau, il avait pris contact avec le conseiller de la Chancelière immédiatement, qui avait été très clair. Il fallait se débarrasser de ces deux gêneurs le plus vite possible. De manière définitive, avait-il précisé.

Ziegler n'était pas un enfant de chœur et dans le business il fallait savoir jouer des coudes, mais tuer n'entrait pas dans ses attributions. Ça ne faisait pas partie du contrat. Mais Füller ne semblait pas vouloir s'arrêter à ces détails, et lui laissait faire le sale boulot.

Il avait prévenu son chef de la sécurité, un ancien des services spéciaux, qui allait régler le problème. Pour plus de sécurité, Ziegler avait demandé que cela soit fait quand il serait dans l'avion. Si les choses tournaient mal, il pourrait toujours prouver qu'il n'était pas là le jour de l'accident. Il voulait mettre autant de distance possible entre lui et le problème. Il ne s'agissait pas de lâcheté, mais de prudence, essayait-il de se convaincre.

.*.

Jack et Thomas reconstituaient la chronologie des évènements grâce aux emails de Ziegler. Ils n'avaient pas toutes les réponses, mais d'ores et déjà il apparaissait clairement que Ziegler et Storx étaient en contacts fréquents, et que *Millenium* était le bras armé de la *ZIS* pour effectuer les achats et les ventes d'action sur les marchés financiers.

Ils avaient par ailleurs découvert que *Millenium* possédait des bureaux, non seulement à New Haven, mais aussi en France, à Nanterre, rue de la Mission Marchand, et à Londres. Si l'on extrapolait en se disant que ces bureaux étaient des centres informatiques, on pouvait se demander pourquoi ils en avaient besoin dans trois pays différents. D'après les derniers échanges de messages, Ziegler mettait la pression sur les trois directeurs des centres opérationnels et insistait sur la nature sensible de leur activité et sur la sécurité. On sentait presque une menace dans ses messages, pour le cas où une information viendrait à sortir.

Ils découvrirent un mail contenant des demandes d'approbations pour des dépenses. Il s'agissait de près de cinquante millions de dollars. Ils déduisirent de la suite des échanges qu'il s'agissait des équipements des sites. Jack fit le lien avec sa discussion dans le restaurant de hamburgers de Woodbridge. Si effectivement ils ont construit des bureaux nécessitant des puissances électriques hors norme, il est normal qu'ils installent beaucoup de matériels. La question était pourquoi ?

Un autre élément était apparu et accaparait leur attention. Dans de nombreux emails, il était question d'un projet nommé *BLACKSTONE* sans qu'aucun détail ne permette de savoir précisément de quoi il s'agissait. Ils avaient recoupé les informations et déduit qu'une visioconférence s'était tenue deux jours avant, avec les membres du projet *BLACKSTONE*.

Bizarrement, son téléphone ne contenait que très peu de contacts. Ziegler n'est pas complètement stupide, se dit Jack. Il connaît les numéros des gens importants par cœur. Il ne veut pas laisser de traces.

Beaucoup d'emails concernaient la gestion de la banque, les clients de la *ZIS*, les arbitrages financiers, etc... Le business au quotidien. Rien qui ne valait la peine d'être décortiqué.

Ziegler devait avoir paramétré son portable pour que les messages ne restent pas longtemps dans son téléphone. Rien ne semblait avoir plus de dix jours.

— Bien ! dit Thomas Delvaux en reculant son fauteuil et en croisant les bras.

— Bien quoi ? répondit Jack pris au dépourvu.

— Je crois que j'y vois plus clair. Il faut être un peu imaginatif, mais je commence à comprendre à quoi on a affaire.

— Tu as de la chance, moi je suis complètement dans le bleu !

— Laisse-moi te résumer. Premièrement, on a une société, *Millenium Dust*, qui achète et qui vend des actions sur les places financières, mais en restant en retrait, ce qui fait qu'elle est inconnue. Je suis tombé dessus par hasard, par ce que mon boulot c'est de scruter les marchés. D'accord jusque-là ?

— Oui !

— Bon, l'autre élément qui a aiguisé ma curiosité c'est que *Millenium* a acheté sur les douze derniers mois l'équivalent de cent milliards Jack ! Cent milliards tu te rends compte ?

— Oui, oui, si on rapporte ça aux deux cent quatre-vingts milliards échangés chaque jour, ça donne une sacrée force de frappe sur les marchés.

— Exactement, et je crois que c'est ça le but recherché.

— Tu peux expliquer ?

— Si on ajoute à *Millenium Dust* le fait que la *ZIS* met en place des centres opérationnels super puissants et que la banque est l'épicentre d'un projet inconnu appelé *BLACKSTONE*, puis qu'on additionne la manipulation de *Shuito Pharmaceuticals*, on arrive à quelle conclusion ?

— Ça n'est toujours pas très clair ! insista Jack.

— Je crois qu'on arrive à la conclusion que ces gens-là se sont dotés d'une arme de manipulation massive des marchés. Ils ont la compétence technologique - on l'a vu avec *Shuito* - ils ont les capitaux, et ils terminent la construction de plateformes informatiques, payées à coups de millions.

— Merde ! Et tu crois qu'ils sont prêts à frapper ?

— Je le crains. Je pense que leur foutu projet *BLACKSTONE* correspond exactement à ce que je viens de te décrire. C'est la rampe de lancement d'une manipulation à l'échelle mondiale.

— Mais si on admet que tu as raison, ça représente quel danger ?

— Ça dépend de qui est derrière tout ça ! Si leur objectif est de s'enrichir, on va avoir affaire à une grande braderie.

— Sinon ?

— Sinon ... ils pourraient complètement dérégler les Bourses mondiales. Ou pire, s'ils ciblent des entreprises en particulier, ils pourraient s'emparer du capital de sociétés ... je ne sais pas moi ... sensibles, comme le nucléaire ou bien d'autres Biotechs ou même des labos. Tout est possible, Jack, c'est bien le problème !

— Ça fait froid dans le dos ... on fait quoi nous ? On n'est sûrs de rien, on spécule là !

— On spécule, mais je crois que l'on se rapproche de la vérité. Il reste des zones d'ombre, mais si on met tout bout à bout ça ressemble à une très grosse mauvaise nouvelle, qu'on ne peut partager avec pas grand monde ...

— Et tu penses que ça pourrait arriver quand ?

— N'importe quand ! Mais je crois qu'il faudrait un évènement déclencheur. Quelque chose qui sonnerait la charge. Si on détermine quel est l'élément qui pourrait mettre le feu aux poudres, alors on saura !

— Une idée ?

— Non aucune...Enfin pour l'instant !

Delvaux, dont la bonne humeur coutumière semblait inaltérable, avait les traits tirés. Les rides de son front et ses sourcils froncés indiquaient qu'il était inquiet. Après l'inspection du portable de Ziegler, il avait passé une heure au téléphone avec Luca Hanser. Il ne disait rien du contenu de sa discussion avec le *hacker*, mais son air absent et sa mine fermée ne présageaient rien de bon. Jack de retour à son hôtel terminait d'écrire son texte. Comme il l'avait fait en 2008 lors de la débâcle financière des *Subprimes*, il tenait un journal de bord sur leur enquête et notait leurs découvertes au jour le jour. Le moment venu, si une grande explosion devait avoir lieu, il aurait au moins un support, pour faire connaître au monde cette histoire à peine croyable. On était vendredi et la femme de Delvaux avait appelé. Elle allait passer la soirée chez ses parents avec les enfants. Jack et Thomas avaient donc décidé de dîner ensemble dans un restaurant à la sortie de Zurich. Thomas devait prendre Jack à 18 h 30. On mangeait tôt en Suisse et cela allait bien à Jack, qui souffrait toujours du décalage horaire.

*
* *

ANTI JEU

12. INTIMIDATION

Le 4x4 de Delvaux attendait Jack devant l'hôtel à l'heure précise. La ponctualité Suisse n'est pas une légende, se dit-il en grimpant dans le véhicule. Le temps de mettre sa ceinture et ils étaient en route. Aucun des deux ne remarqua le Ford transit blanc qui les suivait depuis plusieurs minutes.

Le restaurant réservé par Thomas se situait à une trentaine de kilomètres du centre-ville, à Wyssenbach. Ils longèrent la rive ouest du lac via l'A3 en descendant vers le sud jusqu'à la sortie de Richterswil, puis ils empruntèrent la D8 en direction du deux étoiles réservé par Thomas.

La route rétrécissait alors que le décor urbain laissait place à un paysage de champs et de forêts. La radio distillait de la musique classique. Le trafic quasiment nul à cet endroit permettait à Thomas et à Jack de se laisser aller, chacun perdu dans ses pensées, plus ou moins noires.

Le choc fut violent.

Un fourgon blanc venait de percuter l'arrière du 4x4 qui fit une embardée sur la route étroite. Le coup de volant brusque de Thomas les envoya vers le bas-côté. L'assistance automatique prit le relais et permit à la voiture de se redresser. Les deux hommes surpris ne comprirent que trop tard qu'il ne s'agissait pas d'un accident, mais bien d'une manœuvre délibérée pour les faire sortir de la route.

Delvaux, par réflexe, regarda dans le rétroviseur et freina alors que Jack se retournait pour voir qui venait de les emboutir. Il s'aperçut avec un temps de retard que leurs poursuivants tentaient de les doubler par la gauche et s'apprêtait à les heurter violemment sur le côté.

Le temps de comprendre la manœuvre en cours, et le nouveau choc, plus brutal encore que le précédent, les envoya dans le fossé. Delvaux ne put cette fois redresser la direction et le 4x4 se retrouvait poussé petit à petit vers les arbres. Une voiture arrivait en face et le conducteur du van qui les agressait accentua encore un peu plus la pression pour prendre leur place et éviter le véhicule qui venait sur lui.

Sous la puissance du choc latéral, le 4x4 se trouva déséquilibré. La voiture commença à s'élever dans les airs quand les roues gauches ne touchèrent plus la route

Le Ford Transit évita de justesse le conducteur en sens inverse qui passa en klaxonnant.

Les passagers du 4x4 virent les arbres se mettre à tournoyer. Le ciel se glissait sous eux et pendant une fraction de seconde qui sembla durer une éternité, ils furent en apesanteur. Puis comme si quelqu'un venait de les rebrancher à la réalité, ils sentirent le choc au moment précis où le toit de la voiture heurta violemment le sol. Leur mouvement circulaire fut stoppé par un arbre contre lequel ils rebondirent. Les vitres explosèrent sous la puissance du choc. Thomas ressentit une douleur intense dans le bras lorsque le 4x4 percuta l'arbre. Au moment de l'impact, les airbags se déclenchèrent et en une milliseconde une détonation sourde retentit dans l'habitacle. Ils glissaient maintenant sur le sol détrempé par les pluies tombées ces derniers jours. Jack perdit connaissance. Il saignait abondamment du nez.

Le 4x4 s'immobilisa. Après le choc, après le bruit du métal déformé et l'explosion des vitres, le silence.

Ils restèrent ainsi, tête en bas, uniquement suspendus par leur ceinture de sécurité. Thomas regarda Jack, sans vie, recouvert de sang qui goûtait de ses cheveux.

— Jack ? Appela Thomas. Pas de réponse. Il prit conscience que son bras gauche ne répondait plus.

— Jack, tu m'entends ? répéta Thomas un peu plus fort. Toujours pas de réaction. Il observa le passager qui respirait faiblement.

— Merde, merde, merde ! jura Thomas.

La tête lui tournait. Le choc et l'adrénaline sans doute. Un voile commençait à lui brouiller la vue. Il se sentit fatigué. Sa dernière pensée fut qu'ils étaient tous les deux en vie. Puis il fut happé par le vide, la lumière disparut et le noir recouvrit tout.

La voiture évitée de peu par le Ford Transit stoppa quelques mètres après l'accident. Warnings enclenchés, le passager sortit pour constater avec effroi l'accident dont il venait d'être témoin. Il s'approcha du 4x4 pour essayer de sauver les occupants du véhicule pendant que le conducteur appelait les secours. Un téléphone portable n'arrêtait pas de sonner dans le 4x4 accidenté.

.˙.

Hanna venait de laisser un énième message sur la messagerie vocale de Delvaux qui ne répondait toujours pas. Elle commençait à être inquiète. Habituellement, Thomas décrochait à la première sonnerie. Elle dînait avec les enfants chez ses parents quand la société de sécurité l'avait appelée. L'alarme de la *FraNex,* reliée au téléphone de Thomas, avait retenti, mais ils n'arrivaient pas à le contacter. Elle était la seconde dans la liste des personnes à prévenir en cas de problème. Dès qu'elle eut l'information, elle fonça au bureau.

La scène était surréaliste. On voyait les flammes s'élever haut dans le ciel à des centaines de mètres à la ronde. Des policiers stoppaient la circulation pour interdire aux voitures de pénétrer dans la zone d'activité dans laquelle se trouvait la société de Thomas. Ils avaient fait évacuer le site et filtraient les entrées. Elle se présenta comme la responsable de la *FraNex* et on lui permit de rentrer pour se garer.

Les bureaux étaient en flammes. À ce stade, il ne restait plus grand-chose de la société. Le feu avait dévoré le bâtiment et la toiture s'était effondrée. Les pompiers, à pied d'œuvre depuis une bonne heure, avaient maîtrisé la propagation de l'incendie aux entreprises de l'autre côté du parking, mais ils n'avaient rien pu faire pour sauver la *FraNex*. Les flammes avaient tout dévoré et les lances à eau projetaient des mètres cubes de liquide sur le bâtiment qui contenait des ordinateurs, des imprimantes, principalement du matériel électronique qui ne supportait pas l'humidité. Autant dire qu'avec cette conjonction de feu et d'eau, la *FraNex* n'existait plus.

Hanna contemplait ce spectacle désolant des larmes plein les yeux. Son portable se mit à sonner. Elle regarda le numéro et se sentit immédiatement un peu mieux. Elle ravala ses pleurs. C'était Thomas.

— Thomas ?

— Madame Delvaux, répondit à l'autre bout une voix qu'elle ne connaissait pas.

— Qui est à l'appareil ? demanda Hanna surprise.

— Hum ! La voix semblait maintenant ennuyée. Je vous appelle de l'hôpital de Zurich, Madame. Votre mari et une autre personne avec lui ont eu un accident de la route il y a une heure. Rassurez-vous, leurs jours ne sont pas en danger. Nous souhaiterions que vous passiez aux urgences le plus rapidement possible s'il vous plaît ?

Hanna éclata cette fois en sanglots. Les larmes coulaient et brouillaient sa vue. Trop d'angoisse refoulée, trop d'émotions. Elle essaya de se contenir. Elle attrapa un kleenex et tapota ses yeux. Son mascara dévalait ses joues, mais elle s'en foutait. Thomas à l'hôpital ? se dit-elle.

— Madame, vous êtes toujours là ? insista la voix.

— Oui, désolée ! trouva la force d'articuler Hanna. Je vais faire au plus vite. Monsieur ?

— Excusez-moi, j'aurais dû me présenter. Brigadier Trudeau de la police cantonale de la route. Nous avons été avertis de l'accident de votre mari et nous avons géré sa prise en charge jusqu'à l'hôpital.

Il est entre de bonnes mains. Retrouvez-moi à l'accueil dès que possible et demandez à me parler.

— Comment va mon mari ? C'est arrivé comment ? C'est grave ? Les questions fusaient dans la bouche d'Hanna.

— Il va bien, madame … compte tenu de la situation. Ses jours ne sont pas en danger. Il est suivi par l'équipe des urgences sur place. Ne vous inquiétez pas trop. Venez le plus vite possible et je vous donnerai tous les détails.

— J'arrive le plus vite possible !

Elle raccrocha. Que se passait-il ? Un accident, la société en flamme. Elle sentit que tout cela ne pouvait pas être un hasard et elle fut parcourue par un frisson.

Elle se dirigea vers les pompiers et expliqua à celui qui semblait être le chef qu'elle devait partir. On ne pouvait de toute manière plus faire grand-chose et l'incendie était visiblement éteint. La police devrait faire les constatations d'usage avant de pouvoir entrer sur le site pour sauver ce qui pouvait encore l'être. Et puis entre quelques ordinateurs calcinés et Thomas, elle savait où était sa priorité. Elle appela ses parents pour leur dire qu'elle ne rentrerait pas avant un long moment, sans donner de détails. Cela ne servait à rien de les affoler. Elle demanda à sa mère de coucher les enfants et de les embrasser pour elle. Dix minutes après l'appel de la police, elle était en route vers l'hôpital.

Les urgences ont cette particularité de rendre toute personne étrangère au corps médical nerveuse. Les patients, entourés de machines sophistiquées qui bipaient toutes les minutes, dormaient pour la plupart. On entendait à intervalles réguliers des tensiomètres se gonfler et des alarmes retentir au loin, déclenchant l'arrivée au pas de course d'infirmières en pyjamas bleus et roses.

Lorsque Thomas ouvrit un œil, la première chose qu'il vit fut le plafond blanc et le bandeau lumineux au-dessus de lui. Une lumière crue qui lui fit refermer les yeux de douleur. Il les rouvrit avec précaution pour découvrir devant lui le moniteur qui affichait ses données vitales. Il voulut bouger sa main droite et sentit le cathéter relié à un tuyau, qui filait vers une perche contenant une poche de liquide incolore. Son bras gauche bandé le faisait souffrir atrocement.

L'instant de surprise passé, il se revit dans la voiture avec Jack qui saignait et se souvint d'avoir perdu connaissance. Une infirmière se pencha sur lui.

— Comment vous sentez vous, Monsieur Delvaux ?

— Bien ! répondit Thomas tout doucement, il avait la gorge sèche et parler lui était difficile.

— Très bien ! Savez-vous où vous vous trouvez ? demanda l'infirmière.

— À l'hôpital, je suppose !

— Pouvez-vous me dire quel jour nous sommes ?

— Heu… Vendredi 22 septembre ? parvient à articuler un Thomas hésitant.

— Bien ! Tout à l'air en ordre. Vous avez eu de la chance si j'ai bien compris. Un accident grave. Vous auriez pu y rester.

— Nous étions deux dans le 4x4, comment va l'autre passager ?

— Il va bien. On l'a déjà remonté dans sa chambre. Il saignait abondamment du nez, mais c'est tout. En tout cas, il aura un bel hématome.

— J'ai mal au bras !

— Pas étonnant. La bonne nouvelle c'est que vous n'avez rien de cassé. Votre humérus est sorti de son logement au niveau de la clavicule au moment du choc. Ça fait affreusement mal, mais il n'y a rien à faire. Pas de plâtre. Juste de la patience et des antidouleurs. C'est tout.

— J'en ai pour longtemps ?

— Comptez au moins un mois. Je vais appeler le médecin de garde. Il va vous ausculter et si tout est en ordre on va vous remonter dans votre chambre.

— Je peux avoir de l'eau s'il vous plaît ?

— Heu non pas pour le moment. Dès que vous serez là-haut on vous donnera quelque chose à boire.

— Merci !

— Pas de quoi. Je vous envoie le docteur tout de suite.

Cinq minutes après, un type en blouse blanche et à l'allure supérieure lui posa quelques questions, puis signa un document accroché aux barreaux devant son lit. Un infirmier le transporta à travers des couloirs sans fin. Il se retrouva dans une chambre aussi triste qu'une cellule.

Il sombrait dans un sommeil agité quand on frappa à sa porte. Hanna passa la tête et lui sourit. Elle entra, accompagnée d'un policier en uniforme. Elle se précipita vers lui pour l'embrasser.

— Thomas, j'ai eu si peur ! dit-elle en lui prenant la main.

— Je suis désolé, Hanna, tout cela s'est passé si vite.

— Je sais, le brigadier m'a raconté, répondit-elle en désignant Trudeau, qui regardait la scène, silencieux.

— Comment te sens-tu ? les larmes recommençaient à rouler sur le visage inquiet d'Hanna.

— Fatigué ! Ça doit être le choc. Ne pleure pas ma chérie. Tout va bien, tout va bien !

— Non, tout ne va pas bien. Hanna qui pleurait en silence fondit en larmes, secouée de violents sanglots.

— Mais si tu vois bien !

— Non, la *FraNex* a brûlé Thomas, il ne reste rien !

— Quoi ?

— Un incendie s'est déclaré vers 18 h 30. J'ai essayé de t'appeler plusieurs fois et tu ne répondais pas. Elle moucha son nez et essuya ses larmes. Je t'ai laissé plusieurs messages.

— Incendié ? C'est un accident ?

— Pourquoi ? demanda le brigadier. Vous pensez que ça pourrait être criminel ?

— Non, non, bien sûr que non ! répondit un peu trop vite Delvaux.

— Pourquoi posez-vous la question alors ?

— Comme ça … sans savoir, répondit Delvaux, pris au dépourvu.

— Sans savoir hein ? répondit Trudeau, en affichant un air dubitatif.

— Il y a beaucoup de dégâts ?

Hanna hocha la tête. Les yeux rougis par les larmes et la fatigue.

— Tout est détruit, Thomas, tout !

Delvaux sentit son ventre se nouer. La *FraNex* détruite ! Ils ont essayé de nous tuer et ils ont réduit nos chances de ripostes à zéro, pensa-t-il.

— Bordel de Dieu, jura Delvaux tout bas.

— Comment ? demanda Hanna.

— Non rien, je me parlais à moi-même, Hanna. Où sont les enfants ?

— Chez mes parents.

— C'est bien, c'est très bien !

— Monsieur Delvaux, j'aurais besoin de vous poser quelques questions à propos de l'accident.

— Je suis fatigué !

— Je n'en aurai que pour quelques secondes. Les témoins ont déclaré que la fourgonnette blanche a délibérément voulu vous faire sortir de la route. Qu'en pensez-vous ?

— Pas du tout ! Ils nous ont doublés et quand la voiture est arrivée en face, ils nous ont serrés et j'ai perdu le contrôle. C'est tout !

— Donc, d'après vous, il s'agit bien d'un accident ?

— Bien entendu, qu'allez-vous imaginer ? Des tarés ça oui, je vous l'accorde ! Mais rien de plus.

— Bien ! Je viendrais prendre votre témoignage complet demain. Je repasserai dans la matinée. Reposez-vous, Monsieur Delvaux. Vous en avez besoin. Je vous laisse avec votre femme.

— Merci brigadier, répondit Hanna.

Le policier sortit. Delvaux fit un geste à Hanna pour qu'elle s'approche.

— Hanna, écoute-moi s'il te plaît. Il faut que tu fasses exactement ce que je vais te dire. OK ?

— Que se passe-t-il Thomas ? elle avait élevé la voix.

— Chut, fit Delvaux. Il baissa d'un ton. Il faut que tu ailles chercher des vêtements propres pour Jack et moi. Il est beaucoup plus grand que moi et surtout plus mince, alors tu trouves ce que tu peux et tu les amènes. Ensuite, tu pars chez ta sœur avec les enfants !

— Ce soir ?

— Oui, dès ce soir, et surtout ne perds pas de temps. On a mis le doigt sur une magouille financière et envoyé un grand coup de pied dans la fourmilière. Et voilà le résultat !

— Alors l'accident, ça n'était pas un accident ?

— Non, ça n'était pas un accident, et j'ai peur qu'ils ne reviennent. Jack et moi devons sortir d'ici tout de suite. Je t'appellerai chez ta sœur demain. La priorité ce sont les vêtements. Il faut que l'on se mette à l'abri très vite.

— Vous irez où ?

— Tu peux prévenir Luca ?

— Hanser ?

— Oui, demande-lui de venir nous chercher. Quelle heure est-il ?

— 20 h 30.

— Il faudrait qu'il passe à 22 h. Dis-lui de nous attendre à la station de taxis.

— D'accord, je l'appelle en sortant. Tu ne m'as pas répondu. Vous irez où ensuite ?

— Au Miroir !

— Au Miroir ? Bonne idée ! Mais comment ferez-vous pour partir ?

— Ne t'inquiète pas, Luca saura nous aider. Lui et ses amis ont déjà eu à gérer des urgences.

— Tu es sûr ?

— Oui. Luca est habitué à vivre avec une part d'ombre, et pour nous, là, tout de suite, un peu d'ombre serait la bienvenue. Il faut qu'on disparaisse.

— Je comprends. J'y vais et je reviens le plus vite possible Thomas.

— Merci. Hanna ?

— Oui ?

— Je t'aime !

— Je sais Thomas.

Elle sortit. L'antidouleur commençait à faire effet. Il se sentait flotter. Ils doivent utiliser un produit puissant, pensa-t-il. La douleur dans son bras avait disparu. Il voulait rester éveillé. Il sonna l'infirmière de garde. Il avait tellement soif.

Il fallut moins d'une heure à Hanna pour faire l'aller-retour. Elle entra dans la chambre et découvrit un Thomas Delvaux profondément endormi. Il n'avait pas pu lutter contre les effets cumulés de la journée difficile qu'il venait de traverser et des médicaments.

Hanna le secoua doucement. Il ouvrit les yeux, le regard perdu.

— Thomas, c'est moi ! Je t'ai amené un sac avec des affaires de rechange et de quoi te raser. J'ai aussi pris ton passeport et tout le liquide que j'ai trouvé.

— Merci !

— Tu as pu joindre Luca ?

— Oui, je lui ai expliqué la situation. Il a dit qu'il partait tout de suite. Le temps qu'il descende de sa ferme, il ne devrait pas tarder à arriver.

— N'oublie pas tes affaires, enfin ce qu'il en reste. Ils ont mis tout ce que tu portais au moment de l'accident dans ce placard. Prends tout avant de disparaître, d'accord ?

— Et pour Jack ?

— Il aura l'air moins bien fagoté que toi, j'ai pris ce qui m'a semblé le plus adapté, mais je ne garantis rien.

— Tu sais où il est ?

— Oui, je suis passé le voir tout à l'heure pour lui dire que vous alliez sortir en toute discrétion. Il est d'accord. Je vais lui apporter le sac avec les affaires. Chambre 107, à droite dans le couloir.

— Tu es un ange !

— Oui, mais tu sais, j'ai peur. Tu crois qu'ils pourraient s'en prendre aux enfants ?

— Je n'en sais rien, mais on ne prend pas de risque. Tu pars avec eux et quand les choses se seront éclaircies, je t'appellerai.

— Je passe les chercher tout de suite après, et on disparaît !

— C'est bien Hanna. Je suis vraiment désolé !

Ils s'embrassèrent. Hanna sortit de la chambre pour amener les vêtements de rechange à Jack.

Thomas posa un pied par terre. La tête lui tournait. Il fallait juste se réhabituer à la position verticale. Il s'assit sur son lit et commença à s'habiller. Il se remit debout. Ça allait mieux. Il restait à enlever le cathéter. Il arracha le scotch collant qui recouvrait le tube et tira doucement. Une goutte de sang perla quand l'aiguille sortit. Il replaça le pansement pour éviter de saigner.

*
* *

Les deux hommes franchirent le seuil de l'hôpital universitaire de Zurich. Jeans, bombers noirs, brassards rouges de la Police au bras droit. Le premier, grand et sportif, visiblement le chef, se dirigea d'un pas décidé vers le bureau de l'accueil. Son second, rondouillard et calvitie naissante, habitué à jouer les seconds couteaux, surveillait la porte d'entrée.

— Pouvez-vous vérifier les numéros de chambre de deux de vos patients, Delvaux et un certain Campbell, s'il vous plaît ? demanda péremptoire l'homme au regard noir.

— Les accidentés de la route ?

— Oui, arrivés en fin d'après-midi.

— Les visites sont terminées à cette heure, messieurs, répondit l'hôtesse de l'accueil.

— Pas pour nous, insista le policier montrant son brassard, fixant la jeune femme d'un regard qui n'incitait pas à la défiance.

— Excusez-moi ! elle scruta son écran et nota les deux numéros de chambres sur un post-il qu'elle tendit au policier. 1er étage précisa-t-elle.

— Merci, répondit-il avant de rejoindre son collègue.

Les deux hommes se dirigèrent vers l'ascenseur qui émit un bip sonore lorsque les portes s'ouvrirent. Rez-de-chaussée, déclara la voix nasillarde du haut-parleur. Le chef appuya sur le bouton du 1er avant d'être happé par la cabine.

Hanna arrivait dans le hall par l'escalier au moment où l'ascenseur démarrait, emmenant les deux policiers au 1er étage. Elle sortit de l'hôpital.

— Tu vois, j'avais raison. Il suffit de porter un brassard et d'être suffisamment persuasif pour entrer à peu près partout, martela le chef.

— Alors ?

— Chambres 96 et 107, répondit le costaud, en regardant le post-it.

— Quand même, elle aurait pu nous demander notre carte ! le second couteau semblait contrarié par la facilité avec laquelle ils étaient entrés.

— Elle aurait dû, mais elle ne l'a pas senti. C'est mieux pour tout le monde. Ça aurait créé des ennuis…

Le silence régnait dans le service de traumatologie. Thomas sortit de sa chambre et se dirigea au bout du couloir. Le bureau des infirmières se trouvait à l'opposé, il n'avait donc que très peu de chance de rencontrer quelqu'un qui aurait pu lui poser des questions sur sa présence dans les couloirs. 104, 105, 106. Il frappa à la porte de la chambre 107.

— Entrez ! il reconnut la voix déformée de Jack.

Habillé, prêt à partir, son visage tuméfié par le choc commençait à prendre des teintes rougeâtres. Il faudrait quelques jours avant que cela ne tourne au noir puis au violet. On lui avait mis des mèches dans le nez. Il avait dû saigner abondamment.

— On y va ou tu t'installes ici ? demanda Thomas.

— Je suis prêt. Tu as l'air d'aller bien pour quelqu'un qui vient de ruiner un 4x4 hors de prix !

— J'ai le bras gauche en compote, mais à part ça tout va bien. Et toi ?

— J'ai l'impression d'être passé dans une machine à laver et mon nez me fait un mal de chien. Donc impeccable ! Comment comptes-tu nous faire sortir d'ici ?

— Comme tout le monde. On va prendre l'escalier de service.

— Parce que tu connais les sorties secondaires ?

— J'habite à Zurich depuis pas mal d'années Jack, alors forcément je suis déjà venu rendre visite à des gens hospitalisés. Et comme je ne suis pas très fort pour m'orienter je me suis perdu un paquet de fois dans ces escaliers et ces couloirs. Donc, oui, je sais qu'il y a un escalier de service qu'empruntent ceux qui bossent ici pour ne pas encombrer l'ascenseur du hall d'entrée.

— Qu'est-ce qu'on dit si on rencontre quelqu'un ?

— On ne dit rien. Et si on nous demande quoi que ce soit, on répond qu'on s'est trompés, on ne sera pas les premiers !

— Et cette sortie elle est où ?

— Sauf erreur, elle est au bout de ce couloir. De toute façon, l'hôpital fait un U alors on va au bout de ton couloir et si ça n'est pas là, c'est au bout de l'autre !

Les deux policiers sortirent de l'ascenseur. Les panneaux sur les murs indiquaient les directions des chambres numérotées 80, 90 et 100. Le groupe des chambres 90 se trouvait devant eux.

Ils se dirigèrent d'un pas silencieux vers la chambre 96. Ils arrivaient devant la porte de Delvaux quand Jack et Thomas s'engageaient dans l'escalier de service.

Le rondouillard sortit un pistolet et vissa un silencieux. Il entra dans la chambre sans se faire annoncer, arme au poing. Vide !!

Un coup d'œil leur permit de voir le pyjama de rigueur dans les hôpitaux jeté sur le lit défait ainsi que la perfusion et le cathéter, posés sur la petite table de nuit. Les deux faux policiers comprirent immédiatement que Delvaux s'était enfui.

— Merde ! Jura rondouillard.

— Il ne peut pas être bien loin !

— On fait quoi ?

— Allons voir la 107 !

Cette fois, ils coururent vers la chambre de Jack. Même constat !

Ils se précipitèrent vers l'ascenseur qui n'était plus là. À côté l'escalier. Ils descendirent les marches quatre à quatre.

Jack et Thomas arrivaient au rez-de-chaussée. Ils devaient traverser l'entrée de l'hôpital gardée par l'hôtesse et ne voulaient pas se faire remarquer. Au bout de quelques instants, deux hommes, brassards de policier bien visibles, déboulèrent en trombe devant le bureau de l'accueil.

Le plus grand des deux, très énervé, se pencha vers l'hôtesse. Il s'adressa d'un ton très agressif à la jeune femme qui semblait vouloir disparaître derrière son écran :

— Les chambres sont vides ! Vous n'avez pas vu vos deux accidentés de la route sortir par hasard ?

— Heu non, messieurs, personne n'est passé par là, je vous assure !

— Alors ils sont où ? le costaud criait maintenant.

— Je n'en sais rien, mais vous ne devriez pas me parler comme ça, répondit l'employée mobilisant tout son courage.

— Appelez-moi le service de traumato et passez-moi quelqu'un ! Tout de suite ! il frappait le comptoir du plat de la main pour ponctuer sa demande.

— Arrêtez de hurler ! cria la jeune femme en se bouchant les oreilles des deux mains.

Le costaud fit le tour le l'accueil, entra dans le petit bureau vitré et sortit son arme :

— Vous devriez garder votre calme et nous amener vers les personnes qui pourront nous donner des réponses. Et vite !!

— Vous n'êtes pas des policiers ! murmura l'hôtesse terrorisée, le visage recouvert de grosses larmes.

— Ferme là, et conduis-nous au Chef du service !

Les deux hommes et la jeune femme disparurent vers les ascenseurs. Jack et Thomas, toujours derrière la porte qui donnait dans le hall d'entrée, se regardaient.

— Qu'est ce qu'on fait ? demanda Jack.

— Tu veux qu'on fasse quoi ? répondit Delvaux, si on intervient on est morts !

— On ne peut pas laisser cette pauvre hôtesse se faire buter sans rien faire !

— Écoute Jack. Ils vont voir que personne ne sait où nous sommes et ils vont se barrer. Ils ne vont pas tuer tout le personnel de l'hôpital ! Et puis on n'a pas d'arme. Quand bien même, de toute façon je ne sais même pas m'en servir.

— On sort et on appelle la police ?

— C'est probablement le plus intelligent ! acquiesçât Delvaux.

Ils traversèrent l'entrée de l'hôpital. Le froid de la nuit les saisit. À peine sortis, un véhicule garé à côté de la station de taxis leur fit des appels de phares. Luca Hanser avait répondu présent à l'appel de Thomas Delvaux. Quelques secondes plus tard, ils étaient en route vers la ferme.

À 23 h la voiture pénétrait dans la cour. Pendant le trajet, ils avaient résumé à un Luca stupéfait la situation dans laquelle ils s'étaient eux-mêmes plongés.

Il leur montra leurs chambres et ils décidèrent de faire un point le lendemain matin. Il était de toute façon trop tard pour faire quoi que ce soit, et une bonne nuit de sommeil s'imposait après la journée éprouvante qu'ils venaient de vivre.

Delvaux appela la sœur d'Hanna et lui transmit le message suivant : « nous sommes à la ferme. Départ pour le Miroir demain matin ».

ANTI JEU

Troisième Partie

Echec et Mat ?

ANTI JEU

13. LE MIROIR

Samedi 23 Septembre

Le paysage défilait à grande vitesse. Luca conduisait, concentré, alors que les deux occupants somnolaient. Delvaux, sur le siège passager, essayait de relever sa tête qui roulait au gré des mouvements de la route en un effort surhumain pour émerger, sans succès jusqu'à présent.

La complicité entre Thomas et Luca datait d'une dizaine d'années alors que Delvaux développait ses algorithmes d'écoute des marchés financiers, juste avant que naisse la *FraNex*. Pour tester les résultats initiaux de ses programmes, il avait eu besoin de se brancher sur les réseaux des banques. Ce qui ne n'allait pas de soi. Luca, hacker débutant, lui avait rendu des services peu orthodoxes. Le jeune homme présent dans les communautés des pirates de l'informatique s'était rapidement forgé une réputation, puis un nom. La concurrence entre hackers est terrible et pour être reconnu dans ce réseau souterrain de génies, il fallait montrer une compétence hors norme. Ce qui correspondait bien à ce grand garçon à la silhouette frêle. Il suffisait de lui donner un ordinateur ou un quelconque instrument possédant une connexion Internet pour qu'il s'introduise dans n'importe quel réseau ou qu'il découvre en quelques minutes vos informations les plus secrètes. Si Luca Hanser voulait rendre votre vie numérique publique, rien ne pouvait l'arrêter.

ECHEC ET MAT ?

La décision de Luca d'accompagner Delvaux s'était imposée naturellement, dès lors que Thomas lui eut raconté leur tentative de meurtre, la scène de l'hôpital et l'incendie de la *FraNex*. C'est ensemble qu'ils allaient rendre coup pour coup à ces assassins. Ziegler et ses centres informatiques devenaient leurs cibles. Quand la proie se transforme en chasseur et que celui-ci choisit le terrain de l'affrontement, l'issue du combat peut tourner en sa faveur. La traque allait se faire dans le cyber espace, et sur ce terrain-là, Luca Hanser était un maître.

Jack appuyé contre la vitre à l'arrière, ouvrait les yeux de temps en temps, signe qu'il était éveillé, sans prononcer une parole. Tous ces évènements s'étaient enchaînés trop vite et il était grand temps de faire le point. La douleur au nez s'était réveillée, les antidouleurs administrés à l'hôpital ne faisaient plus effet. Il faudrait qu'ils se ravitaillent à la prochaine pharmacie. Trouver le sommeil quand on a subi une tentative d'assassinat n'est pas facile. C'est en tout cas la découverte que venait de faire le journaliste. Il revoyait la route et les arbres, le 4x4 dans les airs et le silence, puis le bruit de la tôle qui se froisse, des vitres brisées et du crissement sans fin de la voiture qui glissait sur le sol. Les spasmes dans son ventre lui rappelaient qu'il n'avait pas avalé ses médicaments contre l'alcool depuis deux jours. Les démons endormis commençaient à se réveiller. Les Monstres s'agitaient, et il pouvait sentir leurs griffes labourer son ventre, prêts à prendre leur revanche. Il commençait à paniquer, sentant arriver les mêmes symptômes que ceux ressentis dans le bar de New York, quelques jours auparavant. Il respira plus fort, il fallait qu'il se contrôle.

Les sept cents kilomètres entre Zurich et Paris seraient bientôt avalés. Il était près de 9 h et ils roulaient depuis plus de trois heures. Il n'y avait pas eu de contrôle à la frontière, pas plus du côté suisse que du côté français. La route avait été fluide, même si depuis leur entrée sur l'A6 le trafic s'était densifié. Le GPS de la Volvo de Luca annonçait toujours une arrivée à Paris pour 13 h.

Luca mit son clignotant pour s'arrêter et faire une pause. Il fallait de toute manière faire le plein. La voiture freina et les occupants surpris par le changement de rythme du régime moteur, ouvrirent les yeux.

Le 'Miroir' correspondait dans le jargon de Delvaux à la société dont il avait fait l'acquisition à Paris deux ans auparavant. Son activité de développement informatique, outre la livraison aux banques de ses algorithmes financiers, consistait à analyser les transactions et les marchés. Or, pour produire les statistiques et les études qu'il revendait à prix d'or, il devait stocker de grandes quantités d'informations. Son centre de stockage se trouvait à Zurich à la *FraNex*, mais il dupliquait pour des raisons de sécurité toutes ses données via des lignes spécialisées sur son site parisien. La fonction du miroir, outre de l'aider dans les développements informatiques, était d'assurer la continuité de son activité en cas de catastrophe. Il n'avait pas prévu qu'un cataclysme comme celui qu'il venait de subir puisse être intentionnel. Mais il avait eu raison d'être prudent. Non seulement il n'avait rien perdu de ses données et de son entreprise, mais lui et Luca allaient pouvoir se mettre au travail pour stopper ces fous dangereux de *Millenium Dust* et de *BLACKSTONE*.

L'arrivée sur Paris fut compliquée, comme à chaque fois, pensa Thomas Delvaux. Luca pestait contre les conducteurs français qui se comportaient sur la route comme dans un jeu vidéo. On est loin de la Suisse, se dit-il, essayant de suivre avec difficulté la file de voitures du périphérique totalement engorgé. Encadré dans la voie du milieu, les scooters le doublaient à droite et à gauche sans discontinuer.

— Comment je fais pour sortir avec ces motos qui nous empêchent de changer de voie ? demanda Luca.

— Tu fais comme tout le monde. Tu mets ton clignotant, tu fermes les yeux et tu pries pour que les motards te laissent passer, répondit un Thomas Delvaux, amusé de cette première expérience de Luca sur le périph.

— Ce n'est pas très sain tu ne trouves pas ?

— Tu sais Luca que je suis 50/50 – Moitié Suisse et moitié Français. Alors ma moitié suisse trouve ça complètement fou, et l'autre moitié pense que ce n'est pas si grave que ça !

— Moi aussi je suis 50/50, répondit Luca. Moitié Suisse par mon père et moitié Suisse par ma mère et mes deux moitiés trouvent ça débile. Bon, on arrive bientôt ? Faut que je me prépare pour tourner !

— On sort Porte Maillot. On va descendre au Hyatt Regency.

— Et ta boîte elle est où ?

— Sur la Défense Luca, comme tout le monde !

— C'est loin ?

— Quinze minutes.

Arrivés à la société de Delvaux, assis l'un en face de l'autre dans un bureau au décor minimaliste, les deux informaticiens travaillaient dans un silence uniquement troublé par le bruit des touches de leurs claviers. La nuit était tombée, et seul le faible halo de leur lampe trouait la pénombre. Depuis sa fenêtre Delvaux apercevait le Parvis désert de la Défense, éclairé par les innombrables immeubles allumés.

Dès le début de l'après-midi, les deux hommes s'étaient attelés à leur projet. En partant des traces repérées par Black Mamba, le programme espion de Delvaux, ils allaient remonter la piste des ordres de vente de *Millenium* et s'introduire dans leurs ordinateurs. Ils voulaient s'emparer de leur intelligence artificielle pour en comprendre le fonctionnement. Les problèmes étaient multiples. D'abord identifier le serveur source, mais Luca était confiant, car tout ce qui transitait sur Internet laissait une trace, surtout quand on savait où et comment chercher. Non, le plus difficile serait de contourner la sécurité du réseau de *Millenium*. S'emparer de leur programme une fois dans la place serait, à priori, un jeu d'enfant.

.*.

Storx attendait que l'avion qui emmenait Ziegler à Londres décolle. Ensuite seulement, il pourrait souffler. Il venait de passer avec succès son examen de passage et le boss semblait content de son travail. Le centre de *Millenium Dust* pour les États-Unis était officiellement opérationnel. Il restait quelques réglages à fignoler, mais le projet *BLACKSTONE* pouvait être lancé à n'importe quel moment à partir d'aujourd'hui. Ils avaient fait un test simulé en utilisant les ressources des autres centres dans le monde et le programme s'était déroulé sans anicroche. Ils avaient validé la bande passante en sortie et en entrée. Les tests de tentative d'intrusion dans le système avaient eux aussi été concluants. La barrière de sécurité qu'ils avaient conçue et déployée était imperméable. Personne ne pourrait s'introduire dans leur réseau. Et si un petit malin y arrivait, ce qui était improbable, ils pouvaient l'identifier en quelques secondes et répondre par une attaque foudroyante. Storx n'était pas inquiet, personne ne pourrait les arrêter une fois leur projet démarré. En fait, il était impatient de tester leur Intelligence Artificielle (IA). Il ne restait plus qu'à attendre le feu vert de Ziegler pour le lancement de *BLACKSTONE*. Et il serait riche au-delà de tout ce qu'il avait pu imaginer.

À 20 h, heure locale, l'avion s'élança sur la piste de l'aéroport privé de New Haven. Le Jet s'éleva dans un bruit d'enfer, face au vent qui soufflait fort sur le Connecticut en cette soirée automnale. Ziegler arborait un sourire de circonstance. Storx avait réussi à mettre en ordre de marche leur ogive nucléaire virtuelle sur le territoire des États-Unis. Leur projet consistait à construire un centre dans les pays où les places de marché étaient les plus importantes. New York, Londres, et Paris. Il avait, pour sa part, insisté pour que celui de Paris soit initialement installé en Allemagne, mais Füller avait refusé. Il avait sans doute eu peur que la proximité d'une base de *Millenium* ne le pointe du doigt si les choses tournaient mal. Tout était maintenant prêt pour le grand jour. Si Al-Naviq tenait ses promesses, le jour J approchait à grands pas.

Il commanda une coupe de champagne à l'hôtesse et se lança dans la consultation de ses messages. Son sourire disparu à la lecture de ses emails. Les nouvelles concernant le journaliste et l'informaticien n'étaient toujours pas bonnes. Il devait être … 2 h du matin en Suisse. Ces imbéciles avaient réussi la double prouesse de les rater lors de l'accident de voiture puis de les perdre. Sans compter le bordel qu'ils avaient mis à l'hôpital. Ils devaient les retrouver et les supprimer, ces deux-là en savaient trop. Une enquête de police avait évidemment été diligentée par le Parquet, suite à l'intrusion des deux faux policiers dans l'hôpital, ce qui avait pour effet de cristalliser les efforts des enquêteurs sur les deux fouineurs, au détriment du projet *BLACKSTONE*. Son chef de la sécurité avait recruté deux crétins et maintenant on allait devoir gérer une situation de crise.

*
* *

Jack recroquevillé sur son lit tremblait, bien que la chaleur de la chambre de l'hôtel soit agréable, le froid l'enveloppait, se répandait en lui et lui glaçait les os.

Il avait lutté, mais cette fois il avait perdu la bataille. Ses mois de lutte, sa fierté, son amour propre, il venait de tout boire d'une seule traite. Seul après le départ de Luca et de Thomas il était retourné dans sa chambre. Là, la lumière rouge du minibar avait commencé à le narguer. Comme un œil démoniaque qui ne le quittait pas, le témoin du réfrigérateur s'était incrusté dans son esprit. Il avait fermé les yeux, tenté de penser à autre chose, rejeté l'idée, mais cette lueur lancinante l'avait vaincu. Il avait répondu à son appel sournois.

Le minibar vidé il était descendu au bar de l'hôtel pour boire quelques bières jusqu'à ce que le barman refuse de le servir. En élevant la voix, il avait fait fuir les touristes et les hommes d'affaires, navrés d'assister au spectacle désolant d'un alcoolique imbibé et agressif.

Escorté par la sécurité, il était remonté dans sa chambre.

Il s'entortilla dans les couvertures sans se déshabiller. Le plafond tournait maintenant et il eut un haut-le-cœur. Il se mit debout. Ça tanguait, mais il réussit à se raccrocher au tour de lit. Il avança en trébuchant. Un nouveau spasme, puis il vomit par terre, et tomba à genoux.

*
* *

Thomas venait de passer toute la journée de dimanche à essayer de mettre au point ce qu'il espérait être une réponse au projet *BLACKSTONE*. Même s'il n'avait pas encore identifié les cibles, il s'attendait toujours à ce qu'une attaque visant une ou plusieurs grandes entreprises ne soit lancée à tout moment.

Luca aussi avançait. En décortiquant les données de l'attaque-surprise de *Shuito Pharmaceuticals*, il avait réussi à dénicher les adresses réseau des centres de *Millenium* de Tokyo, Londres et Paris. On laissait toujours une trace dans les serveurs d'Internet. Son objectif principal consistait à s'introduire dans le réseau de *Millenium*. Connaître leurs adresses donnait au moins la possibilité de venir frapper à leur porte. Le centre opérationnel de Paris ne se trouvait qu'à quelques kilomètres de là. Pour tester la résistance de la sécurité de leurs installations, il s'était approché à pas de loup de leur Firewall, la ligne de défense du réseau, pour ne pas se faire repérer. Pour le moment, il n'avait pas trouvé de porte d'entrée dérobée. Le moyen le plus simple serait une attaque frontale, mais il avait toutes les chances de se faire repousser, et il n'avait pas ici, au Miroir, la force de frappe suffisante. S'ils le repéraient, il pouvait aussi devenir leur cible. Il fallait donc être plus malin.

Fatigués, ils décidèrent de rentrer à l'hôtel pour aller dîner avec Jack.

*
* *

À 19 h 45 un flash spécial sur toutes les chaînes d'informations annonça l'assassinat du leader politique du PMF. Les circonstances étaient floues et personne ne s'avançait à donner de détails. Il fut d'abord question d'un accident de la route, mais tout le monde comprit que Tarek Laïd venait d'être assassiné.

Le Ministre de l'Intérieur invité sur le plateau du JT donna des précisions. Tarek Laïd avait perdu la vie sur le trajet de retour de son meeting. Il y avait en tout quatre morts, mais pour le moment aucun élément ne filtrait sur leurs identités. Le politicien, prudent, refusa de répondre aux questions, laissant aux enquêteurs le temps de tirer les premières conclusions. La mine défaite, il précisait que la mort de Tarek Laïd était une perte immense pour la communauté musulmane et que toute la lumière serait faite sur cet odieux assassinat. Les réseaux sociaux s'enflammèrent aussitôt. L'identité des meurtriers ne faisait aucun doute pour la plupart des internautes. Il s'agissait de la Droite ultra dont l'objectif visait à éviter une montée en puissance des musulmans dans le pays, en prévision des élections à venir. La Droite dure ne voulait pas d'une communauté organisée, menée par un chef charismatique et revendicatif.

Le Front National s'exprima en terme confus d'où il résultait que la mort d'un dirigeant politique était inacceptable dans notre pays, mais sans jamais dénoncer de manière formelle la mort du leader du PMF. On jouait sur du velours et la langue de bois était de rigueur. Les autres leaders politiques interviewés à chaud ne firent pas mieux, utilisant la tribune qui leur était offerte pour dénoncer la dérive droitière dans le pays, des sous-entendus clairs qui mettaient en cause la politique de Lavalette. D'autres constatèrent le naufrage des politiques de sécurité.

***

Pauvres idiots, pensait le Président Lavalette à la fin du journal en appelant son Premier ministre. Il lui semblait que la réponse de l'exécutif à ce coup de bélier contre la démocratie que représentait cet assassinat était trop molle, trop étriquée. En tout état de cause, loin des attentes de tous ceux qui étaient venus entendre Tarek Laïd. Rarement depuis trente ans un leader politique n'avait suscité autant d'engouement. Il fallait faire quelque chose, envoyer un message fort à tous les musulmans. Il sentait qu'il devait le faire, et vite. Les réactions des autres politicards ne le surprenaient pas. Aucun ne semblait réaliser les possibles retombées sociales de cette situation.

Il composa le numéro de Matignon. Un des assistants décrocha avant de lui passer Henri du Plessis.

— Henri ?

— Oui, Paul !

— Où en sommes-nous ?

— Je n'ai pas d'informations supplémentaires. Comme je te l'ai dit, les trois morts étaient tous membres de 'Résistance républicaine'. Ce qui ne laisse pas beaucoup de doutes sur qui, ni pourquoi.

— Ont-ils confirmé ? On a des gros bras qui pavoisent d'avoir supprimé Laïd ?

— Et non, c'est ça le hic. Tout le petit monde de la droite réac réfute d'avoir quoi que ce soit à voir avec cette attaque.

— Et les Renseignements Généraux, ils en disent quoi ?

— C'est la même chose, personne n'a rien entendu filtrer, et tout le monde est surpris.

— Bon, continuez à recueillir les informations sur le terrain. Moi je suis inquiet pour la suite. Il ne faudrait pas que ça dégénère. Si ça devient une affaire d'État, on risque d'avoir le feu aux banlieues.

— Je ne le pense pas, Paul. Pour l'instant, c'est calme. En tout cas, on ne m'a rien fait remonter.

— Demande à l'Intérieur de rester sur le qui-vive. J'ai un mauvais pressentiment et je me trompe rarement Henri, tu le sais.

— Tu veux qu'on remonte le niveau d'alerte ?

— Je crois que c'est le minimum.

— Je suis d'accord. L'Intérieur a déjà envoyé des ordres dans ce sens, mais je vais vérifier.

— Tu convoques les responsables du culte musulman demain matin pour une réunion d'urgence. Il faut désamorcer ce truc, Henri. Nous devons être irréprochables. Je préfère que nous en fassions un peu trop que pas assez.

— Je m'en occupe !

— Et tenez-moi au courant heure par heure ! C'est très important.

— Tu le seras, Paul.

— Merci !

Lavalette raccrocha. Une alarme s'était mise en marche quelque part dans le cerveau du Président.

ECHEC ET MAT ?

.*.

Le téléphone du poste de la police municipale des Mureaux sonnait depuis plusieurs secondes. Le planton à la réception parti chercher un café à la machine dans l'entrée revint en courant, se renversant une partie du breuvage brûlant sur la main. Il n'était que 23 h et la soirée avait été calme. Hormis une arrestation pour une bagarre entre deux automobilistes lors d'un accident dans le centre-ville, il n'y avait rien à noter sur le registre.

Il décrocha, et la voix masculine, surexcitée, à l'autre bout, cria quelque chose qu'il ne comprit pas.

— Poste de police des Mureaux, parlez plus doucement monsieur, je ne comprends rien de ce que vous me dites !

— Je vous appelle du quartier des trois pignons ! Il y a cinq voitures en feu et je vois des silhouettes essayer d'allumer d'autres incendies. L'homme prenait sur lui pour garder son calme.

— Cinq voitures ? vous êtes sûr ? Ils sont combien ?

— Oui, oui, ils sont toute une bande ! J'ai ma caisse dehors, je vais sortir !

— N'en faites surtout rien, monsieur, je préviens les collègues et on envoie une patrouille. Pouvez-vous me donner une adresse précise ?

Le planton nota l'adresse et la transmit par la radio. À peine avait-il reposé son stylo que le téléphone sonnait de nouveau. Il décrocha un peu inquiet.

— Poste de police des Mureaux !

— Il y a une bande dans le centre-ville qui pète tout sur son passage ! Ils cassent les voitures à coup de battes, là ils sont en train de s'en prendre aux devantures de magasins. Ils lancent des pierres à travers les rideaux. Ça craint !

— Donnez-moi le nom de la rue, monsieur !

Il raccrocha. La soirée qui commençait tranquillement était en train de virer au cauchemar. Anxieux, il passa un nouveau message radio à ses collègues, qui tournaient en ville.

ECHEC ET MAT ?

Le téléphone se remit à sonner et il comprit que cette nuit allait être une de celle dont on se souvient. Et pas forcément en bien.

Il n'eut pas le temps de décrocher. La porte du poste de police explosa. Une voiture bélier venait de défoncer l'entrée. Il se protégea en se baissant derrière la borne de l'accueil. En regardant par-dessus il vit au moins une dizaine de casseurs s'approcher portant blousons et capuches. L'un d'eux lança un cocktail Molotov dans le poste et tout s'embrasa. Caché derrière son comptoir, à plat ventre, il ne savait que faire. Il décida que le mieux était de rester là pour le moment.

L'un d'eux cria : « Ça, c'est pour Tarek Laïd ! ». Les assaillants cassaient systématiquement toutes les vitres des bureaux et lançaient des bombes incendiaires dans les locaux.

Les attaquants disparurent aussi vite qu'ils étaient arrivés. Le tout n'avait duré que deux ou trois minutes.

Tout le poste de police était en feu. Les agents municipaux, pris de vitesse et sidérés par l'attaque, aussi violente que rapide, n'avaient pas eu le temps de réagir. On ne dénombrait pas de victimes. L'évacuation se fit dans un calme relatif. Quand les pompiers arrivèrent, il ne restait plus rien du poste de police des Mureaux.

*
* *

Lavalette, réveillé depuis 3 h du matin, ne lâchait pas son portable. Il enchaînait les conversations depuis plusieurs heures avec les Préfets, qui dans leurs petits souliers, essayaient de trouver les mots pour lui donner un aperçu factuel de la situation. Ils hésitaient à décrire en détail les scènes de guerres urbaines qui remontaient du terrain. Lavalette le sentait bien, et il se maudit d'avoir eu raison. La situation était explosive et on dénombrait plusieurs commissariats et postes de police incendiés, ainsi que des centres-villes systématiquement détruits. On avait évité le pire quand une voiture des forces de l'ordre s'était retrouvée bloquée dans les quartiers nord d'Asnières. Heureusement, l'équipe de la BAC s'était échappée, mais le véhicule était en piteux état. Les casseurs étaient très remontés et se revendiquaient tous du PMF. La jeunesse ne voulait pas laisser passer l'assassinat de Tarek Laïd sans réagir. Ils s'étaient emparés de la violence érigée en un mode d'expression capable de les réunir tous. Le Président Lavalette réfléchissait à une possible réponse à ces évènements pour ramener le calme et éviter une escalade de la violence. La nuit allait être longue.

14. PARIS

Dimanche 24 Septembre

À 8 h 30 François Delmas se tenait derrière le chef du 36. Policier expérimenté du Quai des Orfèvres depuis plus de dix ans, il avait tout naturellement hérité de l'enquête quand le Préfet de police avait insisté pour qu'elle soit confiée à un flic consciencieux et qui savait manœuvrer dans des eaux politiquement polluées. Il ne faisait aucun doute que cette affaire allait être de la dynamite. Delmas n'aimait pas se trouver sous le feu médiatique, surtout dans ce contexte explosif. Il était venu à la conférence de presse à la demande expresse de son patron, qui lui-même servait de passe-plat au ministre. Compte tenu de la médiatisation de cet assassinat et de la nuit difficile qui venait de traumatiser le pays, il était indispensable de faire retomber la pression. L'une des actions consistait à donner à la communauté musulmane un gage de bonne foi.

La conférence de presse, décidée dans l'urgence, allait commencer d'un moment à l'autre. Delmas, résigné, s'assit à la place qui lui était réservée, devant la forêt de micros et de caméras, installés par la foule de journalistes qui se pressait dans cette salle trop petite. On jouait des coudes.

Par acquit de conscience, il s'empara de la pancarte en papier pliée devant lui, et jeta un œil pour confirmer qu'il était à la bonne place. Il lut le nom du ministre. Il ne put s'empêcher de sourire et l'échangea avec celle qui lui correspondait.

Le ministre, le chef du 36 et le Préfet de Police de Paris, prirent place. Delmas se retrouva au bout de la table, décalé par rapport aux autres participants. On ne lui dit rien, mais il comprit qu'il ne faisait pas partie du cercle des importants, les trois autres faisaient corps. Ils n'étaient pas quatre à la table, mais bien trois plus un.

Ça lui allait bien. Lui était un homme de terrain et il ne recherchait pas les honneurs ni les flashs. Cet exercice ne servait à rien d'autre qu'à fournir à la Presse les messages qu'on voulait leur faire passer.

Le ministre se leva et se dirigea vers le pupitre. Delmas allait être présenté comme l'enquêteur et ne répondrait aux questions que si son chef le lui demandait. Le cas échéant, il servirait de caution et resterait en retrait. L'élu réclama le silence et le brouhaha généralisé décru. Il se gratta la gorge, ajusta le micro devant lui avant de commencer :

— Mesdames et Messieurs de la Presse, merci de votre présence. Comme vous le savez, Tarek Laïd, leader du PMF a été assassiné hier à 18 h 30 sur les quais de Seine. Son chauffeur, Khalid Alzadi, s'est défendu lors de l'attaque et bien qu'il n'ait pu sauver Monsieur Laïd, nous comptons trois morts dans le camp des assaillants. Leurs identités ne vous seront pas révélées ici, mais je peux vous confirmer d'ores et déjà qu'il s'agit bien de membres d'un groupuscule d'extrême Droite.

Le niveau sonore monta d'un cran dans la salle et des questions fusèrent de toutes parts.

— S'il vous plaît messieurs dames ! Un peu de silence ! Monsieur le Préfet et le Chef de la Police répondront à vos questions après cette brève allocution.

Le silence retomba un peu et le ministre put continuer.

— Les circonstances de ce meurtre restent obscures et tous nos effectifs sont sur le terrain pour faire toute la lumière sur cette affaire. L'enquête a été confiée au Lieutenant Delmas.

Ce faisant, il tendit le bras en direction du lieutenant. Les têtes et les caméras se tournèrent vers Delmas qui eut un coup de chaud.

— Il appartiendra à la police de trouver les réponses aux questions que pose cet assassinat, qui n'a d'ailleurs pas été revendiqué à ce stade.

— Monsieur le Ministre ? un journaliste plus zélé que les autres venait d'apostropher le politicien qui marqua une pause. Pourquoi n'y a-t-il pas de revendication ? Si c'est le cas, serait-il possible que les causes soient ailleurs ?

— Je ne vois pas ce qu'elles pourraient être ! Monsieur ?

— Jacques Prudot, du journal la 'République libre'. Le journaliste dont la publication soutenait la droite ultra conservatrice, soulevait un point essentiel.

— Monsieur Prudot, pour l'instant nous n'avons pas d'éléments qui pourraient affirmer ou infirmer une quelconque hypothèse.

— Quand même, Monsieur le Ministre, si un groupuscule droitier avait monté cette attaque elle aurait à cœur de le faire savoir, ne croyez-vous pas ?

Le ministre décida de ne pas répondre. Mais cet homme marquait un point. La non-revendication jetait une zone d'ombre supplémentaire sur cette affaire. Ni les Renseignements Généraux ni les indics n'avaient d'informations. Cela soulevait une interrogation légitime.

— Le gouvernement et moi-même voulons insister sur l'importance de la vérité. Tarek Laïd représentait plus qu'un mouvement politique. Sa mission visant à rassembler toutes les composantes des musulmans de France était essentielle. En cette période de doute, je demande à tous les musulmans, et à la jeunesse en particulier, de garder son calme. Toutes les forces de police sont engagées dans la découverte de la vérité. La violence n'est pas la réponse ! Les actions comme celles de la nuit passée doivent cesser ! Il faut laisser aux forces de l'ordre le temps de mener à bien cette enquête dans un climat apaisé. Merci à tous.

Le ministre se rassit et lança la session de questions - réponses. Au bout de vingt minutes d'un dialogue de sourds, pendant lequel les journalistes voulaient plus de détails et où les forces de l'ordre répondaient par un 'pas de commentaire' laconique, la conférence de presse fut achevée.

Prudot se rapprocha de l'enquêteur avant de sortir.

— Delmas ? demanda le journaliste.

— Prudot ! De la 'République libre' c'est ça ?

— Oui. Je peux vous garantir que cette action n'a rien à voir avec nous !

— Nous ? C'est qui nous ?

— Disons la Droite Républicaine et active ...

— Comment pouvez-vous en être sûr ?

— Je le sais, c'est tout. Vous pouvez décider de ne pas me croire, mais je peux vous dire qu'il va falloir vous trouver un autre coupable.

— Vous ne pouvez pas nier les morts ramassés sur les lieux du crime quand même ?

— Non bien évidemment ! J'avais entendu parler d'une action d'intimidation, mais pas de meurtre.

— Ça a pu dégénérer ?

— Je vous assure que ça n'est pas le cas.

— Et donc vous pointeriez dans quelle direction ?

— Aucune idée. Mais pas chez nous !!

Il fit demi-tour et disparut, avalé par la foule des journalistes encore présents.

*
* *

À 7 h, Jack ouvrit un œil. La pénombre régnait dans sa chambre. Il avait un mal de tête épouvantable, souvenir désolant de la nuit passée. Après quelques minutes, le bruit sourd qui battait dans ses tempes et la douleur qui lui brouillait la vue diminuèrent. Il s'assit dans son lit et contempla le désordre. La honte lui étreint le cœur et il eut envie de pleurer. Il se leva pour prendre une douche bien chaude.

À 8 h, après avoir nettoyé au mieux les traces au sol et changé de vêtements il alluma la télévision comme il le faisait tous les matins à New York.

Toutes les chaînes d'informations passaient en boucle les images de la nuit précédente. Voitures en feu, centres-villes démolis, postes de police incendiés. Tout cela ressemblait aux émeutes dans les villes de Charlotte ou de Los Angeles lors des ripostes mortelles de la police contre Rodney King ou Trayvon Martin.

Jack changea de chaîne et passa sur CNN Europe qui retransmettait la conférence de presse. Il ne comprit pas ce qu'il se disait, mais la journaliste fit un résumé. Jack eut une révélation. Thomas avait dit que *Millenium* était prêt à lancer son attaque. La seule chose qui manquait était un évènement déclencheur suffisamment puissant pour infléchir les cours de Bourse. Et si cette affaire avait cet effet. En poussant le raisonnement, on pouvait même se demander quelle était la probabilité pour qu'une telle situation se produise justement maintenant.

Il fallait en parler à Thomas. Ils avaient rendez-vous pour déjeuner dans quelques minutes. Il se résolut à descendre, même s'il ne se sentait pas d'attaque pour avaler quoi que ce soit.

Quand il apparut à la réception, l'employé derrière son bureau le regarda d'un œil noir. Il devait être de service hier soir, pensa Jack, qui prit un air innocent en entrant dans la salle du petit déjeuner.

Luca et Thomas assis, étaient en grande discussion. Jack se joignit à eux. Un serveur s'approcha pour prendre sa commande. Il opta pour un café noir. De toute manière, son estomac ne lui laisserait pas avaler quoi que ce soit d'autre ce matin.

— Vous avez l'air fatigués, commença Jack.

— T'as pas vu ta tête ! répondit Thomas.

— Oui, j'ai eu une une nuit difficile.

— On t'a manqué ?

— On peut dire ça. Si vous aviez été là je pense que la nuit aurait été différente.

— On sent poindre un soupçon de regrets ? demanda Thomas.

— Pas un soupçon, des tonnes de regrets tu veux dire …

— Tu veux qu'on en parle ?

— Non pas vraiment.

— Nous, on a travaillé une bonne partie de la nuit. Luca a convaincu ses amis, qui ont accepté de nous aider si on arrive à mettre la main sur les programmes de *Millenium*. Luca hocha la tête, ses cheveux cachant ses yeux.

— Nous donner un coup de main pour quoi faire ?

— Ben, disons que le collectif qu'il représente a voté. Ils sont d'accord pour nous aider à écrire un programme qui pourrait contrecarrer *Millenium* et leur intelligence artificielle.

— Super nouvelle ! Et vous avez avancé ?

— C'est là que ça se corse. Pour qu'ils puissent nous aider à développer quelque chose, il faudrait qu'on s'introduise dans leur réseau pour pirater leur code, mais Luca se casse les dents sur la sécurité pour le moment.

— Aïe ! Même pour des cracks comme vous ? Vous avez un plan B ?

— Non. Il faut absolument que j'arrive à passer la sécurité, c'est tout ! S'il le faut, je ne dormirai pas pendant une semaine, mais je vais y arriver ! lança Luca à fleur de peau.

— Et si tu n'y arrives pas ?

— Je vais y arriver, arrêtez de me casser les couilles ! Luca ne supportait visiblement pas qu'on mette ses compétences en question.

— Tu sais Jack, Luca est employé par des grosses sociétés pour tester la qualité de leur Firewall. C'est sa spécialité et il y parvient toujours, répondit Thomas, pour refroidir un peu l'atmosphère.

— Je n'en ai jamais douté !

La conversation fut interrompue par le serveur qui amenait le café fumant de Jack. Tout le monde plongea dans son petit déjeuner, histoire de passer à autre chose. Le sujet de la sécurité et de Millénium avait le pouvoir de mettre les nerfs à fleur de peau.

— Thomas, j'ai eu une idée en regardant les infos ce matin, reprit Jack, après quelques minutes.

— Ici on ne parle que de ça ! Ça a drôlement chauffé cette nuit. Le ministre a même fait une conférence de presse pour essayer de calmer les esprits.

— Et si cette affaire avait un lien avec *Millenium* ? demanda Jack.

— Que veux-tu dire ? demanda Delvaux interloqué.

— Ce que je veux dire c'est qu'on est persuadé que des gens mal intentionnés ont en tête de lancer une attaque sur les Bourses, ok ?

— Oui !

— Que pour ce faire ils ont construit des centres, dont un est ici à Paris, vous me suivez toujours ?

— On te suit !

— Et que comme par hasard il se passe ici un évènement majeur qui pourrait influencer le pays.

— Ça serait quand même gros non ?

— Oui, mais j'ai repensé au scénario que tu avais échafaudé quand on a fouillé le téléphone de Ziegler. Ton truc c'était qu'il fallait un élément déclencheur pour modifier les équilibres. Que cet élément pourrait être le top départ de leur foutu projet *BLACKSTONE*. Jack laissa un espace pour que Luca et Thomas puissent respirer, alors ?

— Je ne sais pas quoi penser, reprit Delvaux. Mais tu pourrais avoir raison. Si les choses se détériorent encore ici, ça pourrait faire tomber la Bourse de Paris et avec elle, celles des pays européens. Ça se tient. Je ne vois pas le lien, mais c'est possible. Tu sais, ils n'y sont peut-être pour rien. Ce qui ne les empêcherait d'ailleurs pas d'utiliser cette fenêtre de tir … Il faudrait qu'on en parle à quelqu'un. C'est trop gros pour nous. Jack, Luca, vous en pensez quoi ?

— Moi je ne veux pas avoir affaire aux flics, ni à personne d'autre d'ailleurs, répondit Luca maintenant sur la défensive. Moi, je veux rester discret, invisible, même !

— Je comprends, conclut Jack. Et si on appelait l'enquêteur sur le meurtre de ce politicien. On pourrait lui parler de *Millenium* et voir ce qu'ils en pensent ?

.*.

Debout devant le tableau blanc dans le bureau, Luca et Thomas travaillaient à conceptualiser le programme qui leur permettrait de pénétrer dans le labyrinthe informatique de *Millenium*, quand on frappa à la porte.

— Entrez ! dit Delvaux.

— Une livraison pour vous Monsieur. Son assistante venait lui remettre un colis de la taille d'un gros paquet de cigarettes.

— Merci Malika.

Thomas ouvrit la boîte et esquissa un sourire. On venait de lui apporter son nouvel iPhone avec une carte SIM. Depuis qu'il avait pris la fuite de l'hôpital, il utilisait un jetable, mais cela ne lui donnait pas accès à ses applications habituelles ni à ses emails. Il allait enfin pouvoir se reconnecter au monde.

Après avoir mis la carte SIM dans son logement, il démarra son téléphone qui émit un bip de contentement. Il connecta son appareil à son compte iTunes et quelques secondes plus tard il avait du réseau et ses applications étaient en cours de chargement. Il en profita pour downloader depuis le Cloud ses applications personnelles.

Il éteignit l'appareil puis le ralluma pour le mettre à jour. Au bout de cinq minutes, son téléphone émit un bruit particulier. Une sonnerie à trois tons. Delvaux fronça les sourcils, puis un large sourire éclaira son visage.

— Luca, je crois que nous avons de la chance !

.*.

Ziegler n'était pas content du tout. Il pénétra dans les bureaux parisiens de *Millenium Dust* en provenance de Londres comme une tornade. Sa frustration venait de l'incapacité de son équipe à localiser

Campbell et l'informaticien. À croire qu'ils s'étaient volatilisés. Sans compter que personne ne savait où étaient les deux hommes de main qui avaient pris la fuite après le fiasco à l'hôpital. Il devait appeler Füller pour lui donner un aperçu de la situation et il sentait que cela n'allait pas bien se passer.

Sans dire bonjour, il franchit le sas de l'accueil, visage fermé, et entra dans le bureau qui lui était réservé pour s'installer à son poste de travail. Dans son agenda, l'urgence était d'appeler le siège de la ZIS, car le business n'attendait pas. Si on lançait l'opération BLACKSTONE comme prévu demain, il fallait ajuster un certain nombre de positions dans le portefeuille des investissements de la banque, en prévision des changements à venir.

Pour avoir ses messages et ses mails sur son téléphone, il se connecta au réseau Wifi du bureau et ne vit pas le virus, installé dans son appareil par Delvaux, se mettre à l'œuvre. La connexion établie, le cheval de Troie s'empara du mot de passe, des adresses IP disponibles et des paramètres confidentiels, puis envoya le tout à Thomas, dans le secret le plus absolu.

Ziegler inspira, prit son courage à deux mains et composa le numéro de téléphone de Füller qui le reconnut et décrocha immédiatement :

— Füller à l'appareil. Bonjour Ziegler.

— Heidrich, comment vas-tu ?

— Je vais très bien, merci ! Tu m'appelles d'où ?

— Je suis à Paris. Je termine ma tournée d'inspection des centres.

— Très bien. Tout est en ordre ?

— Absolument, ils sont prêts à frapper dès qu'on l'aura décidé.

— Storx a donc réussi à être à l'heure ?

— Oui, même si les travaux ont commencé plus tard que prévu.

— Très bien ! Ziegler ?

— Oui ?

— Je suppose que tu ne m'appelles pas pour prendre de mes nouvelles ?

— Non, je me disais que tu voudrais certainement être tenu au courant de nos progrès.

— Oui merci. Mais dépêche-toi, j'ai des réunions qui doivent démarrer avec des officiels que je ne peux pas faire attendre. Il y a autre chose ? Je te sens inquiet.

— En fait oui … c'est à propos de nos deux fouineurs.

— Tu as de bonnes nouvelles ?

— En fait non, on n'a pas retrouvé le journaliste … ni l'informaticien … ils sont toujours en fuite.

— Je croyais que tu devais régler ce problème hier ? la voix de Füller devenait rugueuse.

— Impossible de les localiser. On dirait qu'ils se sont évaporés. Pourtant nous avons des contacts un peu partout.

— C'est de l'incompétence ou de la bêtise ?

— Doucement ! On fait de notre mieux, mais on ne va pas mettre le pays à feu et à sang. On doit les retrouver en douceur, sans se faire repérer.

— Et les deux guignols de l'hôpital ?

— Pas mieux… pour l'instant !

— On a une vidéoconférence avec les membres de *BLACKSTONE* à 17 h. D'ici là, j'espère que tu auras des informations plus positives à leur communiquer ! Je l'espère vraiment.

Il raccrocha et Ziegler sentit la sueur lui couler dans le dos. Il remarqua qu'il serrait son téléphone si fort que ses articulations étaient toutes blanches.

Après quelques secondes de répit pour faire retomber son niveau de stress, il appela son chef de la sécurité pour lui mettre la pression. Après tout, il n'y avait aucune raison pour qu'il soit le seul à prendre les coups.

.*.
* *

La petite icône sur le Smartphone de Thomas clignotait, signe que des informations venaient de lui être transmises en provenance du téléphone de Ziegler. Thomas jubilait intérieurement d'avoir pris le temps d'implanter ce virus quand ils avaient piraté l'appareil. Avec ce cheval de Troie de nouvelle génération développé par Luca, si on avait un accès au téléphone, on pouvait récupérer toutes les informations confidentielles des réseaux auxquels il se connectait. En particulier les mots de passe. Et on conservait un accès à tout son contenu. Une vraie fenêtre sur cour avec un miroir sans tain. Voir sans être vu, le Graal pour tout pirate.

— Luca, Ziegler est à Paris ! déclara Delvaux rempli d'une énergie nouvelle. On tient enfin une opportunité de plonger dans leurs systèmes. Il est dans les locaux de *Millenium* en ce moment. Grâce à ton cheval de Troie, je suis en train de récupérer le mot de passe de leur wifi. Il vient juste de se connecter !

— T'es le meilleur ! répondit Luca. Donne-moi ça que je parte à la chasse sous-marine.

Luca animé d'une détermination sans faille se mit à son clavier. Il fit craquer les articulations de ses doigts en un signe inconscient de défi. Comme un artiste virtuose au début d'une représentation il se concentra, avant de plonger dans le dédale du réseau informatique de *Millenium*.

Au bout de quelques minutes, Luca était arrivé à la porte du système de sécurité. Le curseur de son ordinateur clignota pendant quelques secondes, le temps de lancer la procédure de connexion, puis le message suivant s'afficha : 'veuillez entrer le mot de passe'.

Derrière cet écran se trouvaient les secrets de la société dont le but était de déstabiliser le monde en s'attaquant à son talon d'Achille : la finance. L'équilibre fragile de la société moderne reposait en grande partie sur l'accord tacite des États à sauvegarder leurs avoirs. Modifier cette stabilité précaire revenait à altérer de manière définitive les rapports de force entre les pays. La répartition de la richesse de la planète étant un jeu à somme nulle, les pertes des uns, surtout dans nos économies interdépendantes, étaient les gains des autres.

Millenium Dust et son projet *BLACKSTONE* représentaient un danger bien plus grave que la captation de richesse aux profits de spéculateurs sans scrupules ; il s'agissait de modifier le rapport de force entre les pays riches et démocratiques, au profit d'États aux valeurs très discutables. Ni Luca Hanser, ni Thomas Delvaux, ne mesuraient l'étendue du danger que représentait le projet *BLACKSTONE*. Cette ignorance était d'une certaine manière bénéfique, afin d'éviter qu'ils ne soient tétanisés devant la responsabilité qui leur échouait.

— Je suis rentré !! s'exclama Luca.

— Tu es dans le système ?

— Oui, je me suis connecté avec le mot de passe de Ziegler. Ils utilisent des serveurs Linux. Pas de problème, c'est du billard ! Je remonte dans leur arborescence.

— Toujours pas repéré ?

— Non, ça roule. Ça y est, je viens de trouver le mot de passe administrateur du réseau. Je vais me créer un compte fantôme pour pouvoir me reconnecter sans passer par le profil d'utilisateur de Ziegler.

— Merde, c'est rapide !

— Tu rigoles, ou quoi ! Maintenant que je suis rentré, c'est du gâteau ! Bon on se calme. Je me reconnecte avec mon nouveau compte pour éviter de perdre notre porte d'entrée au cas ou Ziegler coupe sa connexion wifi. Attends voir …. Bingo, j'y suis – Luca était survolté. Il était dans le système et pouvait se balader dans le jardin secret de *Millenium*.

— Bon, tu fais quoi maintenant ? demanda Delvaux.

— Je cherche leur programme, leur Intelligence Artificielle, pour la télécharger. Comme ça on pourra l'étudier à tête reposée. Et puis pendant que je suis sur place, je vais regarder comment ils sont organisés. Il y a sûrement des tas de choses à apprendre.

— Ne te fais pas repérer, hein ?

— Non, ne t'inquiète pas, de toute manière je suis connecté via des serveurs anonymes donc ils ne pourront jamais nous tracer. Avec mon compte fantôme, ils auront un mal de chien à me retrouver.

— Je sais, mais permets-moi quand même d'être inquiet. On n'aura pas de seconde chance.

Luca complètement absorbé par sa tâche n'entendit même pas Delvaux. Devant lui des écrans entiers de données défilaient, qu'il étudiait avec concentration. Hochant la tête ou se grattant le front visiblement interloqué par ce qu'il découvrait. Il connecta une clé USB puis un disque de grande capacité sur son PC et lança un téléchargement.

⁎

— Bonjour, je m'appelle Thomas Delvaux et je voudrais parler au lieutenant Delmas.

Thomas se battait maintenant depuis dix minutes, ballotté d'un service à l'autre. Il commençait à se demander si contacter la police était une si bonne idée en fin de compte.

— À quel sujet ? la voix de cette assistante de la brigade criminelle, plate et triste comme un jour de grève, ne semblait pas particulièrement encline à transférer l'appel de Thomas.

— J'ai des informations concernant l'affaire Tarek Laïd, madame, mais si cela ne vous intéresse pas, je peux aussi raccrocher.

— Comme vous voulez monsieur ! elle n'avait décidément aucune idée de ce à quoi il venait de faire allusion. Elle devait être la seule personne dans tout le pays à ne pas avoir entendu les informations.

— Écoutez, c'est important ! Pouvez-vous me le passer s'il vous plaît ?

— J'essaye ! répondit la voix laconique, puis un blanc. Thomas s'apprêtait à raccrocher quand une voix masculine répondit à l'autre bout.

— Lieutenant Delmas !

Delmas ferma mécaniquement le rapport qu'il était en train d'étudier avec attention. Le dossier de l'attentat du 1ᵉʳ mai, affaire gérée par le commandant Rougier, l'interpellait. En effet, il était noté qu'à l'issue de leur enquête, l'équipe de Rougier pensait avoir identifié le commanditaire. Or, ce même homme se trouvait être le chauffeur de Tarek Laïd. Un certain Khalid Alzadi.

Plus surprenant encore, le comptable de l'attentat de Paris, Malik Aertens possédait des livres de comptes dans lesquels une banque, la *Zurich Investments & Securities Bank* était mentionnée. Le même établissement que celui utilisé par Tarek Laïd pour financer sa campagne.

Delmas se concentra sur son interlocuteur téléphonique.

— Bonjour Lieutenant, Thomas Delvaux à l'appareil.

— Monsieur ?

— Delvaux !

— Monsieur Delvaux, que puis-je faire pour vous ?

— Je vous ai vu à la télévision pendant la conférence de presse de ce matin. C'est bien vous qui êtes en charge de l'affaire Tarek Laïd ?

— Oui tout à fait !

— Je crois avoir des informations qui pourraient vous aider dans votre enquête, Lieutenant.

— Hum … quel type d'information ? la voix de Delmas marquait tout d'un coup un intérêt évident à cette conversation.

— C'est vraiment compliqué … Je ne suis même pas complètement sûr d'avoir raison, répondit Delvaux.

— Allez-y, racontez-moi, et nous déciderons ensemble si c'est important ou non !

— Non, non, je SAIS que c'est important…

— Alors je vous écoute !

— Lieutenant, avez-vous entendu parler de *Millenium Dust*, de la *Zurich Investments & Securities Bank* ou de *BLACKSTONE* ?

— C'est possible, Monsieur Delvaux. L'adrénaline se déversa dans le système nerveux de Delmas, dont l'attention était maintenant totale.

— J'ai de bonnes raisons de croire qu'il existe un lien entre l'assassinat de Monsieur Laïd et des financements occultes, dont la portée pourrait être mondiale, continua Thomas.

— Et comment avez-vous eu connaissance de ces éléments en lien avec notre enquête ? Delmas ne voulait pas trop en dire, mais son intérêt était de faire parler Delvaux.

— Je crois que si vous voulez en savoir plus, il faudrait que nous nous rencontrions. Pour tout dire, il serait même important que ce rendez-vous se fasse aujourd'hui. Il y a urgence à ce que vous sachiez ce qui se passe ici !

— Vous ne pouvez rien me dire de plus maintenant ?

— Pas au téléphone !

— Pourquoi ?

— Heu … moi et un journaliste du *New York Times* sommes dans le collimateur de la *ZIS*.

— Vous pensez être en danger ?

— Je ne le pense pas Lieutenant, je le sais ! Ils ont essayé de nous tuer à Zurich, il y a deux jours !

— Vraiment ? Vous pouvez passer au 36 ?

— Je préférerai un endroit plus… discret. Un endroit public.

— Que diriez-vous du café du Soleil d'Or ? à 11 h ? C'est juste à côté de mes bureaux ?

— Va pour le Soleil d'Or.

— À 11 h, Monsieur Delvaux ?

— À 11 h, lieutenant ! Je serai là avec mon ami.

Delmas raccrocha perplexe. Si on mettait bout à bout un assassinat de politicien, un financement occulte et la résurgence d'une même banque dans le contexte de l'attentat du 1er Mai, on avait de quoi se poser des questions.

Il décrocha son téléphone et appela Pauline Rougier. Il avait confiance en elle et il savait qu'elle serait partie prenante dans cette affaire, liée d'une manière ou d'une autre, à l'attentat du 1er Mai, et pourrait peut-être se joindre à lui pour ce rendez-vous avec Delvaux.

.*.

À 10 h, la situation dans le pays devenait alarmante. On recensait plusieurs tirs d'armes automatiques sur des mosquées. Un homme venait d'être abattu à Marseille. Il s'agissait d'un activiste de la droite dure. Assassinat immédiatement revendiqué par des activistes du PMF. On annonçait des mouvements similaires en Belgique et en Allemagne. Les musulmans défilaient avec des pancartes au nom de Tarek Laïd, en signe de soutien. La perte de l'homme politique soulevait des questions hors des frontières de France. La police était intervenue en Allemagne, et des images montrant les violents affrontements entre les forces de l'ordre et les manifestants à Berlin, passaient en boucle sur les chaînes d'informations en continu.

*
* *

Luca regardait la barre bleue sur son écran qui indiquait l'état du téléchargement du programme de *Millenium*. Il venait de dépasser le seuil des dix pour cent et ça progressait toujours. Il restait en attente. Pour l'instant, tout se passait bien.

Dans les locaux parisiens de *Millenium*, le téléphone de Ziegler se mit à émettre un son très reconnaissable. Une demande de connexion FaceTime de la part de son directeur de la sécurité. Une démarche inédite et surprenante, mais il accepta la vidéo. Celui-ci avait peut-être des informations importantes à lui communiquer.

— Herr Ziegler ? Un inconnu au visage arrondi et souriant apparu à écran.

— Oui, mais qui êtes-vous ? Où est Daniel Hassler, mon chef de la sécurité ?

— Mais il est là, regardez !

La caméra du téléphone portable montra son homme de main, ligoté sur un lit en fer rouillé. La pièce ressemblait à un squat, murs dont le plâtre tombait par plaques entières, papiers à terre, éclairée par une ampoule nue qui diffusait une clarté diffuse et malsaine. Bâillonné, Daniel Hassler, pourtant ancien des forces spéciales, avait le regard empli de peur. Son visage tuméfié attestait qu'on l'avait passé à tabac et il saignait abondamment. Son œil droit presque fermé commençait à virer au noir.

— Mais qui êtes-vous ? demanda Ziegler.

— Je croyais que vous aviez ordonné à votre porte-flingue de nous supprimer ?

— Mais pas du tout, je ne sais même pas qui vous êtes !

— Ah bon ! il se tourna vers Hassler. Tu vois Daniel, ton patron n'a jamais ordonné que tu te débarrasses de nous !

— En êtes-vous certain, Herr Ziegler ? insista l'homme au visage empâté et à la calvitie naissante. Il pointa la caméra vers son associé. Un type visiblement grand et musculeux. Tu en penses quoi ? lui demanda-t-il.

— On n'a aucune raison de douter de la parole du Chef ! répondit le gros qui refit un plan sur Hassler. Dans le champ de vision, à côté du lit, le type costaud avec un révolver à la main reprit la parole.

— Ecoutez Ziegler, voilà ce qu'on fait aux types qui nous veulent du mal ! ce faisant, il pointa son arme vers le prisonnier attaché au lit et tira un premier coup de feu. Hassler parut secoué de convulsions. Un large trou s'ouvrit dans sa poitrine. Un second coup de feu retentit avec un décalage de quelques dixièmes de secondes avec l'image. La moitié du visage du directeur de la sécurité de la *Zurich Investments & Securities Bank* explosa alors qu'une large tache de sang apparaissait derrière le lit, éclaboussant le mur.

— Oh mon Dieu ! ne put s'empêcher de lâcher Ziegler qui comprit que ces deux fous furieux étaient les deux hommes de main qui avaient manqué leur coup à l'hôpital de Zurich, en essayant de tuer le journaliste et l'informaticien.

— Comme tu dis, enfoiré !! T'as voulu nous niquer, hein ! On ne te laissera pas tranquille, on va s'occuper de toi ! L'inconnu regardait la caméra et son expression de fureur assassine glaça Ziegler.

La connexion fut interrompue. Le cœur du PDG de la *ZIS* battait à tout rompre. Voir en direct le meurtre de son employé et être menacé de mort, tout cela ne rentrait pas dans sa description de poste. Ces deux types ont complètement merdé à l'hôpital et maintenant ils en ont après moi, se dit-il. Il devait se calmer. Surtout, ne rien dire à Füller, ou pas encore. Ça ne servait à rien d'ajouter du bordel au bordel existant. Je ne suis décidément pas fait pour l'action, pensa-t-il. En tout cas pas pour l'action de terrain. Il reprenait ses esprits quand une alarme se déclencha dans la salle réseau.

L'employé de *Millenium Dust* responsable de la sécurité de l'installation informatique ne devait pas avoir plus de vingt-cinq ans. Brun, coupe courte, il semblait maigre, mais cachait sous des vêtements trop larges un corps tout en muscles, résultat de soirées et de week-end passés à la salle de sport.

L'alarme sonnait depuis plusieurs secondes et tout le monde était tétanisé bien qu'ils aient répété à plusieurs reprises, lors de simulations, la conduite à tenir en cas d'attaque informatique, ce qui était manifestement le cas. Autant il était facile de garder son calme et la tête froide quand il s'agissait de répétitions sans enjeu, autant la réalité provoquait une distorsion du temps et de l'espace. Tout se passait au ralenti. Il fallait pourtant avoir des réflexes simples. Tout d'abord, déconnecter son ordinateur du réseau et l'éteindre, puis faire de même avec son téléphone portable et tout matériel pouvant se connecter sur le wifi. Ensuite, sortir de son bureau et le fermer à clé. Procédure visant à éviter la propagation de virus et le piratage d'informations grâce à l'utilisation de matériel possédant une connexion réseau ou wifi.

Il fallut pourtant plusieurs minutes pour effectuer ces actions aux employés de *Millenium*.

Henry Dwight, le responsable de la sécurité, couru dans les couloirs et se précipita dans la salle serveur. La tâche prioritaire, trouver d'où venait cette alarme. Sa connexion à l'ordinateur principal lui permit de scanner rapidement la liste des utilisateurs connectés au réseau. Il vit une adresse IP qu'il ne connaissait pas. Il s'agissait de Ziegler. Il le déconnecta. Tant pis si le boss n'était pas content, on avait une urgence à gérer. Il ne vit rien de nature à déclencher cette alarme qui sonnait toujours, assourdissante et stressante. Il appuya sur le bouton pour arrêter ce bruit qui l'empêchait de réfléchir. Le silence se fit immédiatement dans la grande salle machine. Par acquit de conscience, il envoya une commande à son serveur Linux pour interdire toute nouvelle connexion à tout le réseau, hormis la sienne.

Henry jeta un coup d'œil rapide à la liste des processus actifs pour identifier celui ou ceux qui sortaient des données via le réseau. Si personne ne téléchargeait d'information, on avait circonscrit le problème, en déconnectant tous les matériels de l'entreprise.

Le port 901 affichait une connexion via un processus fantôme. C'est là ! se dit Henry. Il avait mis le doigt dessus. Il devait reconnaître que le pirate était doué. Il n'était pas visible dans la liste des utilisateurs connectés et pourtant il téléchargeait des données en sous-marin. Un frisson le parcourut quand il vit que cette connexion était active depuis quinze minutes. Il vérifia quels fichiers étaient en cours de téléchargement et eut un coup de chaud en découvrant qu'il s'agissait de *BLACKSTONE*, leur Intelligence Artificielle. Bonne nouvelle, le pirate essayait de voler le code source qui était crypté. Donc même avec le fichier, il lui serait impossible de le lire. Il n'en était qu'à vingt pour cent. Le programme de l'IA était énorme. Il en avait encore pour un moment.

Il pensa à déconnecter son visiteur, puis se ravisa et décida de ne pas le perdre immédiatement. Tant qu'il était en ligne, on gardait le contact. Tout d'abord, il lança une application permettant de réguler les flux de données entrants et sortants depuis la salle machine. Puis il réduisit la vitesse de la ligne du pirate, qui continuerait à télécharger les données, mais tellement lentement que cela revenait presque à lui couper sa connexion, tout en donnant à Dwight le temps nécessaire pour l'identifier.

Luca voyait sur son écran la barre indiquant le pourcentage de téléchargement avancer tout doucement. Il venait de dépasser les vingt pour cent et la jauge lui indiquait une vitesse de téléchargement de 50 Mb/s ce qui était correct sans la fibre, mais cela faisait maintenant plusieurs minutes que sa progression était gelée. Il regarda son écran plus attentivement et demanda un test de vitesse de la ligne. Le résultat lui sembla incohérent. Il refit la mesure. Pas d'erreur, la vitesse de téléchargement venait de tomber à quelques centaines de ko/s.

Henry Dwight lança une application qui permettait de tracer les connexions à travers le réseau. À la première tentative, il reçut une adresse en République tchèque. Même s'il s'agissait de la patrie de Kafka, il ne voulait pas que cette tentative de piratage le rende fou. Cette adresse venait d'un centre de transit des informations de l'Internet. Le *hacker* s'appuyait sûrement sur une cascade de serveurs pour brouiller les pistes. Pas de problème, se dit Henry. Il relança le test, mais cette fois, en demandant une liaison de bout en bout. Cette approche l'empêcherait de voir les machines intermédiaires utilisées par le cybercriminel, mais lui donnerait le point d'entrée du pirate.

Luca prit conscience que quelque chose clochait. Il essaya de se connecter au serveur central de *Millenium* avec le mot de passe créé un peu plus tôt. Accès refusé. Il pensa avoir mal saisi les identifiants. Il refit l'opération et obtint le même message négatif. Son ordinateur émit un bip. Le temps de se rendre compte de l'intrusion, il était trop tard. Il était repéré. Il arracha la prise RJ45 de sa machine pour la déconnecter.

Henry afficha un sourire satisfait. Son logiciel venait de capturer l'adresse IP de son pirate. Il exécuta un programme permettant de visualiser où celui-ci était situé. Probablement un chinois ou un russe, se dit-il. Il resta sans voix de surprise. Le *hacker* se trouvait dans le même quartier de la Défense que lui !

Luca enrageait de s'être fait repérer aussi rapidement. Se connecter illégalement à un réseau informatique hautement sécurisé relevait déjà de la prouesse, mais réussir à le faire sans laisser de traces, demandait un peu de génie, ce dont on le qualifiait habituellement. Malheureusement, là, il était tombé sur plus malin, ou mieux outillé. Il n'avait pas réussi à télécharger le programme de *Millenium*. Il allait devoir annoncer la nouvelle à Delvaux et finaliser leur plan B aussi vite que possible, car ils n'auraient pas de seconde chance.

ECHEC ET MAT ?

L'ancienne usine désaffectée derrière le cimetière de Puteaux, structure de métal aux poutres noircies, tenait encore debout malgré le temps et les mauvais traitements. Une lumière blanchâtre filtrait à travers une toiture vétuste en fibrociment. L'enceinte, aux murs de briques rouges tagués par les gangs successifs qui s'étaient approprié le lieu comme quartier général, laissait passer le vent qui soufflait abondamment ce matin.

La façade fissurée s'écroulait et formait des amas recouverts d'herbes folles. À terre, un portail arraché depuis des lustres finissait de rouiller. Au fond de cette cathédrale abandonnée, on distinguait deux larges blocs de béton posés à même le sol ; deux autels dédiés à quelques célébrations païennes, entre lesquels fumait encore un foyer. Sur le sol, jonché de débris de verre et de papiers brûlés, un vieux canapé finissait de moisir.

Seul un arbuste vert, symbole de résistance et témoin victorieux d'une guerre silencieuse, poussait au centre des dalles de ciment craquelées par le temps.

Kamel, assis sur l'un des blocs de béton, récitait quelques versets d'une sourate du Coran qui ne le quittait jamais. Dehors, ses guetteurs attendaient l'arrivée des chefs des bandes rivales. Le jeune homme avait l'arrogance de ceux qui se sont arrogé le droit d'être libre. Leader du gang des Def Zone avec cent cinquante guerriers urbains, il avait pris sa décision dès l'annonce de l'assassinat de Tarek Laïd par les ultras. Il fallait répliquer, donner de la voix et rétablir la fierté de la communauté, face à cette ultime provocation. Kamel avait alerté les chefs de gangs des territoires autour de la Défense et demandé qu'ils se réunissent. Il y avait urgence à réagir.

— Kamel, y'a Backo qu'est là !

— J'arrive !

Kamel se leva, rangea son livre sacré et se dirigea pour accueillir les leaders. Une large cicatrice barrait sa joue droite jusqu'à son œil mort. Gagner sa place de chef dans un gang se faisait en respectant les lois de la cité. Là-bas, pas de front républicain, d'élection, de tribunal, ni de juges tatillons. Le pouvoir il fallait s'en emparer. Le vainqueur devenait le décideur, le porte-parole et le juge des affaires du gang. Gravir la plus haute marche lui avait coûté son œil, mais c'était maintenant lui le chef.

Ils étaient tous là, les leaders des dix bandes les plus importantes des territoires de Nanterre, de Puteaux, de Courbevoie, d'Asnières et d'Argenteuil. Ensemble, ils représentaient une armée de plus de deux mille jeunes, prêts à en découdre. Jogging, baskets et boucles d'oreilles, cheveux longs ou rasés, chacun amenait avec lui les codes sociaux de son quartier. Backo le Serbe, Nacer et Souleymane étaient là. On fit un cercle pour que chacun puisse observer les autres.

Kamel était en colère. D'un geste rapide, il referma sa veste pour se couper du vent frais qui s'était levé, et prit la parole.

— Merci à tous d'être venus ! commença Kamel en prenant soin de regarder chacun des chefs un à un.

Ils hochèrent la tête en signe de remerciement. Le silence régnait dans l'usine.

— Ces enfoirés d'ultras ont assassiné Tarek Laïd ! On ne peut pas laisser passer ça sans réagir ! lança Kamel.

— C'est pas nos oignons Kamel ! l'interrompit Chal, le chef des Black Scorpio du territoire d'Argenteuil.

— Bien sûr que si ! répondit avec violence Kamel. On va courber le dos pendant combien de temps ? Si on fait comme si rien ne s'était passé, ça sera quoi le prochain coup foireux ? Cramer nos mosquées ? Nous tirer comme des lapins dans la rue ?

— Ok, ok … mais si on s'engage ça va faire mal ! reprit Chal.

— Et c'est mauvais pour le business Kamel ! interjecta Nacer. Le petit teigneux qui dirigeait le gang sur les hauts de Courbevoie, regardait l'assistance, cherchant des soutiens.

— Je sais Nacer, mais on s'en fout ! Là on ne parle pas de thunes. On parle de venger celui qui a eu le courage de parler en notre nom. On ne va pas rester les bras croisés et se comporter en lâches. Il y a eu des tirs sur les portes de mosquées ce matin, putain !

— Tu sais bien que ce sont les ultras. Dès qu'ils peuvent nous niquer ils le font, pour eux il faut qu'on reste dans les cités, pas de droit de vote, pas de droits tout court ! On a connu ça dans ma famille en Bosnie ! Backo, le chef serbe des quartiers nord d'Asnières, était lui aussi remonté.

— Tu as vu des marches silencieuses en mémoire de Tarek Laïd ? reprit Kamel. Tu as entendu des voix se lever ? Rien du tout ! Alors il faut répondre ! On va envoyer un message ! Dire qu'on en a marre d'être ceux qui doivent encaisser et la fermer. On n'est pas des putains de terroristes et on va se faire respecter !

— Tu proposes quoi ? demanda Soul.

— Il faut frapper un grand coup, montrer que nous n'acceptons pas ... on va se réunir sur la dalle et foncer sur Paris. On va mettre le feu ! Kamel, le chef charismatique des Def Zone ne décolérait pas.

Les chefs des factions se regardèrent. Ils étaient conscients de représenter le pire de ce que pouvait créer le système, la plupart nés dans les cités où ils créchaient toujours, à la tête d'un trafic qui irriguait la banlieue en argent. Mais avec plus de cinquante pour cent de chômage parmi les jeunes, quel était leur avenir ? Tarek Laïd représentait un espoir. Pas pour eux, ils savaient qu'il était trop tard pour rentrer dans le rang, mais pour les enfants de la cité. Il fallait un futur à ces jeunes, et ce futur venait de leur être volé. Même s'ils ne faisaient rien, la haine à fleur de peau, cette colère restée si longtemps en eux, allait se répandre dans les rues. Ça couvait depuis l'annonce de la mort de Tarek Laïd. Ils se devaient de garder la main sur les événements à venir. Les Chefs ne devaient-ils pas toujours se comporter en Chefs ?

Souleyman, qui dirigeait le gang des Smokes prit la parole :

— Je suis d'accord avec Kamel ! Il faut qu'on se coordonne et qu'on agisse. On doit rendre coup pour coup. On a plein de matos dans les caves, des Kalachs, des explosifs. Putain, c'est le moment ou jamais ! On fait tout sauter ! Ils vont nous supplier d'arrêter et on négociera à nos conditions.

— On va faire péter les 4 Temps ! lança Rach, de Nanterre, resté silencieux

— Oui Rach, on fait sauter les 4 Temps ensuite on fonce sur Neuilly et les Champs ! répondit Kamel. Il faut taper la capitale. Là où ça va se voir ! Là où ça fait mal !

Les caïds se regardaient. Des rafales appuyées soulevaient les papiers qui jonchaient le sol en tourbillons rapides. Le vent entrait dans l'usine en un gémissement aigu.

— C'est pas tout ! Il faut prendre contact avec d'autres banlieues les gars ! On doit s'associer. Seuls on fait peur, mais ensemble ...

Kamel était debout le poing fermé, la mâchoire crispée.

— On vote ? demanda Souleymane.

— On vote ! répondit Kamel. Qui est pour une action dès ce soir ? Il ne faut pas perdre de temps !

Kamel leva la main, immédiatement suivi par Rach et Soul. Les autres se regardèrent. On avait besoin d'unanimité. Difficile d'imaginer un groupe qui resterait tranquillement dans sa banlieue alors que le feu serait allumé à quelques kilomètres de chez lui.

Backo le rejoignit – « J'en suis, dit-il » Ca faisait quatre. Loin de la majorité. Trois mains supplémentaires se levèrent. Les autres se jetaient des regards interrogatifs. Une huitième main pointa vers le ciel. Nacer ne bougeait pas.

Kamel tourna la tête vers Nacer. Les deux hommes se toisèrent dans un échange non verbal intense. Ils se défiaient en silence. Nacer lâcha le premier l'emprise de l'œil valide de Kamel. Il leva la main. Tous les visages se tournèrent vers le dernier membre de la réunion.

— Ok je suis !

On avait l'unanimité. Une victoire pour Kamel !

— RDV ce soir à 23 h sur le Parvis. Mobilisez vos troupes. Tous ensemble nous serons mille, peut-être plus ! On amène les armes lourdes. C'est fini de foutre le feu aux bagnoles. Ils nous ont déclaré la guerre, alors on va leur répondre !

Une pluie fine commençait à tomber à travers la toiture miteuse du bâtiment, formant de minces filets d'eau qui recouvraient le sol. Les rafales sifflaient en traversant la structure métallique de l'usine, charriant une odeur d'herbe mouillée.

Les caïds se serrèrent la main et disparurent, laissant Kamel assis sur son bloc de béton. Il venait de réussir son coup. Il se saisit de son livre de prières avant de partir.

.*.

Le Commandant Rougier et le Lieutenant Delmas arrivés un peu plus tôt, dégustaient un café en attendant leurs témoins. Ils ne s'étaient pas revus depuis le succès du démantèlement du gang des trafiquants, une enquête en lien avec le terrorisme, trois ans auparavant. Presque une éternité à la vitesse où passaient les affaires sur leurs bureaux. Delmas connaissait Laurent, le mari de Pauline, et savait combien sa perte avait été douloureuse pour elle.

— Ça me fait plaisir de te voir Pauline. J'ai honte de ne pas t'avoir appelée depuis tout ce temps.

— Moi aussi, François, répondit Pauline, en soulevant les épaules. C'est toujours pareil, on ne prend pas le temps de cultiver son jardin. Un millier de choses à faire, souvent sans intérêt, au détriment de l'essentiel.

— Comment ça se passe à la Brigade Antiterroriste ? Pas trop macho comme environnement ?

— Tu parles ! Je suis la seule femme avec le grade de Commandant, et ils me le font tous savoir.

— J'ai entendu parler de tes exploits récemment, sur le Tatami !

— Ah oui ! Et on disait quoi ? demanda Pauline, en rougissant un peu au souvenir de son combat contre Kowalski.

— On en disait du bien, que du bien en fait ! répondit Delmas en souriant. Tu sais combien le lieutenant Kowalski est apprécié … As-tu une idée de ce qui le met le plus en rogne ?

— D'avoir perdu un combat ? Non ! D'avoir perdu un combat contre une femme !

— Tu es loin du compte, reprit Delmas en riant de bon cœur. En fait, ce qui le rend furieux c'est le doigt d'honneur imprimé sur une belle page A4, qu'il a retrouvé collée sur la porte de son bureau tous les matins, pendant une semaine.

Pauline faisait tourner son alliance autour de son annulaire de sa main libre. Toucher cet anneau lui donnait une illusion de proximité avec son mari. Delmas se dit que lors de leur dernière collaboration, Laurent était encore vivant, ce que Pauline avait sans doute réalisée elle aussi. Elle met toujours ce parfum sensuel, se dit-il. Malgré sa mauvaise mine, Delmas ne pouvait s'empêcher de la trouver jolie. Il compatit, car il savait par quoi elle était passée. Il lui sourit, prit sa tasse et la monta devant lui en signe de partage.

— À la tienne, Pauline ! Comme au bon vieux temps ! On a une nouvelle affaire et celle-là mon 6ème sens de flic me dit qu'elle est complexe. Peut-être même plus que ça !

— Je dois dire que ton appel m'a surprise. Je ne m'attendais pas à ce que nos affaires se croisent.

— Justement. Tu es certaine que Khalid Alzadi est bien l'homme qu'a identifié Driss Oufik ?

— On ne peut plus sûr, François ! Mais on parle bien en off là hein ? Je n'ai pas dit à mon patron qu'on se voyait et tu connais les susceptibilités entre les chefs de service …

— Oui, oui ! On est tout ce qu'il y a de plus off ! On se dit tout.

— Bien ! répondit Pauline qui se détendait visiblement. Driss Oufik a identifié de manière certaine l'homme de main d'un certain Al-Naviq. Tu connais ?

— Je ne savais même pas qui il était hier matin, mais maintenant, oui, je connais. Milliardaire Saoudien, passeport diplomatique et employeur de Khalid Alzadi.

— Exactement. Donc, quand on a mis à jour le lien entre notre terroriste et Khalid Alzadi, on a par ricochet établi une relation avec Al-Naviq.

— Et vous avez fait quelque chose ?

— J'ai fait mon rapport, et le quai d'Orsay nous a demandé de ne pas bouger. Ordre de Matignon. Les ventes de Rafales … Tu comprends …

— Oui, pas besoin de dessin, je vois le tableau d'ici. Sauf que là on a des coïncidences qui s'accumulent. Et dans notre métier, on n'aime pas trop les coïncidences …

— Tu parles de la Banque ? demanda Pauline.

— Oui, dans les livres de compte de Malik Aertens on trouve des traces de financement de la cellule terroriste du 1er mai, via la Zurich machin Bank … la *ZIS*, qui comme par hasard finançait aussi la campagne de Tarek Laïd, expliqua Delmas.

— Tarek Laïd ! s'exclama Pauline, dont le chauffeur était Khalid Alzadi !

— Donc on est à peu près sûrs que tout ce bazar est lié, insista Delmas, ce qui me fait pencher en faveur de Prudot.

— Qui ça ?

— Oh, un journaliste de la 'République Libre', un torche-bal de la droite ultra, qui m'a confié ce matin que les fachos ne sont absolument pas impliqués dans l'assassinat de Tarek Laïd.

— Mais qui alors, François ?

— Et ben, je n'en sais encore rien. Jusqu'à ce coup de fil de ce Delvaux, plus tôt ce matin.

— Qui t'a dit quoi exactement ? demanda-t-elle.

— Ça n'est pas très clair ! C'est bien pour cela que j'ai proposé ce rendez-vous. Il m'a dit que lui et un journaliste du *New York Times* étaient dans le collimateur de la *ZIS*. Qu'on a tenté de les supprimer par ce qu'ils enquêtaient sur cette banque et sur *Millenium Dust*. Et que tout ceci avait un rapport avec la mort de Tarek Laïd.

— Et tu l'as cru ?

— Je n'en sais trop rien ! répondit Delmas quelque peu évasif. Mais on n'a pas grand-chose à perdre et il semblait très sérieux.

À 11 h, le taxi qui transportait Jack et Thomas s'arrêta, parfaitement à l'heure, devant le Soleil D'or. Pendant le trajet, Jack était resté silencieux. Il avait toujours ce mal de tête infernal qui lui vrillait les tempes, malgré la prise des deux cachets de 200 mg d'Ibuprofène, qui n'avaient pas eu l'effet espéré. Son sang battait au rythme de ses regrets. Il se sentait honteux d'avoir replongé, et depuis leur arrivée à Paris, il ressentait un sentiment d'inutilité qui allait croissant. Thomas, avec l'aide de Luca et son réseau de hackers, développait un programme pour battre *Millenium* sur son propre terrain, mais lui n'avait pas de pierre à apporter à leur édifice. Il n'avait pas pris la peine d'appeler le journal depuis deux jours. Quand ce crétin de Gerry Small allait lui tomber dessus, même le support du rédacteur en chef ne serait pas suffisant.

Delvaux venait de recevoir un appel de Luca qui lui annonçait que leur piratage de *Millenium* n'avait pas fonctionné, ce qui l'avait visiblement affecté.

— Merde ! jura Delvaux en raccrochant. Puis en se tournant vers Jack : « On vient de se faire renvoyer dans nos 22 par la sécurité de *Millenium* !».

— Tu espérais quoi ? Qu'ils vous ouvrent grandes les portes de leurs secrets ?

— Non, mais si on avait pu leur piquer leur foutue IA on aurait au moins pu l'étudier, pour voir ce à quoi on avait affaire !

— Mais ça t'aurait pris des jours. Peut-être même des semaines, pour décortiquer leur programme, tu le sais bien !

— OUI, répondit Delvaux trop fort. Bien entendu que je le sais ! Mais si on avait leur joujou, on aurait peut-être pu gagner du temps.

Pendant que Thomas payait la course, Jack entra dans le café. Résolument parisien, l'établissement bruyant proposait des banquettes en skaï rouges à des clients trop nombreux qui occupaient le bar en jetant des coups d'œil répétés pour repérer les places libres. Le patron derrière son zinc alignait des tasses sous une machine italienne, qui semblait ne pas vouloir arrêter de moudre du café, dans un fracas épouvantable.

Thomas se saisit de son portable pour appeler Delmas qui décrocha à la première sonnerie.

— Lieutenant Delmas ? Thomas Delvaux, nous sommes arrivés !

— Parfaitement à l'heure ! Où êtes-vous ?

— Vous ne pouvez pas me manquer. Je suis à l'entrée du café, cheveux blancs plutôt rares, lunettes rondes. Ah oui, je suis flanqué d'un grand gaillard brun qui me dépasse d'une bonne tête.

— J'arrive !

Delmas, installé dans l'arrière-salle réservée aux flics du 36 se leva pour aller chercher ses visiteurs qu'il repéra sans peine. Après les courtes présentations d'usage, ils se retrouvèrent assis tous les quatre autour d'une table. Le bruit de ce côté était atténué, et on pouvait conduire une conversation sans crier.

Jack étudia les deux policiers.

Delmas, la cinquantaine, costume gris, et en parfaite condition physique, donnait un sentiment de sérieux.

Mais c'est le Commandant Rougier qui attira son regard.

— Monsieur Campbell ?

Cette jolie rousse ne doit pas avoir plus de quarante ans, se dit-il. Elle lui sourit. Son regard bleu et profond semblait lui dire de passer son chemin, de ne pas s'arrêter, qu'elle ne voulait pas qu'on la remarque. Mais ces battements de cils révélaient une brèche, laissaient entrevoir une fêlure, un jardin secret rempli de fantômes et de regrets. Cette faiblesse, Jack la ressentait, lui qui traînait dans son sillage tellement de cadavres alcoolisés.

— Monsieur Campbell ? Vous m'entendez ?

Cette femme qu'il ne connaissait pas l'attirait irrésistiblement. Jack n'avait personne dans sa vie depuis des lustres. La pauvre opinion qu'il avait de lui-même n'aidait pas les choses, mais quand on se battait contre la bouteille, tout le reste était dérisoire. Ne pas boire, survivre jour après jour, mobilisait déjà toutes vos énergies.

— Monsieur Campbell ? répéta François Delmas.

Jack sortit de ses pensées. Tous les regards tournés vers lui. Delmas semblait attendre une réponse.

— Heu, excusez-moi, je pensais à autre chose, répondit Jack.

— La police française vous propose de vous offrir un café. C'est rare, vous savez !

— Eh bien oui, d'accord pour un café ! répondit Jack hésitant.

À l'arrière, dans la salle principale, la machine terminait de moudre ses grains et le niveau sonore baissa d'un cran.

Pauline regardait ce grand garçon brun à l'air malheureux. Il a dû recevoir un choc assez violent, pensa-t-elle, en découvrant le bleu sur son nez qui tirait maintenant sur le violet. Cela lui allait bien ce côté cassé, plein de bosses. Elle le trouva séduisant. Elle voyait bien le trouble qu'elle provoquait chez cet homme et se surprit à trouver cela agréable. Cela faisait trop longtemps qu'elle naviguait dans le milieu clos de la police, dans lequel elle n'était que la femme de Laurent. Pire, la femme de Laurent, le flic assassiné, l'un des leurs. Là, pour Jack, elle était juste une femme, jolie et désirable.

Le serveur déposa les consommations et Delmas prit la parole.

— Messieurs, ma collègue, le Commandant Rougier et moi-même vous remercions d'avoir accepté de nous rencontrer.

— C'était essentiel ! répondit Delvaux.

— J'en suis persuadé ! reprit Delmas. Si j'ai bien compris, vous auriez des informations concernant l'enquête sur la mort du politicien Tarek Laïd ?

— En fait, Lieutenant, c'est plus compliqué que ça !

— Nous vous écoutons ! répondit Delmas, en posant sa tête sur ses deux mains, coudes sur la table.

Jack se tourna vers Delvaux et prit la parole.

— Je vais vous en faire une version courte, commença-t-il. Je ne suis pas un spécialiste de la finance donc je simplifie.

— Allez-y !!

— Bien ! Il plongea son regard dans les yeux de Pauline et raconta toute l'histoire depuis le début.

Jack expliqua comment après avoir reçu l'appel de Thomas à New York, il avait décidé d'enquêter sur *Millenium Dust*. Il donna les détails sur le centre opérationnel de New Haven, et comment ils avaient mis à jour l'inquiétante connexion entre *Millenium Dust* et la *ZIS*. Puis il dressa un portrait du très menaçant PDG de la *Zurich Investments & Securities Bank*, Marco Ziegler, et expliqua comment celui-ci avait failli s'étouffer quand ils avaient mentionné *Millenium* et *Shuito Pharmaceuticals*, ce qui leur avait valu d'être la cible de deux tentatives de meurtre. Il n'oublia pas l'incendie de la *FraNex* ni leur fuite vers le 'Miroir' avec Luca. Il occulta la partie moins officielle concernant l'utilisation de Black Mamba et de la méthode utilisée pour identifier la *ZIS*.

Jack essaya de brosser un tableau détaillé du monde de la finance. Il précisa que c'était grâce aux programmes de Delvaux qu'ils avaient mis le doigt sur *Millenium Dust* ainsi que la manipulation des cours de la *Shuito Pharmaceuticals*.

Il conclut son exposé en révélant qu'ils avaient 'un peu' piraté le téléphone de Ziegler, dans lequel ils avaient trouvé une référence à un mystérieux Projet *BLACKSTONE*. Il ajouta que ce projet avait un lien avec un programme très avancé en matière de manipulation des marchés, prêt à être utilisé à grande échelle.

Jack se tourna vers Thomas l'air interrogatif, et lui demanda :

— J'ai oublié quelque chose ?

— Je ne crois pas, répondit Delvaux. Hormis notre théorie sur l'imminence de la menace.

— Vous pensez que quoi qu'il se passe, ça va arriver bientôt ? demanda Pauline.

— Je pense que pour lancer le projet *BLACKSTONE*, ils ont besoin d'un déséquilibre quelque part. Je suis persuadé que les évènements récents en France pourraient être cet élément déclencheur. Voilà ! Je crains même que *BLACKSTONE* soit à l'origine des troubles … Si vous voulez que quelque chose arrive à un moment précis, le mieux c'est encore de le provoquer vous-même, non ?

— C'est là qu'intervient la mort de Tarek Laïd ? interrogea Delmas.

— Oui, répondit Delvaux. Si vous voulez créer le chaos, quoi de mieux que d'opposer des communautés, surtout quand l'équilibre est déjà précaire.

— Vous pensez que tout ceci est planifié ? Delmas essayait de faire le tri entre toutes ces informations.

— C'est probable. Je ne peux rien prouver, mais avouez que la visite de Ziegler à Paris justement cette semaine est troublante ?

— En effet, Monsieur Delvaux … en effet, répondit Delmas pensif.

— Mais qui est derrière tout cela ? Ziegler ne peut pas être tout seul ! demanda Pauline.

— Non, vous avez raison. Je parierai pour des personnes ou des états proches de l'hyper puissance financière, ajouta Jack.

— L'Arabie Saoudite ? Les Russes ?

— Par exemple !

— Donc, si j'ai bien compris votre démonstration, Monsieur Campbell, vous pensez que toute cette histoire est en fait une tentative de manipulation des cours de bourse à grande échelle ? Delmas, interrogatif, avait le front plissé de rides qui montraient sont inquiétude.

— Oui, j'en suis persuadé.

— Pour quels montants ? Dans quel but ?

— L'argent ! Si on en juge par l'échelle des achats de *Millenium*, je dirais des centaines de milliards.

— Cela serait de nature à modifier les grands équilibres financiers de la planète ?

— Bien utilisé et avec des moyens techniques suffisants, ces sommes pourraient changer la face du monde en termes de pouvoir.

— Donc on a affaire à une menace sérieuse !

— Plus que sérieuse, Monsieur Delmas. C'est un possible cataclysme financier auquel on va peut-être devoir faire face !

— Que pouvons-nous faire d'après vous messieurs ? Delmas regardait tour à tour Jack et Thomas.

— Vous pourriez rendre une visite à *Millenium* à la Défense et demander à avoir des informations sur leurs activités ? lui proposa Jack. Ça serait un bon début.

— On va voir avec le Proc'. Mais on n'a rien de tangible à leur opposer, répondit Pauline.

L'entretien était terminé. Jack distribua une carte de visite à Pauline et à Delmas. Il crut bon d'ajouter à l'égard de Pauline.

— N'hésitez pas à m'appeler si vous avez besoin. Je suis disponible ...

Dans le bar quelqu'un monta le son du téléviseur accroché au mur de la salle principale. Un bandeau rouge au bas de l'écran énonçait des noms de villes dans lesquelles la violence se déchaînait. Une marche blanche pour dire non à l'assassinat de Tarek Laïd venait de dégénérer à Rennes. Le centre-ville était méconnaissable, jonché de morceaux de verre, des vitrines brisées par dizaines. La caméra montrait le mobilier urbain cassé, les habitants médusés par la rapidité et la violence de l'affrontement.

Les mêmes scènes se multipliaient dans les grandes villes. À Paris, Lille, Toulon, Nice, Marseille, et dans la plupart des banlieues, notamment les points sensibles du 93, 95 et du 78.

Des images, en direct cette fois, montraient une manifestation à Bobigny. Des bandes se battaient dans les rues. Crânes rasés pour certains, qualifiés de droite dure, apparentés FN, qui s'opposaient aux jeunes de la ville. Mêmes scènes de violences urbaines. Des dizaines de voitures brûlées. Les CRS venaient d'intervenir avec des gaz lacrymogènes. Les fumées des grenades se mêlaient aux incendies des carcasses qui noircissaient dans les rues.

Quelqu'un tira dans la foule.

Impossible de dire de qui, ni même de quel camp provenait le coup de feu. Un jeune, jean, foulard et bottes en cuir, s'écroula. La stupeur se lisait sur les visages des manifestants et des casseurs. Les CRS chargèrent.

La violence venait de monter d'un cran. Le pays était au bord de l'embrasement.

Delmas et Rougier se regardèrent. Ces images s'imbriquaient parfaitement avec la présentation de Jack. Si l'on cherchait des éléments de nature à créer un déséquilibre, il était clair que l'on avait là plus que l'embarras du choix.

— Messieurs, merci de votre aide ! Le Commandant Rougier et moi-même vous remercions. Compte tenu de l'actualité, je crois qu'il est préférable que nous rentrions dans nos bureaux. Les heures qui viennent s'annoncent difficiles.

— Voulez-vous que nous rediscutions de la situation plus tard ? demanda Jack.

— On vous recontactera soyez en sûrs. Maintenant nous devons y aller, répondit Delmas.

Le groupe se sépara, Delmas et Rougier se dirigeant à pied vers le 36, Quai des Orfèvres. Jack et Thomas prirent un taxi, direction le miroir. Il était 12 h 30.

— Quand je pense qu'on est dimanche, soupira Delmas.

— Ne m'en parle pas François, j'ai rendez-vous pour déjeuner avec ma mère et je suis déjà en retard, répondit Pauline.

— Les joies de la police ! Je t'appelle dès que j'ai un retour du Proc' pour faire une visite de courtoisie à *Millenium*. Mais on n'a rien qui pourrait justifier une perquisition. De toute manière, on ne sait même pas ce qu'on cherche !

— Le problème, c'est qu'on ne connaît pas le timing de toute cette opération !

Delmas rentra à son bureau et décrocha son téléphone. Le Proc' devait être à table en famille. Il considéra, sans doute avec justesse, que déranger le magistrat avec en poche le seul témoignage de Jack et de Thomas ne suffirait pas à motiver une action de sa part. Il décida de communiquer au procureur le contenu des informations en sa possession par mail, afin de le laisser réfléchir jusqu'à lundi.

Il jugea opportun de contacter le Capitaine Erik Thorens à la FedPol, l'office de la police cantonale à Zurich. Ces deux-là s'étaient rencontrés lors d'un séminaire sur la coopération entre les différents corps de police européens. Il voulait lui demander des précisions sur l'incendie de la société de Thomas Delvaux et des incidents à l'hôpital de Zurich. Il devait au minimum s'assurer du bien-fondé du témoignage de ses deux visiteurs.

Le séminaire s'était déroulé à Paris, à l'initiative d'Interpol, réunissant des représentants de la plupart des pays européens, avec en ligne de mire les circuits de blanchiment d'argent et les filières terroristes. François Delmas et Erik Thorens avaient rapidement sympathisé. Quand Delmas avait proposé à quelques collègues de faire la tournée des bars parisiens, certains avaient accepté, mais

Thorens s'était montré de loin le plus enthousiaste. Trop même, d'après certains membres du bureau de Delmas, à la vue de son arrivée le lendemain matin. Mais cette soirée arrosée avait au moins eu le mérite de créer des liens amicaux entre les deux hommes, qui partageaient une conception identique de leur métier.

Il rédigea un fax et le fit partir à l'attention de Thorens en lui demandant de le rappeler le lendemain. Après réflexion, il ajouta qu'il serait aussi intéressé par des informations sur la *Zurich Investments & Securities Bank*. Les Suisses n'aimaient pas beaucoup que l'on vienne fourrer son nez dans leurs établissements bancaires, mais avec Thorens, il pouvait s'aventurer sur ce terrain sans trop de soucis.

ECHEC ET MAT ?

15. HORS DE CONTRÔLE

Le Premier ministre Henri du Plessis regarda sa montre. 16 h. Il était comme à son habitude parfaitement à l'heure au rendez-vous que le Président venait d'imposer. L'appel de l'Élysée avait été plus que clair, cette réunion n'était pas optionnelle. Il gravit les marches du perron du Palais Présidentiel et retrouva ses ministres et leurs conseillers, pour faire un point de la situation avec le Chef du Gouvernement, dans la salle du Conseil.

Les appels du ministère de l'Intérieur et les remontées des préfectures grâce aux hommes sur le terrain, décrivaient une situation qui empirait d'heure en heure. On était tout près de l'insurrection.

La mort d'un skinhead vers midi avait déchaîné une réplique de ce séisme dont les policiers avaient du mal à contenir la fureur. Deux mosquées incendiées et des affrontements très durs se déroulaient en ce moment dans de nombreux quartiers. Les déploiements de CRS ne suffisaient plus à endiguer ce mouvement populaire qui prenait de l'ampleur.

Le ministre de l'Intérieur arriva au pas de course dans la salle du Conseil :

— Monsieur le Président, nous sommes en train de perdre pied ! On m'informe que deux jeunes musulmans de Bobigny viennent d'être tués. Il y a cinq minutes.

— On sait comment et par qui ?

— Comme toujours dans ces circonstances c'est flou, mais en tout cas ce ne sont pas les forces de l'ordre qui ont tiré. J'ai demandé des détails !

— On s'achemine vers un embrasement généralisé ! Faites entrer tout le monde, il faut que nous prenions des décisions. Et vite !

La sonnerie du téléphone portable du ministre de l'Intérieur retentit. Il décrocha, alors que les membres de la réunion prenaient place autour de la table de travail. Henri du Plessis le vit devenir blanc.

— Ça va si mal que ça ? lui demanda le Premier ministre.

— Heu, oui Henri !

— Nous t'écoutons.

— Les Renseignements Généraux viennent d'apprendre que les Chefs des bandes des quartiers de la Défense se sont réunis ce matin. Ils envisagent une action commune. Ils veulent faire sauter la Défense et mettre le feu à la capitale. Les banlieues sortent de leurs quartiers.

La réunion dura deux heures. On fit un point en profondeur de la situation et tout le monde concéda qu'il n'y avait pas d'alternative permettant de garder les mains propres. À la violence, on répondrait par la force. L'assassinat de Tarek Laïd avait ouvert une brèche dans la structure sociale du pays. Un homme politique qui défendait une communauté avait été tué. Pour les musulmans, sa mort, même si elle n'avait pas été officiellement revendiquée par les radicaux, était signée du sang de leur leader. À partir de cet instant, la faillite des institutions entraînait la disparition de l'état de droit, au profit de la loi du Talion. Cette réaction des jeunes, le Président la comprenait. Il ne pouvait l'accepter ni même faire transparaître une quelconque empathie, mais il en saisissait le fondement ; il allait pourtant la réprimer aussi fermement que possible. L'idéal républicain ne se gagnait pas dans le chaos.

Le Président Lavalette, après décision de son conseil de crise, accepta de parler à la nation à 18 h. Son discours serait celui de la fermeté. Un couvre-feu serait instauré à partir de 19 h et l'armée déployée aux points les plus chauds et en particulier autour de Paris.

ECHEC ET MAT ?

Une brigade de blindés venait d'être mobilisée pour sécuriser le quartier de la Défense.

⁎⁎⁎

Füller connecta son PC pour démarrer la vidéoconférence. 17 h précises, avaient averti les membres de *BLACKSTONE*, qui devaient se prononcer sur le lancement du projet aujourd'hui. On arrivait au bout de ces nombreux mois de travail acharné. Et tous les centres étaient opérationnels. Ziegler avait visité les trois derniers : Paris, Londres et New Haven. Ceux de Moscou, de Tokyo et de Sydney étaient déjà prêts depuis longtemps. Ils avaient utilisé leur puissance informatique depuis la capitale japonaise pour valider leur Intelligence Artificielle lors de la prise de contrôle de *Shuito Pharmaceuticals* avec succès.

Les bips de demande de connexions commencèrent à arriver. Des petites vignettes s'incrustèrent dans l'écran de Füller. Al-Naviq et Dimitri Volkov se joignaient à la réunion. Füller accepta les requêtes et leurs images apparurent simultanément. Quelques secondes plus tard, Marco Ziegler et Yuchun Lio complétèrent la session.

— Messieurs, merci d'être ponctuels ! Nous sommes au complet ! Nous pouvons commencer ce qui je l'espère, sera notre dernier face à face virtuel, avant le lancement de *BLACKSTONE*, lança Füller.

— C'est le cas ! asséna Al-Naviq. L'anarchie s'installe en France, le désordre gagne du terrain d'heure en heure. Je crois que nous avons atteint notre objectif, demain la Bourse de Paris va ouvrir en forte baisse. Les répliques sismiques du mouvement de contestation français se font sentir en Allemagne et en Belgique. C'est toute l'Europe financière qui va être secouée.

— Je vous interromps Al-Naviq ! Avant de lancer notre projet, nous devons nous assurer que nos infrastructures sont prêtes ? Dimitri Volkov ne voulait manifestement prendre aucun risque.

— Nous sommes opérationnels, répondit Ziegler. Notre test grandeur nature à Tokyo a dissipé tous les doutes.

— Je vous en tiens pour personnellement responsable, Herr Ziegler, répondit Volkov.

— Storx, notre directeur, a confirmé que nous pouvions lancer l'opération à tout moment. Il attend avec impatience ce moment depuis des mois !

— Bien ! Nous vous faisons confiance, Herr Ziegler, répondit Füller, pour reprendre le cours de la réunion.

— Messieurs, nous devons nous décider aujourd'hui ! Le choc demain matin en Europe va être rude pour les marchés financiers, ce qui nous offre une fenêtre de tir. Nous cherchions un élément susceptible d'enclencher un mouvement favorable pour lancer *BLACKSTONE*. Nous l'avons ! Al-Naviq était convaincu que le moment était venu.

— Vous avez raison ! Je propose que nous passions au vote pour entériner notre décision, déclara Füller. Qui est pour ?

— Moi ! La réponse positive de Fouad Al-Naviq n'avait pris qu'une seconde.

— Moi aussi ! répondit Yuchun Lio, le plus discret des membres du groupe.

— Si nous sommes absolument sûrs de notre Intelligence Artificielle, alors je suis également pour, déclara Dimitri Volkov. Vous n'avez pas oublié que ma participation est, disons... supportée par des capitaux gouvernementaux. Un échec serait très mal venu.

— Je suis aussi d'accord pour lancer l'opération dès que possible, conclut Füller. Ziegler, qu'en pensez-vous ? La *ZIS* sera-t-elle prête demain ?

— Oui, sans aucun doute, répondit Ziegler, en martelant ses mots avec conviction.

— Bien messieurs, dans ce cas, je propose que nous lancions le projet *BLACKSTONE* demain à 9 h 15, heure de New York, soit quinze minutes après l'ouverture des marchés financiers américains.

Füller fit une courte pause, afin que chacun puisse intégrer cette décision.

— Quelqu'un a-t-il des questions avant de conclure ? demanda Füller … - pas de réponse - Bien dans ce cas, cette vidéoconférence est terminée, nous nous retrouverons demain lundi après la fermeture du marché de New York pour faire un point.

Les Bips de déconnexion se succédèrent et quand le dernier contact disparut de son écran, Füller ne put s'empêcher de sourire. *BLACKSTONE* serait un succès et il ne faisait plus aucun doute que la chute des bourses en Europe et outre atlantique, allait rebattre les cartes des équilibres financiers et géostratégiques de la planète.

Personne à part eux quatre ne savait ce qu'il y avait derrière *BLACKSTONE*. Il ne s'agissait pas d'une simple braderie financière organisée. Non, le projet allait modifier le poids des nations et la déstabilisation serait si soudaine qu'elle ferait sauter la zone euro. Le coût supporté par l'Allemagne serait majeur, mais cela en valait la peine. Ce serait le prix à payer pour que le pays retrouve sa souveraineté, libéré du carcan des institutions de Bruxelles. Aucun politique n'aurait jamais eu le courage de le faire. Ils comprendraient un jour combien il avait été visionnaire.

.*.
* *

Luca reprenait espoir. Après avoir été déconnecté du réseau de *Millenium*, il avait dû se rendre à l'évidence, ni lui ni Thomas n'auraient accès au code source de *BLACKSTONE*. Il avait réussi à télécharger environ vingt-cinq pour cent du logiciel de *Millenium* et tout était chiffré. Cela faisait des heures qu'il essayait de décoder ce foutu programme et rien n'y faisait. Pourtant, Luca Hanser était un des maîtres du chiffrement. Aucun code ne lui résistait, et le collectif du 'Dark Web' auquel il appartenait faisait souvent appel à lui pour casser la sécurité des sites qu'ils voulaient pirater. Toujours, ou presque toujours, avec une bonne raison.

Mais depuis cinq minutes, les choses s'éclaircissaient. Il avait utilisé un nouvel algorithme de déchiffrement et le cryptage venait de sauter. Tout d'un coup, les lignes de programmes, les codes et les fichiers étaient apparus. On ne savait toujours pas à quoi on avait affaire, mais on pouvait au minimum essayer de comprendre comment et pourquoi les informaticiens de *Millenium* avaient développé ce qui ressemblait à une Intelligence Artificielle furieusement intelligente.

Thomas, revenu de son entretien avec la police, le regardait pensif. Il essayait visiblement de trouver un sens aux récents évènements. Sans succès; comme si tout ceci était un immense puzzle dont on lui aurait caché des morceaux essentiels.

Leur travail de développement avançait sous la responsabilité de Thomas. Alors que Luca s'attachait à pirater *Millenium*, lui avait continué à faire évoluer Black Mamba, tout cela avec le support des amis virtuels de Luca, et espérait avoir créé ce qui se rapprochait le plus d'un pare-feu anti *Millenium*. Aucune garantie, mais un espoir de pouvoir bloquer leurs ordres d'achat et de vente. À défaut de mieux, on allait essayer de noyer le système pour le paralyser. Le pare-feu ne pourrait empêcher *Millenium* de lancer son attaque, mais pourrait en amortir le choc. En espérant qu'ils aient pensé à tout. On travaillait sans filet, surtout sans n'avoir rien testé en grandeur nature. Il y a tellement d'inconnus, se dit Thomas, en terminant de compiler le code du programme final.

— Ça y est ! s'exclama Luca, j'ai réussi à décoder le code source.

— Excellent, répondit Thomas. Quelque chose qui saute aux yeux ?

— Non rien pour le moment… attends ! J'ai un fichier scellé avec un mot de passe.

— Si c'est sécurisé, c'est sans doute important. Tu l'as en entier ?

— Oui, j'ai bien toute la structure. Je lance mon programme maison de hacking ! Il ne va pas me résister bien longtemps !

La nuit tombait sur la Défense et les deux informaticiens absorbés par leur travail ne voyaient pas le temps passer. Ils ressentaient intuitivement l'urgence de la situation.

— Yesss ! s'exclama Luca. Je viens de casser leur sécurité. Hé hé, qui c'est le plus fort ?

— Aucun doute Luca, c'est toi le meilleur. Alors ça contient quoi ?

D'un clic de souris, Luca ouvrit le fichier. Les données s'affichèrent sur l'écran. Il s'agissait d'un script et de paramètres qui détaillaient le projet de *Millenium*. Ils ne saisirent tout d'abord pas l'importance de ce qu'ils voyaient, puis tout se mit en place.

C'est alors que Thomas comprit le dessein de *BLACKSTONE*.

La spéculation boursière, le mort de Tarek Laïd, l'attentat entre les deux tours des élections, tout s'imbriquait. Il sut aussi que leur pare-feu ne leur serait d'aucune aide au regard de la menace qui se profilait.

*
* *

19 h 30. Jack se décida finalement à composer son numéro. Il avait repoussé cet appel toute l'après-midi. Elle ne sera pas disponible, pire, elle ne sera sans doute pas intéressée, se dit-il. Prenant son courage à deux mains il entra les dix chiffres du portable de Pauline.

Première sonnerie…

— Commandant Rougier, répondit une Pauline enjouée.

— Bonsoir Commandant ! Jack Campbell à l'appareil.

Pauline d'abord surprise, revit ce grand type un peu gauche aux allures de géant qui la dévisageait ce matin.

— Monsieur le journaliste ! Que puis-je faire pour vous ? demanda Pauline d'une voix joyeuse.

— Je me disais que vous voudriez peut-être en savoir plus sur cette affaire … il reste des zones d'ombres qui mériteraient d'être discutées, non ?

— Mais nous sommes dimanche !

— Je suis désolé de vous déranger, Commandant ! Vous avez raison, on se verra un autre jour !

— Remarquez, je ne fais pas grand-chose aujourd'hui…Vous avez des informations importantes ?

— Oui et non … mais je pourrais vous … Enfin il s'agit …

Pauline ne put s'empêcher de sourire. Jack ne l'appelait pas pour lui donner des informations nouvelles. Non, il l'appelait pour passer du temps avec elle. Elle était en train de se faire draguer ! Cela faisait si longtemps qu'elle n'avait pas eu l'occasion de passer quelques heures avec un homme. Combien de fois vais-je encore refuser ? Après tout, il m'invite juste pour discuter. Elle prit sa décision.

— Écoutez Jack, je n'habite pas très loin de votre hôtel. Vous êtes toujours au Hyatt Regency ?

— Oui toujours …

— Bon, je vous rejoins d'ici, disons, trente minutes ! Je vous retrouve au bar ?

— Parfait, oui …

— À tout de suite !

Le cœur de Jack battait la chamade. Cette femme lui faisait un effet comme il n'en avait pas ressenti depuis longtemps. Il ne se passerait rien entre eux, mais il était heureux de passer un peu de temps en compagnie du Commandant Rougier, même s'il ne la connaissait absolument pas. Mais c'était aussi une partie de son charme. Il avait décelé en elle cette fragilité à fleur de peau qui ne demandait qu'à remonter à la surface.

Une heure après son appel, Pauline fit son entrée dans le bar presque vide du Hyatt Regency, vêtue d'un haut bleu cintré, d'un jean moulant et d'escarpins noirs. Jack sirotait son coca light en regardant sa montre toutes les cinq minutes. Il la vit et la trouva belle.

Il se leva pour l'accueillir. Pauline posa son sac à main sur la chaise et commanda un cocktail sans alcool. Une gêne à peine palpable s'installa, aucun des deux ne savait comment lancer la conversation. Jack plongea le premier.

— Commandant Rougier ? commença Jack.

— Appelez-moi Pauline ! le coupa-t-elle. Je ne suis pas en service ce soir !

— Heu, pardon, Pauline, je voulais vous voir, car …

La conversation durait depuis plus d'une heure. Jack et Pauline parlaient de tout et de rien. Une fois la glace brisée, la discussion avait rapidement dérivé sur des sujets plus personnels. Jack comprenait maintenant pourquoi elle avait une alliance, pourquoi elle ne faisait rien le dimanche et pourquoi une ombre persistante de tristesse planait sur elle. Pauline appréciait cet homme attentionné et un peu maladroit. Sa gaucherie n'était pas sans lui rappeler ses premiers rendez-vous avec Laurent. Mais elle fit un effort pour ne pas penser à cela. Prends un peu de plaisir, juste pour toi, lui disait une petite voix intérieure.

Ils décidèrent de dîner sur place. Le restaurant de l'hôtel était vide. Les évènements de ces dernières soixante-douze heures avaient eu l'effet de faire fuir les touristes et les hommes d'affaires, rentrés chez eux précipitamment, désertant la capitale. Les infos qui se relayaient en boucle n'allaient pas aider à inverser la tendance.

Ils commandèrent une bouteille de vin. Jack fut heureux de constater que les Monstres étaient sages ce soir. Pas d'emballement, pas de palpitations. Il contrôlait la situation et buvait de l'eau.

Pauline était sur un petit nuage. L'alcool faisait son effet. Elle savait qu'elle ne devrait pas boire, mais pour une fois et depuis bien longtemps elle était heureuse. Pas heureuse, non légère ! Voilà, c'est ça, légère, et elle voulait que cette soirée dure encore un peu. Elle rentrerait bientôt, la tête dans le quotidien, avec ses rêves qui la laisseraient éveillée, au petit matin, seule.

Jack souriait. Il souriait depuis qu'elle était arrivée. Cette femme dégageait une sensualité qui le troublait. Quand elle avait accepté de dîner avec lui, il avait fait sa petite danse mentale de la victoire. Il ne savait pas où cela allait les conduire, mais il profitait de ce moment de plaisir. Ces derniers jours avaient été éprouvants et rien ne laissait présager que les choses allaient s'améliorer sur le court terme. Ils avaient toujours des fous dangereux à leurs trousses, une menace d'explosion du système financier et des réunions aux Alcooliques Anonymes à planifier à son retour à New York. Sans parler de ses prouesses de la veille au bar et dans sa chambre.

Pauline ne se rappelait plus comment c'était arrivé. Elle se souvenait en revanche d'avoir embrassé Jack la première. Il ne s'était pas défendu. Ils étaient debout. Elle s'était mise sur la pointe des pieds tant il était grand. Après avoir bu la moitié de la bouteille de rouge, il avait dû la soutenir, car elle n'était plus complètement maîtresse de ses gestes. En tout cas, il avait bien senti sa langue s'introduire dans sa bouche. Alors il l'avait prise par la taille, puis passé une main derrière sa tête et il avait pressé sa bouche sur la sienne. Leur baiser avait duré longtemps et il l'avait emmenée dans sa chambre.

Jack l'avait déshabillée, d'abord doucement puis avec ardeur. Elle lui avait enlevé sa chemise et nus, ils avaient plongé sur le lit.

Ils ne faisaient plus qu'un. Une fusion de deux solitudes. Deux êtres cabossés, maltraités par la vie. Ils s'accrochaient l'un à l'autre comme on se cramponne à une bouée pour ne pas sombrer. Ils se hissaient au-delà du néant qui menaçait de les engloutir, s'offrant peut-être un espoir, sans doute un avenir.

*
* *

La nuit recouvrait le Parvis de la Défense et une pluie fine, chahutée par le vent qui soufflait fort, tombait depuis plusieurs heures. Des luminaires, maltraités par les rafales qui balayaient la Dalle, projetaient au sol des halos vacillants. Cette immense place de béton déserte laissait entrevoir de rares piétons, marcheurs nocturnes, qui déambulaient d'une démarche inquiète, hâtant le pas pour se protéger du vide alentour.

Thomas Delvaux ne pensait à rien. La fenêtre de son bureau, au 2ème étage d'un bâtiment moderne, dominait le Parvis. En face, les 4 Temps. Il regardait sans voir, perdu dans ses pensées, noires, en cette fin de journée. De nombreux immeubles étaient éteints et dehors régnait l'obscurité, à peine trouée par les minces rideaux lumineux des projecteurs.

Il aperçut plutôt qu'il ne vit les premières silhouettes. Il se dit d'abord qu'il devait s'agir d'un groupe de jeunes qui traversait la place. Ils étaient peut-être cinquante, capuches sur la tête et jogging, certains portaient des sacs à dos. À mesure de leur avancée, d'autres arrivaient. Les premiers se trouvaient maintenant au milieu du Parvis et d'autres les suivaient en nombre. Les cinquante étaient devenus cent, puis des centaines, peut-être un millier. Une armée de soldats anonymes, marionnettes suspendues par un fil malveillant, venait d'envahir la Défense. Les rangs grossissaient. Dans la pénombre relative de la place, on distinguait par intermittence des éclats métalliques, flashs fugaces. Les ombres silencieuses étaient armées. L'homme de tête stoppa sa marche. Les autres firent de même. Il était dans le cône de lumière d'un lampadaire. Il se retourna dans la direction de Thomas, fixant la fenêtre brillante à travers laquelle le Suisse se détachait en contre-jour.

Delvaux remarqua son œil mort et sa large cicatrice qui lui barrait la joue droite. Kamel le défiait de son regard borgne. Thomas maintient le contact avant de s'avouer vaincu et de reculer dans la pièce. Il se leva et éteignit la lumière du bureau, laissant la nuit le dissimuler au regard inquisiteur du Chef de bande.

Luca et Thomas attendirent quelques secondes avant de s'approcher de nouveau des baies vitrées. Ils pouvaient maintenant observer dehors sans être vus. L'armée menée par Kamel venait de se scinder en deux groupes. Une vingtaine d'individus se dirigeaient vers les 4 Temps ; les autres continuaient leur progression vers le bas du quartier, direction Paris. Il ne fallut que quelques minutes avant que les deux spectateurs ne voient revenir les vingt hommes qui se mirent à courir aussi vite que possible. Cela ressemblait à une fuite.

Quelques secondes s'étaient à peine écoulées, que retentit une première explosion de très forte intensité. La toiture du centre commercial, soufflée par la détonation, s'éleva dans les airs. Des flammes puissantes qui grossissaient de seconde en seconde illuminèrent le ciel, alors que d'innombrables débris retombaient sur le Parvis.

L'enfer se déclencha dans le bureau du Miroir. Moins de trente secondes venaient de s'écouler lorsque deux autres très fortes détonations retentirent successivement. L'intensité du souffle fit exploser les vitres des bâtiments autour de la place centrale de la Défense. Leurs baies vitrées volèrent en éclat. Luca et Thomas n'eurent que le temps de plonger sous les bureaux pour éviter la chute de morceaux de verres. Les écrans des ordinateurs les plus près des fenêtres furent pulvérisés par l'onde de choc et projetés sur le sol.

Le silence retombait sur le Parvis. Au-dehors, les flammes gagnaient en intensité, leur couleur orangée reflétée par les milliers de débris de verre. Des sirènes hurlaient tout autour d'eux en continu.

Luca et Thomas se relevèrent doucement, sonnés par le spectacle de désolation qui s'étendait autour d'eux. D'une démarche mal assurée, ils se dirigèrent vers les vitres soufflées, marchant sur les morceaux qui jonchaient le sol, leurs pas crissant sur le béton lisse. Des volutes de fumées épaisses provenant du centre commercial se répandaient dans le bureau rendant l'atmosphère irrespirable. Ils prirent leurs ordinateurs portables et quittèrent la pièce pour se diriger vers la salle machine.

Au loin, ils entendirent les premiers tirs d'armes automatiques.

16. L'ATTAQUE

Paris, Lundi 25 Septembre, 9h00

Les marchés ouvrirent en forte baisse. Les dérapages sociaux avaient eu raison de l'optimisme des investisseurs. Les répliques du mouvement populaire français, en Allemagne, en Belgique et aux Pays-Bas, pesaient lourd sur les places financières.

La Bourse de Paris perdit dix pour cent dès les premières cotations, celle de Francfort huit pour cent. Les nouvelles, plutôt bonnes en début de séance, permirent au Cac 40 de revenir à moins sept pour cent vers la mi-journée. Les choses semblaient se normaliser.

L'attaque eut lieu à 15 h 14. Soit moins de quinze minutes après l'ouverture des marchés américains.

Storx gérait tous les sites de *Millenium*. L'automatisation du processus avait été une source de discussion sans fin. Füller voulait une gestion totalement centralisée, car il devait y avoir une synchronisation parfaite des actions dans les différents pays. Il avait gagné cette bataille et le projet *BLACKSTONE* était maintenant dans les seules mains de Storx à New Haven.

Quand il presserait la touche envoi, il provoquerait une réaction en chaîne. Comme les chutes de dominos, on laissait tomber le premier et le reste suivait. Bon ou mauvais, il n'y avait aucune sortie possible.

ECHEC ET MAT ?

L'Intelligence Artificielle, le programme de *BLACKSTONE*, avait été créée pour prendre le contrôle de la finance. Dès que Storx l'aurait lancé, des milliards allaient se déverser sur les bourses. En premier lieu en France, où la situation était la plus fragile. Le choc sur le Marché parisien serait puissant, l'entraînant violemment à la baisse. L'onde de choc se propagerait ensuite dans les marchés européens qui seraient eux aussi bousculés. Comme à chaque fois, les investisseurs ayant engrangé les bénéfices les plus importants commenceraient à vendre les premiers, sortant avec une belle plus-value.

Cela aurait pour effet de précipiter le mouvement. Les autres détenteurs de titres prendraient leur temps, mais ils allaient vendre eux aussi, c'était écrit. À ce moment-là, l'emballement serait proche. Tout le monde s'y mettrait. À un certain stade de perte, les robots qui scannaient les marchés en temps réel, enregistreraient que les niveaux tombaient en dessous de valeurs limites, ce qui déclencherait immédiatement des ventes massives. Comme tous les automates étaient programmés de la même manière, cela signerait le début de l'hémorragie. Tout le monde se mettrait à vendre, en même temps !

Pour éviter cet effet domino, les autorités ont eu recours, depuis 2008, et la chute de *Lehman Brothers*, à des verrouillages automatiques. Quand les bourses tombent de dix pour cent ou plus, elles sont fermées pendant dix minutes. Puis rouvrent. Si la chute continue de manière significative, elles ferment ensuite pendant une heure. L'objectif étant d'éviter, par contagion, les risques systémiques.

Mais le système est totalement corrompu. L'existence des 'Dark Pools' a changé la donne. En effet, la large majorité des transactions mondiales sont aux mains de ces bourses parallèles, soumises à aucune des obligations réglementaires des bourses nationales. Il s'agit de vente de gré à gré. Lors des fermetures des bourses, les 'Dark Pools' restent ouvertes, et la grande braderie peut continuer.

Si quelqu'un de suffisamment riche et de suffisamment fou se lançait dans une opération de grande envergure, aucune institution ne pourrait empêcher la faillite du système financier.

ECHEC ET MAT ?

Millenium et les membres de *BLACKSTONE* le savaient. Ce que personne n'avait envisagé était ce que venait de découvrir Thomas Delvaux. L'ère moderne n'est plus dominée par les industries de process. La fortune ne consiste plus à détenir une usine de production d'acier, de béton ou de construction de voitures. Non, l'avenir est virtuel. C'est l'économie de la connaissance qui dirige le monde. La puissance se mesure à votre faculté à manier l'information, à la diffuser et à influer sur son contenu. Celui qui détiendra le capital des entreprises qui permettront de bâtir cet avenir des réseaux sociaux, des interconnections de systèmes, des moteurs de recherche et de domination du Web, celui-là se hissera au sommet de la pyramide mondiale. Là est la bataille. Le reste n'est que cendre d'un passé dans lequel les emplois se raréfient et les salaires diminuent. Aux réseaux et à l'économie de la connaissance, ajoutez les énergies renouvelables et les sciences de la vie, et vous obtenez le cocktail gagnant de la maîtrise du monde qui se profile.

Pour détenir le pouvoir suprême, il vous faut posséder le capital des Google, Facebook, Apple, CISCO, Space X, Microsoft ou encore de Tesla, des géants de l'industrie pharmaceutique ou des BioTech, qui assureront les principales avancées thérapeutiques de demain. Les mains des politiques sont vides. Le pouvoir n'est plus militaire. Il est technologique et financier.

Le fichier que Thomas et Luca avaient ouvert contenait les noms des entreprises convoitées par *Millenium*, ce qui éclairait d'un jour nouveau l'objectif de *BLACKSTONE* et expliquait pourquoi ils avaient créé cette Intelligence Artificielle. Il imaginait une société dans laquelle les infrastructures du Web seraient entre de mauvaises mains, où les contenus des réseaux sociaux seraient filtrés et où ne seraient disponibles que des informations manipulées.

Le projet *BLACKSTONE* lui fit froid dans le dos.

Quand ils allaient lancer leur attaque, tout le monde croirait à une explosion financière et la panique précipiterait les ventes. Ils activeraient ensuite les leviers pour maintenir un niveau de crise suffisant pour que les bourses continuent à baisser doucement alors qu'ils iraient piller les secteurs convoités. Le marché perdrait dix, vingt ou trente pour cent, mais les entreprises cibles seraient massacrées, bradées à cinquante pour cent de leur prix.

Si tout se déroulait comme prévu, dans ce monde totalement financiarisé, dès la fin de la journée, la force politique aurait changé ce camp. Un tour de passe-passe presque légal.

Le portable de Storx vibra. Il relut deux fois le message de Ziegler.

Il n'y avait aucun doute, l'ordre était clair.

À exactement 9 h 14 heure de New York, soit 15 h 14 heure de Paris, Storx appuya sur le bouton envoi depuis la console de contrôle de l'Intelligence Artificielle, propageant dans les réseaux l'onde de choc.

*
* *

À 8 h le lieutenant Delmas franchit la grande porte en bois du 36 et salua le planton qui filtrait les entrées. Il pénétra dans le bâtiment et commença à gravir les trois étages qui le séparaient de son bureau. Les marches usées par le temps et chargées d'histoire n'en étaient pas plus faciles à grimper pour autant. On parlait de déménager la Crim' dans un nouvel immeuble moderne, mais tous les flics de la brigade désapprouvaient ce projet. Même si cette vieille bâtisse était par bien des égards malcommode et mal foutue, le 36 restait le 36. Rien n'y personne ne pouvait remplacer ce lieu chargé de tant d'histoire.

Essoufflé, le policier poussa la porte de son bureau, sous les toits. Il alluma son ordinateur et ouvrit l'application de mails. Il attendait une réponse du Procureur de la République concernant la perquisition dans les locaux de *Millenium*. Elle était arrivée, et sans surprise elle était négative. Dossier trop mince pour instruire. Il allait devoir trouver des éléments à charge ou bien faire preuve d'initiative.

Malgré le couvre-feu, la nuit avait été très éprouvante et il n'avait dormi que quelques heures. Toutes les unités de police avaient été mobilisées hier, tant la situation était tendue. Tout était parti de travers dès le début de l'après-midi avec des affrontements violents dans les banlieues, malgré l'arrivée de l'armée sur les points stratégiques de Paris et la fermeture des autoroutes sur toute l'Île-de-France. Bilan de la soirée une trentaine de morts et des dizaines de blessés juste sur Paris. D'intenses combats à la Défense avaient laissé le quartier d'affaires en ruine, comme dans le reste du pays, qui avait connu une nuit de violence sans précédent. Le décompte national était toujours provisoire, mais on dénombrait au moins cinquante morts, de nombreuses arrestations et des centaines de voitures brûlées dans les cités. Une dizaine de policiers étaient morts ou gravement blessés, mais ça avait tenu bon. Les forces de police et l'armée, positionnées aux endroits les plus chauds, avaient permis de contenir la vague de folie collective et de calmer le jeu.

Vers 3 heures du matin, il était rentré chez lui pour prendre quelques heures de repos.

Delmas remarqua qu'un fax était arrivé. Il le lut pour découvrir la réponse de son homologue à Zurich. Le Capitaine Erik Thorens n'était pas disponible, mais une de ses collègues, Anne Müller, lui confirmait que Delvaux était bien un habitant de Zurich, qu'il était informaticien et que son entreprise avait bien été incendiée quelques jours auparavant. Elle lui envoyait une photo de Thomas qui ne lui rendait pas grâce, mais prouvait bien que Delvaux était bien ce qu'il prétendait être, ainsi que des clichés de l'accident de la route survenu vendredi. Tout concordait. Delmas comprit que Thomas et Jack étaient du côté des gentils et qu'ils allaient sans doute devoir faire appel à eux pour résoudre cette affaire.

**

Pauline ouvrit un œil. Elle se demanda où elle était, puis elle prit conscience de la chambre d'hôtel. Elle sentit la présence de Jack et toute la soirée lui revint en mémoire. Le dîner, le vin, le baiser et leur étreinte. Elle éprouva d'abord un sentiment de honte, de culpabilité plutôt, puis les souvenirs de la peau de Jack sur la sienne, de ses caresses et du plaisir qu'il lui avait donné, resurgirent. Elle prit la décision d'assumer. Jack commençait à bouger à côté d'elle. Elle se leva, ramassa ses affaires et fonça dans la salle de bain. Il était 7 h 30 et elle était déjà en retard.

.

Thomas Delvaux ouvrit les stores de sa chambre d'hôtel après avoir pris une douche bien chaude. Il n'avait pas beaucoup dormi. Leur retour avait été très chaotique après les explosions de la nuit dernière. Luca et lui s'étaient retrouvés coincés dans leurs locaux jusqu'à l'arrivée de l'armée, qui avait évacué tout le quartier, avant de les ramener sous escorte militaire vers 2 heures du matin à leur hôtel.

La journée s'annonçait maussade, mais au moins il ne pleuvait plus. Il se saisit de son portable pour voir les messages. Hanna lui passait le bonjour et les enfants lui envoyaient des bisous. Vivement que tout ceci se termine se dit Thomas, qui espérait reprendre sa vie là où elle s'était arrêtée quelques jours plus tôt. Il remarqua alors que la petite icône de son application de *hacker* installée sur le Smartphone de Ziegler clignotait. Il l'ouvrit. Ziegler avait envoyé un message à Storx dans la nuit.

Il ne pouvait y avoir d'erreur : 'BLKSTNE 09/27 - 0915 EST-CONFIRMED'

L'attaque aurait lieu aujourd'hui : *BLACKSTONE*, le 27 septembre à 9 h 15, heure de la côte Est, confirmée !

Delvaux composa immédiatement le numéro de Jack Campbell. Il était temps de décider du programme pour les prochaines heures. Il était 8 h 40, et d'après ses calculs, 9 h 15 côte Est des États-Unis, correspondait à 15 h 15, heure de Paris. Soit dans six heures. Il ressentit le tic-tac du compte à rebours qui venait de commencer.

.

Jack n'entendit pas la porte se refermer quand Pauline disparut. Elle avait été aussi discrète que possible. Elle ne tenait pas à le voir maintenant. Pas encore. Pas dans cette chambre d'hôtel. Elle l'appellerait un peu plus tard. Elle devait se dépêcher pour aller à sa réunion du lundi matin, à la Brigade Antiterroriste à Levallois.

Son téléphone se mit à vibrer, puis à sonner de plus en plus fort. Il réussit à poser un pied hors du lit et essaya de localiser son pantalon. Il le vit à même le sol en vrac dans un coin de la chambre. Il le récupéra et sortit de sa poche le téléphone qui hurlait pour qu'il décroche.

— Allo ! Jack, ne pouvait dissimuler sa voix encore pleine de sommeil.

— Salut Jack, bien dormi ?

— Heu oui, Thomas, merci !

— J'ai du nouveau ! Ziegler a confirmé le lancement de leur projet aujourd'hui à 15 h 15, heure de Paris. On n'a plus que quelques heures pour se retourner.

— Tu le sais depuis quand ?

— Depuis quelques minutes. Tu descends prendre un petit déjeuner ? J'ai d'autres informations à te donner.

— J'arrive !

Jack, Thomas et Luca, se retrouvèrent dans la salle de restaurant de l'hôtel. Ils firent à Jack un résumé de la nuit précédente, de leur découverte du contenu du projet *BLACKSTONE* et des attentats de la Défense.

Ils décidèrent de prévenir le Lieutenant Delmas et le Commandant Rougier. Thomas fut surpris de l'attitude quelque peu réservée de Jack, quand il lui proposa d'appeler Pauline.

∴

Dès que Thomas eut contacté Delmas pour lui raconter en détail leurs découvertes, ils décidèrent de se rencontrer à l'hôtel de la Porte Maillot. Les transports dans Paris, après la nuit qui venait de s'écouler, étaient au point mort. Il était beaucoup plus simple de bouger avec une voiture de police et les gyros. Delmas appela Pauline qui accepta de se joindre au groupe.

ECHEC ET MAT ?

À 11 h 30, Luca, Thomas et Jack, assis à une table du bar du Hyatt Regency, virent arriver au pas de course Rougier et Delmas. Jack sentit son pouls accélérer. Il sourit à Pauline qui lui sourit en retour.

Thomas Delvaux entreprit d'expliquer aux deux flics l'urgence de la situation. À leurs regards d'abord interrogatifs puis inquiets, il comprit que le message était passé.

*
* *

Le trafic qui menait à la Défense était particulièrement dense, car on ne roulait que sur une file. Malgré le gyrophare Delmas avait le plus grand mal à se frayer un passage et jurait abondamment. La traversée du Pont de Neuilly s'avéra une lutte acharnée. Delmas pestait contre les conducteurs qui bloquaient les voies, empêchant sa voiture de remonter la file, maintenant complètement à l'arrêt. Le trajet s'éternisait et les minutes perdues augmentaient la tension qui devenait palpable.

Luca, pendu à son téléphone, poursuivait une conversation engagée, tantôt en anglais, tantôt en allemand. Il négociait visiblement de l'aide. Delvaux en conclut qu'il était sans doute en discussion avec son groupe d'activistes et de hackers.

Dès le pont franchi, ils laissèrent les automobilistes disparaître sous le tunnel de la Défense et bifurquèrent vers l'entrée du circulaire dont l'accès était toujours fermé aux civils. Un militaire vérifia leurs identités, puis ils prirent rapidement la direction du siège de *Millenium Dust*. Après un quart de cercle sur le boulevard, ils dépassèrent la tour *Eqho* avant le grand virage d'où on pouvait apercevoir le *CNIT* et les *4 Temps*. Ils ralentirent pour observer le Parvis. On aurait pu penser qu'un bombardement avait eu lieu. La scène était dantesque. Partout sur la place, des débris épars de tôles déformées jonchaient le sol. Quelques volutes de fumée s'élevaient encore du centre commercial dont il ne restait plus grand-chose. De nombreux pompiers étaient sur les lieux, assistés par des militaires qui assuraient le bon déroulement des opérations. Des blindés légers roulaient à vive allure entre la *Grande Arche* et le *CNIT*, sous la surveillance d'un hélicoptère qui survolait le quartier dans un vrombissement qui emplissait l'air alentour de vibrations sourdes.

Ils tournèrent à droite, laissant la Défense derrière eux pour traverser le carrefour qui reliait le circulaire au boulevard de la Mission Marchand. Ce quartier de Courbevoie mitoyen avec la Défense avait subi de lourds dégâts la nuit passée. La tour *Engie* avait été la cible des assaillants et une des deux explosions ressenties juste après l'embrasement du centre commercial, l'avait sérieusement endommagée. La tour *GDF-Suez*, et une bonne partie des immeubles autour avaient eux aussi souffert.

Des débris de vitres explosées tapissaient la chaussée, et un barrage interdisait l'accès au boulevard dans les deux sens. À 13 h 30, Delmas gara sans ménagement le véhicule de police devant les barrières de sécurité installées à la hâte, et ensemble ils se dirigèrent vers les locaux de *Millenium*. Leurs cartes de commandant de la Brigade Antiterroriste et de lieutenant de la Crim' leur ouvrirent le passage sans questions inutiles.

— Ne perdons pas de temps ! Il nous reste moins de deux heures pour agir, commenta un Delvaux nerveux, en sortant de la voiture.

— C'est ici ! Delmas désignait du doigt un immeuble à l'entrée du boulevard, en face de la tour *Engie*.

Comme tous les bâtiments du périmètre, le quartier général de *Millenium* était en piteux état. Il n'avait pas résisté à l'explosion et ses vitres vaporisées témoignaient de la puissance du souffle. Pauline et Delmas se dirigèrent vers les bureaux et demandèrent à Thomas, Luca et Jack, de rester en arrière le temps de sécuriser l'endroit.

Pauline regardait à travers la double porte qui avait dû être vitrée. Il n'y avait aucun signe d'activité. Le hall d'entrée allumé permettait de distinguer une borne d'accueil et les fauteuils d'un salon dédié aux visiteurs. Vide. Pauline poussa la porte qui refusa de s'ouvrir. Elle se glissa dans l'encadrement en prenant soin de ne pas se couper. Le vitrage au sol, soufflé par l'explosion, crissait sous ses chaussures. Elle s'avança de quelques mètres.

ECHEC ET MAT ?

— Police ! Il y a quelqu'un ?

Pas de réponse. Le silence était inquiétant.

— Pauline ?

Elle se retourna pour voir Delmas, arme de service au poing, qui passait sa tête à travers la porte

— Tu as quelque chose ? demanda Pauline.

— Non, je viens de faire le tour. Le personnel a dû partir hier soir et comme le quartier est bouclé, je pense qu'il n'y a personne.

— Va chercher les autres, on n'a pas beaucoup de temps !

Delmas disparut. Pauline traversa le sas et commença à fouiller cette partie des locaux de *Millenium*. Une première porte donnait dans une petite pièce qui contenait une machine à expresso sans aucun doute utilisée pour proposer un café aux visiteurs. Aucun signe de vie. Elle ouvrit la suivante. Des fournitures, rien de bien palpitant. Elle aperçut alors une autre entrée à droite, avant l'escalier qui desservait l'étage. Elle s'y engagea.

Thomas, Luca et Jack, virent revenir un Delmas au pas de course, qui leur faisait signe de le rejoindre. Ils se dirigèrent vers lui en hâtant la marche.

— Venez ! Les locaux de *Millenium* sont vides.

— On arrive, répondit Jack, en tête du groupe.

Pauline, son arme de service à la main, pénétra dans un sas à peine éclairé d'un halo verdâtre qui émanait des panneaux de sorties de secours. En face d'elle, une porte fermée. Un couloir à 90 degrés disparaissait ensuite dans la pénombre. Elle avança, se positionna devant la porte et l'ouvrit à la volée.

Elle plissa des yeux, surprise par luminosité qui l'éblouit et entra dans la pièce. Au fond, un bureau, derrière lequel des fenêtres vaporisées par l'explosion laissaient passer le vent froid du dehors. Des papiers épars et des débris de vitres jonchaient le sol et recouvraient ce qui restait d'un ordinateur. Un morceau de verre plus large, planté dans le bureau, décrivait la violence de la déflagration. Elle se rapprocha et découvrit une trace de sang. Son regard suivit la tâche qui devenait une mare. Un homme était affalé sous le bureau, autour de lui une large flaque de sang séché. Pauline déduisit qu'il devait être en train de travailler, quand l'explosion soufflant les larges baies vitrées, lui avait sectionné le cou. Sa tête faisait un angle improbable avec son torse et sans être légiste il était clair qu'il était mort depuis un moment. Elle le fouilla avec précaution pour ne pas souiller la scène et découvrit qu'il s'agissait d'un certain Henry Dwight.

Elle entendit d'abord des bruits de pas, puis reconnut les voix. Elle appela Delmas.

Luca et Delvaux poussèrent la porte au fond du couloir. Un gros clavier à détection d'empreinte digitale montrait qu'elle aurait normalement dû être sécurisée. Elle s'ouvrit. Henry Dwight avait sans doute prévu d'y retourner, mais avait été surpris par l'explosion. Ils entrèrent dans une salle machine sans fenêtre et faiblement éclairée. Ils contemplèrent pendant une minute cette pièce immense. De chaque côté d'un passage étroit, des centaines d'unités centrales, montées dans de grandes armoires métalliques, disposées en file indienne, clignotaient au son des ventilateurs de la climatisation. Ils étaient dans le ventre de la bête. Il y avait là de quoi envoyer une fusée sur Mars, se dit Thomas. Jack, qui les suivait, comprit ce que voulait dire Allan et Georges, ses deux amis improvisés du fast food de Woodbridge, quand ils parlaient d'une puissance d'un réacteur nucléaire. Il y avait effectivement dans cette salle machine pour plusieurs millions de dollars d'investissement.

Luca fut le premier à bouger. Il repéra la console centrale, agrippa un siège et entreprit de démarrer l'ordinateur qui gérait le réseau local de *Millenium*. Pendant le boot il vérifia s'il avait du réseau sur son téléphone. Son sourire valut pour réponse à Thomas Delvaux qui l'observait.

Tout alla alors très vite. Luca se mit en contact avec ses amis sur Internet et commença la séquence de connexion. Avant toute chose, il fallait absolument rentrer dans le réseau de *Millenium*. À partir de là, ils auraient accès à toutes leurs ressources pour espérer trouver un moyen de les bloquer. Luca regarda sa montre. Il était 14 h

— Je vais essayer de me connecter au réseau local.

— Luca ? demanda Delvaux.

— Oui ?

— On peut tenter d'utiliser le mot de passe de Ziegler ! Tu sais que j'ai toujours les traces de sa dernière connexion depuis son téléphone.

— Vas-y donne !

Delvaux remonta dans les archives de son application installée sur le téléphone de Ziegler. Il trouva en quelques secondes le nom d'utilisateur et le mot de passe utilisés par Ziegler la veille. Luca entra les éléments sur l'écran.

— Ça marche ! s'exclama-t-il.

— On y est ?

— Oui, je vois toute leur infrastructure.

— Tu n'as pas peur de nous faire repérer ?

— Pourquoi ? On utilise les mots de passe de leur chef ! Ça devrait passer en douceur.

Luca tapait comme un virtuose sur son clavier, faisant défiler des tonnes de lignes de commande.

— À nous deux ! lança un Luca qui se frottait les mains, totalement concentré sur sa mission.

Après quelques minutes, il sortit son téléphone portable et appela un de ses correspondants virtuels. Son ami en contacta un autre, qui lui-même se mit en relation avec plusieurs autres membres du groupe. Une armée invisible se levait pour lutter contre *Millenium*.

**

Le cœur de Storx battit un peu plus vite et une légère chaleur envahit son bas-ventre. Il venait de presser la touche de son clavier et par là même envoyer une dose de poison rapide dans les veines du système financier mondial.

La stratégie consistait dans un premier temps à inonder d'ordres de vente les bourses de Paris et de New York. La chute de Paris allait entraîner la plupart des marchés européens à la baisse. Ils lanceraient simultanément une très forte attaque sur New York, ce qui enverrait au tapis l'espoir des actionnaires de se réfugier sur Wall Street. Ensuite, attendre l'emballement. Dès les premiers signes, ils commenceraient la seconde phase de vente massive. Dès que les robots se mettraient à vendre à leur tour, on aurait probablement une fermeture momentanée des bourses. L'Intelligence Artificielle se tournerait alors vers les Dark Pools, afin de faire plonger les secteurs cibles. À la réouverture, *BLACKSTONE* enverrait des milliers d'ordres d'achat juste en dessous des prix actuels pour accentuer la pression à la baisse. Le programme déterminait en temps réel le cours d'un actif. S'il était de 10 $, il proposait de l'acheter 9,99 $. L'ordre serait alors annulé, car il n'y avait pas de vendeur, mais le cours fluctuerait à la baisse pour se rapprocher du prix proposé par le consensus des acheteurs. L'action dévisserait à 9,98 $. L'Intelligence Artificielle propagerait alors des ordres à 9,97 $. Et ainsi de suite. Tout cela se comptait en microsecondes. Le succès de toute l'opération reposait sur la vitesse d'exécution. La panique allait se répandre instantanément et la puissance de l'attaque infléchir les cours. Mais il fallait que tout ceci soit géré par les automates, talon d'Achille de cette construction financière, bâtie sur du sable.

Les machines ne réfléchissent pas. Elles réagissent en fonction de leurs programmes. Pour elles, même l'impensable est acceptable. Tout est une question de seuil. Le temps que les opérateurs humains prennent en charge les choses, en réfère à leurs supérieurs, que les décisions de fermer les marchés se mettent en place, il faudrait une heure. Dans un monde où l'instantané domine, où l'Internet et la fibre se sont accaparés la gestion du temps et où la machine a remplacé le sens critique, une heure signifiait presque une éternité.

C'est comme cela que le Dow Jones avait perdu près de dix pour cent en neuf minutes et l'un des plus grands lessiviers du monde Procter & Gamble avait vu sa valeur fondre de cinquante pour cent en quelques minutes, il y avait quelques années. Personne ne pouvait se douter que *BLACKSTONE* était déjà à la manœuvre derrière ce cafouillage monstre. Mais tout ceci n'était rien, car depuis, leur technologie s'était considérablement perfectionnée.

Si tout se passe bien, dans moins d'une heure les valeurs des sociétés les plus stratégiques seront au tapis, pensa Storx. La baguette qui dirigeait le monde était en passe de changer de main. Il ne pouvait détacher les yeux de son écran sur lequel fluctuaient en temps réel les cours. Dans quelques secondes, les chiffres en vert allaient virer au rouge, au rouge vif. Il ne put s'empêcher de sourire. En cet instant, il se sentait l'homme le plus puissant du monde.

Mais rien ne se passa.

9 h 19 – cela faisait cinq minutes que le programme *BLACKSTONE* était lancé et rien ne se passait. Les cours restaient désespérément stables. Il fut pris de sueur froide et déglutit.

Il fallait sans doute attendre quelques minutes de plus.

Puis tout s'éteignit et Storx se retrouva dans le noir. Après quelques secondes, les éclairages et les générateurs de secours se mirent en route. Son téléphone portable émit un bip. Il venait de recevoir un SMS.

Il lut le message avec empressement et son sang se glaça.

*
* *

Le téléphone de Ziegler se mit à sonner. Il décrocha en pivotant son confortable fauteuil de cuir noir vers la fenêtre de son bureau, pour contempler le lac qui se plissait de mille ridules.

— Ziegler !

— Monsieur, nous sommes attaqués ! la voix hachée du chef de la sécurité informatique de la *Zurich Investments and Securities Bank* montrait que celui-ci était en proie à la panique et peinait à trouver sa respiration

— Que dites-vous Hunter ? répondit un Ziegler cueilli à froid.

— Nous subissons une attaque de hackers !

Sa montre indiquait 15 h 20. Juste le moment du lancement du programme *BLACKSTONE*. Cela ne pouvait être un hasard ! Son téléphone portable émit un bip. Un SMS. Il regarda la photo et comprit que l'après-midi n'allait pas se dérouler suivant le plan prévu.

Storx reconnut immédiatement la photo reçue sur son portable. Toute personne dans l'informatique avait un respect teinté de crainte de voir un jour, ce masque blanc au sourire énigmatique, tourner la tête dans sa direction. Guy Fawkes, ce catholique anglais du 17ème siècle, symbole de la lutte armée pour des idées, à la barbiche taillée et aux fines moustaches, représentait le cauchemar des informaticiens.

Les Anonymous, ces hackers aux talents hors du commun qui défendaient les justes causes, venaient de lancer une attaque massive contre *Millenium*.

Luca Hanser, assis devant la console centrale connectée au réseau menait la charge. Il était depuis des années un des leaders du groupe des Anonymous. Pour être tout à fait précis, il dirigeait le collectif depuis maintenant deux ans. Il fallait imaginer cette organisation comme une collection de ressources autonomes, aux identités bien gardées, et sans connexions directes entre elles. Dans le monde du renseignement et du terrorisme, le cloisonnement est la base pour éviter que la chute d'un maillon ne fasse tomber toute la chaîne. Luca organisait les attaques et participait à l'élaboration des cibles. Il travaillait à une charge contre *Millenium* depuis plusieurs jours, mais sans l'ouverture de leur réseau cela aurait été compliqué. Maintenant qu'ils avaient un accès, la mise à mort serait rapide.

Derrière des centaines d'ordinateurs à travers le monde, des cerveaux brillants analysaient, disséquaient les mécanismes de défense de *Millenium* pour concentrer leur attaque et la mettre hors d'état de nuire. À ce stade, ils avaient déconnecté les lignes Internet de tous les centres opérationnels de *Millenium*, pour empêcher les informations de sortir. Celui de New Haven avait eu droit à un traitement spécial en le privant d'électricité. Ils avaient coupé l'arrivée depuis le transformateur de Woodbridge. Ce matin, les habitants de la région devaient se demander ce qu'il se passait. Avant que le fournisseur d'énergie ne se réveille, ils avaient au moins deux ou trois heures devant eux.

Luca devait impérativement accomplir deux tâches. Après tout serait plus facile.

Premièrement, implanter dans le système de *Millenium* un de ses programmes qui se dupliquait automatiquement afin de créer de nouveaux profils utilisateurs avec login et mot de passe. À chaque fois qu'on déconnectait un utilisateur, un autre se créait automatiquement. Luca savait que l'identité usurpée de Ziegler serait bientôt compromise et il voulait s'assurer un accès au réseau dès que le profil serait bloqué. Il chargea le programme et créa instantanément un nouvel utilisateur. Si on coupait son accès depuis le profil de Ziegler il serait automatiquement basculé vers ce nouvel identifiant et pourrait continuer à travailler. Sauf à ce qu'on détruise son virus ou qu'on coupe tout le réseau, il serait pratiquement impossible de le déloger de l'intranet de *Millenium*.

L'autre tâche consistait à siphonner les comptes en banque de *Millenium*. L'arroseur arrosé. Dès qu'il allait lancer l'attaque, des alarmes allaient se déclencher partout dans le système. Il venait de repérer leur numéro de compte. Le solde lui donnait le tournis. Luca possédait plusieurs comptes aux îles Caïman, et il savait comment rester invisible. Il suffisait de créer une chaîne de transferts suffisamment longue et de détruire les preuves informatiques à chaque étape. Après avoir fait transiter les sommes par quatre ou cinq banques, il deviendrait presque impossible de suivre la trace des capitaux et de remonter à la source. Il allait se servir !

Il lança la procédure.

*
* *

Storx était paralysé. Tous ses essais pour reprendre le contrôle de la situation s'étaient soldés par des échecs. La console centrale à partir de laquelle il pouvait administrer tout le système de New Haven ne répondait plus, complètement gelée. Ses accès au réseau étaient invalides et il n'arrivait même pas à se connecter en direct sur l'ordinateur central. Les hackers venaient de le transformer en un simple spectateur, condamné à observer sa propre chute.

Depuis l'écran principal, il pouvait surveiller l'activité de la machine, mais sans pouvoir intervenir. Des centaines d'utilisateurs étaient connectés. Les pirates avaient traversé les filtres de sécurité en quelques minutes. Storx comprit après quoi ils en avaient : les Anonymous voulaient s'emparer de son Intelligence Artificielle.

Il prit alors sa décision.

— Ils ne l'auront pas ! jura-t-il entre ses dents.

D'un pas rapide, il se dirigea vers le tableau électrique. D'un geste rageur, il abaissa le levier rouge. Toutes les alimentations de secours furent immédiatement coupées. Les lumières clignotantes des armoires informatiques disparurent. Les bruits des ventilateurs et de la climatisation se turent, laissant la place à un silence assourdissant. Comme une bête qui vient de rendre son dernier souffle, le projet *BLACKSTONE* venait de mourir.

*
* *

— Mais qui ? demanda un Ziegler incrédule.

— En bien … en fait Monsieur, il semblerait que ce soit vous !

— Comment ça ?

— C'est votre profil utilisateur qui est utilisé !

— N'importe quoi !

— Vous pouvez vérifier s'il vous plaît ? la voix de Hunter ne retombait pas, toujours perchée dans les aigus.

Ziegler appuya sur une touche de son clavier pour allumer son portable. L'écran d'accueil apparut et un message lui demanda de se connecter.

— Je ne suis même pas dans le système Hunter !

— Alors on vous aura piraté votre mot de passe.

— Bon, on fait quoi ?

Je vous déconnecte ! Enfin, je déconnecte celui qui utilise votre mot de passe…

Il y eut un silence. Ziegler pouvait entendre le bruit des touches du clavier de son correspondant.

— Monsieur, vous êtes toujours là ? demanda Hunter, dont l'intonation venait de tourner à l'inquiétude brute.

— Oui bien sûr !

— On est en train de pirater le compte de la société *Millenium* …

— Quoi ?

— Je vois que des transferts sont en cours et des alarmes viennent de se déclencher.

— Arrêtez-moi ça tout de suite ! cria Ziegler, qui vivait son pire cauchemar en direct.

— J'essaye, mais à chaque fois que je le déconnecte on dirait qu'un autre utilisateur prend le relais immédiatement !

Hunter raccrocha au nez de Ziegler. Il devait empêcher le pirate de sortir les fonds et pour ce faire il devait travailler dans le calme. Son chef ne lui était d'aucune utilité. Le solde du compte de *Millenium* s'affichait en temps réel. Plus de cinquante milliards. Mais cela n'était pas son problème.

Deux cents millions venaient de disparaître. Hunter s'activait pour colmater la brèche. Une sueur fine recouvrait maintenant son visage et ses mains moites traduisaient son niveau de stress.

Cinq cents millions. Il n'arrivait pas à se débarrasser de cet intrus. Le hacker avait créé des comptes de super-utilisateurs et s'était attribué tous les droits sur le système. Il avait les mêmes privilèges administrateurs que lui, et ne pouvait donc pas le supprimer. Hunter lança la procédure de verrouillage du compte de *Millenium*. Cela allait demander quelques secondes, mais après cela personne ne pourrait y accéder. Pour plus de sécurité, il décida de bloquer tout le système.

Neuf cents millions. La procédure de verrouillage du compte était en cours. Le cœur de Hunter battait la chamade. Le système confirma que le compte était bloqué, puis quelques secondes après un autre message scellait tout transfert entrant ou sortant depuis la banque.

Luca vit que sa procédure venait d'être rejetée par le système. Il se déconnecta. Les virements successifs en provenance de la *ZIS* vers divers comptes aux îles Caïman s'étaient déroulés sans problèmes. Ils venaient de passer entre les mains de cinq établissements bancaires plus ou moins opaques pour atterrir sur un compte particulièrement bien caché aux îles vierges, un autre paradis fiscal. Il était riche !

**

Les Anonymous disparurent comme ils étaient apparus. En quelques minutes, ils venaient de supprimer le danger de *BLACKSTONE* et de délester le compte de Millenium de près d'un milliard d'euros. Luca sourit. L'opération était un succès. Il envisagea pendant quelques secondes d'ouvrir un compte à la *Zurich Investments and Securities Bank* dans le futur. Non, se dit-il, leur niveau de sécurité est déplorable.

EPILOGUE

Zurich, Mercredi 27 Septembre

Marco Ziegler avait peur. Cette angoisse ne le quittait plus depuis le fiasco du projet BLACKSTONE. On ne pouvait pas lui imputer l'attaque des Anonymous, mais des questions restaient sans réponse. Il savait qu'avec une question à neuf cents millions d'euros, on n'allait pas tarder à venir lui demander des comptes. La veille, le journal allemand *Bild* avait fait une page sur la mort de Füller, retrouvé pendu dans son appartement. En tant que conseiller économique auprès de la Chancelière Konrad, cela avait suscité un certain émoi. Ziegler savait qu'il ne s'agissait pas d'un suicide. Ce matin, ça avait été le tour de l'oligarque Dimitri Volkov. Son jet privé avait eu un grave accident et on dénombrait trois morts, dont le magnat russe. Il n'ignorait pas que Volkov avait investi des fonds gouvernementaux, et tout le monde connaissait la faible tolérance de l'oligarchie Russe devant l'échec.

Avec le scandale sur les fonds perdus qui finirait bien par éclater et la découverte du corps de son patron de la sécurité qui allait refaire surface un jour ou l'autre, Ziegler avait décidé de disparaître. Il venait de vider son coffre personnel à la *ZIS* dans lequel il avait placé depuis longtemps cent cinquante mille euros en cash au cas où. Il fallait toujours avoir un plan B. Personne ne savait qu'il avait par ailleurs une jolie somme sur des comptes discrets chez HSBC à Singapour, pays qui n'extradait pas. Il devait se dépêcher. Son avion était dans trois heures, ce qui lui laissait juste assez de temps pour arriver à l'aéroport et passer les contrôles de sécurité. La Mercedes roulait et il se détendit un peu. Monta le son de la chaîne B & O. Il allait y être dans moins d'une heure. L'attaché-case avec l'argent se trouvait à l'arrière, son billet d'avion dans la poche de sa veste. Tout se déroulait pour l'instant comme prévu.

C'est alors qu'il vit les deux policiers postés au bord de la route, juste après le virage. Les deux hommes en uniforme se tenaient devant leurs motos, rangées sur le bas-côté. L'un d'eux lui fit face, leva un bras pour qu'il s'arrête.

— Merde ! ne put s'empêcher de jurer Ziegler.

Il ralentit puis arrêta la Mercedes sur le bas-côté. L'endroit était particulièrement calme pour un contrôle de police. Il descendit la vitre côté conducteur et sourit. Il fallait toujours se montrer aimable avec les forces de l'ordre. Les deux gendarmes n'auraient pu être plus différents. Celui qui lui avait fait signe de s'arrêter était rondouillard et son alter ego grand et costaud.

— Contrôle de police, Monsieur, veuillez descendre du véhicule s'il vous plaît ?

— J'ai fait quelque chose ?

— Non, rassurez-vous, c'est juste un contrôle de routine, sourit le petit gros.

Le grand costaud se rapprochait de la voiture et Ziegler comprit que quelque chose ne tournait pas rond. Leurs uniformes ne leur allaient pas. Rondouillard était trop boudiné alors que Musclor avait un feu de plancher. Pire il portait une paire de santiags. La panique s'empara de Ziegler.

— Vous n'êtes pas des flics !

— Non ! Mais on aurait bien aimé entrer dans la police, hein ? répondit le faux gendarme, s'adressant à son copain qui approchait.

Un flash et Ziegler reconnut les faux policiers, les assassins de Daniel Hassler, le chef de la sécurité de la *ZIS*. Les responsables du fiasco à l'hôpital. Le petit au visage empâté sortit un pistolet. Ziegler appuya sur le bouton pour remonter sa vitre dans un réflexe illusoire, pour se protéger. Le coup de feu claqua. Le sang de PDG de la banque gicla et éclaboussa l'intérieur de la voiture. De la plaie coulaient de minces filets rouges qui tombaient sur le tableau de bord. Zielger gisait affalé sur le volant. Mort, la tête éclatée. Le plus grand fit le tour, jeta un coup d'œil dans la voiture, remarqua la mallette et ouvrit la porte arrière de la Mercedes. Il se saisit de l'attaché case sur le siège. Il l'ouvrit et un large sourire éclaira son visage.

— Tu vois, dit-il, y'a quand même une justice. On est payés pour nos services, et on a même une prime.

— T'es con ! répondit Rondouillard. Alors on est quitte avec lui ?

— Sauf à le tuer encore une fois, je crois qu'on a terminé le boulot.

— C'est dommage pour la voiture non ?

— Laisse tomber, je suis sûr qu'elle n'est même pas à lui... c'est à la banque !

Ils continuèrent leur discussion avec calme jusqu'à leur moto. Moins d'une minute après, leurs feux arrière disparaissaient dans le virage.

**

À 8 h, les portes de l'ascenseur s'ouvrirent en émettant leur 'ding' caractéristique. Jack était heureux de retrouver son bureau au *New York Times*. Il savoura quelques secondes le spectacle de la salle de rédaction dans laquelle flottait toujours une énergie contagieuse. Sonneries de téléphone, conversations à hautes voix et discussions animées, on ressentait dès qu'on mettait les pieds dans la salle des journalistes, la tension positive des impératifs de sortie. La publication d'un quotidien se résumait souvent à une bataille contre la montre.

EPILOGUE

Son café latte du *Starbucks* à la main, il fit un pas en direction de son bureau quand la voix de Gerry Small, apparu comme par magie, lui coupa son élan.

— Monsieur Campbell ! Nous sommes heureux de vous revoir ! Bonnes les vacances ?

Mauvais Karma se dit Jack. Il venait rencontrer le directeur de la rédaction pour lui faire une proposition, et devoir se coltiner Small était la dernière chose qu'il voulait ce matin.

— Écoute Gerry, j'arrive juste, alors accorde-moi quelques minutes et je te raconterai mes 'vacances'. Il insista sur le mot vacances.

— J'espère bien ! Bordel, tu te barres une semaine sans donner de nouvelles et je devrais être fou de joie.

— Tu fais vraiment chier, Gerry ! Je suis parti faire un boulot en accord avec le rédac chef, alors si ça te pose un problème tu vas le voir lui !

Jack lui tourna le dos. Son bureau était à deux pas.

— Merde, c'est qui le chef ici ? la voix derrière lui ne semblait pas vouloir disparaître.

Voilà, se dit Jack, rien ne change, toujours le même refrain. La vie de Gerry Small se résumait en une phrase qu'il répétait comme un mantra. Je suis le chef, je suis le chef, je suis le chef ! Jack décida d'ignorer la voix qui le suivait en vociférant des stupidités sur le rôle du chef et de ses attributs. Rien à battre, se dit-il.

Assis à son bureau, il fit le point.

Cette semaine avait été forte en émotions. Après avoir stoppé *Millenium*, Jack, Delvaux et Luca, avaient été entendus par la police parisienne. Il avait vu Pauline en action et était impressionné. Elle avait vraiment quelque chose. Ils avaient ensuite témoigné et signé leurs déclarations en prenant soin de donner autant de détails que possible, et avaient été remerciés par le directeur de la BAT. Il ne faisait plus aucun doute que l'attentat de Paris, l'assassinat de Tarek Laïd et *Millenium* étaient liés. Un des commanditaires de ces exactions était un certain Khalid Alzadi, proche du très riche

EPILOGUE

Saoudien Fouad Al-Naviq. Il n'en savait pas plus, mais c'était suffisant pour qu'il puisse en tirer certaines conclusions.

Luca avait eu quelques soucis pour expliquer l'arrivée très à propos des Anonymous et leur collaboration. Il avait, semble-t-il, convaincu les policiers qu'il n'avait fait que poster sur Facebook des messages demandant de l'aide. Jack pensait qu'ils avaient accepté cette version à défaut de trouver quelque chose de plus plausible. Luca et Delvaux étaient repartis pour Zurich le mardi.

Pauline et Jack s'étaient retrouvés la nuit suivante. Ils savaient tous les deux que ça serait la dernière fois. Leur histoire n'était pas faite pour durer. Elle leur avait permis de tourner une page. De diriger leurs énergies vers l'avant et de s'affranchir de leurs fantômes. Ils étaient prêts à se reconstruire.

Il voulait maintenant rencontrer le rédacteur en chef du journal et lui proposer un scoop. Jack allait écrire un livre sur *Millenium*, sur le danger de la financiarisation du monde et de la fragilité du système. Combien y avait-il de *Millenium* dehors ? Quand allait frapper la prochaine arme créée pour abuser le système monétaire et financier mondial ? *Millenium* et leur projet *BLACKSTONE* représentaient une chance, qu'il voulait saisir pour dénoncer le Système.

Mais il avait aussi une promesse à tenir. Il respectait toujours sa parole. Il prit le dossier beige dans le tiroir de son bureau. À l'intérieur se trouvait toujours le contrat entre *Millenium Dust* et Ralik et l'adresse de Millenium dans le Connecticut. Mais surtout un numéro de téléphone. Il composa les huit chiffres.

— *Executive Staffing* Bonjour ! Ici Linda, que puis-je faire pour vous ? répondit la secrétaire sur un ton neutre.

— Bonjour Linda, je voudrais savoir si le poste de PDG de *Google* est enfin libre ?

Un blanc. Jack entendait presque les rouages se mettre en route dans le cerveau de Linda. Puis elle reconnut son interlocuteur.

— Pour ce poste vous devez être en parfaite santé, vous savez ?

— Je crois que je vais mieux.

— Beaucoup mieux ?

— Suffisamment pour vous inviter à dîner en tout cas.

— Pour de vrai ? répondit la voix surprise de Linda.

— Pour de vrai ! Que diriez-vous de l'Etna, au coin de la 6ème et de la 29ème West ? A 18 h 30, disons vendredi soir ?

— Avec plaisir Jack. À vendredi.

*
* *

Lundi 2 Octobre

Le Président Lavalette serra la main du directeur de la DPJ et de la BAT. Les deux hommes venaient de terminer leur rapport sur la mort de Tarek Laïd. Lavalette avait insisté pour être tenu au courant personnellement. Ils n'avaient pas pu dissimuler les informations concernant *Millenium Dust* au président, ni les liens possibles entre cette société et le projet démentiel qu'elle avait porté : l'attentat du premier mai et la mort de Tarek Laïd. Paul Lavalette se sentit démuni. Cela confortait sa vision que la finance avait pris le pas sur le pouvoir politique.

Le chef du gouvernement était très affecté par la séquence de folie hystérique et de violence qui venait d'enflammer le pays. Le retour à l'équilibre budgétaire qu'il avait envisagé s'était envolé, dissipé dans la fumée des centaines de véhicules incendiés et des centres-villes saccagés.

Les réformes qu'il voulait engager devraient attendre. Le contexte ne permettait plus de demander au peuple des efforts. L'urgence était de ressouder les fractures de cette société au bord de l'implosion. Les plaies ouvertes par la mort de Tarek Laïd n'allaient pas se refermer avant longtemps. Si jamais elles se refermaient un jour. Son devoir consistait à insuffler un nouvel espoir. L'austérité et le renoncement social ne feraient qu'ajouter à un climat déjà explosif.

L'heure avançait. Il avait un rendez-vous téléphonique avec la Chancelière Konrad dans quelques minutes.

EPILOGUE

Si Berlin continuait à vouloir imposer des réformes impossibles à faire accepter aux électeurs européens en déshérence, cette conversation pouvait définitivement sceller la fin de l'espoir européen. La lumière sur son téléphone clignotait. La Chancelière était en ligne. Il espérait ne pas devoir en arriver là.

*
* *

Le lieutenant Moussa Zalif, homme de confiance du Commandant Pauline Rougier rampait sur le sol meuble. Il jurait silencieusement. La boue maculait son jean et son blouson. Malgré les précautions qu'il avait prises, rien ne pourrait sauver sa paire de baskets neuves.

Le temps était maussade en ce début octobre même s'il ne pleuvait pas. Le vent soufflait et il ne devait pas faire plus de quinze degrés. L'automne avait mis un pied dans la porte et repoussait l'été un peu plus chaque jour.

Il était en position. Caché dans les herbes, il se trouvait à moins de cent mètres de l'usine désaffectée derrière le cimetière de Puteaux. La structure vétuste plantée au bout de ce terrain laissé à l'abandon se détachait nettement à l'image. Dans l'objectif de son appareil photo, il distinguait des murs de briques rouges fissurés et un portail arraché. Le vent donnait vie aux herbes folles qui ondulaient devant lui, rendant la prise de vue aléatoire. Il frissonna.

Pauline lui avait demandé de filer discrètement le lieutenant Kowalski, ce qui l'avait amené à cet endroit. Kowalski arrivé depuis dix minutes se tenait debout devant le bâtiment en ruine, fumait cigarette sur cigarette. Il attendait visiblement quelqu'un et il était nerveux.

Une voiture passa devant Moussa sur le chemin mal cahoté. Il arrêta de respirer quelques secondes, comme si cela pouvait l'aider à se fondre dans le décor. Elle se rangea au bord de la route et quatre personnes sortirent du véhicule, direction l'usine, à quelques pas. Moussa en profita pour prendre quelques photos des visiteurs.

EPILOGUE

Kowalski vit le groupe se diriger vers lui. Il les salua de la main. Moussa avait celui qui semblait être le chef en gros plan. L'homme portait une large cicatrice sur la joue droite et il lui semblait bien qu'il n'avait qu'un œil. Il prit d'autres clichés.

Le groupe se tint à l'écart et l'homme avec un seul œil commença à parler avec le lieutenant Kowalski. La discussion semblait tendue. Tout cela ne dura que quelques minutes. Kowalski lui donna une pochette. Kamel en sortit des documents qu'il examina avec attention. Puis le borgne passa une enveloppe au policier qui s'en saisit avant de la fourrer dans sa poche. Moussa avait toute la scène en photos.

Cinq minutes plus tard, il entendit la moto de Kowalski démarrer et la voiture avec ses quatre occupants repassa devant lui en trombe. Moussa transféra les photos sur son portable en wifi et uploada le tout sur son compte Dropbox. Il les supprima de l'appareil avant d'inviter Pauline à les télécharger, puis il l'appela. Elle décrocha immédiatement.

— Commandant ?

— Bonjour Moussa ! répondit à l'autre bout la voix reposée de Pauline.

— J'ai des nouvelles de Kowalski. Vous allez pouvoir télécharger des photos.

— Intéressant ?

— Je crois commandant. J'ai un flag ! Il vient de se prendre une belle enveloppe.

— On voit le contenu ?

— Non, on ne voit rien. Mais je ne vous fais pas de dessin !

— Tu sais avec qui il avait rendez-vous ?

— Non plus, mais vu la gueule du chef, je suis sûr qu'on aura son pedigree dans la base de l'IJ.

— Merci Moussa. Tu rentres à la brigade et tu gardes tout ça pour toi. Tu ne laisses aucune trace des photos, hein ?

— Non, ne vous inquiétez pas chef, j'ai déjà fait le ménage.

Pauline raccrocha. Elle venait de recevoir le lien pour télécharger les photos. Cela ne prit que quelques minutes ; elle regarda les clichés.

EPILOGUE

Pas de doute, Kowalski avait une double vie. Avec ça et la preuve que Kowalski avait piraté sa messagerie pour livrer l'adresse où se cachaient les fugitifs de l'attentat, l'étau se resserrait sur le lieutenant. Elle allait le faire tomber.

Bon aujourd'hui, elle avait des choses à faire, il ne fallait pas qu'elle traîne.

Elle lava son assiette et sa tasse, mit son manteau, et vérifia deux fois que la petite boîte était bien dans sa poche. Elle descendit au sous-sol pour prendre sa voiture. Il fallait bien compter une heure de trajet pour y arriver.

Le temps virait au gris triste en cette fin de matinée. Ses essuie-glaces repoussaient de minuscules gouttes de pluie qui venaient grossir les filets d'eau qui lézardaient son pare-brise. Elle accéléra la ventilation pour dissiper la buée qui tentait de lui cacher la route pour l'empêcher d'arriver. Elle se gara sur le parking, parcourut à pied les cinquante mètres et poussa la grille. Son cœur battait fort. Elle se dit qu'elle aurait dû prendre un parapluie.

3ème allée droite. Emplacement 132. Elle y était.

La pierre tombale indiquait : Laurent Rougier

Ça faisait deux ans. Aujourd'hui.

Pauline prit la petite boîte et sortit son alliance. Elle la posa délicatement sur la pierre.

— Je suis désolée, Laurent !

Des larmes commencèrent à rouler sur ses joues.

— Je sais ce que tu penses. Mais il faut que j'avance. Là je m'enfonce, je coule ! Tu vois j'ai essayé, mais je n'y arrive pas. Je t'aime... Je voudrais être morte. Je voudrais être morte à ta place. C'est trop dur toute seule !

Elle était secouée de sanglots violents, et ses larmes évacuaient la tristesse qui l'habitait depuis deux ans.

— Il faut que j'essaye de m'en sortir, de reconstruire une vie ! J'espère que tu me pardonnes. Je t'aime Laurent !

Elle tourna le dos à l'emplacement 132 d'une démarche lourde, le regard plaqué du sol. La pluie avait eu raison de son brushing et elle sentait l'eau glacée qui s'insinuait dans son col et coulait dans son dos. Elle avait froid.

À son retour, elle se saisit de la photo de Laurent coincée dans le miroir du couloir. Elle ouvrit le meuble de l'entrée. Regarda l'image avec un sourire triste. La rangea dans le tiroir, hésita, la reprit. Elle souffla, prise de vertige. La tête lui tournait un peu. Elle s'assit, la photo à la main. Après quelques secondes elle se leva, posa la photo et ferma le tiroir d'un geste brusque. Elle essuya ses yeux, prit son portable dans son manteau et sortit la carte de visite.

Elle composa le numéro.

— Paul Revel ! répondit une voix grave à l'autre bout.

— Docteur Paul Revel ? demanda Pauline, en insistant sur le titre.

— Oui, à qui ai-je l'honneur ?

— Pauline Rougier, j'ai eu vos coordonnées par le docteur Alexandre Leroy, le Psy de la Brigade Antiterroriste.

— Pauline ? Oui, enchanté de faire votre connaissance ! J'attendais votre appel, Alexandre m'a beaucoup parlé de vous.

— Vous pensez que l'on peut se voir dans la semaine ? Ou la semaine prochaine ?

— Et pourquoi pas aujourd'hui, Pauline ?

— Aujourd'hui ? la voix de Pauline se remplit d'inquiétude. De peur même.

— Ne vous inquiétez pas trop, une thérapie reste un travail personnel. C'est vous qui me direz quoi faire. Pas le contraire. Vous voulez prendre un peu de temps pour réfléchir ?

— Heu, non … à quelle heure ?

— Il est 14 h. Disons…16 h 30 ? Vous avez mes coordonnées ?

— Oui, j'ai tout ce qu'il me faut. À 16 h 30, Docteur.

— Je vous attends, Pauline, à tout à l'heure !

Elle raccrocha. Ses mains blanchies par la pression sur son téléphone se détendirent. Elle était en nage. Quelque part, enfouie dans son subconscient, une petite voix lui murmurait qu'elle venait de faire le premier pas sur le chemin de son futur.

*
* *

Jeudi 5 Octobre

Le palais de Fouad Al-Naviq entièrement construit en pierres blanches renvoyait les rayons d'un soleil brûlant. Depuis son bureau, décoré de tapis centenaires, le richissime homme d'affaires contemplait la terrasse en marbre clair incrustée de fleurs et d'arabesques. Autour de lui, les quatre piliers qui supportaient un Kuba doré. Le dôme surplombait l'édifice, visible depuis les faubourgs de Riyad.

Son téléphone se mit à sonner. Signe que le visiteur était arrivé. Il décrocha.

— Faites-le entrer !

— As-Salam-u-Alaikum wa rahmatullahi wa barakatuh !

Kahlid Alzadi salua respectueusement son maître et employeur.

— Salam-u-Alaikum, répondit Fouad.

— Tu sais pourquoi je t'ai demandé de venir ?

— *Millenium* ?

— Oui Khalid, je viens de lire les dépositions que nous avons obtenues, grâce à Kamel.

— Celles du policier ?

— Oui ! Je vais avoir besoin de toi encore une fois.

— Un travail de nettoyage ?

— Je crois Khalid. Il faut qu'on récupère le carnet de Malik Aertens. La police n'a pas encore compris l'importance de ce qu'elle avait entre les mains.

Al-Naviq marqua un temps d'arrêt. Il réfléchissait avant de poursuivre.

— C'est tout ? lui demanda Khalid, interloqué par le silence de son mentor.

— Non, malheureusement. Je voudrais que tu interroges Luca Hanser. Il était dans les locaux de *Millenium* quand l'argent a disparu et c'est lui le plus doué des informaticiens. Fais-le dire tout ce qu'il sait sur ce sujet. Je suis certain qu'il dissimule des informations.

— Ce sera fait !

— Ah oui, Khalid. Je m'intéresse à cette Pauline Rougier. Commandant de police. Il y a quatre ans elle a bousillé un de nos réseaux de financement, et elle vient de nous faire avorter le projet *BLACKSTONE*. C'est elle qui a trouvé le carnet. Fais ce que tu dois faire !

FIN

Le Commandant à l'Antiterrorisme, Pauline Rougier, au bord du burn-out, se voit confier l'enquête sur l'attentat qui vient d'ensanglanter Paris entre les deux tours de l'élection présidentielle. Elle découvre que cette entreprise terroriste et l'assassinat d'un politicien, star montante du monde médiatique, sont liés.

Parallèlement, Jack Campbell, journaliste alcoolique du New York Times, et Thomas Delvaux, informaticien de génie, découvrent qu'une sombre machination qui pourrait bien affecter les marchés financiers mondiaux, est en marche.

Aidée par son équipe et dans un contexte politique sulfureux, Pauline Rougier mènera cette enquête qui lui réservera bien des surprises

La Menace Blackstone dénonce le communautarisme, la manipulation des opinions politiques et la financiarisation du monde, ainsi que les dangers que celle-ci fait peser sur l'équilibre des économies mondiales.

BONUS

Chers Amis Lecteurs,

Cette œuvre est un roman. Tous les personnages du livre ainsi que les évènements qui y sont relatés sont évidemment de pure fiction. Cependant, de nombreux lecteurs m'ont posé des questions sur la réalité des dangers de la financiarisation du monde, telle que je l'évoque dans ces pages. Ils m'ont demandé, certains à voix basse, d'autres le regard inquiet, si ce que j'expose dans ce livre est possible. Malheureusement oui. Les algorithmes, tels que Guerilla ou Sniper, de Credit Suisse et de Goldman Sachs, existent bel et bien. Les banques se battent quotidiennement sur le terrain pour empêcher que 'l'impôt' que je décris, en particulier dans le dialogue initial entre Delvaux et Campbell, ne leur soit imposé... Tout en essayant de ponctionner leur dû chez leurs concurrents.

Delvaux et la *FraNex* existent, je les ai rencontrés, même si les noms sont bien entendu fictifs. Lorsque, Vice-président International, en charge du secteur bancaire dans un grand groupe informatique, j'ai participé à la mise en place de solutions d'analyse en temps réel des flux boursiers, je ne faisais rien d'autre que de doter une société, au demeurant très proche de la *FraNex,* d'armes informatiques d'analyse de données financières. Exactement comme j'essaye de l'expliquer dans le livre, leur but était de découvrir parmi les millions d'ordres passés, ceux qui étaient réels, afin de pouvoir agir ensuite sur les cours d'achat ou de vente.

Autre piste de réflexion concernant les Intelligences artificielles. Orange va lancer une banque en ligne. La société fait le pari de l'Intelligence Artificielle avec Watson d'IBM, et espère déployer des services en ligne, qui seront en majorité pilotés par des robots intelligents. De même, le Crédit Mutuel vient lui aussi de déployer Watson dans ses 5000 agences auprès de 20.000 conseillers. Vous vous demandez peut-être qui est Watson ? Il s'agit d'une Intelligence artificielle qui peut répondre à vos questions en ligne (chat), répondre à votre email après avoir compris votre demande ou vous faire des propositions d'arbitrage pour votre assurance vie. Watson est virtuel, et pourtant il est docteur en médecine, avocat, et sans doute beaucoup d'autres choses encore. Les Intelligences Artificielles sont le futur. La première machine apprenante que nous utiliserons sera probablement la voiture autonome. Les enfants de nos enfants n'auront sans doute plus à passer le permis de conduire qui aura disparu. Ce qui met en perspective la récente manifestation des auto-écoles qui se battent pour éviter que leur métier ne disparaisse à cause d'Internet. Je crois que le danger auquel ils devront faire face est d'une tout autre nature. Cela vaut aussi pour les taxis. Dans moins de 10 ans les chauffeurs de taxis auront été remplacé par des véhicules autonomes qui, soit dit en passant, ne font pas grève. Tous les services en ligne seront automatisés. Je fais le pari que dès que nous aurons réussi à les doter de voix acceptables (dans la nuance et l'expression des sentiments) ils seront nos standardistes, nos techniciens de support, nos commerciaux en ligne, et l'interface utilisateur avec les ordinateurs sera la voix et le langage naturel. La ligne rouge entre entité réelle et entité virtuelle est en train de disparaître.

Dans un autre registre, après le désastre de 2008 et les Subprimes, l'administration Américaine a décidé de créer des pare-feux en imposant qu'une séparation claire, entre banque de dépôt (celle qui gère vos avoirs au quotidien) et banque d'investissement (les traders et les spéculateurs), soit opérée, en particulier pour les banques généralistes qui continuent à avoir ces deux activités. Avec un but évident, celui de réduire les risques de contagions des marchés et la ruine des petits épargnants, en cas de faillite. On doit s'interroger sur la pertinence des récentes déclarations de l'administration Trump, qui plaide pour l'annulation de cette obligation et qui milite pour une dérégulation, qui fut difficilement imposée au lobby financier par l'administration Obama. Ce qui reviendrait à réintroduire un risque systémique dans le secteur bancaire.

Je ne crois pas en revanche qu'un projet tel que BLACKSTONE puisse voir le jour. Plus précisément, je ne crois pas que cela soit possible aujourd'hui. Mais je suis intimement persuadé que l'évolution fulgurante des Intelligences Artificielles va permettre de concevoir de tels programmes informatiques très prochainement. L'automatisation quasi totale des marchés financiers offre un terrain de jeu favorable aux robots intelligents, et n'oublions pas que la cupidité reste un moteur essentiel du genre humain.

L'autre volet du livre est économique. Il s'agissait de traiter de l'opposition des points de vue entre la ligne dogmatique qui impose à l'Europe une austérité rugueuse depuis la crise économique de 2008, et les voix qui se lèvent pour critiquer cette pensée unique.

Le Portugal vient d'annoncer un déficit de 2 pour cent pour l'année 2016. Alors que les pays Européens voyaient d'un mauvais œil l'arrivée de la gauche socialiste au pouvoir, décidée à en finir avec l'orthodoxie budgétaire et l'austérité, le Premier Ministre Portugais Antonio Costa a réussi le tour le force de ramener le déficit du pays à 2 pour cent cette année et de s'engager sur un déficit de 1,5 pour cent en 2017 et de 1 pour cent en 2019, dans les clous des injonctions de Bruxelles. Cela serait déjà une prouesse, si ces résultats n'étaient pas accompagnés d'une relance du pouvoir d'achat et d'une augmentation des prestations sociales. De quoi faire pâlir les chantres du 'tout austérité'. Le Ministre des Finances du Portugal Mario Centeno déclarait récemment : « Nous avons eu l'occasion unique d'en finir avec la théorie selon laquelle l'Europe est condamnée à un avenir fait uniquement d'austérité. Le modèle portugais est une recette exportable dans tout le continent »

Par ailleurs, il est clair que nous arrivons à la fin d'un cycle de baisse des taux. Comme je le mentionne lors de la discussion houleuse entre le président Lavalette et la chancelière Konrad, chaque augmentation d'un pour cent du taux de base, représente 10 milliards d'euros de plus à trouver dans nos finances publiques. La réduction massive du Quantitative Easing (rachat de dettes) par la FED, et la remontée des taux déjà prévue par la Réserve Bank Américaine, sonne la fin de l'argent pas cher. Grâce à l'euro fort nous avons emprunté sur les marchés avec des taux négatifs en 2016. On nous donnait de l'argent pour acheter notre dette ! Cette période est révolue.

Je gage que des discussions difficiles vont s'engager avec nos voisins Européens (en particulier ceux du nord) - Le président Lavalette, ou, quel que soit son nom, à l'issue du scrutin de ces prochains jours, aura la tâche difficile de trouver un accord avec les membres de l'Euro Group. En tant que citoyen Européen, il me semble que le temps est venu pour nos politiques de repenser l'offre européenne qui est devenue un repoussoir pour les peuples. Il leur faudra éviter que la casse sociale des plans d'austérité qui se sont succédé depuis 9 ans ne finisse par porter des idéologies extrêmes au pouvoir. Nos démocraties sont fragiles et la manipulation des idées, à grand renfort de populisme, une recette éprouvée et dangereuse. Mais je laisse notre futur président(e) à son destin. Nos espoirs d'un avenir meilleur reposent sur ses épaules.

Enfin, j'espère de tout cœur que le scénario que j'ai imaginé lors de cette campagne restera de la pure fiction. Le climat tendu de ces derniers jours, entre arrestations à Marseille, et tirs ce soir, sur les Champs-Elysées, conforte le climat anxiogène. Mais il ne sert à rien de se faire peur. Les menaces n'entameront jamais nos convictions.

À Paris, Le 20 Avril 2017,

Sylvain Pavlowski

Remerciements

Je tiens ici à remercier tous ceux qui m'ont aidé à la rédaction de cet ouvrage, et en particulier mes bêta lecteurs. Il est toujours difficile de se livrer à cet exercice sans oublier personne. Je livre les noms sans classement particulier : Michel Bâton pour son retour rapide et constructif, ainsi que Valérie Laugier et Raymond Lemaire. L'incontournable groupe d'amis de 123PF : Philippe Guyon, Florence Singaraud et François Vigier. Les 3 compères de chez Natale, et amis de longue date : François Chiche, Alain Biancardi et Richard Drai. Enfin, un clin d'œil à mes amis de l'Equipe Jules qui se reconnaîtront, et en particulier : Pierre, David, Ioa, Doudou et JK, pour leur bonne humeur quotidienne.

www.sylvainpavlowski.com

TABLE DES MATIERES

Printed in Great Britain
by Amazon

84390014R10215